기적을 이룬 나라
기쁨을 잃은 나라

KOREA: THE IMPOSSIBLE COUNTRY
by Daniel Tudor

Copyright © Daniel Tudor, 2012
Korean translation copyright © MUNHAKDONGNE Publishing Corp., 2013
All rights reserved.

This Korean edition is published by arrangement with
Tuttle Publishing Ltd. through KCC(Korea Copyright Center Inc.)

이 책의 한국어판 저작권은 KCC(Korea Copyright Center Inc.)를 통해
Tuttle Publishing Ltd.와의 독점 계약한 (주)문학동네에 있습니다.
저작권법에 의하여 한국 내에서 보호를 받는 저작물이므로
무단 전재와 무단 복제를 금합니다.

이 도서의 국립중앙도서관 출판시도서목록(CIP)은 서지정보유통지원시스템 홈페이지(http://seoji.nl.go.kr)와
국가자료공동목록시스템(http://www.nl.go.kr/kolisnet)에서 이용하실 수 있습니다.
(CIP제어번호: CIP2013012525)

기적을 이룬 나라
기쁨을 잃은 나라

KOREA THE IMPOSSIBLE COUNTRY

다니엘 튜더 지음 | 노정태 옮김

사랑을 담아 부모님께 이 책을 바칩니다.

"대~한민국!"(짝짝 짝짝짝!)

이것이 내가 한국에서 받은 첫인상이었다. 2002년 6월 18일 인천국제공항에 도착한 우리 일행은 김포공항에서 비행기를 갈아타고 김해로 내려갔다. 친구의 삼촌이 우리를 마중나와주었고, 그길로 울산에 있는 현대호텔로 향했다. 그때 나는 쓰러지기 일보 직전이었다.

하지만 우리는 호텔에 바로 체크인할 수 없었다. '바로 그 경기'의 연장전이 시작되는 시점에 도착했기 때문이다. 한국 대 이탈리아전, 이제는 전설이 되어버린, 안정환을 영웅으로 만든 그 16강전이 시작되는 찰나였다. 직원과 손님 모두 로비에 설치된 대형 텔레비전 앞에서 꼼짝 않고 있었다. 일상적인 업무는 모두 중지된 상태였다.

이탈리아가 거의 골을 넣을 뻔했다. 설기현이 이상한 힐킥을 시도해 공이 가투소에게 넘어갔지만, 가투소는 기회를 제대로 살리지 못했다. 그 경기는 대단히 열정적이었고, 어떤 면에서는 상당히 아마추어 경기 같기도 했다. 월드컵에서 120분짜리 경기를 하면 어느 팀이라도 그렇게 될 거다. 나는 여전히 한국이 이길 수 있다는 생각은 하지 못했다. 고향에 있던 내 친구는 토너먼트가 진행되는 내내 시종일관 '태극전사들'이 진다는 쪽에 걸었다. 그의 형제 중에는 프리미어리그 선수가 있었기 때문에, 나는 친구가 뭔가 제대로 알고 있을 거라 생각했다.

이영표의 크로스가 올라갔다. 그리고 안정환 선수의 메트로섹슈얼한 사자 갈기 머리가 말디니보다 높이 치솟더니 그물 저편에 공이 내꽂혔다. 잠시 정적이 흘렀다. 이게 무슨 상황인지 생각할 시간이 필요했기 때문이다. 안정환은 반지에 키스를 하고 관중을 향해 인사했다. 그러자 "이야아아아아아아!!!" "우아아아아아아아!!!" "오오오오오오오오!!!" 한국이 8강에 올랐다. 울산 현대호텔에 모여 있던 손님들과 직원들은 모두 서로 얼싸안고, 서로를 향해 튀어올랐으며, 벽을 타고 기어오르기도 했다. 고향의 내 친구는 5백 파운드(거의 백만 원)를 잃었다.

한국 대 스페인전에서도 같은 상황이 반복됐다. 이번에는 해운대에 서였다. 우리는 바닷물에 발을 담그고 서 있어야 했다. 마른 백사장에는 빈자리가 없었던 것이다. 결국 홍명보가 한국 팀을 4강에 올려놓았다. 불가능은 또다시 현실이 되었다. 그해 월드컵이 열리던 미칠 것 같은 몇 주일 동안, 한국은 지구상에서 발 디디고 서 있을 가치가 있는 유일한 장소였다.

이제 2002년 월드컵은 꿈처럼 느껴진다. 우리는 항상 축구공을 가지고 다니다가, 길에서 만난 모르는 사람과 축구를 하곤 했다. 그러고 나면 같이 술을 마시고 함께 취했다. 규칙 따위는 없었다. 하지만 모두가 친절했다. 우리는 모두 형제자매가 되어 있었다.

이 세상은 한없이 냉혹한 곳일 수도 있다. 사람들은 서로 힘을 모으기보다는 좋은 걸 먼저 갖겠다고 싸우는 데 더 익숙하다. 사람들은 특별한 이유도 없이 남을 해치기도 한다. 하지만 그 모든 것의 밑바닥에는, 타인과의 순수한 만남을 갈망하는 마음이 남아 있지 않을까? 우리가 살아가는 이 짧은 시간 동안 어떤 사랑을 느끼고 싶은 마음이 남아 있지 않을까?

2002년, 내가 한국과 사랑에 빠진 건 아마 이런 이유 때문일 것이다. 물론 월드컵 분위기가 영원히 지속될 수는 없었다. 본질적으로 그것은 평생에 한 번 느낄 수 있을까 말까 한 감정이다. 하지만 그런 분위기를 만들어낼 수 있다는 것만으로도, 한국에는 뭔가 특별한 것이 있을 거라고 생각했다.

비록 내가 겪어본 그 어느 나라보다 세계에서 가장 '경쟁적인' 사회이지만(이 책에는 그에 관한 이야기가 자주 나온다), 그리고 때로 그 구성원들에게 너무도 가혹한 곳이지만, 한국에는 그보다 더 큰 따스함이 있는 것이다.

내가 이 책을 쓴 이유

11년 동안 나는 한국에 살면서 꽤나 평범한 삶을 살아왔다. 언론인으로서 나는 대체로 북한에 대한 기사를 썼는데, 그 이유는 독자들이 "와우-미친-독재자가-로켓을-핵으로-전쟁을" 같은 이야기를 원하기 때문이었다. 나는 그런 기사를 그다지 즐거운 마음으로 쓰지 않았다. 나는 서양 사람들이 한국을 바라보는 선입견에 대해 늘 의아하게 생각했다. 그 선입견은 크게 세 가지로 나뉜다. 북한, 한국전쟁, 그리고 '한강의 기적'. 반면에 내가 경험하고 바라보는 한국은 이곳의 문화와 정서에 좀더 뿌리를 두고 있다고 해야 할 것이다.

서양 사람들이 한국에 대해 쓴 글을 볼 때마다 그들이 한국을 하나의 나라로 취급하고 있지 않다는 생각을 하게 되었다. '한강의 기적'이라는 놀라운 이야기가 강조되면, 한국은 하나의 기업체로 축소되어버린다. 북한에 대한 뉴스를 듣다보면 한국은 마치 60년 동안 기다려왔다가 두번째 폭발을 앞두고 있는 화약고처럼 보인다. 그리고 요즘은 새로운 이미지가 떠오르고 있다. 성형수술에 미친 나라가 바로 그것이다.

물론 한국의 경제 기적, 북한 문제, 성형수술 열풍은 모두 사실이다. 하지만 그런 이야기 속에는 섬세함이 없다. 한국을 비극적인 혹은 극단적인 나라로 제시하고 있을 뿐이다. 한국을 좀더 전체적인 시각에서 다룬 영어권 독자가 읽을 만한 책이 없다는 사실이 나는 언제나 안타까웠다(공정을 기하기 위해 말해두자면, 한 권 있다. 바로 내 친구 마이클 브린 Michael Breen이 1998년에 펴낸 『한국인을 말한다 *The Koreans*』이다. 하지만 이

책이 출간된 지는 벌써 15년이나 지났다! 한국에서 15년은 다른 나라에서의 1세기나 마찬가지인데 말이다).

언론인이 되고 나서, 문득 이런 생각이 들었다. '내가 그런 책을 써서 한국에 대해 직접 이야기하면 안 될 이유라도 있을까?' 나는 불평만 늘어놓고 아무것도 안 하는 사람이 되고 싶지는 않다. 만약 세상에 뭔가 있어야 한다고 생각하는데 당신이 그것을 만들 힘을 갖고 있다면, 그것을 만들어내는 것은 당신의 임무인 것이다.

또한 나는 한국을 알리고 싶었다. 특히 영화, 음악, 음식, 그리고 내가 이곳에서 느꼈던 즐거운 느낌(이 책에서 '흥'이라고 말한 바로 그것)을 다른 사람들에게도 알려주고 싶었다. 한국 정부가 그 방면의 일을 아주 잘해왔다고 생각하지는 않기 때문에, 나는 내 나름의 소소한 방식으로 그걸 시도해보고자 했다. 만약 누군가 "당신의 책을 읽고 서울로 가는 비행기표를 끊었습니다"라고 말하는 걸 들을 수 있다면 정말 멋진 일 아니겠는가.

이 책 『기적을 이룬 나라 기쁨을 잃은 나라』를 써내려가는 동안, 머릿속에서는 한 가지 커다란 주제가 떠오르기 시작했다. 한국을 가난에서 구제하고 마침내 우뚝 서게 한 그 경쟁의 힘이, 오늘날 한국인을 괴롭히는 심리적 원인이 되고 있다는 생각이었다. 내가 볼 때 경쟁은 오늘날 한국의 특징적 요소가 되었다. 어쩌면 부정적으로 들릴 수도 있는 이 주제를 일부러 책의 핵심에 가져다놓은 것은 아니지만, 진실에 충실하려다보니 어쩔 도리가 없었다.

한국이 경쟁에 집착하는 나라라는 것을 지적한 사람은 물론 내가 처음이 아니며, 분명 내가 마지막이 되지도 않을 것이다. 그것은 심지어 이제 다소 상투적인 주제가 되어가고 있다. 하지만 그럼에도 불구하고 '외부자의 시선'에서 봤을 때 그런 끝없는 경쟁이 얼마나 부자연스럽고 건강하지 않을 수 있는지에 대해, 단 한 사람이라도 공감해주기를 바라는 마음이다. 스스로 '성공'이라고 여겨왔던 것의 가치를 한번 되돌아봐줄 사람이 한 명이라도 생긴다면 그 역시 매우 기쁜 일일 것이다. 문학동네에서 내 책을 한국어로 번역해 출판하기로 했을 때 매우 기뻤던 것은 바로 그 때문이었다.

성공이라는 말은 최상위권 대학에 들어가거나, 좋은 토플 점수를 받거나, 대형 로펌에서 일하거나, 서초동에 있는 아파트에 사는 것 등을 뜻하기도 하지만, 성공이 반드시 그래야만 하는 건 아니다. 그런 맥락에서, 이 책의 인터뷰이 중 두 사람이 특히 기억에 남는다. 그중 한 사람은 박원순 서울시장인데, 그는 내게 "GDP도 중요하지만, 그보다 먼저 가치 있는 철학을 따라야 한다"고 말해주었다. 다른 한 사람은 한국 최초의 우주인 이소연으로, 아마 이 책에 등장하는 인물 중 가장 눈에 띌 것이다. 그가 "한국인은 참 대단하죠. 하지만 슬프게도, 한국인이 깨닫지 못하는 게 있어요. 한국인들은 만족할 줄을 몰라요. 때로는 쉬기도 해야 하고, 우리 스스로를 격려하기 위해 샴페인도 음미할 줄 알아야 하는데 말이죠"라고 말했을 때, 나는 이 책의 에필로그 제목을 정할 수 있었다. 그는 내가 하고 싶던 모든 말을 간단명료하고 완벽하게 요약해냈다. 언젠가 그가 정치권에 입문하기를 진심으로 희망한다.

내가 만난 사람들

인터뷰는 이 책의 근간을 이룬다. 나는 '우아한' 영미권 저널리스트가 되지 않기 위해 무던히도 애썼다. 사람들과 만나고 부대끼는 대신 서술할 대상을 낮잡아보면서 X라는 나라의 가련하고 기만당하는 영혼들에게 이렇게 말하는 사람들 말이다. "여러분은 왜 (말하자면) 영미권 사람들처럼 되기 위해 노력하지 않습니까?" 나는 그런 방식으로 접근하는 필자들을 혐오한다. 그렇게 되지 않기 위해 취할 수 있는 가장 확실한 전략은 그저 사람들에게 "어떻게 생각하세요?"라고 묻고, 듣는 것이다.

나는 이 책을 쓰기 위해 60여 건의 인터뷰를 했다. 어떤 인터뷰는 다섯 시간이 걸리기도 했고, 어떤 인터뷰는 불과 5분 만에 마치기도 했다. 가장 특이한 인터뷰는 무당과의 인터뷰였다. 그는 내가 이 책을 쓰면서 유용하게 사용한 정보를 많이 제공해줬지만, 책에 쓰기에는 지나치게 독특한 이야기도 많이 해주었다. 한번은 신들린 상태에서 깨어나 보니 알몸으로 지붕 위에 서 있더라는 일화도 들려주었다("이웃 사람들은 내가 약간 이상하다고 생각했다"고 말할 때, 그는 완전히 무표정한 얼굴이었다).

몇몇 유명인사들과 만나 대화를 나눴다. 내가 평생 잊을 수 없는 이름, 홍명보. 그는 매우 좋은 사람이며, 내 인생 최고의 경험과 직접 연결되어 있다. 신중현은 말 그대로 천재다. 그가 한국 바깥에 잘 알려져 있지 않다는 건 아주 슬픈 일이며, 한국인들조차 그의 음악을 더는 찾아 듣지 않는다는 것 또한 비극이다.

우리는 '우리소'라는 용인 근처의 고깃집에서 만났다. 그때 나는 허리를 다쳐서 내 전자기타를 가져갈 수 없었기에 기타에 사인받을 기회를 놓쳤다(대신 CD에 사인받는 걸로 만족해야 했다). 그는 매우 참을성 있게 인터뷰에 응했을 뿐 아니라, 밥값을 계산하려고까지 했다. 나중에 잠실에서 콘서트를 하게 됐을 때, 그는 내게 우편으로 입장권을 보내주기도 했다.

몇몇 주류 '케이팝' 스타를 인터뷰하려고 시도해봤지만, 기획사에서는 인터뷰 요청에 답장조차 보내주지 않았다. 케이팝을 국제적으로 홍보해야 한다는 이야기는 수없이 많이 오가지만, 매니저들은 여전히 일종의 단기적인 보상이 주어지지 않는 한 그 어떤 언론인과의 접촉도 꺼리는 것 같다. 대통령을 만나는 것보다 인기 절정의 케이팝 그룹을 만나는 게 더 어렵다는 말은 결코 농담이 아니다. 하지만 이것만은 알아주기를. 신중현이 백만 배는 더 훌륭하다는 걸 말이다.

한편, 나는 유명인사나 엘리트 일변도의 인터뷰는 피하고 싶었다. 서구 언론이 한국을 다룰 때 위에서 아래로 내려다보는 시각을 취한다는 느낌을 종종 받는다. 영국 〈이코노미스트〉지에서 일하는 나의 상사들이 그렇다. 그들은 인천국제공항에 도착해 곧장 그랜드하얏트호텔로 들어간다. 짐을 풀어놓은 다음 서울대 A 교수를 만나고, 주요 정치인 B와 커피를 마시고, 공무원 C와 저녁을 함께한다. 또한 구사할 수 있는 언어가 국한돼 있기 때문에, 그들의 대화 상대는 오직 영어를 할 줄 아는 사람들뿐이다. 즉, 그들이 만나는 사람은 요즘 한국에서 잘나가는 직장을 얻기 위한 필수조건처럼 되어버린, 미국 유명 대학을 졸업한 누군가가 될 수밖에 없다(이런 모습을 보면 한국의 지적 독립에 대해 걱정하지 않을 수 없지만, 그것은 별개의 문제이니 여기서는 넘어가도록 하자).

그래서 나는 만날 수 있는 모든 사람들, 택시 기사, 월급쟁이, 가정주부, 내 머리를 잘라주는 미용실 직원, 대학생, 그 밖에 낯선 외국인이 이상한 질문을 던져도 개의치 않는 다양한 사람을 만났다. 한국 여론은 나이와 지역에 따라 크게 갈리기 때문에, 인터뷰 대상의 연령과 출신도 각기 다르게 안배했다. 여기서 자칫 문제가 생길 수도 있다는 것을 나는 잘 알고 있다. 만약 내가 특정한 입장을 편든다고 독자가 느낀다면, 분명 나에 대해 거부감을 가질 것이기 때문이다. 여기서 정직하게 미리 언급하자면, 나의 입장은 영국적 맥락에서 볼 때는 다소 냉담하고 비정치적인 편이지만, 한국적 맥락에서는 보다 '진보적'이라고 말할 수 있다. 그렇다고 해서 내가 한국에서 '진보적'이라고 여겨지는 사람들의 생각에 전부 동의한다는 뜻은 결코 아니다.

어쩌면 당신이 이 책을 싫어하게 될지도 모르는 이유

보수적인 기독교인이라면, 이 책에 등장하는 동성애 관련 내용에서 눈을 돌리고 싶을지도 모르겠다. 이미 어떤 사람은 나에게 그 대목이 "한국 사회의 주류를 반영하지 않는다"고 불평하기도 했다. 나의 대답은 이렇다. 동성애에 대한 이 책의 내용이 공개적으로 드러난 주류 사회를 반영하지는 않지만, 나는 인간의 역사만큼이나 오래된 무언가에 대해 논의하고 있는 것이라고 말이다. 더군다나 한국에 대해 영어로 글을 쓴 필자 중 그 문제를 거론한 사람은 아무도 없다. 누군가는 그 일을 해야만 하는 시점이라고 생각했다. 내가 동성애를 제대로 다루었는지 확언하기는 힘들지만, 그런 시도를 했다는 데 의의를 두고 싶다.

어떤 사람들의 신성한 정치적 우상에 대해 때로 비판적인 입장을 표명했다는 것 때문에 화를 낼 사람들도 있을 것이다. 한쪽에는 박정희가 있고, 다른 쪽에는 노무현이 있다. 나는 각기 다른 이유로 두 사람 모두에 대한 존경심을 가지고 있다. 하지만 그렇다고 위인전을 써야 하는 것은 아니다.

몇 달 전 내 책을 소개하는 자리에서 한 나이 많은 여성분이 소리를 지르기 시작했다. 내가 감히 박정희를 '반민주적'이라고 언급했기 때문이다. 몇 분간 소리를 지르고 나서 그분은 내게 다가와, 내가 "완전히 틀렸"으며, 내가 "한국에 대해 더 공부해야" 한다고 말했다(분명 나는 한국에 대해 더 공부해야 하지만, 그런 이유 때문은 아니라고 생각한다). 많은 사람들이 자기가 세상에서 제일 잘 알고, 남들은 바보라고 생각한다. 특히 정치 문제에서는 더 그렇다.

이 책에서 내가 사실관계에 대해 오류를 범한 것이 있다면, 나는 기꺼이 사과하고 그에 대한 책임을 지겠다. 하지만 나의 입장과 해석에 대해서라면, 모든 사람에게는 자신의 관점을 가질 권리가 있으며, 나 또한 그렇다는 말을 하고 싶다. 만약 당신이 영국에 와서 책을 쓴다면 나는 당신의 의견을 환영할 것이다. 남의 해석을 가로막는 것만큼 반민주적인 것도 없을 테니까……

마지막으로, 나는 이 책을 펼쳐든 당신께 감사드리고 싶다. 이 책은 열아홉 살, 내가 한국에 처음 왔을 때부터 쓰고 싶었던 바로 그 책이며,

이 책이 드디어 한국어로 옮겨져 독자들과 만나게 되었다는 것은 내게 정말로 의미심장한 사건이다. 비록 내가 말하는 것들에 대해 동의할 수 없다 해도, 내가 이 책을 사랑과 존경의 마음으로 썼다는 것만큼은 알아주었으면 하는 바람이다.

2013년 7월
다니엘 튜더

: 감사의 말과 일러두기

인터뷰에 응해준 사람들, 지난 수년간 여러 가지로 내게 도움을 준 사람들, 혹은 감사를 표하고 싶은 친구들의 이름은 다음과 같다. 그 밖에도 감사드리고 싶은 분들이 많지만 그들의 도움은 비밀에 부쳐야 한다.

강경남, 강성욱, 강세리, 강예원, 강정임, 강혜란, 게이디 엡스타인, 고은과 이상화, 구민정, 구영식, 권리나, 권영세, 권용호, 김경협, 김꽃비, 김보연, 김어준, 김용문, 김용찬, 김의철 교수, 김종혁, 김형태, 김혜정, 나오미 로브닉, 남주철, 남상아와 3호선 버터플라이, 닉 와트니, 달시 파켓, 대런 롱, '더부쓰'의 직원 및 손님 여러분, 더 코리안, 데이비드 몰트비, 데이비드 찬스, 도미니크 지글러, 돈 오브라이언, 롭 디킨슨, 롭 요크, 린린, 마리사 무스카리, 마이클 브린, 마이클 신 교수, 마이클 프리먼, 마커스 해거스, 메리 제인 리디코트, 문정희와 이영준, 박석길, 박소영과 그의 가족, 박원순, 박정숙 교수, 배영진, 배진명과 그의 가족, 배한나, 비시누 프라카시 대사, 사이먼 롱, 서지혜, 설레나, 송예리, 송지혜, 신시아 유, 신예성, 신중현, 안성희, 안젤라 윤, 안티 헬그렌, 알렉스 트래블리, 앤드루 바버, 앤드루 샐먼, 양성후와 김희윤, 양익준, 에릭 오이, 에이코 니시다, LFG 패밀리, 오관수, 윌 에넷, 유제훈, 윤선우, 이소연, 이슬, 이승윤, 이성희, 이양수, 이유경, 이유진과 그의 가족, 이윤희, 이지은, 이혜령, 임 션, 자키 쇼어, 장보영, 장정순, 장하준 교수, 장훈 교수, 잰더 랜프리드, 전수진, 전원현, 정덕애 교수, 정영선, 정윤선, 정은성, 제이슨 리, 제이슨 스트라더, 조영래, 조현진, 진 Y. 박 교수, 최민식, 최성민, 치코 할란, 칼 바크데일, 케이트 잉글리시, 콜린 그레이, 크리스 리, 크리스 켈리, 키런 리지, TBS eFM(안정미, 안정현, 마이크 와이스바트와 친구들), 패트릭 리, 표철민, 피터 언더우드, 핀프로FINPRO, 필립 도시 이글라우어, 하네스 휴말라, 하종란, 한국문화홍보원, 한상혁, 한선경, 한영용과 이준호, 허은선, 헨리 트릭스, '현주', 홍명보, 홍석천, 홍주희, 황두진.

이 책을 만드는 과정에서 수많은 이들이 너그럽게도 지식과 영감을 나누어주었다. 그러나 모든 의견은 전적으로 나의 것이며 실수가 있다면 내 탓이다. 누군가의 인터뷰가 특정 부분에 등장한다 해서 그 인터뷰이가 나의 견해나 내가 내린 결론에 반드시 동의한다고 말할 수는 없다.

또한 이 책의 한국판에서는 한국 실정에 맞게 장章 순서를 다시 배치했으며, 일부 내용은 수정하거나 보완했음을 밝혀둔다. 한국이나 한국 문화에 대한 나의 서술이 불공정하다고 느끼는 독자가 있다면, 누군가를 공격하는 것이 내 의도가 아님을 밝히는 것 말고 더 할 수 있는 말이 없을 것이다. 나는 진심과 사랑을 다해 이 책을 써내려갔으며, 그것이 잘 드러나기를 희망한다.

이제 서구권 국가 어디를 가도 현대차와 기아차를 볼 수 있고, 스마트폰에서 최신 항공기 보잉 787 드림라이너에 이르기까지 한국 기술이 구현된 제품 또한 도처에 있지만, 아직도 대한민국은 제대로 알려져 있지 않다. 심지어 아시아 문화에 관심 있는 사람들조차 더 강력하고 유명한 이웃 강대국 때문에 인구 5천만의 이 나라를 과소평가하는 경향이 있다. 수세기에 걸쳐 과거 한반도에 있던 나라들로부터 조공을 받아온 서쪽의 중국은 일대 패권을 장악하며 다시 부상하고 있다. 20세기 초, 한국을 식민지로 삼았던 동쪽의 일본은 수십 년 동안 서양인들의 상상력을 자극해온 문화 강국이기도 하다. 또한 북쪽에는 이른바 '조선민주주의인민공화국'이 도사리고 있는데, 이들은 끊임없이 핵무기를 가지려 하는데다 해괴한 왕조식 통치로 명성이 드높아, 세계 언론에 비친 한국의 이미지에 어두운 그림자를 드리우는 역할을 톡톡히 해내고 있다.

한국에 대한 생각은 편견에 치우친 경우가 대단히 많다. 필자가 비아시아권 국가를 방문했을 때 가장 먼저 듣는 질문 중 하나는 "한국인들은 정말 개를 먹나요?"다. 셰퍼드가 서울 거리를 돌아다니는 걸 그냥 내버려뒀다가는 절대 무사할 수 없을 거란 생각이 놀라울 정도로 널리 퍼져 있다. 한국의 1인당 GDP는 구매력평가_{PPP} 기준으로 3만 달러에 도달했지만, 서구인 중 다수는 한국인이 여전히 시트콤 〈매시〉*에 묘사된 가난한 제3세계인일 것이라고 단정짓는다.

그 밖의 잘못된 추측에는 이런 것들이 포함돼 있다. 한국인은 사회적으로 보수적이다. 한국인은 수줍음을 잘 타고 섣불리 나서지 않으며 즐기는 법을 모른다. 한국인은 엄청나게 자존심이 세며, 한국이 세계 최고라고 믿는다. 한국인은 모두 남북통일을 원한다. 한국인은 전부 미국을 증오한다(혹은 사랑한다). 한국인에게는 창조성이 없다. 한국인은 비즈니스에서 신뢰할 수 없고 거래하기 까다로운 상대다. 그중에서도 중대한 오해를 하나만 더 꼽자면, 한국은 언제나 자유시장과 민주주의를 수호하는 철옹성이었다는 믿음이다. 많은 사람들이 그렇게 생각하지만, 사실은 그렇지 않다.

지금껏 한국을 주제로 기술된 영어 저작물 중 이런 오해를 해소하는

---

* M*A*S*H. 1972년부터 1983년까지 미국 CBS에서 방영된 의학 시트콤. 한국전쟁을 배경으로 하고 있으며, 여기서 한국은 가난하고 위생적이지 않은 나라로 묘사된다. ─옮긴이(이하 이 책의 주석은 모두 옮긴이가 단 것이다.)

데 기여한 결과물은 거의 없다. 서구 작가들은 주로 한국의 오래된 과거와 전통, 한국전쟁, 북한 같은 주제에 집중했다. '오늘날'의 한국을 있는 그대로 보여주는 책은 극히 드물다. 하지만 이토록 세계화된 시대에, 경제적 차원에서도 문화적, 정치적 측면에서도 이미 중요한 국가가 된 한국을 제대로 알려주는 저술이 없다는 점은 상당히 유감스럽다. 이제는 우리 모두가 이 독특하고 생기발랄하며 떠오르는 나라를 좀더 배워야 할 때다. 이 책은 한국을 알고 싶어하는 사람들을 위한 출발점이 될 수 있을 것이다.

이 책은 6부로 나뉘어 있다. 1부에서는 오늘날의 한국을 있게 한 한국의 두 가지 기적(경제성장과 민주화)을 다루고, 한국이 아직 해결하지 못한 과제를 제시했다. 2부에서는 한국인에게 아직도 '불가능한 기적'을 요구하는 경쟁의 다양한 양상을 짚어봤다. 경쟁은 '새로운 것에 대한 한국인의 집착'을 낳았으며, 오늘날까지도 한국인이 일하고 연애하는 방식에 영향을 미친다. 또한 2부에서는 경쟁에서 비롯된 한국인의 교육에 대한 집착, 그중에서도 특히 영어 교육 광풍을 다룰 예정이다. 3부에서는 익히 알려진 한의 정서뿐 아니라, 그간 별로 활발하게 논의되지 않았던 흥(일종의 순수한 기쁨) 같은 문화 코드를 함께 살펴보고 한국영화, 대중음악, 밤문화 등을 소개한다. 4부는 한국인의 일상생활과 밀접하게 관련된 정情의 정서와 주거문화 및 식문화를, 5부는 뿌리 깊은 무속신앙과 불교, 유교, 기독교 등 한국인의 행동 양식에 근본적인 영향을 주는 것들을 다룬다. 마지막으로 6부에서는 더이상 편협하거나 보수적인 나라가 아닌, 새로운 한국을 보여줄 것이다. 한국은 열린 자세로 세계를 마주할 준비가 되어 있으며 유교의 영향에서 벗어나지 못했던, 여성 차별주의가 만연했던 과거를 스스로 떨쳐내고 있다.

왜 '불가능한 나라'*인가?

50년 전, 한국은 가혹한 독재에서 혼란스러운 민주주의로 요동쳤다
가 다시 독재로 빠져든, 가난과 전쟁으로 찢겨진 나라였다. 지금이야
한국이 전 세계 개발도상국 사이에서 발돋움해 풍요와 안정을 이룩한
나라의 모델이 된 것은 물론, 대중문화적 성취까지 이뤄내고 있지만,
국가로서의 존립 자체가 불투명했던 때도 있다. 아주 단순하게 말하자
면 한국인들은 지난 세기 동안 도무지 믿기 어려울 만큼 인상적인 건
국 역사를 다시 쓴 것이다. 이 이유만으로도, 한국은 '불가능한 (기적을
이룬) 나라'로 불릴 자격이 충분하다.

한국은 두 가지 기적의 발원지다. 첫번째는 흔히 '한강의 기적'이라
불리는 것으로, 1960년대부터 1980년대에 걸쳐 스스로 가난에서 탈피
한 놀라운 경제성장을 의미한다. 1960년대 한국의 1인당 GDP는 미국
달러로 100달러 미만이었으며, 천연자원은 매우 부족했고, 지금의 서
울을 보면 도저히 믿기지 않을 만큼 아주 기본적인 (그리고 전쟁으로 황
폐화된) 사회기반시설만 갖추고 있었다. 두번째 기적 또한 아주 값진
것이다. 오래지 않은 1987년까지만 해도 한국은 군사독재국가였지만,
오늘날은 안정적인 민주적 리더십이 작동한다. 이후 싱가포르에 이어

---

* 영어로 출간된 이 책의 원제는 '한국, 불가능한 나라(Korea: The Impossible Country)'이다.

중국 등 다른 아시아 국가도 권위주의와 자본주의가 혼합된 체제를 지향한다는 점에서 알 수 있듯, 한국은 경제적 성취를 이뤘다는 측면에서뿐 아니라 법치주의와 시민의 권리를 신장시킨 국가의 본보기로도 명실상부하게 자리를 잡았다.

그러나 '불가능한 나라'라는 말에는 좀더 부정적인 이유가 있다. 이는 앞으로 자세히 살펴보겠지만, 한국인은 물질적 성공과 안정에도 불구하고 진실된 만족감을 크게 잃어가고 있다. 한국은 교육, 명예, 외모, 직업적 성취에서 스스로를 불가능한 기준에 획일적으로 맞추도록 너무 큰 압박을 가하는 나라인 것이다. 한국의 자살률은 리투아니아에 이어 세계 두번째다. 이 문제는 나아질 기미가 없이 오히려 악화되고 있다. 1989년에서 2009년 사이, 자살률은 다섯 배가량 증가했다. 한국은 정치와 경제 면에서 이룩한 놀라운 성취뿐 아니라, 이룰 수 없는 목표를 요구한다는 점에서도 '불가능한' 나라인 것이다.

"나는 우리나라가 세계에서 가장 부강한 나라가 되기를 원하는 것은 아니다. (…) 우리의 부력은 우리의 생활을 풍족히 할 만하면 족하다"라고, 독립투사 백범 김구는 말했다. 대신 그는 한국이 자국민과 외국인에게 행복을 주는 "세계에서 가장 아름다운 나라"가 되기를 바랐다. 만약 김구가 살아 있었더라면 그는 지금 한국의 모습에 조금 실망했을지도 모른다. 그러나 설령 김구라 해도, 이 불가능한 나라가 먼 길을 걸어왔다는 사실만은 수긍하지 않을 수 없을 것이다.

PART 1

불가능한 기적

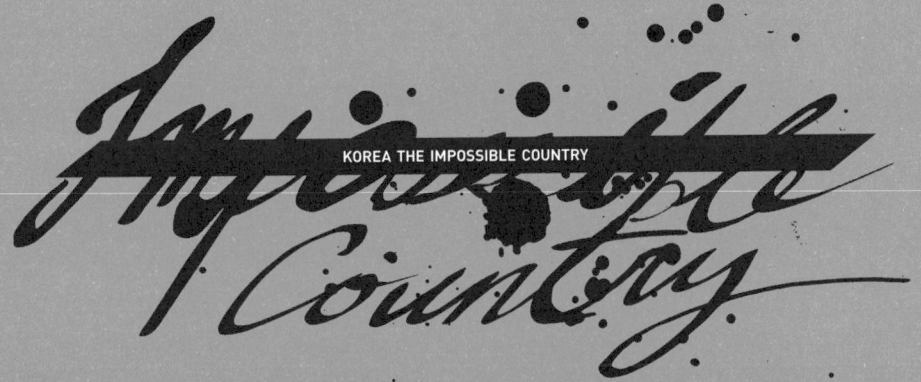

KOREA THE IMPOSSIBLE COUNTRY

01

한국의 얼굴을 한
자본주의

북한은 공산주의이고 남한은 자본주의라는 말은 누구나 할 수 있지만, 그것은 구체적으로 무슨 뜻일까? 북한 고위층이 북한의 시장인 장마당을 눈감아주고 외국인들에게 자국에 투자해 값싼 노동력으로 이익을 내라고 부추기는 모습을 우리는 자주 접할 수 있다. 또한 남쪽에서는 자본주의가 진화하고 있지만, 유교에 기반한 구시대의 영향과 재벌 체계라고 알려진 독특한 산업 발전 방식이 아직까지 남아 한국 자본주의의 특이한 면을 형성하고 있다.

박정희와 재벌의 탄생

박정희의 오랜 보좌관이었던 김동진(가명)에 따르면, 1950년대까지 한국은 "이 지구상에서 가장 가난하고 가능성 없는 나라"였다. 한국전쟁으로 인구의 3분의 1이 집을 잃고 길거리에 나앉았다. 고아가 된 아이들이 먹을 것을 찾아 거리로 쏟아져나왔다. 1인당 GDP는 100달러도 채 되지 않았으며 정부는 해외 원조, 특히 미국의 원조에 전적으로 의존하다시피 하는 상황이었다. 정치 상황도 나을 것이 없었다. 이승만 대통령의 치세는 그 부패상만큼이나 권위적이고 폭력적이었다.

학생 시위로 인해 이승만이 하와이로 망명을 떠난 1960년, 대한민국은 윤보선 대통령과 장면 총리가 국정을 운영하는 정부에서 아주 짧게 민주주의를 경험했다. 그러나 불행히도 이 나라는 정치적 분파의 난립, 환율 위기, 공산주의자들의 선동 등으로 이내 혼란에 빠져들었고, 당시 정권은 그런 사태를 수습하지 못했다. 4·19 시위에서 수많은 동지들을 앗아간 총알을 피하고 마침내 1990년대 들어 외무부장관을 역임한 한승주는 이렇게 회상했다. "제대로 된 나라 꼴을 만들 수 있을지 확신할 수가 없었다."

이런 상황에서 군 장성 박정희가 기회를 잡았다. 1961년 5월 16일 권력을 잡은 그는 한국을 부유한 국가로 만들기 위한 변화를 도모하기 시작했다. 박정희 장군, 훗날 박정희 대통령이 된 그는 좋은 의미에서건 나쁜 의미에서건 의심할 여지 없이 대한민국에 가장 큰 영향을 미친 사람이다. 그가 행한 독재정치에 대해서는 양극단으로 의견이 갈리지만, 그가 경제에 미친 긍정적인 영향은 결코 과소평가되어서는 안

될 것이다.

　박정희 장군은 아인 랜드* 스타일의 자유시장 지상주의자가 아니었다. 사실 권좌에 오르기 오래전, 그는 공산주의자 조직의 일원이었다는 이유로 처형당할 뻔한 적이 있다. 1961년 정권을 잡자마자 박정희는 구악 일소를 내세워 부정축재한 기업가들을 단속했다. 이것이 전적으로 비합리적인 행동은 아니었다. 1950년대, 이승만 정권과 가까운 기업들은 일본인들이 두고 간 공장 등을 헐값에 사들이면서 급속도로 부를 축적했다. 어떤 기업이 물건을 만들기 시작하면 정부는 경쟁 상대가 될 만한 제품의 수입을 금지해주기도 했다. 이러한 보호무역주의의 이익을 본 기업 중에는, 오늘날 한국에서 가장 큰 기업인 삼성이 포함된다.

　삼성의 창립자 이병철은 1950년대 한국에서 가장 성공적인 기업가였는데, 박정희의 쿠데타가 벌어지던 당시 그는 일본에 있었다. 박정희 정부 인사들의 증언에 따르면 새로 들어선 정권은 한국 기업이 얻은 부당이익 중 5분의 1이 삼성의 것이며, 이병철이 불법 정치자금을 제공해왔고 탈세를 일삼았다고 한다. 이병철은 모종의 방법으로 귀국하라는 설득을 받았고, 돌아오자마자 서울 모처에 감금됐다. 그러나 재능 있는 사업가이자 설득력 있는 화술의 소유자였던 이병철은 박정희 장군과의 협상 끝에, 그가 지닌 대부분의 재산을 국가에 '기부'하고 자신의 영향력을 이용해 다른 기업가들이 박정희가 제시하는 경제개

---

* Ayn Rand, 1905~1982. 러시아계 미국 작가. 대표작으로는 『아틀라스』와 『마천루』 등이 있다. 집단주의를 거부하고, 개인의 능력과 노력으로 자기 자신과 공동체의 운명을 바꿔나가는 영웅의 이야기를 즐겨 다루었다. 이른바 '신자유주의'라 불리는 1960년대 이후 영미 사회의 보수화 경향에 정신적으로 큰 영향을 끼쳤다고 평가된다.

발 전략에 따르도록 설득하겠다는 안을 내놓았다. 이 제안이 받아들여져 이병철은 오늘날까지 존속하며 기업인들의 이익을 대변하는 전국경제인연합회의 초대 회장이 되었다. 대한민국을 북한보다 강한 나라로 만들고 한국인을 가난에서 벗어나게 하기 위해 산업을 발전시키는 것이 박정희의 목표였다. 이병철과의 협상 과정에서 그는, 기업인들이 갖고 있는 조직 운영 경험을 자신이 원하는 방향으로 작동하게 한다면 그들을 목표 달성 도구로 활용할 수 있음을 깨달았던 것이다.

그러한 계획을 품은 채, 박정희 장군은 18인의 주요 기업가들을 불러놓고 거절할 수 없는 제안을 내놓았다. 찬성하거나 감옥에 가거나 둘 중 하나였던 것이다. 밀가루와 시멘트를 만들던 대한, 면화 추출업체였던 삼호 등의 설립자들이 이병철과 함께 탈세 혐의로 막대한 추징금을 물어야 했다. 이 벌금은 박정희가 세운 계획에 따라 정부가 선택한 기업에 재투자되었다. 박정희 정부의 제1차 경제개발 5개년 계획은 1962년부터 1966년까지 산업 발전의 토대를 닦았는데, 비료, 시멘트, 화학, 정유, 직물 산업에 초점을 맞추었다.

이 '경제개발 클럽'에 참여하는 기업들의 숫자는 점점 늘어났다. 이승만 시대 당시 학생이었던 김우중은, 아버지가 박정희 대통령을 가르쳤다는 사실*에 얼마간 힘입어, 이 클럽에 끼어들 수 있었다(김우중은 1967년 대우를 설립했다). 대우는 원래 직물산업에서 출발한 회사였지만, 정부의 경제개발계획에 발맞춰 가전제품, 자동차, 선박 등을 만들어냈다. 사실 조선업을 시작한 것은 김우중의 의지가 아니라 박정희의

---

* 김우중 전 대우그룹 회장의 부친 김용하는 박정희 전 대통령의 대구사범학교 은사였다.

뜻에 따른 것이었다. 대우조선해양은 현재 매년 미화 100억 달러 이상을 벌어들이고 있다.

경제개발계획에 동원된 기업은 한국에서 가장 큰 기업들이었지만, 당시만 해도 그들에게는 조선업이나 자동차 제조 같은 자본집약적 산업에 뛰어들 만한 자원이 없었다. 하지만 정부는 미국에서 제공받은 차관과 베트남 전쟁 참전으로 받은 보수를 쏟아부었고, 식민 지배에 대한 보상 차원에서 일본이 제공한 소프트 론*도 투입되었다. 이러한 자금을 바탕으로 한국 정부는 국영 은행들을 종용해 특정 기업이 시중 금리보다 25퍼센트에서 30퍼센트까지 저렴하게 돈을 대출받을 수 있도록 해주었다. 1964년, 한국의 은행에서 내준 대출액 중 40퍼센트가 고작 아홉 개 대기업에 몰렸다.

기업과 정부가 이렇게 밀접한 관계를 맺다보니 부패도 존재했다. 대출이 성사되면 고위층에게 그중 10퍼센트를 뇌물로 돌려주는 것이 관행이었다고 한다. 하여, 대통령의 측근인 이후락은 미화 4천만 달러에 달한다고 보도된 불법 재산을 모을 수 있었던 것이다. 정재계 엘리트 사이에 상호 이익이 되는 관계가 형성되었다. 기업은 저리로 대출을 받아 사업을 확장하고, 관료는 자신의 몫을 챙기는 식이었다. 최대한 많은 돈을 빌려서 사업을 확장하는 기업에 더욱 유리하게 상황이 돌아갔다. 1960년대 한국 산업계를 살펴보면, 직원을 200명 이상 고용한 기업의 자본구성비율에서 자산은 평균 17.3퍼센트인 데 비해, 부채는 82.7퍼센트에 달했다.

* soft loan. 상환 조건이 까다롭지 않은 저리 대출. 박정희 정부는 한일국교정상화 과정에서 공식적인 사과 성명을 요구하지 않고, 보상금이 아니라 대출의 형식으로 일본에서 자금을 얻어냈다.

이러한 사정에도 불구하고 박정희 본인은 개인적으로 부패하지 않았다. 그의 강력한 리더십과 도덕성으로 인해 이 시스템은 혼란에 빠져들지 않을 수 있었다. 한 걸음 더 나아가, 박정희는 한국 기업들이 오늘날 세계적인 수준에서 어깨를 겨루게 만든 중요한 전환점을 마련했다. 1950년대까지, 한국의 거대 기업들은 수입 대체 산업에 관여하고 있었다. 정부에서 수입을 가로막으면 국내 기업들은 그렇게 차단된 상품들을 (대체로 매우 비효율적인 방식으로) 생산해 그것을 국내시장에 판매하는 방식이었다. 이후 박정희 대통령은 전략을 전환해 수출에 주력하라는 지시를 내렸고, 그리하여 한국 기업들은 세계 무대에서 경쟁하는 법을 배워야만 했다. 국산품이 국내시장에서 우위를 지킬 수 있도록 수입관세는 계속 높게 유지하는 한편, 해외에서 경쟁해야 했기 때문에 삼성이나 LG 같은 기업들은 효율적인 작업 공정을 실현해야 했다.

이것이 꼭 잘되리란 법은 없다. 한국 경제의 기적은 정부와 기업의 합작품이지만, 제 기능을 하는 자본주의의 한 가지 요소는 여전히 남아 있을 수밖에 없었다. 언제나 도산할 가능성은 존재한다는 원칙이 그것이다. 특히 경제개발 초창기, 부도나는 기업은 상상 이상으로 많았다. 1960년대 한국의 5대 기업 중 하나였던 개풍은 1970년대 중반에 사라져버렸다. 1970년대 세계 최대 합판 판매자였던 동명은 1980년대 들어 침체의 길을 걸었다. 그러나 1980년대 중반부터 한국 상위 기업들의 입지가 단단해졌다. 1983년부터 2000년까지, 최고 10위 기업 중 자리를 내준 기업은 오직 두 곳뿐이다. 이것은 한국 기업과 한국 경제가 전체적으로 훨씬 안정되었기 때문일 수도 있지만, 정치적 개입이 줄어들었기 때문이라고 볼 여지도 있을 것이다.

박정희의 비호 아래 급속도로 세를 불려나간 기업들은 대기업, 혹은 재벌財閥이라고 불린다. 재벌이란 단어는 일본어 '자이바츠'와 같은 한자를 쓰는데, 글자만 놓고 보면 일종의 '금융 파벌'을 의미한다. 은행을 소유할 수 없다는 것만 빼면 현재 한국 재벌의 수직적 통합 모델은 일본 자이바츠의 그것을 그대로 따온 것이다. 은행은 국가가 통제하며, 박정희 대통령이 돈줄을 쥐고 있었다.

롯데는 한국 소비자들이 가장 자주 접하는 재벌일 것이다. 1948년 재일교포 신격호가 도쿄에서 창업한 롯데는 1967년 한국에 상륙해 박정희의 승인을 받아 뻗어나가기 전까지 제과업체 중 하나였다. 요즘도 롯데에서 만든 초콜릿 바를 사먹을 수 있다. 한국에서 롯데는 초콜릿, 쿠키, 기타 과자류의 주요 생산자다. 그러나 오늘날 달라진 점이 있다면, 이제는 그 초콜릿을 롯데백화점의 수많은 지점 중 한 곳에서 구입할 수도 있다는 것이다. 롯데백화점이나 롯데시네마에 들어서면, 엔제리너스나 롯데리아를 어렵지 않게 목격할 수 있다. 롯데아파트에 살면서 롯데손해보험에 가입한 누군가를 떠올리는 일도 어렵지 않다. 일주일 동안 먹고 마실 것들을 모두 롯데마트에서 살 수도 있다. 롯데그룹은 70개가 넘는 계열사를 거느리며 6만 명이 넘는 직원을 고용하고 있다. 롯데는 신용카드 회사도 갖고 있지만, 은행은 없다.

재벌 스타일

한국 재벌 스타일의 자본주의는 사전에 나와 있는 자본주의와 매우 달랐으며, 어떤 면에서는 지금도 그렇다. 국가가 직접적으로 산업에 개입한다는 점은 차치하더라도, 재벌 기업은 유교 문화의 영향을 받아 엄격한 상하관계와 관료적 성격을 보여준다. 지금은 많이 희석됐지만 기업은 노동자를 자식처럼 대하고, 노동자는 회장님을 아버지처럼 여기며 절대적인 충성을 바치는 것이 일반적으로 기대되는 역할 모델인 것이다. 유교에서 말하는 부자유친의 원칙이 잔재로 남아 있는 것이라는 해석도 있다. 기업은 부모가 자식에게 하듯, 직원의 생일과 명절에 선물을 챙겨준다. 노동자의 친족이 사망할 경우, 기업에서 장례식 비용을 보조해주기도 한다. 재벌을 누가 이끄는가 하는 것은, 문자 그대로 '가족 문제'다. 회장의 아들들은 직급을 넘어 고속 승진을 하는데, 그중에서 가장 일을 잘한다고 평가받은 아들은 나중에 아버지로부터 그룹 전체의 회장직을 물려받곤 한다. 이런 방식으로 주요 재벌은 모두 창업주의 후손이나 사위 등에 의해 운영되고 있다. 이런 관점에서 볼 때, 외신 기자들이 농담 삼아 재벌을 북한에 빗대어 비아냥거리는 것도 그리 놀랍진 않다. 사회주의 국가라고는 하지만 벌써 3대째 전제군주 정치가 행해지고 있는 북한과 재벌이 뭐가 크게 다르냐는 것이다.

1960년대부터 재벌은 저임금을 유지하고 노동조합 결성을 막아왔지만, 그래도 일하는 사람들의 숫자는 더욱 늘어날 수밖에 없었다. 당시의 기업 철학은 '함께 커나가기', 즉 모든 사람이 국가 경제발전이라는 동일한 목표를 향해 달려가는 것이었다. 정부는 열심히 일하고 국가가 정한 수출 목표를 달성하자는 캠페인을 벌이며 기업을 지원했다. 전형적인 재벌 회장들은 본인은 회사 지분의 아주 일부만 소유하고,

나머지 대부분은 은행이나 국가에 속하도록 했다. 미숙한 국내 기업들을 보호하기 위해 수입관세는 높게 유지됐다.

한국 경제가 이러한 문어발 경영에 지배되어온 탓에, 국내시장에는 자본주의의 초석이라 할 자유경쟁이 이루어질 수가 없었다. 재벌은 국제적 규모의 경쟁력을 갖춰야 했고, 이러한 목표는 놀라울 정도로 훌륭하게 달성됐다. 하지만 한국 소비자 입장에서 볼 때에는, 재벌이 만든 상품만 선택 가능한 경우가 태반이다.

국가가 뒤를 봐주는 이런 기업 때문에 한국에는 진정한 의미의 기업가 문화가 자리잡지 못했다. 재능 있는 한국의 젊은이들은 의사나 변호사가 되는 것 다음으로, 공무원이 되거나 삼성 혹은 현대 같은 기업의 신입사원이 되고자 한다. 진정한 '한국산產' 빌 게이츠가 나올 가능성은 0퍼센트보다는 약간 높을 것이다. 미국 다우존스나 영국 푸치FTSE처럼 한국을 대표하는 기업들이 상장돼 있는 코스피 100을 살펴보면 심지어 지금까지도 목록에 올라 있는 대부분의 기업이 재벌임을 금세 알 수 있다. 2012년 12월 워싱턴 포스트에 따르면 한국 총수출액에서 삼성이 차지하는 비율은 28.2퍼센트에 달한다.

매년 1조 이상의 매출을 올리는 한국 기업 중 재벌이 아닌 곳은 열 곳이 채 안 된다. 여기에 속하는 기업들을 꼽아보면, 디지털 TV 셋톱박스를 만드는 휴맥스, 검색 포털 네이버를 운영하는 NHN, 온라인 게임 제작사 엔씨소프트 등이 있다. 인터넷이 어떤 면에서 균형을 맞춰준 셈인데, 한 젊은 기업가의 말처럼, 오늘날에는 "스마트폰을 가진 젊은이가" 재벌에 비해 상대적으로 불이익을 당하지 않는 영역이 생겼다고 볼 수 있다.

재벌과 경쟁에 나서지 말아야 한다는 말은 아직도 유효하다. 재벌은 더이상 정부의 재정적 지원을 받진 않지만, 그 덩치만으로도 감히 덤벼보려는 어리석은 도전자에 비해 절대적 우위를 누리고 있다. 어쩌다 야심찬 사업가가 나와도, 자신이 일군 사업체를 재벌에 좋은 가격으로 팔거나, 아니면 엔씨소프트나 NHN이 그랬듯 개척되지 않은 블루오션을 찾는 것 중 하나를 목표로 삼을 수밖에 없다. 서울대학교 공과대학 학생들이 술집에서 이야기하다가 만든 휴맥스는, 대부분의 매출을 해외에서 올리기 때문에 1조 원 클럽에 가입할 수 있었다.

"어떻게든 해낼 수 있다고 확신합니다"

주어진 시간과 예산 안에서 박정희가 말한 도로, 병원, 교량 등을 제대로 지어낸 기업에게 박 대통령은 후한 보상을 해주었다. 한 내부 관계자는 이병철의 삼성과 정주영의 현대가 일을 가장 잘해냈고, 그래서 그들이 지금껏 가장 지배적인 재벌로 남아 있게 됐다고 설명했다. 그들은 타고난 일꾼이었고, 그렇게 얻어낸 보상으로 출발선에서 한 걸음 더 멀리 나아갈 수 있었다.

요즘 경영학을 배우는 학생들은 삼성을 더 친숙하게 느끼겠지만, 현대의 성장 스토리가 한국에 대해 더 많은 것을 보여준다. 이제는 북한 땅이 된 강원도 통천군의 가난한 농촌에서 태어난 정주영은 흔들리지 않는 자기 확신, 결단력, 기업가적 유연성의 표상이다. 그의 성공담은 곧 대한민국의 성공담이기도 하다. 정주영은 빈손으로 시작했지만, 어떤 어려움도 극복해내는 불굴의 의지로 세상과 맞서 싸웠다. 물론 거기에는 조국 발전에 대한 신념을 공유하며 강한 유대감을 나누었던 박정희의 도움이 컸다. 그의 자서전은, 대한민국 발전사에 관심 있는 사람 누구에게나 추천할 만하다.

박정희의 보좌관이었던 김동진에 따르면, 정주영은 자신의 능력을 의심할 줄 모르는 사람이었다. 박정희와 정주영이 회의할 때면, 박정희는 길고 복잡한 세부 조건을 들어가며 자신의 요구 조건을 제시하고, "그래, 할 수 있겠어?"라고 물어보곤 했다. 그에 대한 정주영의 답변은 항상 "예, 물론 할 수 있습니다"였다. 김동진이 정주영에게 "당신, 각하께서 원하시는 게 뭔지 진짜 이해하긴 한 거요?"라고 물으면 정주영은 늘 이렇게 대답했다. "아닙니다. 하지만 어떻게든 해낼 수 있다고 확신합니다." 한국인들이 전쟁을 겪고도 어떻게 이토록 빨리 국가를 개발할 수 있었는지에 대한 해답이, 바로 저 답변 속에 전부 들어 있다. 혹자는 이것이 운명을 순응적으로 받아들이기를 거부하며 현실을 초극해내는 불교적 유산의 영향을 보여준다고 말할 수도 있을 테고, 또 어떤 사람은 근면 성실과 입신양명을 강조하는 유교의 영향을 받았다고 여길 수도 있을 것이다.

김동진은 정주영의 면모를 보여주는 또다른 일화를 소개했다. 인터뷰에서 김동진은 답이 뻔히 정해져 있는 질문을 던졌다. "왜 정주영이 울산에 여섯, 일곱, 여덟 개씩 드라이 독*을 지었는지 아십니까? 다른 조선소에는 한두 개밖에 없었던 때인데요." 정답은 '그게 필요하다

---

* dry dock. 건선거(乾船渠). 큰 배를 만들거나 수리할 때 배가 출입할 수 있을 정도로 땅을 파서 만든 구조물.

고 생각해서'가 아니었다. 조선 사업이 성공할 거라고 굳게 믿었던 사람은 박정희 대통령이었고, 그래서 그는 드라이 독이 더 필요하지 않은 상황에서도 항상 더 지으라며 돈을 지원해줬던 것이다. 물론 그 돈을 다른 용도로 쓰고 싶었던 정주영은, 좀더 저렴하게 드라이 독 공사를 한 다음, 다른 실질적인 작업에 그 자원을 투입하는 방법을 터득해 냈다.

절반의 용인, 절반의 성공

이 일화는 정주영의 성격에 대해 많은 것을 알려주지만, 동시에 정부 주도 아래 이뤄진 재벌 중심의 경제개발이 지니는 부정적 측면에 대해서도 시사하는 바가 있다. 특권을 지닌 내부자들이 정부 돈을 빌려가서, 심지어 본래 목적에 맞지도 않는 분야에 사용하는 일이 벌어진다고 상상해보자. 이것은 몹시 부당한 일이며, 이런 일은 거대한 스캔들로 번져서 정부 사퇴로 이어질 수도 있다.

물론 정주영은 그렇게 얻어낸 자원으로 최대한의 효용을 이끌어낼 수 있었다. 오늘날 현대라는 이름을 단 기업은 전 세계적으로 수십만이 넘는 사람들을 고용하고 있다. 정주영의 현대뿐 아니라, 삼성, LG, 롯데 등은 적어도 농촌의 농부들을 시골에서 도시로 불러들여 도시화를 달성하는 데 나름의 공헌을 한 것이다. 1960년 인구가 약 240만 명에 지나지 않던 서울은 오늘날 세계에서 손꼽히는 거대 도시가 됐다. 이제 서울시 인구는 약 천만 명이고, 여기에 수도권 인구까지 모두 합하면 한국 인구 절반에 해당하는 2400만 명가량이 서울 및 수도권에서 생활하고 있다. 재벌은 사람들의 생활 방식과 삶의 지평을 바꿔놓았다. 심지어 한국에는 도시 전체가 재벌의 영향권에 놓여 있는 지역도 있다. 울산시는 현대 직원들이 일하고 생활하기 위한 공간으로 개발됐으며, 오늘날 약 100만 명이 사는 대도시가 되었다.

재벌과 정부의 밀착 관계는 1960년대와 1970년대라는 시대에 부합한 것이었다. 그것은 대규모의 현대적 경제 체제는 아니었지만, 몇몇 문제점에도 불구하고 한국이 엄청난 경제성장을 이루어 가난으로부터 탈출할 수 있게 해준 원동력이 되었다. 1964년 1억 달러였던 수출액은 1977년 100억 달러로 늘었고, 같은 시기 1인당 GDP 역시 약 120달러에서 1040달러까지 올랐다. 재벌 주도의 경제개발은 친분 관계에 따라 혜택이 주어질 뿐 아니라 "어느 정도의 부패를 용인하는 것"이라고 김동진은 말했지만, 그래도 그것은 일종의 실용적 해법이기도 했다. 정부가 지닌 힘이 기업의 이윤 추구 동기와 결합해, 유교적으로 모든 이들을 회장님 휘하에 복종하게 만들고, 그 회장님들은 박정희 대통령에게 무릎을 꿇는 체제였던 것이다.

기업가 정신은 어디에 있는가

1960년대에서 1970년대까지 얼마나 많은 변화가 있었을까? 실질적으로 거의 모든 것이 바뀌었다. 1980년대, 군사독재자 전두환은 경제를 자유화시키는 쪽으로 방향을 잡았다. 박정희 대통령이 사실상 무시했던 재무부는 미국에서 훈련받은 신자유주의적 관료들의 집단이었는데, 그들이 경제정책에 큰 영향을 끼친 것이다. 그들은 박정희 정부에서 세웠던 양적 목표, 가령 '○○달러 수출 목표 달성' 같은 구호를 더 이상 부르짖지 않았으며, 수입관세를 낮추고 은행 지분을 개인들에게 판매하기 시작했다.

하지만 자신의 이해관계가 걸려 있을 때는 전두환도 시장경제를 자유롭게 내버려두지 않았다. 1998년 3월 25일자 뉴욕 타임스에 보도된 바에 따르면, 전두환 정권 당시 조봉구 삼호그룹 회장과 아들은 로비를 둘러싸고 갈등을 빚기도 했다. 당시 아들은 정권에 호텔이든 골프장이든 주자고 제의했지만, 조봉구는 명절 때마다 약 70만 달러를 뿌렸다며 이를 거부했다는 것이다. 전두환은 당시 그와 친분이 두터웠던 경쟁사인 대림에 삼호를 넘겨버리고, 조봉구의 개인 재산을 몰수하는 보복 조치로 간단히 응수했다. 조봉구의 말로는 망명으로 귀결될 수밖에 없었다.

1997년, 아시아 경제위기가 발발하면서, 고작 한 해 만에 스물다섯 개의 재벌이 부도를 맞는 사태가 벌어졌다. 그중에 (나중에 현대자동차에 인수된) 기아도 포함됐다. 1960년대 이후 기업들이 중독되다시피 한, 수십 년에 걸친 기업 부채가 이 사태의 원인 중 큰 부분을 차지했다. 당시만 해도 한국 GDP의 10퍼센트를 차지하던 대우는, 그만큼 빚도 엄청나게 지고 있었다. 부도를 막기 위해 창업자 김우중이 분식회계를 하는 등 온갖 노력을 기울였음에도 불구하고 1999년 대우는 끝내 해체됐다. 1998년 2월 정권을 넘겨받은 김대중 정부는 개혁 지향적이었는데, 그는 기업 경영 방식을 개선하고 소액 주주의 권리를 보호하며 정경유착으로 인한 부패를 방지하기 위한 법안들을 마련하느라 집권 초기를 소비하고 말았다.

최근 들어 한국은 자유무역협정을 체결한 국가의 수입관세를 낮추고 보호무역주의적인 법적 장벽을 낮추기 위한 노력을 기울이고 있다. 이는 재벌들이 이제는 '앞마당'에서부터 외국 기업들과 경쟁해야 한다는 것을 뜻한다. 예컨대 애플은, 삼성에서 만든 스마트폰이 똑같이 팔리고 있었음에도 2010년 한국에서 약 2백만 대의 아이폰을 팔았다. 그러나 다행스럽게도 삼성 갤럭시S는 대단히 경쟁력 있는 물건이었고 세계적인 성공을 거두었기 때문에, 애플이 한국 땅에서 긁어간 것보다 더 많은 수익을 전 세계적으로 올렸다.

이제는 특정 기업의 독점 현상도 약화되고, 유교에서 비롯된 하향식 top-down 사고방식도 약해졌으며 법도 바뀌었지만, 재벌 회장은 여전히 한국 사회에서 독보적인 지위를 누리고 있다. 삼성, 현대, 롯데, LG 같은 재벌 그룹은 거액의 자금과 정치적 영향력, 매체를 쥐고 흔들 만한 위력을 갖고 있다. 그들이 전체 산업 지형도에서 차지하는 지배적 영향력 역시 신성불가침이다. 주식시장에 등록된 50대 기업 중 재벌도 아니며, 전신이 공기업도 아닌 곳은 세 곳 정도다. NHN, 엔씨소프트, 그리고 신한은행. 신한은행은 일본계 한국인들이 결성한 것으로 1982년 한국에 진출했다.

재벌은 독점적 지위를 이용해 소비자와 제조업체 모두를 쥐어짜기 일쑤다. 재벌에 물건을 납품하는 작은 업체들은 재벌이 자신들이 원하는 가격을 부르기만 하고 협상하지 않는다고 토로한다. 이렇게 정해지는 가격은, 납품업체가 간신히 '생존'하는 데나 알맞지, 충분한 이윤을 내 사업을 확장하기엔 턱없이 부족한 수준이다. 소비자 입장에서 볼 때, 재벌들이 가격을 못박아버리는 것은 추가적인 소비세를 더 내는 셈이나 다름없다. 한국 소비재시장은 극소수 기업이 지배하고 있기 때문에 담합이 매우 쉽게 벌어진다. 2012년 1월, 삼성전자와 LG전자는 컴퓨터와 가전제품 등의 가격 인상을 두고 담합해온 정황이 밝혀져 벌금을 물었다. 안타깝게도, 그들이 낸 446억 원의 벌금은 그들이 그동안 벌어들인 부당이득에 비하면 새 발의 피에 지나지 않았다.

어떤 죄를 저질러도 풀려날 수 있는 재벌 회장의 힘은 구체제가 남겨놓은 일종의 흔적일 것이다. 한국에는 광복절 같은 날 대통령 특별사면을 내리는 관례가 있다. 용서의 정신에 입각해 이날 수천의 범죄자들(대부분 교통법규 위반자들)이 사면된다. 뇌물수수, 탈세, 심지어 폭력 혐의에 연루된 재벌 회장들이 이런 기회를 놓치는 경우는 거의 찾아보기 어려웠다. 한화그룹 김승연 회장은 아들이 당한 일을 보복하려고 쇠파이프를 들고 찾아가 (일군의 어깨들을 대동하여) 술집 종업원을 납치하고 폭행한 혐의로 기소되었다. 그는 1조 5천억 원대 분식회계 혐의로 유죄 판결을 받았던 SK그룹 최태원 회장과 함께, 2008년 광복절에 사면됐다.

한국 경제에는 이 경영자들이 필요하며, 세계시장에서 경쟁하는 기업의 경영인이 감옥에 갇혀 있으면 한국 기업의 이미지가 나빠진다는 것이 이러한 사면 복권의 이유로 흔히 거론되곤 한다. 물론 한국 기업의 이미지를 개선하는 가장 좋은 방법은 이러한 범죄인들이 선고된 형을 모두 살게 해 더이상 유사한 범죄가 생기지 않도록 막는 것이다. 대한민국은 지난 수십 년간 경제, 민주주의, 법치사회 건설에서 놀라운 발전을 이룩했다. 하지만 수많은 해외 투자자들은 아직까지도 그런 발전을 그리 높이 평가하지 않는데, 그 이유 중 하나가 한국에서는 기업 경영자들이 단지 사회적 지위가 높다는 이유로 공정한 법의 처벌을 받지 않는 관행에 있다.

이러한 문화가 언젠가는 바뀌기를, 한국 사회에 진정한 기업가 정신이 자리잡기를 모든 이들이 희망하고 있다. 그 누구도 삼성전자(반도체, 휴대전화, 컴퓨터시장을 선도하고 있는 대한민국 대표 기업)가 주저앉기를 바라지는 않겠지만, 보다 발전된 경제 체제에서는 한결 자유로운 사상의 교환, 더욱 치열한 경쟁, 강한 창조성, 그리고 그 모든 것을 아울러 재능 있는 사람이 새로운 회사를 설립해 세계시장을 제패할 수도 있는 가능성 등이 제공되어야 할 것이기 때문이다.

전체적인 그림을 놓고 볼 때, 거대한 재벌 기업들은 전 세계가 구입하는 제품들을 만들어내는 고도의 효율성을 갖춘 집단이다. 삼성이 만든 텔레비전, 현대가 생산한 자동차, LG의 냉장고가 다 그렇다. 그러나 장기적으로 봤을 때 대한민국에 더욱 필요한 것은, 전능하신 저 거대 기업 앞에 머리를 조아리는 사람들이 아니라, 당당히 새로운 기업을 만들어 저 대열에 참여하는 새로운 사업가들이다.

02
아시아적 가치를 넘어
민주주의로

　　'한강의 기적'이라는 구호는 1960년대 이후 한국
이 이룩한 급격한 경제성장을 가리키는 말이지만, 한국은 사실 두 개
의 기적을 이뤄냈다. 지난 25년간 일궈낸 정치적 변화가 바로 그 두번
째 기적이다. 영국 조사전문기관인 이코노미스트 인텔리전스 유닛EIU
에 따르면, 한국은 아주 짧은 기간 동안 군사독재에서 벗어나 세계에
서 가장 민주주의가 잘 정착된 나라로 이행한 국가다.

　북한 문제, 중국의 성장, 일본의 문화적 영향력 등에 가려, 한국은 그
에 걸맞은 주목을 받지 못했다. 그러나 정치적인 차원에서 보면, 한국
은 아시아의 롤 모델과도 같다. 아시아 전역을 통틀어 봐도, 중국이나
싱가포르처럼 경제성장은 달성했지만 여전히 권위주의적으로 통치되

는 나라들이 더 많다. 민주주의의 성숙도를 놓고 보면 한국에 비견할 만한 나라로는 일본 정도를 꼽을 수 있다. 그러나 일본은 자유롭고 공정한 선거제도는 정착돼 있지만, 경직된 관료주의가 버티고 있는 탓에, 사회적으로 실질적 변화를 도출해내기가 쉽지 않다.

1990년대, 유교적이고 권위적인 문화에서 성장한 리콴유 전 싱가포르 총리는, 민주주의가 서구의 개념이고 아시아에는 맞지 않는다며 이른바 '아시아적 가치'를 주창해 논란을 불러일으켰다. 아시아적 가치를 내세운 사람으로는 리콴유 외에도 마하티르 모하마드 전 말레이시아 총리가 있는데, 아시아적 가치라는 개념이 일당독재를 정당화시켜줄 뿐 아니라 문화적으로 중화권 국가와 이슬람 국가를 하나로 묶어주는 역할도 수행한 셈이다. 그들의 논리에 맞선 사람이 바로 김대중인데, 그는 오랜 세월 민주화를 위해 싸운 투사로, 훗날 대통령이 되었다. 김대중은 즉각 이렇게 반박했다. "문화가 우리의 운명은 아니지만, 민주주의는 우리의 운명이다."[*]

아시아에 전반적으로 민주주의가 정착되지 않았다는 점을 놓고 볼 때, 한국에서는 어떤 이유로 민주주의가 이토록 확고하게 자리잡을 수 있었는지 궁금해진다. 한국인의 교육열, 대중이 쉽게 글을 읽고 의견을 표현할 수 있게 해준 한글, 저항과 전복의 오랜 전통 등 한국과 한국 역사의 몇몇 특질에서 그 해답을 찾을 수 있을지도 모른다.

[*] 미국의 격월간 외교전문지 〈포린 어페어스〉에서, 리콴유 싱가포르 전 총리와 김대중 전 대통령이 벌인 논쟁을 가리킨다. 1994년 〈포린 어페어스〉 3·4월호에 실린 기고 글과 인터뷰를 통해, 리콴유는 서양의 민주주의 개념이 문화가 다른 아시아에 고스란히 적용될 수 없다는 입장을 표명했다. 그러자 당시 정계에서 은퇴한 상태였던 김대중은 같은 매체를 통해 민주주의의 보편적 가치를 역설하며 논박했다.

한글의 힘

대한민국 건국 이후, 보편적 교육에 대한 요구가 꾸준히 제기돼왔다. 1945년, 고등학교를 졸업하거나 검정고시를 통과한 사람은 전체 인구의 5퍼센트에 지나지 않았다. 그러나 1990년대 초에는 그 수치가 90퍼센트를 넘는다. 정권이 바뀌고 새로운 정부가 들어설 때마다 교육은 국가 발전 핵심 전략으로 지목되었으며, 평등한 교육의 기회를 제공하는 주요 정책이 만들어져 전국 학교 수는 극적으로 늘어났다. 부모들은 학교에 자녀를 보내는 것만으로도 행복을 느꼈다. 촘촘한 '동문' 조직이 기업과 정치를 움직이는 한국 사회는 어떤 면에서 대단히 엘리트적이다. 그러나 일반적인 사람들 사이에서도, 무식한 상태에 머물러 있으면 경멸의 대상이 되고, 제대로 글을 읽을 수 있고 기본적인 지식을 갖추면 보다 존중을 받는다.

물론 교육에 높은 가치를 부여하는 것은 유교의 영향으로 볼 수 있겠지만, 한국인들이 글을 읽고 쓰게 된 역사는 한 영웅의 출현으로 시작되었다. 조선왕조 초기, 세종대왕은 한국어 표기 문자인 한글을 만들라고 명령했는데, 이것은 역사적으로 한국인의 평등주의에 가장 큰 힘을 실어준 사건이었다. 세종대왕은 한반도 역사상 가장 위대한 임금이며 수많은 업적을 남겼지만, 그의 업적 중 한글 창제에 비견될 만한 것은 없다.

외국인들은 한글을 읽는 게 너무도 쉽다는 사실에 깜짝 놀라곤 한다. 그도 그럴 것이, 한글은 세종대왕이 숙고 끝에 누구나 쉽게 터득할 수 있도록 만든 글자이기 때문이다. 한글 창제 이전에는 중국 글자인 한자를 썼는데, 한자는 너무 복잡하고 문자 수가 많아 노비를 부리며 사는 '고상한 학자'인 양반들이나 제대로 배울 수 있었다. 수많은 엘리트의 바람과 달리, 세종대왕은 평범한 이들도 문맹에서 탈출할 수 있도록 새로운 문자 체계를 만들고자 했다. 세종대왕과 집현전 학자들이 만든 글자는 참으로 명료했다. 때문에, 한글이 반포될 당시 "지혜로운 사람이면 아침나절이 다 지나기 전에 배울 수 있을 것이고, 어리석은 자라고 해도 열흘이면 익히는 데 충분할 것"이라는 말까지 나왔다.

훗날 연산군은 새로 창제된 글자가 자신을 비방하는 벽서에 사용된다는 사실을 알고서 한글 사용을 금지하고자 했으나 이미 널리 보급되어 불가능한 일이었다. 나중에는 기독교 서적이 한글로 번역되어 배포되는데, 거기에는 모든 사람이 신 앞에 평등하다는 내용이 쓰여 있었다. 이는 모든 이들이 자신의 '위치'에 맞게 행동해야 한다는 유교 이념과 상반되는 것이었다. 오늘날 한국의 문맹률은 사실상 제로에 가깝다. 전 세계 다른 수많은 나라와 달리, 한국에서는 정치에 관심 있는 사람이면 누구나 자신의 의견을 표현하는 데 어려움이 없다. 한국에는 개방적인 교육 시스템이 마련돼 있어서 정치 이론 및 역사, 공공정책 등에 대한 기초 지식을 누구나 풍부하게 제공받을 수 있기 때문이다.

저항할 준비는 되어 있다

한국은 살아 숨쉬는 저항의 문화를 가진 나라다. 때로 이 문화는 극단으로 치닫기도 한다. 일례로 2007년 5월, 마을 인근에 군 부대가 들어서는 것에 항의해 이천 농민들이 국방부 앞에서 살아 있는 돼지를 능지처참해 죽인 사건이 있었다. 이런 극단적인 경우는 제외하더라도, 한국인들이 다른 아시아 국가 사람들에 비해 더 공개적으로, 더 시끄럽게, 훨씬 더 많이 자신들의 견해를 표출하는 것은 사실이다. 전직 인권변호사이자 아름다운가게 창립자이기도 한 박원순 서울시장은, 옛 선비들은 "목을 내놓고", 정말 자신의 목이 잘릴 수도 있는 사태를 각오하고 국왕과 맞서기도 했다고 당당하게 이야기했다. "천안문 사태 이후, 중국의 저항 세력은 어떻게 했나? 그들은 포기하고 돌아갔다. 하지만 한국 민주화 운동가들은 멈추지 않고 계속 저항했다." 그래서 군부독재가 결국 백기를 들었다는 것이다.

1987년, 미국 언론인 오루크P. J. O'Rourke는 민주화 운동을 취재하기 위해 한국을 방문했다. 몇몇 현장을 목격하고서, 그는 한국 시위대가 근성 있게 포기하지 않고 저항하는 모습에 충격을 받았다. 「서울의 형제들Seoul Brothers」이라는 에세이에서 그는, "(구로구청 건물에서 저항하는 이들을 향해) 경찰은 5층 창문으로 열두 차례나 최루탄을 일제히 발포해댔다. (…) 그 소용돌이 속에 버티고 서 있던 학생들은 한국적인 것 자체를 온몸으로 웅변했다. 그들은 단지 서 있기만 한 게 아니었다. 학생들은 악다구니를 써가며 싸우고 있었다"고 썼다.

심지어 오늘날까지도 이 전통은 이전과 다름없이 굳건히 유지되고 있다. 이전에 비해 불만을 가질 만한 요소가 상대적으로 훨씬 줄어들었음에도 불구하고, 광화문 정부청사나 여의도 국회의사당 근처에서는 언제나 무언가에 대한 항의나 지지를 주장하는 사람들을 볼 수 있다. 노동조합원에서 반공주의적인 재향군인회에 이르기까지 모두가 플래카드를 들고 소리를 지르며 기이할 정도로 명랑한 노래를 부르는 것이다. 이런 시위 문화에 불만을 표하는 사람들이 많지만, 정부가 아무 짓이나 해도 괜찮을 거라는 생각을 도저히 할 수 없게 만드는 이런 사람들이 한국의 젊은 민주주의를 지탱하고 있는 것 또한 사실이다.

반역자들

사람들은 흔히 조선을 '고요한 아침의 나라'로 치부하곤 한다. 하지만 19세기 조선은 고요한 아침의 나라와는 거리가 멀었다. 힘 있는 가문들의 알력 다툼과 궁중의 권력투쟁은 조선을 휘청거리게 만들었다. 조정은 사분오열로 약해졌으며, 평범한 백성들은 완고한 유교적 위계질서에 신물이 날 지경이었다. 유럽에서 혁명적인 변화가 진행되던 시기에 한반도에서는 가난한 농민들에게 과도한 세금을 물려 수차례 농민 봉기가 벌어졌고, 노비들의 노동력에 기생하는 양반 계급의 특권에 대항해 대중적 저항운동이 일어나고 있었다.

1811년 초, 평안도의 가난한 잔반殘班, 혹은 평민 출신으로 추측되는 홍경래는 농민군을 조직해 한반도 북방의 상당 지역을 지배하게 됐다. 조선군은 이듬해 4월 이들을 진압했으나, 그사이 전국 각지에서는 홍경래의 난에 영향을 받아 크고 작은 민란이 일어났다. 1862년, 경상도 진주에서는 경상우병사 백낙신의 탐학에 반발해 잔반 출신 유계춘이 농민을 이끌고 거사를 일으켰다. 백낙신은 부패한 아전들과 결탁해 농부들의 재산을 수탈해온 탐관오리였다. 반란군은 관아를 불태우고 향리들의 목을 쳤다. 그 결과, 조정에서는 농민을 분노케 한 향리들의 부정을 바로잡고 군사, 토지, 조세 제도를 개혁했다.

19세기 말로 향하면서 전라도, 경상도, 제주도, 함경도, 평안도 등에서 그와 유사한 소규모 민란이 산발적으로 일어나다가 1894년, 마침내 동학농민운동이 일어났다. 동학은 1860년대, 최제우가 설파한 일종의 종교적 가르침에서 출발한 운동이었다. 최제우는 오늘날 관점에서 보면 민주사회주의democratic socialism라 불릴 법한, 유교와 불교의 혼성 철학을 주조해냈다. 그는 만인의 평등과 민주주의와 인권을 옹호했다. 그러나 유럽의 사회주의와 달리 이것은 정치 이론의 문제가 아니었다. 최제우는 신, 혹은 완벽의 경지에 대해 믿었지만, 그것은 모든 이들에게 함께 있는 것이지 저 천상의 왕국에 있는 것이 아니었다. 모든 사람이 한울님天主이기에, 남자든 여자든, 농부든 양반이든 모두 평등하다. 또한 최제우는 매우 민족주의적이었으며, 외세를 싫어했다. 그는 아시아에서 기독교가 확산되는 모습을 보며 경각심을 느꼈고, 이 서양 종교가 조선에서 더 뿌리내리지 못하게 함으로써 외세를 밀어내고자 했다.

최제우가 만든 동학이 철학적으로 완결성을 갖춘 것은 아니었지만, 그의 동학운동은 농부들 사이에서 호응을 얻었고, 그는 농민의 희망으로 떠올랐다. 최제우는 1864년 붙잡혀 처형당했지만, 후계자인 최시형의 지도 아래 동학은 지하운동으로 변해 살아남았다. 1892년, 동학교도들은 게릴라식으로 무장 조직했고, 동학의 전사들이 상인, 지주, 정부 관리, 외국인 들을 공격해 재산을 약탈하고 이를 가난한 사람들에게 나누어주기 시작했다.

1894년 상반기, 대다수가 농민으로 구성된 동학농민군은 힘을 얻어 갔다. 5월, 부패한 지방 관리에 반발해 일어난 동학의 투사들은 전라도의 핵심 도시인 전주를 손에 넣었다. 그들은 또한 관군을 빠른 속도로 밀어내고 "한양으로 전진해 정부를 쓸어버릴" 계획을 세웠다.

조선 조정의 파벌 중 일각에서는 중국에 도움을 청했다. 동학농민군을 막을 만한 힘이 조선 조정에는 없었기 때문이다. 이에 청나라에서 보낸 3천 명의 군인을 동원해 동학농민군의 북상을 막고 휴전을 위한 협상을 벌이는 데까지는 성공했지만, 중국의 개입은 추후 조선을 병합하고자 영향력을 넓혀가던 일본을 자극하고 말았다. 일본은 그 앙갚음으로 8천 명 규모의 군대를 조선에 보내 궁궐을 포위하고 정부 고위 관료들을 친청파에서 친일파로 전부 교체했다. 중국과 일본이 조선을 놓고 벌이던 힘겨루기는 1894년에서 1895년까지 진행된 1차 청일전쟁의 주요 이유 중 하나였다.

1894년 10월, 전라도에서 서울로 다시 북상하던 동학농민군은 공주 인근의 우금치에서 일본군과 맞닥뜨렸다. 대포까지 보유하고 있던 일본군은 칼, 활과 화살, 그리고 약간의 조총으로 무장한 동학농민군에 비해 화력에서 크게 앞섰다. 1894년 11월 10일, 동학농민군은 참패를 겪는다.

하지만 동학농민군의 투쟁이 완전히 무가치한 일만은 아니었다. 조선 정부는 일본의 손아귀에 떨어진 상태였지만, 갑오개혁을 선포하여 신분제도 철폐 및 능력에 따른 관리 선출, 과부의 재가 허용 등을 포함한 다양한 제도적 개혁안을 내놓았다. 동학운동이 갑오개혁에 얼마나 직접적인 영향을 주었는지는 논쟁의 여지가 있으나 어느 정도 충격을 준 것만큼은 사실이다.

1905년, 훗날 3·1운동을 이끌며 대중적 영웅으로 떠오른 동학 3대 교주인 손병희의 지도 아래, 동학은 천도교로 개칭하고 좀더 종교 형식을 갖추어 진화했다. 천도교는 동학의 전통적인 요소 위에 기독교의 영향력까지 흡수했기에, 철학적으로 볼 때 동학보다 더욱 혼성적인 것이었다. 그러나 그 중심에는 근본적으로 모든 사람들이 평등하다는 믿음이 내재해 있었다. 천도교는 오늘날까지 존속하고 있으며 약 100만 여 명의 신도를 보유한 것으로 알려졌다. 한국 종교에는 전반적으로 융합하는 성격이 있는데, 그중에서도 천도교는 한국에 출현한 모든 종교 중 가장 혼성적인 종교일 것이다.

독재의 시작

1945년 일제가 패망하면서 한국은 독립해 국권을 회복했다. 그러나 1948년, 북한에 진주한 소련과 남한을 점령한 미군에 의해 한반도는 둘로 나뉜다. 양쪽 모두 권위주의적인 정부가 들어섰지만 둘 사이에는 중대한 차이가 있었다. 북한의 김일성은 스탈린을 등에 업고 모든 면에서 완벽한 독재자가 되었다. 반면 남한에서는 1948년까지 미군정 통치 과정에서 민주주의적 제도가 마련되고 선거가 치러졌다. 그 결과 선출된 한국의 첫번째 독재자는 그러므로 겉치레로라도 민주주의의 형식을 갖춰야 했다. 대한민국에서는 독재가 가장 심했던 시절에도 언제나 강력한 고유의 정체성을 지닌 야당이 존재했다. 민주화 이후의 대통령인 김영삼과 김대중은 모두 오랫동안 야당의 지도자로 활동한 바 있다. 반면 북한에서는 반대자의 존재 자체가 용납되지 않았고, 김일성 집안 외의 사람이 정치적 기반을 갖는 것은 있을 수 없는 일이었다.

조선왕조의 후손인 이승만은 1919년부터 1925년까지 상하이 대한민국임시정부 지도자로 활동했던 사람이다. 일제의 패망과 뒤이은 해방정국에서 이승만은 남한 내 경쟁자들 가운데 가장 강력한 인물로 떠올랐다. 자신의 이름마저 서양식으로, 이름을 먼저 쓰고 성을 나중에 쓸 정도로 서양 문화에 익숙했던 이승만은 공산주의를 경멸했으며, 자신에 대한 미 군정의 지지를 이끌어내는 데 성공했다. 이승만은 1948년 5월 UN 참관하에 치러진 제헌국회 구성 총선거에서 국회의원이 되었다. 그렇게 형성된 국회는 이승만을 새로운 공화국의 대통령으로 선출했다. 1948년 8월 15일, 미 군정은 새로 수립된 대한민국 정부에 주권 이양식을 치렀고, 이승만은 공식적으로 미 군정으로부터 국정 운영권을 이양받은 사람이 되었다.

1948년, 제헌국회는 행정부와 입법부의 분리, 사법부의 독립, 대통령에게 행정부를 통제할 권한을 부여하고 대통령을 직선제가 아닌 간선제로 선출하는 제도 등에서 미국 시스템을 도입하고, 국회에서 총리와 내각을 구성하는 의원내각제의 요소를 절충해 새로운 헌법을 만들었다. 모든 국민에게 투표권이 주어졌고, 국민들은 보통선거의 즐거움을 만끽하며 제헌국회를 선출했다. 이것은 한국인들이 처음 경험하는 정치 체제였다. 그전까지만 해도 한국인들은 왕조시대를 살다가 일본 총독의 통치하에 있었던 것이다. 그러나 당시의 개방적 분위기와, 일본이 몰락한 이후의 공백기는 사람들이 정치에 눈을 뜨게 하기에 충분했다. 1947년에는 선거를 앞두고 무려 340개가 넘는 정당이 등록됐다.

그럼에도 불구하고, 이승만 대통령은 제대로 뿌리내리지 못한 한국의 민주주의를 뒤틀어, 사실상의 독재자로 활약하기 시작했다. 그가 1948년 만든 국가보안법은 공산주의나 북한 찬양을 불법으로 규정하는 동시에 정치적 반대자들을 처형, 체포, 단념시키는 역할을 수행했다. 1949년, 3만 명이 국가보안법에 의해 체포되었다. 1950년 6월 25일 발발해 3년 동안 계속된 한국전쟁은 반공이 한국의 국시로 자리잡는 데 결정적인 역할을 수행했다. 이승만의 군대는 반공주의라는 미명하에 제주도에서 여성과 아이들까지 포함해 1만 명이 넘는 사람들을 무참하게 학살하기도 했다. 이승만, 박정희, 전두환 등은 모두 공산주의의 위협을 빌미로 정치적 반대자를 짓누를 수 있었다.

1951년, 이승만 대통령은 대통령 직선제 개헌안을 국회에 내놓았지만 1952년 1월 표결에서 이를 거절당하고 말았다. 국회의원들은 찬성 19표 대 반대 143표로 이승만의 행보를 가로막았고, 그의 4년 임기는 서서히 끝을 향해 치닫고 있었지만, 그가 권좌에서 물러날 때는 아직 오지 않았다. 이승만은 계엄령을 선포하고 자신을 지지하지 않는 자들은 처형하겠다고 협박하는 식으로 대응했다. 그가 제안한 개헌안이 통과되었음은 물론이다. 1954년 이승만은 다시 깡패들을 동원해 대통령의 재선출 횟수를 제한하는 헌법을 개정하여, 자신이 평생 대통령을 하기 위한 발판을 마련했다.

1950년대를 통틀어, 이승만의 자유당은 유권자를 매수하거나 깡패를 고용해 협박하는 등 여러 가지 방법을 동원해 의회의 다수당 위치를 지킬 수 있었다. 이 과정에 필요한 자금의 상당 금액은 정치적 부패 행위를 통해 마련했다. 장사를 제대로 해보고 싶은 사업가는 자유당에 돈을 바쳐야 했다. 해방되고 한국전쟁을 치르는 혼란기를 뚫고 나가며, 이승만 대통령은 전제주의적 통치를 위한 기반을 다졌다. 국회 시스템이 만들어지고, 원조 형식으로 한국 정부 예산의 상당수를 제공하던 미국의 눈도 있었기 때문에 이승만은 야당의 존재를 허락하는 의사 擬似 민주주의자 노릇을 해야 했지만, 그 효과는 미미했다.

이승만의 반대자 중 일부는 신념 때문에 목숨까지 바쳐야 했다. 1949년, 일제 통치에 오래도록 맞서며 국민들에게 영웅 대접을 받던 또다른 대통령 후보 김구가 안두희라는 군 장교에 의해 암살당했다. 안두희는 법정에서 자신에게는 아무런 배후 세력이 없다고 강변했지만, 그가 감옥에서 단 1년만 복역한 뒤 다시 군에 복귀해 대령까지 지냈다는 사실은, 안두희가 위에서 내려온 명령을 수행한 게 아니냐는 의심을 받게 한다. 김구의 암살은 이승만의 최측근인 김창룡의 지시에 의한 것이라는 의혹도 제기된 바 있다.

1950년대 중후반 이승만의 경쟁자였던 조봉암은 또다른 희생자였다. 이승만의 민주주의 정치가 행세를 하려면 야당의 존재가 필요했지만, 조봉암의 인기가 너무 치솟았던 것이다. 그는 1956년 대통령 선거에서 유럽식 사민주의 정당을 연상시키는 강령과 정책을 내세우며 30퍼센트의 득표율을 기록했다. 그는 북한과 내통했다는 이유로 1958년 재판에 회부되어 1심에서는 무죄 판결을 받았지만, 2심에서 유죄 판결을 받고 1959년 6월, 사형이 집행됐다.

4월 혁명과 박정희

이승만 대통령의 치세는 오래가지 못했다. 1960년 3월 대통령 선거에서 부정 조작 행위가 있었다는 사실이 명백해진 가운데 학생들이 시위에 나섰다. 마산 시위 이후, 김주열이란 학생이 머리에 최루탄이 박힌 채 주검으로 떠올랐다. 이 일로 전국이 충격에 휩싸였고, 이는 4·19 혁명으로 이어졌다. 4월 19일, 학생들은 고려대학교에서 경무대(현재의 청와대)까지 행진했다. 군인들의 발포로 2백 명가량이 죽었다. 그로 인해 시위대의 행렬은 더욱 불어나 마침내 4월 25일에는 경찰과 군이 시위대를 향한 발포를 거부하기에 이른다. 이승만은 하와이로 도망쳐 5년 후 그곳에서 사망했다.

하지만 독재의 시대가 끝난 것은 아니었다. 선거 끝에 장면이 총리로 임명되고 얼마 안 되는 시간 동안 잠시 불장난 같은 민주주의를 맛보기도 했지만 1961년 5월, 박정희 장군이 쿠데타를 통해 권력을 잡았다. 박정희 장군도 이승만 대통령과 마찬가지로 미국의 영향을 받았다. 케네디 정부는 박정희에게 군복을 벗고 민간인이 되어 지도자로 활동할 것을 촉구했다. 박정희는 실제로 그렇게 했고, 1963년 그가 처음 치른 대통령 선거에서 승리했다. 이 선거는 비교적 공정하게 치러졌으며, 경제개발정책이 아주 큰 성공을 거둔 덕분에, 1967년 선거에서 근소한 차이로 재선에 성공했다.

1969년, 박정희 대통령은 또다시 대통령으로 집권하고자 3선 개헌을 서둘렀다. 그러나 그 시점부터 그의 인기는 떨어지기 시작했고, 1971년 선거에서 박정희는 53.2퍼센트의 표를 얻어 경쟁자로 등장한 김대중(득표율 45.2퍼센트)을 8퍼센트 차이로 이겼지만, 이마저 선거 조작 도움 덕분에 나온 결과라는 의심을 받는다. 박정희는 정권을 잃을지 모른다는 공포를 느끼고 1972년 10월, 비상계엄을 선포하고 헌법 효력을 일부 정지시켰으며 국회를 해산하는 조치를 취했다. 그는 이른바 유신헌법이라는 새로운 헌법을 선포했는데, 그에 따르면 대통령은 이론적으로 6년 임기의 대통령직을 무제한 연장할 수 있었다. 국민의 투표로 대통령을 뽑는 게 아니라 그의 입맛에 맞게 고른 선출 위원회에서 대통령을 뽑았기 때문이다. 또한 대통령은 국회의원 중 3분의 1을 자신이 직접 뽑을 수 있는데, 그로 인해 박정희는 언제나 국회 다수당을 운영할 수 있게 되었다.* 이러한 개헌안 역시 조작된 국민투표를 통해 승인되었다.

이에 대한 반발로 서울대, 연세대, 고려대 등 명문대학 학생들 사이에서 저항운동이 조직되기 시작했다. 당시 시위대에 참여했으며 현재 서울시장인 박원순에 따르면, 반정부 투쟁에 나선 학생들은 자신들만의 은어로 대화하면서 산발적인 시위를 벌이고 재빨리 사라지는 식으로 활동하는 '지하 서클'을 만들었다고 한다.

1974년에서 1975년 사이, 박정희 대통령은 학생들을 강하게 억압하는 조치를 연이어 내놓았다. 유신헌법을 비판하는 것은 불법이었고, 군대는 대학에 들어갈 수 있는 권한을 부여받았다. 학생들은 정치적 활동을 금지당했다. 정치 활동을 하다가 발각된 사람은 감옥에 갇히고 대학생 신분을 박탈당했다. 당시 대학에 다니거나 학교 캠퍼스에서 일

---

* 박정희 대통령은 통일주체국민회의가 국회의 3분의 1을 차지하게 했다.

하던 이들은 대학 정문에 대기중인 최루탄 차량과 최루액 살포 차량에서 뿜어져나오는 냄새를 항상 맡아야 했다.

이승만 대통령의 경우와 달리, 박정희 대통령을 끌어내린 것은 학생들이 아니었다. 박정희는 개인적인 술자리에서 신뢰하던 동지이자 육군사관학교 동기였던, 당시 중앙정보부장 김재규의 총에 맞아 1979년 10월 26일 목숨을 잃었다. 김재규가 이 암살을 치밀하게 계획했는지 여부에 대해서는 아직도 논란이 있다. 어떤 이들은 박정희와 경호실장 차지철이, 김재규가 시위대를 적극적으로 분쇄하지 않는 것을 비판하자 그에 반발하는 가운데 우발적으로 살인이 벌어졌다고 본다. 또다른 사람들은 김재규가 독재의 종결을 위해 사전에 범행을 계획했다고 해석하기도 한다. 김재규가 육군교도소에 수감돼 있던 당시 그의 변호사에게 진술한 내용이 담긴 육성 녹음 테이프가 2011년 세상에 공개됐다. 그에 따르면, 김재규는 유신헌법 이후로 박정희에 대한 환상을 잃었으며, 이후 얼마 동안 박정희의 암살을 계획해왔음을 추측할 수 있다.

독재에서 민주주의로

사형이 선고될 것을 예견했던 김재규는 "이 나라의 민주주의를 위해" 박정희를 쏘았다고 증언했다. 만약 민주주의를 실현하는 것이 그의 목적이었다면, 이후에 벌어진 일들은 김재규를 매우 실망시켰을 것이다. 박정희가 암살된 뒤, 최규하 총리가 대통령직을 이어받았다. 그러나 기회주의적인 야심가였던 육군 장교 전두환이 사실상 국군 통수권자 자리에 올랐다. 그는 자기보다 계급이 높은 중앙정보부장이 하루에 두 차례씩 자신에게 보고하게 하면서 온 나라의 정보를 틀어쥐었다. 1979년 12월 12일, 고위급 군인들이 만든 비밀 사조직인 하나회의 도움을 받아, 전두환은 쿠데타에 착수했다. 그는 대통령의 승인 없이 육군참모총장을 해임시켰다. 1980년 초, 전두환은 자신의 계급을 중장으로 높였고, 공식적으로 중앙정보부장의 지위에 올랐다. 전두환은 그해 5월 계엄을 선포하고 6월에는 국회를 해산시킴으로써 대한민국의 실질적인 지배자가 되었다. 최규하 대통령은 사임했고, 선거인단을 통한 투표를 통해 전두환은 자신이 대통령이 되었다고 선포했다. 9월 1일의 일이었다. 대통령이 되면서 전두환은 박정희의 유신헌법을 새로운 것으로 교체했는데, 이는 유신헌법보다 덜 전제적이긴 하지만 여전히 대통령에게 폭넓은 권한을 부여하는 것이었다.

법적 근거가 희박했던 만큼, 전두환은 자신의 통제력을 유지하기 위해 일차적으로 폭력에 의존할 수밖에 없었다. 1980년 5월, 그는 계엄을 선포했다. 전라남도 광주의 시민들은 저항했고, 전두환은 군대를 보내 수백 명을 죽이는 방식으로 대응했다. 정권을 유지하기 위한 다음 전략은 더 교묘해질 수밖에 없었다. 이른바 '섹스, 스크린, 스포츠'의 머리글자를 딴 '3S정책'을 시행하면서, 전두환은 선정적인 영화에 대한 검열을 줄여나갔고, 전국적으로 컬러 텔레비전 방송을 시작했으며, 온 국민의 눈을 1988년 올림픽에 쏠리게 만들었다. 박정희와 달리 전두환은 극도로 부패한 대통령이었다. 그는 수십조 원에 달하는 부패를 저질러 자신의 배를 불렸다. 광주에서는 대학살을 자행했고 뇌물을 받는 일에는 그 누구에게도 뒤지지 않았던 전두환은, 사람들이 증오해 마지 않는 대통령이 되었다. 인터뷰를 진행하는 과정에서 한 기업인은 박정희를 "최고의 대통령"이라고 말한 반면, 전두환은 그저 "그 개자식"이라고 불렀다.

1985년 총선에서 전두환이 이끄는 정당은 오직 35퍼센트의 득표율을 올렸지만, 그럼에도 불구하고 원내 제1당 자리는 유지했다. 이 뻔뻔스러운 선거 부정 행위로 인해 진정한 민주주의에 대한 열망은 더욱 커졌다. 하지만 대통령 임기를 7년 단임으로 하는 헌법에 따라, 전두환은 1987년에 공정한 대통령 선거를 하는 대신 하나회 동지인 노태우에게 권력을 이양하고자 했다. 그러는 과정에서 전두환에 반대하는 사람은 점점 늘어났다. 대학생들을 중심으로 기독교 인사들과 평범한 노동자들까지 가세하면서 조류가 뒤바뀌기 시작한 것이다.

대학생 박종철이 4개월 전 고문을 받다 사망했다는 사실이 1987년 5월에 드러났다. 이러한 사실이 밝혀지면서 대중적 공분이 형성됐고, 6월에는 수백만에 이르는 시위대가 전두환의 통치에 반대하고 나섰다. 6월 19일, 전두환은 군대를 동원하려고 명령을 내리지만 세 시간 뒤 마음을 바꿨다. 6월 29일, 그의 후계자인 노태우는 자유롭고 공정한 선거를 하겠으며, 새로운 헌법을 제정하겠노라는 역사적인 선언을 내놓았다. "자신들의 시대가 끝났을 때 떠난 것이 그들이 한 일 중 가장 잘한 일"이라고 박원순은 회고했다. 민주주의의 꿈이 끝내 실현된 것이다.

해피엔딩

1987년 12월에 치러진 대통령 선거는 전두환의 친구이며 군 동지인 노태우를 대통령으로 뽑는 다소 김빠지는 결말로 끝났다. 오랜 세월 민주화 투쟁을 해온 김대중과 김영삼이 각자 출마해 개혁 성향의 표를 나눠가지면서 각각 27퍼센트와 28퍼센트를 득표하는 바람에 고작 36퍼센트의 득표율로 노태우가 승리를 거둔 것이다. 이것은 공정한 선거였으며 선거 부정이나 기타 조작이 개입되지 않았다. 노태우의 승리는 국민들이 세 명의 후보를 놓고 벌인 투표의 결과다. 노태우는 집권 기간 동안 민주주의에 기반한 새로운 제도를 존중했으며, 김영삼이 1992년 12월 선거에서 승리했을 때, 별 잡음 없이 권력 이양이 이뤄졌다. 5년 뒤 김대중이 대선에서 승리함으로써, 한 사람의 민간인이자 민주화 운동가였던 이가, 다른 민주화 운동가에게 권력을 넘기는 역사적인 장면이 펼쳐졌다. 이후 이러한 관례는 꾸준히 이어져, 새로 선출된 정부로의 권력 이양은 매번 상호 존중하에 민주적으로 이루어진다.

1996년 8월 전두환과 노태우가 내란, 폭동, 부패 혐의로 기소된 것은 한국의 민주주의가 어디까지 발전했는지 명확하게 보여준 사건이었다. 전직 대통령이 될 김영삼과 차기 대통령으로 당선된 김대중은 1997년 12월 협상 끝에, 전국민적 화해를 도모하는 차원에서 두 전직 군인을 사면하는 조치를 취한다. 전두환과 노태우는 경호원들의 엄중한 신변 보호를 받으며 오늘날까지 연희동에 있는 그들 저택에서 이웃하여 잘 살고 있다. 아이러니하게도 그들의 집은 전두환이 한때 사형 선고를 내렸던 김대중의 동교동 자택에서 그리 멀리 떨어져 있지 않다. 김대중이 전두환과 노태우의 이웃이었다는게 다소 이상하게 보일 수도 있겠지만, 그가 화해와 용서로 평화적인 정치의 문을 열었다는 것을 생각해보면 어느 정도 앞뒤가 맞는 것처럼 보이기도 한다.

03

북한:
동포, 주적, 아니면
그냥 다른 나라?

한국인들은 북한에 대해 어떻게 생각할까? 외신의 보도를 그대로 믿는 사람이라면, 휴전선 이남 사람들에게 북한이란 현존하는 공포의 근원이라고 생각하는 것도 무리가 아닐 것이다. 서울에서 노인들이 김정일과 김정은의 사진을 불태우는 모습은, 항상 북한 독재정권이 핵무기를 개발한다는 기사와 함께 나란히 보도된다. 서울은 '미치광이' 핵무장 국가인 북한으로부터 고작 50킬로미터 떨어져 있을 뿐이며, 한국과 북한은 아직 서류상으로는 전쟁중이라는 점을 외신들은 꼭 상기시켜준다. 게다가 이토록 쌓여 있는 원한과 증오에도 불구하고, 남북 사람들이 모두 완벽한 통일을 원한다고 믿는 것 또한 외신을 통해 한국을 아는 외국인들이 갖고 있는 편견 중 하나다.

그러나 현실은 그보다 훨씬 더 미묘하다. 한국 정부는 대북 강경책에서부터 김대중, 노무현 정부의 '햇볕정책'까지 그간 다양한 해결책을 시도한 바 있다. 한국인의 입장 또한 여러 갈래로 나뉜다. 전쟁을 겪은 세대, 즉 한국전쟁 이전에 태어난 이들은 북한에 대해 공포와 적개심을 느끼는 경향이 크며, 따라서 북한의 어떤 도발 행위에도 정부가 단호한 대응을 해줄 것을 기대한다. 한편, 이른바 386세대라 불리는 1960년대 베이비부머들은 평양의 '가난한 형제들'에게 유화책을 펼치는 쪽을 선호한다. 공산주의와 자본주의의 대립으로 인한 공포를 전혀 느끼지 못하고 성장한 첫 세대, 즉 1970~1980년대 출생 세대는 본능적으로 평화를 추구하지만, 전쟁 세대나 386세대에 비해 북한 문제에 훨씬 무관심하다. 바로 이 무관심이 향후 통일의 가능성에 걸림돌이 되고 있다.

북한이라는 빨간 괴물

군사독재 시절, 북한은 모든 한국인이 항시 눈을 부릅뜨고 주시해야 하는 한 마리 늑대, 빨간 괴물로 묘사됐다. 1960년대에 학교를 다닌 한국인이라면 선생들한테 그런 소리를 귀에 못이 박이도록 들었던 기억이 남아 있을 것이다. 당시 만들어진 외국인용 관광 가이드를 펼쳐보면, '공산주의 선동'이나 '국가보안법' 같은 유용한 표현이 쓰여 있음을 확인할 수 있다. 온 나라가 삼엄한 경계 태세를 유지했고, 정부는 편집증적으로 반공을 외치던 시절의 잔해가 오늘날까지도 남아 있다. 지하철과 버스에는 '간첩 신고'를 하고 포상금을 받으라는 광고가 눈에 띈다.

1948년부터 존속해온 국가보안법은 '이적표현물'을 제작하거나, 배포하거나, 소유하는 등의 '반국가 활동'을 엄격하게 처벌해오고 있다. 공산주의 동조자들을 제지하기 위해 만들어진 이 법은, 이승만 대통령이 정치적 반대자들을 탄압하는 데 유용하게 사용되기도 했다. 북한에 대한 공포를 등에 업고, 이승만 대통령은 국가보안법을 이용해 법이 만들어진 첫 해에만 3만 명이 넘는 사람을 투옥했다. 국가보안법 덕분에 정치적 반대자들에게 '빨갱이' 딱지를 붙여 이들을 감옥에 집어넣거나 처형하는 일이 너무도 쉬워진 것이다. 이승만은 심지어 야당 국회의원들을 공산주의 음모에 대한 동조 혐의로 체포하기도 했다.

이승만, 그리고 뒤를 이은 박정희 대통령은 북한의 위협이 정치적으로 대단히 유용하다는 것을 발견하기도 했지만, 북한의 움직임은 그들에게 실제로 심각한 위협이기도 했다. 1968년 1월 21일, 오직 단 하나의 목표를 달성하기 위해 2년간 훈련받은 북한의 엘리트 특공대원 서른한 명이 휴전선을 넘어 청와대를 습격하고 박정희를 암살하기 위해 남파됐다. 그들은 목표물에 아주 근접한 상황에서 한국군과 맞닥뜨렸다. 대한민국 육군에 따르면 스물아홉 명의 간첩이 살해됐고, 한 명은 체포되었으며, 나머지 한 명은 달아났다. 대량의 군사를 보내기 위해 만들어진 남침용 땅굴이 몇 차례에 걸쳐 발견되기도 했다.

이렇듯 명명백백한 위협의 증거가 있었고, 한국전쟁을 기억하는 사람들이 대부분 살아 있었기에 당시의 전반적인 분위기는 이승만 정권 때 작성된 한 정부 문건 기록 중 다음 말로 요약할 수 있을 것이다.

"우리 한국은 중립도 없고, 공존도 불가능하다고 생각한다."(John Lie, *Han Unbound*, Stanford University Press, 2000) 북한은 오직 철천지 원수로 여겨졌을 뿐이다. 그러므로 이 시대를 살았던 이들이 남북 화해는 불가능하다고 믿으며, 한반도에 배치된 미군 부대를 공산주의자들의 침략을 막기 위해 필수적인 보루로 간주하는 것도 일면 이해할 만하다.

전쟁을 겪은 세대의 사고방식은 결코 변하지 않는다. 61세의 한 장관은, 2010년 월드컵에서 왜 대부분의 한국인이 북한을 응원하느냐는 외신 기자들의 질문에, 북한 팀을 지지하는 것은 '빨갱이 생각'에 물들었기 때문이라고 대답했다. 한편 2011년 뉴스에 여러 차례 등장한 62세의 여성 박모씨는 박원순 서울시장을 포함해 진보 성향의 정치인들을 물리적으로 공격하려 했다. 그는 민주화 운동가였던 김근태의 장례식 등 공적인 행사에 나타나 "빨갱이!"라고 소리지르는가 하면, 자신이 보기에 이 나라를 김정일에게 팔아먹으려고 하는 자들을 공격하고 나섰다.

하지만 진짜 빨갱이는 거의 없는 것 같다. 일부 친북단체들이 웹사이트를 만들고 국가보안법 때문에 도메인이 막히면 주소를 바꾸는 식으로 한국 정부와 술래잡기를 벌이고 있긴 하다. 하지만 대부분의 사람들은 그런 웹사이트의 정보를 진지하게 받아들이지 않기 때문에, 그런 이들을 막기 위해 단순 무식한 검열을 할 필요는 전혀 없어 보인다.

하지만 안타깝게도, 한국에는 지나치게 북한 친화적인 모습을 보이곤 하는 극소수의 국회의원들이 있다. 이석기와 김재연은 '친북 활동'을 했다는 의혹을 받고 있으며 북한식 '주체사상'을 신봉한다고 알려져 있는데, 이들은 2012년 4월, 다양한 기존 진보 정당의 연합체인 통합진보당의 비례대표 의석을 통해 국회에 입성했다. 한편 대학생 때 평양에 방문해 김일성을 만나 일약 유명해진 임수경은, 민주통합당에서 비례대표로 국회의원이 되었고, 2012년 5월 탈북자를 '변절자'로 지칭한 것이 언론에 보도돼 화제가 되었다. 이들의 발언과 행동이 드러나면서 민주통합당과 통합진보당은 모두 큰 곤욕을 치렀다. 세 사람 중 그 누구도 다시는 의석을 얻지 못할 것이다.

햇볕정책

1980년대는 민주화 운동의 열기가 고조되던 시대였다. 물론 1970년대에도 박정희 정권에 맞서 싸우는 운동이 있었지만, 너도나도 거리로 쏟아져나와 표현의 자유와 공정한 선거를 요구한 것은 전두환 시대에 벌어진 일이다. 젊은이들은 독재에 지쳤고, 자연스럽게 정부가 하는 말이라면 일단 믿지 않게 되었다. 박정희와 전두환의 전반적인 정책이 친미적이었고, 강경 반북주의 일변도였으며, 친자본주의적이었기 때문에(아시다시피 한국의 자본주의는 사전적 의미에서의 자본주의가 아니지만) 독재정권과 맞서 싸운 이들은 이 모든 것을 의심하기 시작했다.

그 젊은 반항아들은 훗날 386세대라는 이름을 얻었다. 386세대라는 말이 만들어진 1990년대 당시 30대였던 그들은, 1980년대 학번을 갖게 된 1960년대생이었다. 그래서 '386'이다. 부분적으로는 2차 베이비붐 세대에 속하기도 하는 그들은, 그 숫자만으로도 정치적, 경제적인 힘을 갖고 있다. 1950년대에 태어난 한국인이 대략 660만 명인 데 비해, 1960년대에 태어난 사람들은 880만 명에 달한다. 특히 386세대는 미국이 한반도 문제에 개입하는 의도에 늘 의혹을 품었는데, 특히 전두환 대통령이 백악관을 방문한 뒤 그런 시각이 더욱 강화됐다.* 그들은 미국이 한반도의 분단에 부분적으로 책임이 있다고 생각하며, 통일은 오로지 남한과 북한의 손으로 이룩해야 한다고 봤다. 자본주의와 공산주의의 대결, 남한과 북한의 대결만 배우고 알던 윗세대에게, 386세대는 악몽처럼 끔찍한 좌파로 보일 것이다.

386세대는 1987년 12월 대통령 선거 결과에 큰 좌절을 맛보았다. 오래도록 민주화 투쟁을 해온 두 지도자, 김대중과 김영삼이 모두 에고티즘egotism을 버리지 못하고 어느 한쪽에 양보하는 일 없이 각자 대선에 출마했기 때문이다. 표가 나뉘는 바람에 승리는 전두환이 애당초 후계자로 앉히고자 했던 노태우에게 돌아갔다. 노태우 대통령은 '북방 외교'를 표방하며, 여전히 북한을 주적으로 삼으면서도 국경을 두고 기싸움식 경쟁을 벌이기보다는 북한의 우방 국가들을 포섭해나가는 전략을 펼쳤다. 게다가 1988년 서울 올림픽에 온 소련 대표팀이 메달뿐 아니라 대우에서 제공한 텔레비전, 버스, 자동차 등을 선물로 가져가는 것을 계기로, 대우는 LG와 SK가 그랬던 것처럼 소련과 직접 거래할 수 있는 무역로를 확보하게 되었다. 노태우는 또한 1992년 1월 중

* 전두환은 1981년 1월 20일 레이건 대통령이 취임한 직후 외국 정상 중 첫번째로 미국의 초청을 받아 같은 해 2월 2일 한미정상회담을 가졌다. 미국 국립안보문서보관소(NSA)가 2010년 기밀해제로 일반에 공개한 미 국무부 공문서에 의하면, 당시 정상회담 하루 전인 2월 1일 열린 양국 외무장관 회담에서 한국 측은 미국이 전두환 대통령을 정치적으로 지지한다는 문구를 공동성명에 담자고 요구했지만 미국 측의 거부로 무산됐다.

국과 공식적인 외교를 시작했다.

김대중은 1997년 12월 마침내 대통령에 당선됐다. 그는 지금까지 한국이 시도해본 바 없는 대북정책을 추진했다. 김대중 대통령은 햇볕정책을 펼치며 북한과의 관계를 개선하고 그들의 행태를 바꿔보고자 평양에 손을 내밀었다. 수많은 노인 유권자들은 이것을 위험한 유화정책으로 보았다. 하지만 386세대에게 김대중의 대북정책은 새로운 평화 시대에 대한 가능성을 제시했다.

햇볕정책이란 이름은 이솝우화 「북풍과 태양」에서 따온 것으로, 이야기에서 태양과 바람은 사내의 외투를 벗기는 내기를 한다. 바람이 몰아치고 몰아칠수록 남자는 외투가 바람에 날아가지 않게 더 꽁꽁 여민다. 반면, 태양은 그저 뜨겁게 비출 뿐이었으나, 남자는 따뜻해진 날씨에 스스로 코트를 벗었다. 햇볕정책의 목표는 북한과의 관계 회복을 통해 북한의 위협을 약화시키는 것이었다. 남한과 북한은 수천 년 동안 같은 문화를 공유해왔으니, 실질적인 신뢰와 협력이 형성될 수 있으리란 분위기가 고취됐던 것이다.

식량, 자원, 현금 등을 지원하는 형태로 원조가 이뤄졌고, 현대가 막대한 금액을 쏟아부은 끝에 개성공단이라는 공동 개발계획이 착수되었다(현대그룹의 창업자 정주영 회장은 실향민 출신으로, 일평생 통일에 대한 관심이 지대했다). 북한이 남한에 비해 훨씬 뒤처져 있으며 당시 북한이 절박하게 도움을 요청하고 있다는 사실에 대중의 분위기도 많이 달라졌다. 1970년대 중반까지만 해도 북한의 경제 규모는 남한보다 컸다. 그러나 한국이 기적적인 성장을 이룬 반면, 김일성 치하의 북한 경제는 정체되기 시작했고, 1990년대 김정일 치하로 넘어오면서 북한 경제는 낭떠러지로 추락하기에 이른다. 1990년대 중반, 수많은 북한 사람들이 끔찍한 기근으로 사망했다. 역사적인 남북정상회담이 개최된 2000년, 평양을 방문한 김대중은 정상회담에 앞서 북으로 5억 달러를 송금한 것이 추후 밝혀졌다. 그중 많은 부분을 현대에서 제공했다. 훗날 김대중은 이 후덕한 선물에 대해, "잘사는 형이 가난한 동생을 찾아갈 때 빈손으로 가서는 안 된다"고 설명했다.

도발과 무관심

김대중의 뒤를 이어 당선된 노무현은, 북한이 외투를 벗기는커녕 핵무기 개발을 계속하고 있다는 증거가 나왔음에도 햇볕정책을 이어갔다. 2006년 10월 9일, 북한은 핵실험을 통해 자신들이 핵개발을 하고 있다는 걸 명백하게 확인시켜줬다. 대중의 시각에서 봤을 때, 햇볕정책은 휘황찬란한 실패로 귀결되고 만 것이다. 두말할 필요가 없는 보수주의자 이명박은 2007년 대통령 선거에서 승리하면서 권력을 잡았고, 대북정책을 근본적으로 뒤엎었다. 햇볕정책은 끝났고, 대신 대북정책은 '비핵화 선조치' 전제 조건하에 대북 지원을 하는 방향으로 수립됐다. 이명박 대통령은 북한의 대외 거래를 차단하는 미국의 대북 제재 방식을 강하게 지지했다. 또한 이명박 대통령은 대중을 상대로 "통일이 임박"했음을 자주 언급했는데, 이는 북한이 곧 무너지고 남한에 흡수된다는 함의를 깔고 있는 것이었다.

북한은 핵개발을 지속하면서, 유일하게 남은 우방국인 중국과의 무역을 늘리는 방향으로 미국의 제재 조치에 맞섰다. 북한의 대중국 무역 비중은 북한의 총무역량 중 80퍼센트 이상을 차지한다. 이 점을 이용해 중국은 북한 항구에 대한 접근권 및 북한의 천연자원 채굴권을 얻어냈다. 이처럼 중국이 북한에 대한 영향력을 높여가는 상황은 명백한 우려를 자아낸다. 조선시대에도 중국은 조선을 어린 동생처럼 취급했다는 사실을 놓고 볼 때, 이러한 우려에는 확실히 타당한 이유가 있다. 중국의 영향력이 확대되면 통일 가능성이 줄어드는 건 아닌지 적잖은 이들이 근심한다. 중국에게 북한은 경제적으로 이익을 볼 수 있는 기회뿐 아니라 미국에 대립각을 세우기 위한 완충 국가 노릇을 하기에, 중국은 남북통일로 북한을 잃고 싶지 않을 것이다.

한편, 김정일은 이명박의 대북정책에 반해 모든 이를 깜짝 놀라게 하는 방식으로 대응했다. 115명의 목숨을 앗아간 1987년 대한항공기 폭파 사건 이후 한국을 직접 공격하지는 않았지만, 김정일은 2010년 두 건의 치명적인 공격을 명령했다. 그중 첫번째는 3월 26일 46명의 목숨을 앗아간 천안함 어뢰 공격이었다. 북한은 자신들의 흔적을 감추고, 천안함 공격 여부에 침묵으로 일관했는데, 그로 인해 한국 사회는 둘로 갈라지고 말았다. 천안함 사건을 두고 고령층 우파는 북한의 소행이 틀림없다는 반응을 보인 반면 좌파 성향 젊은이들의 시각은 회의적이었다. 어떤 이들은 천안함 침몰이 이명박의 대북 강경책에 대한 분위기 조성을 위한 자작극이라는 음모론을 만들어냈다. 이와 관련해 2011년 중앙일보가 실시한 조사에 따르면, 19~29세 응답자 중 33퍼센트는 천안함 사건의 배후에 북한이 있는지 여부에 회의적이었다. 좌파적 성향의 시민단체인 참여연대는 UN 안전보장이사회에 서한을 보내,

천안함 사건의 배후에 북한이 있다는 한국 정부의 발표를 불신한다는 뜻을 표명했다. 이에 집권당인 한나라당은 참여연대의 행동을 "반국가적 이적행위"로 규정했다. 이것은 이른바 '남남갈등'의 대표적인 사례다. 정치적 입장에서 발생하는 차이로 한국에서는, 남북의 대립보다 더 극심한 갈등이 생기곤 한다.

두번째 사건은 누가 범인인지 고민할 필요가 없었다. 2010년 11월 23일, 북한군은 북방한계선 바로 아래에 위치한 연평도를 포격했다. 이로 인해 군인 두 명이 목숨을 잃었으며, 무고한 한국 국민 두 명까지 사망하는 끔찍한 일이 벌어졌다. 이는 젊은 한국인들이 처음 보는 광경이었다. 평화밖에 모르던 20~30대 젊은이들은, 북한이 그들을 공격할 수 있다는 사실을 충격으로 받아들였다. 이전까지 햇볕정책을 지지하던 한 젊은 여성은 당시 이렇게 말했다. "북한이 우리를 공격할 수 있다는 걸 보고도 믿을 수가 없었다. 정부는 훨씬 더 강하게 대응했어야 한다." 연평도 사건 이후, 이런 시각이 널리 퍼졌다. 2010년 연평도 포격 직후 실시된 동아시아연구원 조사에 따르면, 국민 중 68.6퍼센트가 군사 보복 조치에 "바람직하다"고 답했으며, 39.3퍼센트는 "전투기로 폭격했어야 한다"고 응답했다. 2011년 1월 조사에 따르면, 국민 중 31.7퍼센트가 남북관계를 '가장 중요한' 정치 문제로 지목했다.

하지만 그로부터 고작 9개월 뒤 남북관계가 가장 중요하다고 응답한 사람의 비율은 8.8퍼센트로 급감했다. 2011년 12월 김정일이 죽었지만 사람들의 반응은 무관심에 가까웠다. 한 30대 사무직 종사자는 당시 분위기를 이렇게 회상했다. "누군가 '김정일이 죽었다'고 말하는 게 들려서, 정신을 차리고 인터넷으로 그게 사실이라는 걸 확인했다.

하지만 직장 동료와 10분 정도 이야기를 나누고 나서, 우리는 그냥 일하러 갔다." 1994년 김일성이 죽었을 때 한국인들이 근심에 휩싸여 식량을 사재기했던 것과 확연히 대조되는 모습이다.

이명박 정부는 서울 시내에 게재되는 포스터 등을 통해 사람들에게 한국전쟁 및 연평도 사태로 인한 희생자 등을 자꾸 상기시키려 노력했지만, 대부분의 유권자는 북한보다는 경제와 일자리 문제에 더욱 신경을 썼다. 북한이 실제로 공격을 감행하지 않는 한, 북한에 대한 이 무관심은 조금도 흔들리지 않을 것이다. 전 한나라당 의원이자 국회정보위원장을 역임한 권영세는 이런 현상에 우려를 표했다. 그는 한국인들은 "아무 일도 터지지 않을 것처럼 행동"하지만, 북한에 대해 "더 걱정해야 한다"고 말했다.

평화적인 영구 분단?

20대와 30대는 북한을 그리 겁내지 않지만, 그래도 대북 강경책보다는 포용정책을 선호한다. 전쟁을 경험한 세대가 강경한 입장을 고수하는 가운데, 386세대 또한 '햇볕'을 선호하는 편이다. 크게 볼 때 두 세대와 한 세대가 맞서는 상황이다. 아산정책연구원에 따르면, 국민 중 55.2퍼센트가 장기적으로 북한과 화해 및 협력을 강화하는 정책을 지지한다고 한다. 이 조사는 연평도 포격이 발생한 지 얼마 되지 않아 실시된 것으로, 현재는 그 수치가 훨씬 높을 가능성이 크다.

2011년 말, 이명박 대통령과 한나라당은 내부 정비에 들어갔다. 유권자들이 이명박 대통령의 정책을 너무 오른쪽에 치우친 것으로 인식했기 때문에, 당시 박근혜 한나라당 대표(박정희의 딸)는 중도적인 방향으로 움직였다. 그러한 노력의 일환으로 지나친 대북 강경책 또한 자제되었다. 친박 인사 중 한 명인 권영세는 "우리는 그들이 정상적인 국가가 될 수 있도록 도와야 한다"고 말하기도 했다. '북한 붕괴론'을 거론했던 이명박 정권과 달리, 권영세 전 의원은 김정일 사후에 검증되지 않은 젊은 지도자 김정은이 권좌를 이어받은 상황에서도 북한이 급변 사태를 맞을 가능성은 "매우 낮다"고 보았다. 그러므로 새누리당은 향후 대북정책에서 강경책으로 북한을 붕괴 위험 수위까지 몰아붙이는 대신, 약간의 '햇볕'을 허용할 것으로 예상된다.* 그리고 만약 새누리당이 패배하고 중도 좌파 성향의 후보가 대통령이 된다면, 북한의 핵개발 프로그램에도 불구하고 다시 햇볕정책이 도입될 가능성도 충분히 예상할 수 있다.**

북한의 붕괴나 통일을 거론하는 사람은 예전에 비해 훨씬 줄어들었다. 그런 언급이 자칫 권력 변환기의 북한 정권을 자극할 수 있다는 판단 때문이었는지, "우리 그런 것은 이야기하지 맙시다"라고 권영세는 덧붙였다. 한편, 한국인 중 통일을 원치 않는 사람들의 숫자가 늘어나고 있는 것 또한 사실이다. 분단 이전에 태어나 당시의 삶을 기억하고 있으며, 통일이 되면 이북에서 만날 친구와 친척을 두고 온 이들은 점점 세상을 떠나고 있다. 게다가 남북의 경제 격차가 점점 커지고 있는

---

* 대통령에 당선된 박근혜는 '한반도 신뢰 프로세스'라는 새로운 대북 정책을 내놓았다. 이는 기존 햇볕정책과 이명박 정부의 대북 정책 모두에 대한 반성에서 출발하고 있다.
** 이 책의 영어판은 2012년 11월 출간됐다.

데, 이러한 사실은 한국이 훨씬 더 많은 통일 비용을 짊어져야 한다는 것을 의미할 수 있다. 북한에 한국 수준의 사회기반시설을 마련하고 어느 정도 한국인의 눈높이에 맞는 삶의 질을 보장하기 위한 비용은, 아무리 낮게 잡아도 미화 1조 달러(한화로 약 1100조 원)를 넘어선다.

특히 부와 풍요를 누리며 자란 40대 이하 연령층에서, 통일을 회의적으로 바라보는 시각이 두드러진다. "통일 안 하면 좋겠다. 돈 드는 골칫거리 아닌가." 서울에서 일하는 32세 사무직 종사자의 말이다. 권영세는 이러한 태도를, 전혀 긍정적이지 않은 의미에서 '개인주의적' 태도라고 말했다. 하지만 이런 생각을 가진 사람들이 매우 많다. 2008년, 은기수 서울대 교수는 운동 경기에서는 한국인 중 70퍼센트가 북한을 응원하지만, 통일을 "꼭 해야 한다"고 생각하는 사람은 고작 12.3퍼센트에 지나지 않으며, 이는 1995년의 58퍼센트에 비해 크게 떨어진 수치라고 지적했다. 45퍼센트는 통일이 "불필요하다"고 답했다. 나이가 많은 사람일수록 통일을 적극적으로 원하기는 한다. 아산정책연구원에 따르면, 60대 이상의 20퍼센트는 통일이 "가능한 빨리" 이루어져야 한다고 생각하지만, 20대의 경우 그렇게 응답한 사람은 고작 8퍼센트에 지나지 않는다. 세월이 흐르고 분단 이전의 조국을 경험한 사람들이 세상을 떠나면서, 통일에 대한 열망 역시 함께 사그라지고 있는 것이다.

평화연구소의 한 조사에 따르면, 이제 한국인 중 30퍼센트는 "한때 북한 사람들은 우리와 같은 민족이었지만, 지금은 외국인으로 느껴진다"는 설문 문항에 "그렇다"고 답했다. 그 밖의 9퍼센트는 거기서 한 걸음 더 나아가 "북한 사람들은 중국 사람들과 다를 바 없는 외국인이다"라는 항목에 동의했다. 지금까지는 남과 북의 판이한 정치 체제 및 이념, 그리고 북한에 대한 중국의 영향력이 통일을 가로막는 가장 큰 장애물로 여겨져왔다. 하지만 통일을 가로막는 가장 큰 장애물은 어쩌면 사람들이 통일을 원치 않게 되었다는 사실 그 자체일지도 모른다.

04 분열의 정치와
중도 없는 언론

　　1987년 12월 공정한 자유선거가 시작된 이래, 한국은 아시아에서 가장 눈부신 민주주의 국가로 발전해왔다. 이런 발전이 가능하리라고 예상한 사람은 극소수에 지나지 않을 것이다. 그러나 몇몇 문제들이 여전히 남아 있다. 지역 갈등, 세대 차이, 극심한 좌우 대립 등에서 드러나듯이, 한국이 겪고 있는 정치적 대립은 가히 극단적이다. 정치는 여전히 부패해 있으며 '남자들이 하는 일'로 여겨지는데, 이 또한 사라질 기미를 보이지 않는다.

　　열악한 매체 환경 또한 여전히 취약점으로 남아 있다. 정치에서와 마찬가지로 한국의 신문, 텔레비전, 인터넷 언론에는 중도주의가 설 자리가 없으며, 모든 언론이 편견과 과장으로 얼룩져 있다는 비판을 받고 있다. 이런 상황에서, 주류 매체에 등을 돌린 젊은 세대의 동조로 지하 언론과 독립 매체가 번성하고 있다. 이들 매체의 콘텐츠는 트위터 등 SNS를 통해 활발히 공유된다. 이렇게 만들어진 새로운 분출구는 주류 언론에 변화를 불러올 시발점이 될 것이다.

87년 체제

한국은 대통령제를 채택한 공화국이다. 한국의 대통령은 폭넓은 권한을 부여받는다. 장관을 임명하고 군 통수권자로서 국군 전체를 관장한다. 1987년 민주화 투쟁으로 제정된 헌법에 따라, 대통령은 독재정권의 귀환을 막기 위해 5년 단임제를 원칙으로 한다. 5년 단임제는 한국 정치의 주춧돌 노릇을 해왔지만, 대통령이 임기 말년으로 향할수록 자신의 소속 정당에 대한 영향력을 상실하기 때문에 법치주의는 둔화될 수밖에 없었다. 장훈 중앙대 교수의 말처럼, "임기 전반엔 제왕적 대통령, 후반엔 레임덕 대통령"이 되는 것은 민주화 이후의 모든 대통령이 겪어야 했던 일이며, 가장 최근 사례로 이명박 대통령도 예외가 아니었다. 이명박 대통령은 친재벌, 반복지 성향의 '불도저'였다. 그러나 임기 전반부에는 그게 통했지만, 임기 말기에는 부득이하게 입장을 수정할 수밖에 없었다.

입법부인 국회는 300명 의원으로 이루어져 있으며, 여의도에 자리잡고 있다. 지역구 주민 투표로 직접 선발되는 지역구 의원이 246명이고, 정당 투표로 뽑히는 비례대표 의원이 54명이다. 군소 정당들은 비례대표제의 혜택을 누리곤 한다. 2008년 총선에서 민주노동당은 지역구 의석 두 개를 얻었을 뿐이지만, 정당 투표 지지율 5.68퍼센트로 3석을 더 챙길 수 있었다.

국회에는 두 개의 주요 정당이 있다. 일단 보수적 성향의 새누리당(2012년까지 새누리당과 민주통합당의 이름은 각각 한나라당과 통합민주당이었다. 한국의 정당들은 깜짝 놀랄 만큼 자주 이름을 바꾼다)은 본질적으로 이승만 대통령이 만든 자유당에서 파생된 것이라고 볼 수 있다. 새누리당 구성원은 전통적으로, 박정희가 이룬 경제 기적의 수호자를 자처하며, 경제성장을 최우선 정책 과제로 생각한다. 다른 하나는 진보적 중도 정당인 민주당으로, 김대중 같은 인물의 지도하에 민주화 운동을 하며 성장해왔다. 기존 민주노동당 및 다른 좌파 정당의 연합체인 통합진보당은 좌파 진영의 군소 정당이라 할 수 있다.

대법원을 최종 결정 기관으로 하는 사법부는 헌법상 독립을 보장받고 있다. 대통령 선거 및 총선의 정당성에 대한 결정까지 포함해, 대법원은 모든 사법적 사안을 판단한다. 한국에는 또한 헌법재판소가 있는데, 헌법 관련 사안에서 '최종적인 해석자' 역할을 하는 것이 헌법재판소의 임무다. 1988년 도입된 이래, 헌법재판소는 4백여 개 이상의 법률 조항이 헌법에 부합하지 않다는 이유로 폐지했고, 역사적으로 중요한 몇몇 결정을 내렸다. 가령 2004년, 헌법재판소는 국회 투표를 통해 가결된 노무현 대통령에 대한 탄핵소추안을 기각했다. 노무현은 본인이 창당한 열린우리당에 대한 지지 의사를 밝혔는데, 법을 문자적으로 적용해보면 대통령은 공적 발화를 함에 있어서 정치적으로 비당파적이어야 한다는 것이 당시 탄핵의 이유였다.

이러한 헌정 구조는 신뢰할 만한 민주적 시스템을 형성하기 위한 것이다. 한국의 삼권분립은 어쩔 수 없이 미국의 체제를 연상시키는데, 제2차 세계대전 이후 미국이 한국에 미친 영향을 고려해보면 이는 우연이라고 보기 힘들다. 대한민국이라는 공화국이 탄생한 시점은 1948년이고, 현행 헌법이 시행된 것은 고작 1987년부터지만, 87년 체제는 민주화 시대가 시작된 뒤로 그 안정성을 스스로 입증하고 있다. EIU가 발표한 '2011 민주주의지수Democracy Index'에 따르면 한국의 민주주의 수준은 세계 22위, 아시아 국가 중 2위로 높은데(아시아 국가 중 1위를 차지한 일본과 근소한 차이를 보인다), 87년 체제가 바로 이 결과에 기여하고 있는 것이다. 이는 미국보다 고작 세 단계 낮은 결과이며, 프랑스를 포함한 다수 유럽 국가들보다 높은 결과이기도 하다.

대통령과 낙하산들

그러나 제도적 장치가 얼마나 잘 작동하느냐는 이를 운영하는 사람들 손에 달려 있다. 떨쳐내지 못한 부패의 유혹에 아직도 수많은 정치인이 걸려든다. 부패의 관행만 아니었어도, 한국은 22위보다 더 높은 순위를 차지할 수 있었을 것이다. 2012년 국제투명성기구의 국가별 부패인식지수Corruption Perceptions Index에서 한국은 고작 세계 45위에 머물렀다. 이는 이웃 나라 일본에 크게 뒤지고, 르완다보다 약간 앞서는 수준에 불과하다.

긴밀하게 형성된 엘리트 관계망과 그들 사이에 팽배해 있는 정情은 한국의 부패 청산에 걸림돌로 작용한다. 인구 5천만인 이 나라에서 취재를 하면서 깜짝깜짝 놀랐던 사실이 있다. 언론, 법조계, 정치계, 기업인, 학계 등 서로 다른 분야의 사람들이 좀 과하다 싶을 만큼 너무도 잘 알고 지낸다는 점이 그것이다. 이러한 인맥을 형성하는 데 학교, 군대, 대학, 고향 등 온갖 것들을 다 동원한다. 구성원을 결집시키는 정은 내부자의 이익을 위해 정실주의적 탈법행위와 부정행위를 감수하게 하는데, 그들 중 정치적 힘을 가진 사람이 있을 때 부패가 발생하는 것은 자연스러운 결과다.

최근 사례로, 부산에 기반을 둔 사업가 박연차를 둘러싼 관계를 생각해볼 수 있다. 태광실업 회장이었던 박연차는 노무현 대통령의 가족 같은 친구로, 노무현과 같은 경상남도 출신이었다. 박연차는 노무현 대통령의 부인에게 불법적으로 미화 백만 달러를, 노무현의 측근인 이광재 전 강원도지사에게 얼마만큼의 돈을 제공했다. 박연차가 만든 관계망은 노무현 대통령을 넘어서는 것이었으며, 그의 뇌물 제공 행각이 밝혀지자 여야 양측에서 모두 스물한 명의 정치인이 적발됐다.

2011년 1월 27일자 경향신문 사설에 따르면, 박연차의 부패 사슬은 "전직 대통령 친·인척과 측근에서부터 전·현직 정치인, 현직 대통령 측근, 고위 공무원, 지자체 단체장, 경제인, 전직 경찰청장"들까지 뻗어 있었다. 조사 결과 한국 사회에서 "비리 구조"를 만들어내는 "정경유착"이 드러났다는 것이 경향신문 사설의 평가였다.

힘 있는 사람은 유죄 판결을 받더라도 처벌이 대체로 가벼운 수준이다. 대체로 벌금이나 집행유예 수준에 그친다. 드물게 적절한 처벌이 이루어진다 해도, 대통령 특별사면이 그들의 죄를 사하여주기 위해 항시 대기중이며, 특히 재벌 회장님들의 경우에 더욱 그러하다. 재계 순위 5위에 속하는 기업 중 현대, 삼성, SK의 회장들은 모두 2000년대 들어 대통령 사면을 받았다는 공통점이 있다.

한국에 깊숙이 뿌리 박힌 권력의 네트워크는 동시에 후원 문화로 이어진다. 권력에 충성하고 협조하는 사람을 포상하고, 잠재적 정적의 입을 막기 위해 마련된 자리에 이들을 '꽂아준다'. 새 대통령이 선출되면 국가 지분이 높은 은행, 행정기관, 국영 매체에서는 새로운 고위직을 맞이할 준비를 시작한다. 낙하산 인사가 만연해 있기 때문이다. 특히 대통령 비서실 출신들은 관련 분야의 경험이 전무하더라도, 기업 경영진의 일원으로 높은 연봉을 받으며 채용되기도 한다.

류상영 연세대 국제대학원 교수와 이승주 중앙대 정치국제학과 교수는 "한국의 정치인, 대통령, 집권 여당이 낙하산 자리를 만들고 유지하는 과정에 개입하고 있다"고 단언한다. 여의도 증권가의 한 고위 관계자는, 2010년 다른 은행에서 일하는 친구가 '정부의 높으신 분'으로부터 낙하산 인사를 받아주지 않으면 달갑지 않은 결과를 맛보게 될 거란 말을 들었다고 털어놓았다. 그 높으신 분이 "너 그러면 재미없어"라고 한국식 완곡어법을 동원해 은행 경영자에게 감히 안 된다는 소리 따위 하지 말라는 경고를 했다는 것이다.

또다른 은행업 종사자는, 2년마다 관례적으로 고령의 낙하산 내정자가 떨어지는데, 은행은 그들을 감사로 채용하고 미국 달러로 수십만 달러에 달하는 연봉을 지급해야 한다고 말했다. 50대 후반의 정부 관리가 낙하산으로 떨어지는 것은, 정부에서 일하면 낮은 연봉을 감수해야 하니, 몇 년 풍족한 수입을 획득하게 해주어 그들의 노고에 대한 일종의 '은퇴 선물'을 주는 것으로 정당화된다고 그는 설명했다. 이렇듯 결코 용납하기 어려운 관행은, 싱가포르처럼 정부 관료의 급료를 대폭 높여주면 피할 수 있을지도 모른다. 어떤 면에서 보면 정부가 은퇴를 앞둔 공무원에게 월급을 주라고 다른 데다 강요하는 셈이다.

분열된 사회

한국 정치는 지역, 나이, 이념에 따른 극심한 분열로 신음하고 있다. 이러한 갈등으로 인해 한쪽이 다른 쪽을 이기면 정책이 극단적으로 뒤집히고, 정치인들은 성숙한 토론 문화를 만드는 대신 표를 얻기 위해 과장된 제스처를 취하게 된다. 한 박근혜 지지자의 말에 따르면, 이러한 문제 때문에 "한국은 민주주의 비용을 과도하게 치르고 있다".

전라도와 경상도는 지역 간 경쟁 구도를 이끄는 두 주역이다. 전라도와 경상도의 경쟁은 역사적으로 뿌리가 깊다. 오늘날 경상도라 불리는 지역 일대에 세워진 신라는 삼국을 통일하기 전인 660년에 지금의 전라도 지역을 차지하고 있던 백제를 멸망시켰다.

이후 백제 부흥운동이 여러 차례 일어났으며, 후백제가 세워져 900년에서 936년까지 존속하기도 했다. 훗날 후백제를 점령하고 고려왕조를 세운 왕건은 후백제의 영토를 '반역의 땅'으로 언명하고, 그 지역 출신 사람들에게는 관직을 주지 않겠다고 선언했다. 그의 선언은 아주 최근까지도 유효했다. 1961년부터 1987년까지 경상도 사람들이 권력을 잡은 군사독재 시기에 전라도 출신은 괄시당했고, 전라도에 지원된 사회간접자본 및 산업 발전을 위한 비용은 턱없이 부족했다.

전라도는 오랫동안 반역의 땅으로 여겨져왔다. 전라도는 정부에 격렬하게 반발하는 좌파 성향 정치인들의 본거지로 간주되었다. 전라도가 수세기 동안 받은 처우를 생각해보면, 그 지역 사람들의 정치적 성향을 충분히 이해할 수 있다. 1980년, 광주 시민들은 새로 등극한 독재자 전두환에 맞서 들고일어났는데, 전두환은 박정희가 암살된 뒤 자신의 상급자를 힘으로 제압하고 한국을 무력으로 통치한 장본인이다. 전두환은 군대를 보내 수백 명의 저항자를 학살했다.

2007년 대통령 선거에서, 한나라당 후보 이명박은 민주당 후보 정동영을 큰 표차로 따돌리고 압승했다. 이명박은 전라도를 제외한 모든 지역에서 정동영을 이겼는데, 전라도에서는 고작 9퍼센트 정도만을 득표했을 뿐이다. 대신 한국에서 가장 보수적인 지역인 경상북도에서 이명박은 72퍼센트의 득표율을 보였다. 경상북도에서 가장 큰 도시인 대구 사람들 중 정동영에게 표를 준 사람은 고작 6퍼센트에 지나지 않았다. 단순하게 말하면, 양쪽 정당이나 후보가 내세우는 정책은 전라도나 경상도에서 별다른 영향을 미치지 않는다. 이들 지역의 선거 결과는 이미 나와 있는 것이나 마찬가지인 셈이다.

다행히도, 서울 중심의 도시화 때문에 지역주의의 폐해가 예전보다 줄어들긴 했다. 20세기 중후반에 걸쳐 수많은 사람이 전라도와 경상도를 떠나 서울로 이주했다. 부모가 자녀들에게 지역색을 물려줬다 하더라도, 서울로 올라온 세대의 자식들이 낳은 아들딸들은 구태의연한 지역 갈등에 별다른 관심이 없으며 스스로를 '서울 사람'이라고 생각한다. 서울에는 부동층이 많다. 서울 사람들은 2002년 대통령 선거에서는 진보적인 노무현을 선택했지만, 2007년에는 보수적인 이명박을 택했다.

그러나 서울 유권자들 사이에서 새로운 갈등의 골이 깊어지고 있는 듯하다. 다름 아닌 세대 갈등이다. 한국 젊은이들은 실업과 불완전 고용에 시달리고 있다. 한국에는 매년 10만 개가량의 '좋은' 일자리(예컨대 재벌 그룹 직원이나 공무원 등)가 생겨나지만, 매년 대학을 졸업하는 사람은 50만 명이 넘는다. 이런 불균형 때문에 가난하고 불만에 찬 청년층이 형성된다. 학력 수준은 높지만 미래를 낙관할 수 없는 청년들은 결국 정치적, 경제적 체제에 대한 불신을 키워나가게 된다.

30대에 접어든 사람들도 돈 걱정을 떨칠 수가 없다. 직업이 있는 사람도, 나날이 치솟는 양육비며 식품을 비롯한 생필품 가격을 감당하기 쉽지 않다. OECD 통계에 따르면 2011년 1월부터 11월까지 한국의 식품물가* 상승률은 7.9퍼센트를 기록했는데, 이는 OECD 회원국 중 두 번째로 높은 수치다. 급등하는 서울 시내 아파트 가격 또한 젊은 직장인들의 부담을 가중시키고 있다. 부동산 가격 상승으로 부모 세대가 쏠쏠한 재미를 보는 사이, 30대 '내 집 마련'의 꿈은 요원해져버렸다. 산업은행의 산은경제연구소에 따르면, 2008년 기준 서울의 가구소득 대비 주택가격 비율PIR, price to income ratio은 12.64에 이른다. 이는 곧 보통 사람이 서울에서 평균 수준의 아파트를 구입하려면 12.64년 동안 번 돈을 한 푼도 안 쓰고 모아야 한다는 뜻이다. 뉴욕(7.22)보다도 훨씬 높은 수치다. 물론 주택담보대출을 받는 방법도 있지만, 아파트 가격

* 주류를 제외한 음료 및 식료품의 물가.

이 급등하기 때문에 빚을 갚아나가기도 여간 힘든 게 아니다보니 결국 빚에서 벗어날 수가 없게 된다.

결과적으로, 실업자가 된 20대와 생활고에 허덕이는 30대는 (동아일보의 표현에 따르면) '성난 2040'을 형성했다. 2040세대 유권자 중 약 75퍼센트가 2011년 서울시장 보궐선거에서 박원순 후보를 선택해 한나라당에 패배를 안겼다. 당시 무소속 박원순 후보는 복지정책을 확대하고 공공임대주택을 늘리겠다는 공약을 내세웠다. 반대로 60대 이상 유권자 중 70퍼센트는 나경원 한나라당 후보를 지지했다. 이 같은 양분 현상이 지역 갈등만큼 깊다고 말하기는 아직 이르겠지만, 그렇게 될 날이 머지않아 보인다.

박원순이 서울시장에 당선되었다는 사실은, 전통적 양당 체제에 충격을 안겨주었다. 박원순은 진보 성향의 후보였지만 민주당과 손을 잡지 않았다(이후 2012년 2월 박원순이 민주통합당에 입당하면서 이 사실관계에 변화가 생겼다). 진보적인 사람들까지 포함해, 수많은 유권자가 민주당을 못 미더워하고 있다. 2012년 1월, 이명박 대통령의 지지율은 고작 25퍼센트에 머물렀지만, 그해 4월 치러진 총선에서 민주통합당이 새누리당에 근소한 차이로 패배한 이유도 바로 여기에 있다. 박연차 사건에서도 드러나듯이 부패 스캔들은 새누리당만큼이나 민주통합당에서도 빈번히 발생하며, 손학규 등 당 지도부는 한미 FTA같이 여론이 호응해주지 않는 곤란한 정책에 대한 입장을 '손바닥 뒤집듯이' 바꾸곤 한다는 의심을 받는다. 그렇기 때문에 성난 2040 중 많은 이들이 새누리당과 민주통합당 그 어느 쪽에도 아무런 환상도 갖고 있지 않다. 서울시장 선거에 투표하러 온 한 29세 청년은 "그놈이나 그놈이나 그게 그거"라고 말했다.

　기존 양대 정당에 대한 불만족은 제3세력에게 기회를 열어준다. 2011년, 한국 정치계에서 가장 큰 인기를 모은 사람은 심지어 정치인이 아니었다. 한 정치 전문가가 서울시장 선거를 앞두고 안철수를 유력 후보로 거론했다. 그러자 자수성가한 컴퓨터 바이러스 백신 연구자이자 사업가인 안철수는 심지어 출마 선언도 하지 않은 상태였음에도 즉시 여론조사에서 1위를 달리는 인물이 되었다. 진보 성향의 안철수는 나중에 박원순을 지지함으로써, 박원순이 나경원을 제치고 선거에서 이길 수 있게 도와주었다. 2012년 12월 대통령 선거에 안철수가 후보로 나섰을 때 이길 가능성은 충분해 보였다. 2012년 1월 여론조사에 따르면, 박근혜와 안철수 두 후보가 대선에서 양자 대결할 경우, 안철수는 박근혜를 2퍼센트 차이로 앞지르는 것으로 나타났다. 성공한 사업가이자 자선가인 안철수는 한국에서 가장 인기 있는 인물이 되었다. 정치 경험이 없다는 것이 인기의 근원이 된 것이다. 기존 정치 세력과 아무런 관련이 없다는 점 때문에 오히려 젊은이들은 안철수를 더욱 신뢰했다.[*]

이념의 대립

　구식 이념 또한 한국의 분열적인 정치 문화를 형성하는 데 일조하

[*] 이후 안철수는 대통령 후보에서 사퇴했고 제18대 대통령 선거에서 새누리당 박근혜 후보가 51.6퍼센트 득표율로 당선됐다.

고 있다. 어떤 민주주의 국가에서나 그런 성향이 없지 않겠지만, 북한의 존재는 한국의 정치 지형을 보다 극단적으로 변화시켰다. 이승만, 박정희, 전두환 시대에 걸쳐 한국은 북한과의 대결 구도에서 정체성을 형성해갔다. 한국은 반공주의, 반북주의 (한 걸음 더 나아가 반소련주의) 국가였던 셈이다. 공산주의에 반대한다면 마땅히 친미적 자본주의를 택해야 하는 것으로 간주되었기에, 한국인들에게는 그것이 마땅히 받아들여야 할 숙명처럼 다가왔다.

3장에서 이야기한 바와 같이, 군사독재 시절에는 정치적 중립이 성립될 수 없었다. 이승만과 박정희는 실제 자본주의나 민주주의와는 거리가 있는 한국식 자본주의와 민주주의의 기틀을 닦았고, 그 밖의 다른 요소는 모두 체제 전복적인 것으로 간주했다. 1950년대 이승만의 최대 정적이었던 조봉암은, "우리는 자본주의 독재나 공산주의 독재 모두를 원치 않는다"라고 선언하며, 유럽식 사민주의를 내세워 큰 인기를 끌었다. 물론 그에 동의하지 않았던 이승만은 반란 혐의를 씌워 1959년 조봉암을 처형해버렸다.

이 시대의 경험은 아직도 60대와 그 이상 연령층에게 깊게 각인돼, '전부 아니면 전무all or nothing'라는 식으로 사고하게 하는 데 일조하고 있다. 60대 이상 사람들에게 햇볕정책은 복잡한 상황에서 펼치는 전략적 접근법이라기보다는 그냥 친공산주의 정책일 뿐이다. 예컨대 김대중이 도입한 소액주주 권리 보호안처럼 재벌 회장의 힘을 줄이고자 하는 정책은 '극좌'라는 비판을 받곤 한다. 소액주주의 권리 보장은 진정한 자본주의의 초석이라는 점에서, 이러한 비판에는 역설적인 구석이 있다.

한국에서 극좌로 간주되곤 하는 정치 집단은 일반적으로 다른 나라에서는 극우의 요소로 평가되는 민족주의적 색채를 강하게 띠기 때문에, 외국에서 온 사람들을 혼란에 빠뜨리기 일쑤다. 친미적이고 반북적인 성향 외에도 이승만, 박정희 정권은 일제강점기 당시 일본에 협력했던 이들에게 관용적인 입장을 취하곤 했기에 많은 사람을 분노케 했다. 이승만은 일제강점기에 치안을 담당했던 친일 협력자들을 대거 받아들여 같은 일을 시키고 예전과 비슷한 직급을 유지하게 해주었다. 1965년, 박정희가 일본으로부터 소프트론 및 차관 형식으로 미화 8백만 달러를 받는 대가로 추진한 한일국교정상화에 대해서는 아직도 논란이 있다. 심지어 훗날 대통령이 된 당시 20대 초반의 이명박 또한 한일국교정상화에 반대하는 시위를 주도했다가 3개월간 투옥되는 경험을 하기도 했다.

이러한 친미적 경향과 친일 잔재에 맞서고자, 한국의 좌파 세력은 민족주의에 바탕을 둔 정치사상을 발전시키게 되었다. 좌파는 '민족' 같은 단어를 적극적으로 차용했고, 심지어 한 좌파 성향의 신문은 그 이름이 '민족일보'였다. 오늘날의 주요 좌파 언론인 한겨레는 '하나의 민족' 혹은 '하나의 인민들'이라는 뜻을 지니고 있다. 반대로 우파는 '국가'라는 단어를 지지했는데, 그것은 한반도의 나머지 절반을 차지하고 있는 같은 민족을 배제한 한국만을 지칭하는 것이었다.

다른 민주주의 국가에서 좌파와 우파는 세금이나 복지에 대한 지출 등 상대적으로 평범한 문제를 두고 갈등한다. 하지만 한국에서의 정치적 갈등은 역사, 민족적 정체성, 분단 현실 그 자체에 기원을 두고 있다. 이것은 서로에 대한 이해와 화합을 훨씬 어렵게 만든다.

언론을 어떻게 할 것인가

언론 또한 이런 갈등을 심화시키는 데 일조하고 있다. 한국에는 다섯 개 주요 일간지가 있다. 조선일보, 중앙일보, 동아일보, 한겨레, 경향신문이 그것이다. 앞에 열거한 세 가지가 가장 대중적이며, 이들 일간지는 매일 백만 부 이상이 판매된다. 이 세 신문은 모두 우파 지향적인 것으로 인식되는데, 실제로는 각 신문사별로 논조에 차이가 있음에도 불구하고 좌파 논객들은 이 세 신문의 머리글자를 묶어 '조중동'이라 부른다. 한겨레와 경향신문은 좌파 성향이며 대중적으로 덜 팔리는 편이다. 하지만 그렇다고 해서 좌파 성향의 목소리가 언론에서 덜 다루어진다는 것은 아니다. 오마이뉴스는 '시민기자'라는 이름으로 활동하는 7만 5천여 명의 기고자와, 매일 사이트를 방문하는 60만여 독자를 확보한 매체인데, 좌파 성향의 독자들은 그 같은 온라인 매체를 선호하는 편이다.

이 모든 매체에는 균형감각과 중도적 입장이 부족해 보인다. 언론들은 같은 사실관계에서 출발하지만 전혀 다른 시각으로 기사를 쓴다. 박연차 부패 사건이 진행중이던 당시, 좌파 성향의 언론들은 노무현 전 대통령 및 그의 가족들에 대한 검찰의 수사 태도 등을 문제삼았다. 그들 말고도 수많은 이들이 비리와 관련돼 조사를 받고 있었음에도 좌파 언론의 관심사는 그쪽으로 집중된 것이다. 우파 언론은 반대로 노무현 주위에서 캐낸 부정적인 세부 사항에 초점을 맞췄다. 중도적이고 온건한 입장을 지닌 신문이 출현한다면 한국인 모두에게 큰 도움이 될 것도 같지만, 한국 사회가 정치적으로 극단적인 대립을 보인다는 것을 생각할 때, 그런 신문을 볼 사람이 그리 많을 것 같지는 않다.

권력에 의한 언론 통제 역시 문제다. 2011년 미국 싱크탱크인 프리덤 하우스는, 한국은 민주주의 국가지만 "부분적 언론자유국"이라고 지적했다. 이는 "검열과 함께 언론 매체의 뉴스와 정보 콘텐츠에 대한 정부 영향력의 개입이 확대된 데 따른 것"이며 언론 자유도는 전반적으로 악화되고 있다고 지적했다.

직접적인 검열을 하지 않더라도, 정부는 불편한 사건이 있을 때마다 불만을 토로하는 언론사의 고위직에 낙하산 인사를 떨어뜨려 영향력을 행사할 수 있다. 2012년, 한국의 방송 3사 기자들은 이 문제로 파업에 들어갔으며, 2009년에는 노종면 YTN 기자가 사장의 출근을 저지하며 항의했다는 점 때문에 업무방해죄로 유죄 선고를 받았다. 그에 대해 국제사면위원회는 반대의 뜻을 표명한 바 있다. 또한 재벌이 한국 경제에 미치는 힘이 커지면서, 주류 언론에서 삼성이나 현대 같은 대기업에 냉정한 비판을 가하는 사례도 점점 찾아보기 힘들어지고 있다. 만약 한 언론의 전체 광고 수입 중 20퍼센트가 한 기업에서 나온다면, 그 회사를 비판하는 일은 매우 어려워질 수밖에 없을 테니 말이다.

뉴스 매체가 보여주는 이러한 제약 조건들은 대중이 언론을 불신하게 만드는 원인을 제공한다. BBC의 한 조사에 따르면, 한국인들은 정부가 언론에 과도하게 개입하는 경향이 있다고 생각하며, 55퍼센트는 언론을 신뢰하지 않는다고 대답했다. 이른바 성난 2040세대는 독립언론 쪽으로 기우는 추세다. 젊은이들은 블로그를 읽고 자신의 의견을 덧붙여 트위터로 공유한다. 한국광고협회에 따르면, 2011년 11월, 한국인들은 10만여 개의 정치 관련 트윗을 올렸는데, 이것은 1년 전에 비해 열 배 정도 증가한 수치다. 한국 트위터 사용자 가운데 87.6퍼센트가 20대부터 40대까지라는 점도 주목할 만하다.

2011년, 시사 풍자 프로그램 〈나는 꼼수다〉가 한 에피소드당 천만 회 다운로드를 기록하며 세계적으로 가장 인기 있는 팟캐스트로 등극했다. 〈나는 꼼수다〉 제작진은 2011년 4월, 특별한 제작비도, 확보된 청중도 없이 팟캐스트를 시작했지만 몇 달 뒤, 이는 곧 정치적 돌풍을 불러일으켰다. 〈나는 꼼수다〉를 시작한 김어준은 자신이 보기엔 이명박 정부의 부패와 탐욕이 너무나 뚜렷한데도 불구하고 주류 언론이 그에 대해 거론하지 않는다는 것에 문제의식을 느껴 방송을 시작했다고 한다. 자신들이 "지하에서" 방송을 한다는 것 자체가 "수면 위에서 발언하는 것이 얼마나 억압되어 있는지"를 보여주는 증거라고 김어준은 주장했다. 주류 언론의 관행을 뛰어넘어, 〈나는 꼼수다〉는 명예훼손 소송의 위험을 감수해가며 이명박 대통령과 그 외 다른 이들에 대해 극도로 비판적인 입장을 취했다. 보수주의자들은 김어준의 팟캐스트를 향해 비판의 핏대를 올렸지만, 인터넷 시대에 적응한 독립 매체의 출현이 표현의 자유 및 민주주의에 대한 작은 희망을 안겨줬다는 사실은 변함이 없다.

PART 2

PART 2
차가운 현실

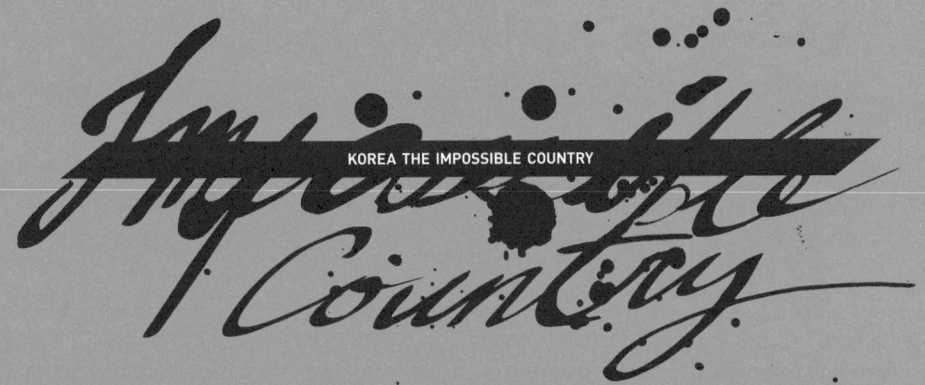

KOREA THE IMPOSSIBLE COUNTRY

05

경쟁은 계속된다,
먹고살 만해져도

한국에 산다는 것은 경쟁한다는 말과 같다. 한국인은 대학교, 직장, 결혼 상대, 그 외에도 수많은 것들을 얻기 위해 끊임없이 싸워야 한다. 다른 이들과 맞서 끝없이 경쟁해야 한다는 압박은 어린 시절부터 시작되며 심지어 은퇴 후에도 끝나지 않는다. 한국인들이 가장 자주 쓰는 표현 중 하나가 영어에서 빌려온 "파이팅!"이라는 것은 결코 우연의 일치가 아닐 것이다.

유교는 교육을 통한 성공과 안정된 가정을 꾸리는 것에 특별한 가치를 부여한다. 그렇기에 사람들은 남들에게 밀리지 않을 만한 최소한의 기준에 집착하게 되는 것이다. 그런데 이 최소한의 기준이라는 것이 한국인에게는 언제나 달성할 수 없는 목표처럼 보인다. 왜 한국인들은 좋은 의미에서건 나쁜 의미에서건, 최선을 다하기 위해 이토록 노력하는 것일까? 그리고 박정희 이후 한국 지도자들은 어째서 그토록 간절히 대한민국을 세계 1등 자리에 올려놓고자 애쓴 것일까?

한국이 최고

1950년대부터 한국의 역사를 돌아보면, 한국이 다른 나라와 경쟁하는 태도를 내면화할 수밖에 없었던 상황을 납득할 수 있다. 한국전쟁으로 가옥이 대량 파괴돼버린 탓에 인구의 3분의 1이 길에 나앉아야 했다. 1인당 평균 GDP는 100달러가 채 되지 않았다. 전체 국토 중 농업에 적합한 땅은 21퍼센트밖에 되지 않은데다 외국에서 식량을 수입해올 자금도 부족해, 한국은 자국민을 모두 먹여살릴 능력조차 없었다. 게다가 한반도에는 천연자원이 사실상 전무했다. 오늘날까지 한국에서 소비되는 에너지 중 아주 일부만이 국산 연료로 충당된다.

가난의 충격과 가난을 금세 딛고 일어서게 해줄 천연자원이 없다는 사실은 한국인들에게 쓰라린 현실을 깨닫게 해주었다. 그 끔찍한 상황에서 벗어나기 위해 한국인들은 사람과 기술을 집중적으로 개발해 집약적으로 사용해야 했다. 박정희 대통령의 보좌관이었던 김동진은 이렇게 회상한다. "우리가 가진 거라고는 사람들의 두뇌와 성실함밖에 없었다." 한국에 이어져오는 유교 문화는 대중을 교육하는 것이 모든 것의 출발점이라고 가르쳤다. 조국의 젊은이들은 받을 수 있는 최선의 교육을 받아야 했고, 성인이 되면 최대한 열심히 일해야 할 운명이었던 것이다.

1945년, 고등교육을 받은 한국인은 전체 인구의 5퍼센트에 지나지 않았다. 비록 폭력적이고 부패한 독재정권이었지만, 이승만 정권기인 1960년에 이르러 초등학교 진학률은 여덟 배, 중등학교 진학률은 열 배 상승했다. 전체 국가 예산 중 19퍼센트가 교육에 투입되었다. 제임스 매디슨 대학의 마이클 세스Michael J. Seth가 쓴 『교육열Educational Fever』에 따르면, 그때부터 1980년대에 이르기까지, 한국인은 GDP 수준이 비슷한 다른 어떤 나라의 국민들보다 폭넓은 배움의 기회를 누릴 수 있었다.

박정희 장군은 권력을 손에 넣은 1961년부터 한국을 발전시키고, 또 한국을 식민지로 삼았던 일본보다 더 나은 나라로 만들기 위해 국민들에게 하루종일 근면하게 일할 것을 종용했다. 그 시대를 살아온 한국인들은 (산업화를 통해) "일본을 무찌르"고, 상승세를 타고 있던 수출액 기록을 경신할 것을 권하는 포스터를 종종 봤을 것이다. 한국인들은 조선소, 공장, 산업 현장에서 가난과 비극의 역사를 극복하고 북한을 무찌르기 위해 일하는 '산업역군industrial soldier'으로 다시 태어나고 있었다. 일주일에 6일 일하는 것이 법으로 정해져 있었다. 토요일은 그저 평범한 평일이었던 것이다.

아이들은 어린 시절부터 나중에 자라면 그런 산업역군이 될 것이라고 교육받았다. 당시 학창시절을 보낸 한 경제학 교수는 어린 시절, 선생님들이 "'우리는 민족 중흥의 역사적 사명을 띠고 이 땅에 태어났다'는 점을 머릿속에 주입시켰다"고 회상했다. 학생들은 학교에서는 성실한 학생이 되어야 했고, 다 커서 일터에 투입되어서는 경제성장이라는 과업을 달성하기 위해, 한국을 세계 최대 수출국 중 하나로 만들기 위해 불철주야 노력하는 기업의 일원이 되어야 한다고 배웠다.

박정희 정부는 숫자로 목표를 제시하고 그에 집중했다. 한국이 다른 나라보다 높은 수치를 기록해야 한다는 뜻이었다. 박정희는 통계에 대해 집착이라 할 정도로 애착을 보였으며, 자신이 그러하듯 부하들 역시 수출 총액이나 인플레이션 자료의 중요성에 눈뜨기를 바랐다. 이렇게 한번 설정된 방향은 쉽게 바뀌지 않는 법이다. 오늘날까지도 언론인, 정치인, 기업가 들은 한국이 세계 GDP에서 몇 위인지 꾸준히 확인하며, 기업들은 '세계 제일'의 자리를 차지하기 위해 노력한다. 이명박은 2007년 12월 대통령 선거운동을 하면서 이른바 '747 공약'을 내놓았다. 7퍼센트의 경제성장률, 1인당 국민소득 4만 달러, 세계 7위 경제 규모를 달성하겠다는 것이었다. 이 목표를 달성하기란 솔직히 불가능에 가까웠지만, 선거 구호로는 먹혀들었다. 그리고 2011년, 한국이 최초로 무역 1조 달러를 기록했을 때, 대기업들은 사옥에 플래카드를 내걸고 환호했으며, 신문에는 이러한 성취를 찬양하는 사설이 실렸다.

국가 안보에 대한 깊은 불안감 또한 경제력에 대한 한국의 집착을 형성하는 데 큰 역할을 수행했다. 한국은 작고 가난한 나라였는데, 당시 보다 산업화가 진행된 북한이 버티고 있었고, 훨씬 더 강력하고 공격적인 주변 국가들이 한국을 둘러싸고 있었다. 이런 상황에서 지도자들은 최대한 경제를 발전시켜, 미국이나 중국처럼 한국의 운명에 영향을 줄 수 있는 큰 나라들의 주요 무역 파트너로 한국을 발전시켜야 한다는 불안감을 느끼고 있었다. 무역 거래가 원활하게 이뤄지는 나라들 간에는 서로 정치적으로 옹호해줄, 혹은 적어도 분쟁을 피할 만한 이해관계가 형성될 것이기 때문이다. 무역은 한국을 부유하게 해줄 뿐 아니라 국가로서의 존속을 돕는 안보 문제이기도 했던 것이다.

이러한 발상은 한국이 세계적인 수준의 수출국이 되기 위해서라면 어떤 종류의 산업에라도 뛰어들게 했다. 박정희의 보좌관이었던 김동진의 회상에 따르면, 그는 1961년 박정희로부터 "한국을 세계 제일의 조선 수출국으로 만들라"는 명령을 받았다고 한다. 당시 한국에는 조선업이 전무했음에도 불구하고, 조선업이란 전략 산업에서 1등 국가가 되어야 한다는 것이 박정희의 뜻이었다. 그의 소망은 그가 죽은 뒤 1980년대에 들어서야 이루어졌다.

세계적인 수준의 경쟁력을 갖춘 경제 대국을 만들기 위해 대한민국은 모든 것을 여기에 집중했는데, 그에 따른 대가 또한 당연히 지불해야 했다. 경제 발전에 모든 가치가 집중되었기 때문에 깨끗한 환경, 국민들의 행복, 표현의 자유, 문화생활의 풍요로움 등은 완전히 희생되었다. 그래서 박정희를 평가할 때, 그가 이룬 경제적 기적과 그로 인해 치러야 했던 희생을 제대로 견주어보는 일이 중요한 것이다. 박정희는 오늘날까지도 가장 인기있는 지도자로 손꼽히지만, 그의 경제개발계획이 그럴 만한 가치가 있는 건 아니었다고 보는 이들도 없지 않다. 김동진은 자신이 모셨던 지도자를 옹호하기 위해 이런 비유를 했다. "비행기가 땅에서 이륙할 때 기장은 의자에 앉아서 안전벨트를 단단히 매라고 할 것이다. 이후 하늘에 올라 순항하게 되면 벨트를 풀고 편안한 시간을 보낼 수 있으며, 아름다운 스튜어디스가 마실 것을 가져다줄 것이다." 박정희가 꿈꾸었던 풍요를 이룩한 지금, 한국인들은 마침내 안전띠를 풀고 느긋하게 앉아서 샴페인을 음미하는 법을 배울 수 있을까?

교육으로 세습되는 '신양반'의 탄생

이승만 시대와 박정희 집권 초창기까지, 한국은 놀라울 정도로 평등하며 능력 위주로 돌아가는 사회였다. 한국전쟁은 남한과 북한 모두에 평등한 가난을 선사했다. 이승만의 부패한 측근들을 제외하면, 한국인의 출발점은 평등했다. 대부분의 사람들은 남들보다 훨씬 앞서나갈 만한 돈이나 사회적 이점을 지니고 있지 않았다. 심지어 거대 재벌 회장들이 급격히 부를 축적해가던 시점에도, 사회 전반에 걸친 소득분배는 비교적 평등한 수준에 머물러 있었다. 1957년에서 1969년까지, 한국의 지니계수*는 평균 0.263으로, 이는 스웨덴처럼 사회적 평등을 가장 성공적으로 이뤘다고 알려진 유럽 국가들과 비교할 만한 수준이다.

가난의 평등이란 바탕 위에 기회의 평등, 특히 교육을 통한 기회의 평등이 차별 없이 제공됐다. 2012년 서울대 조사에 따르면 17.7퍼센트가 서울 강남 3구(강남, 서초, 송파) 출신이지만, 그보다 훨씬 전에 대학을 나온 사람은 이렇게 회상했다. "내가 대학에 입학한 1980년대 초만 해도 학생 중 3분의 2가 가난한 집 출신이었다. 학생들 대부분이 내가 들어본 적도 없는 가난한 동네에서 온 것 같았다. 서울 출신이라는 것만으로도 나는 눈에 띄었다."

평평하게 잘 다져진 시험이라는 경기장, 교육에 대한 동등한 접근권, 가난에서 탈출하고픈 개인들의 욕망이 서로 어우러져 가장 좋은 기회는 모두에게 주어질 수 없다는 자연적인 제약 조건과 만난 결과,

---

* 인구 분포와 소득 분포의 관계를 나타내는 지수로, 지니계수가 0에 가까울수록 사회 구성원의 소득이 평등하고, 1에 가까울수록 불평등하다.

개인들 사이의 경쟁은 치열해질 수밖에 없었다. 공무원, 법조계, 의료계, 잘나가는 대기업 등에 일자리를 얻으면 가난에서 탈출하고 가족들에게 편안하고 안정된 삶을 제공할 수 있었지만, 그런 자리는 특히 전쟁에서 갓 회복중이던 한국 경제 수준에서 대단히 드물었다. 그러므로 우선 학교에서, 직업을 얻기 위한 전문적인 시험에서, 최종적으로는 직장에서 남을 앞지르는 것은 필수적인 요건이 되었다. 젊은 남자와 여자가 만나 자녀를 낳으면, 그들은 자신들의 아들딸에게 같은 가치관을 주입시켰다. 그러므로 더이상 한국이 가난에서 탈출해야만 하는 나라가 아님에도 이러한 경쟁적인 사고방식이 여전히 남아 있는 것은 별로 놀랄 일이 아니다. 전형적인 한국 어머니라면 같은 반에 100점을 맞은 아이가 다섯 명 있는 경우, 자녀가 99점을 받아왔을 때 결코 만족할 수 없을 것이다.

엘리트 교육을 받은 첫번째 세대가 자녀를 낳기 시작한 1970~1980년대가 되자, 그들은 자신들이 힘겹게 손에 넣은 우월한 위치를 자식들에게 물려주고 싶어했다. 그들 자신이 워낙 공부를 열심히 하기도 했고, 여기에 과거제가 굳건히 자리잡았던 유교적 전통까지 결합돼, 이들 부모 세대는 자식 교육에 총력을 다했다. 부모는 자식들을 소속집단에서 가장 뛰어난 학생으로 만들기 위해 방과 후 사설 교육기관인 학원, 과외, 해외 유학 등을 동원했다. 자식들은 명문대에 진학하고 좋은 직업을 얻기 위해 학교를 다니고 값비싼 사교육을 받으면서 하루에 열대여섯 시간씩 공부해야 했다. 그리고 그들이 물려받은 우월한 지위와 노력이 맞물려 그에 상응하는 보상이 돌아왔을 때, '신新양반'이라 부름직한 새로운 엘리트 계층이 탄생했다.

옛날에 양반은 조선 사회에서 높은 관직에 오르기 위한 최선의 경로인 과거에 급제해 자신의 능력을 과시하고 지위를 유지할 수 있었다. 공부할 시간이 없거나, 수업료를 낼 돈이 없거나, 시험 감독관에게 입김을 불어넣을 만한 능력이 없는 고만고만한 서민들은 사실상 과거에서 배제되어 있었다. 오늘날 엘리트들도 그와 유사한 방식으로 자신들의 지위를 유지한다. 이들은 현재 한국 사회에서 높은 사회적 지위를 얻기 위한 관문인 대학교 입학 시험에서, 학원이나 과외 등 사설 교육에 많은 돈을 투자할 능력이 없는 다른 부모들을 돈으로 압도함으로써 자신의 위치를 지키는 것이다.

하지만 다른 사람들이라고 해서 신양반 계층이 탄생하는 걸 넋 놓고 보고만 있지는 않는다. 교육으로 다져올려진 새로운 상층 계급이 자신들로부터 달아나려 할수록 나머지 사람들은 여태까지 배워온 것처럼, 더 열심히 노력하고 자식들에게 학원이며 과외 수업을 받게 하기 위해 부모의 희생을 감수하는 것이다. 대략 1980년대부터 한국 아이들은 영어, 수학, 그 외 기타 과목을 방과 후에 공부하고, 학교에서 내주는 것을 포함해 학원 숙제까지 해야 했다. 여기서 발생하는 비용적 부담 때문에 부모들은 자식을 더 낳기를 꺼리게 됐고, 그리하여 오늘날 한국의 출산율은 위험 수위까지 낮아진 상태다.

모두들 열심히 공부해서 성공하고자 피땀 흘려 노력하기 때문에, 좋은 일자리는 한정돼 있는데 좋은 성적으로 졸업하는 사람들의 숫자는 그보다 훨씬 많아 넘쳐날 수밖에 없다. 그러면 이 사실을 인식하는 순간 사람들은 더욱더 노력할 수밖에 없으므로, 결국 악순환으로 이어지게 된다. 그러므로 이제 서울대에 입학하는 것만으로는 충분하지 않다. 한국은 현재 세계에서 세번째로 많은 학부 유학생을 하버드 대학에 보내는 나라가 됐다. 경제학이나 회계학을 배우는 학생들은 회계사 자격증을 따기 위해 쉴 새 없이 공부한다. 같은 이유로 영어 시험 점수 또한 몹시 중요해졌기 때문에, 그럴 만한 여유가 되는 부모들은 교육 과정 중 일부라도 영어권 국가에서 이수하도록 아이들을 유학 보낸다. 이 모든 게 결국 자녀가 더 좋은 직장을 얻기 위한 경쟁에서 한 발짝이라도 앞서나가게 하려고 벌이는 일들이다.

그리고 또, 예뻐야 돼

대한민국은 국가 차원에서 경제력을 증진하는 정책을 추구해왔다. 경제적 성공을 향한 한국인들의 질주는 교육에서의 성공을 그 출발점으로 삼고 있다. 사정을 모르는 외국인이라면, 1990년대부터 세계에서 가장 부유한 나라들과 어깨를 겨루게 된 한국인들은 더이상 치열한 경쟁의식을 불태우지 않게 됐으리라고 예상할 수도 있겠지만, 그런 일은 벌어지지 않았다. 실상은 오히려 그 반대로, 다른 분야에서까지 경쟁이 불타오르게 되었다.

가장 좋은 대학에 들어가서 가장 좋은 일자리를 차지하기 위해 경쟁해왔던 사람들은, 이제 또 매력 있는 외모를 갖추기 위해 노력해야 할 것 같은 부담감에 시달리고 있다. 1987년에서 1996년 사이, 성형수술에 대한 지출은 전국적으로 네 배 가까이 늘어났다. 성형수술에 돈을 쓰는 사람은 대부분 여성이지만, 2000년대 들어 남성을 대상으로 한 성형수술 및 패션·미용 관련 시장이 폭발적으로 증가하기도 했다. 2010년, 한국인 남성이 스킨 케어(기초 화장품 등) 제품을 구입하는 데 지출한 금액은 전 세계 시장의 18퍼센트에 해당하는 것이었다.

한국은 성형수술을 사랑하는 나라라는 오명을 떨치고 있다. 일반적으로 한국의 성형수술을 언급하는 외국인 논평가들은 코를 높이고 가슴을 키우며 끔찍하게 고통스럽고 위험천만한 양악 수술까지 해내는 한국 여성들의 천박함에 혐오감을 드러내고 말 뿐이지만, 그것은 제대로 된 논점을 짚지 못하는 소리다. 여성들은 부유하고 학벌이 좋으며 외모도 준수한 남자를 만나고 싶어하는데, 자신과 비슷한 수준의 경쟁자들을 물리치고 이런 남자를 손에 넣기 위해서는 (직업, 학력, 가족 등의) 배경이 받쳐주면서 육체적 매력까지 더해져야 승산이 높아지기 때문이다. 수술로 보강된 외모는 그 사람이 지닌 다른 장점을 더 돋보이게 해준다. 한국에서는 직업을 구할 때, 이력서에 여권용 사진을 붙이는 것이 관례화되어 있다. 이런 관행 때문에 특히 여성 지원자를 뽑는 경우, 입사 서류 심사는 일종의 미인 대회로 둔갑해버리기도 한다.

성형수술이 하도 성행하다보니, 마치 출전한 선수 절반이 스테로이드를 복용하고 단거리 달리기를 하는 것처럼, 본인이 내키지 않아도 수술을 해야 할 것만 같은 부담감을 느끼는 경우도 있다. BBC 뉴스는 다음과 같이 보도했다. "한국의 20대 여성 중 적게 잡아도 50퍼센트 정도가 성형수술을 경험한 바 있다." 가령 부모가 딸에게 별 부담 없이 쌍꺼풀 수술을 권하는 일은 너무나 보편적이고 자연스러운 일이 되어버렸다.

성형수술 광고는 어디에서나 볼 수 있다. 서울 지하철 3호선에 타보면 차량마다 성형외과 광고가 붙어 있고, 특히 신사역이나 압구정역처럼 부유한 젊은 층이 많이 드나드는 곳에는 지하철역 안에도 광고가 많이 붙어 있다. '수술 전, 수술 후' 사진을 보여주는 고전적인 광고도 있지만, 이를 살짝 비틀어 "수술 전"에는 작은 다이아몬드가 박힌 결혼반지를, "수술 후"에는 큼지막한 다이아몬드가 박힌 결혼반지를 보여주는 광고도 있다.

공부하는 기계

갓 대학에 들어간 누군가의 말에 따르면, 한국 젊은이들은 그때까지 치러야 할 경쟁의 대가로 "유년기를 상실"하게 된다. 어린이들이 또래들과 어울려 놀고 사회성을 익힐 수 있는 기회는 상대적으로 적다. 국제교육성취도평가협회에 따르면, 한국 어린이들은 사회적 상호작용 측면에서 36개 조사 대상국 중 35위로 꼴찌에 가깝다. 학생들은 학교에서 다른 사람과 협동하는 법을 배우는 대신, 계속해서 시험을 치르며 순위가 매겨진다. 마지막 수업종이 울리면 학생들은 학원에 가서 영어, 수학, 음악 등을 배워야 한다. 방학이 시작된다고 더 놀 수 있는 게 아니라 학원에서 더 오래 공부해야 할 뿐이다.

적지 않은 학생들이 개인적으로 과외 수업을 받는다. 1980년, 전두환 대통령은 가난한 집안의 학생들이 불이익을 당할 수 있다는 이유로 과외 금지령을 내렸다. 하지만 자기 자식이 남들보다 앞서나가게 하고 싶은 부모들의 욕망으로 인해 과외 금지령은 수포로 돌아갔다. 사교육은 다시 합법화되었고, 1997년에는 초등학생 중 70퍼센트, 중고등학생 중 50퍼센트가 어떠한 형태로건 과외 수업을 받게 되었다. 어떤 과외 교사들, 특히 미국 명문대를 졸업한 사람은 영어나 수학 등을 가르치고 한 달에 1억 원 이상의 수입을 올리기도 한다.

끊임없이 공부하는 것은 학생들을 지치게 할 뿐 아니라 건강도 해친다. 고등학생 중 96퍼센트가 충분한 수면을 취하지 못하고 있으며(하루 평균 수면 시간이 6시간 30분밖에 안 된다), 그들 중 8.8퍼센트는 밤 열한시가 넘어서 과외 수업을 받는다. 2011년 고등학생들을 대상으로 한 조사에 따르면 학생 중 87.9퍼센트가 '지난주'에 스트레스를 받은 적이 있으며, 그중 70퍼센트는 학교가 스트레스의 원인이라고 답했다. 일본, 미국, 중국의 학생들이 그러한 스트레스를 받는다고 대답한 비율은 50퍼센트도 채 되지 않는다. 연세대학교 사회발전연구소는 2011년 한국의 10대 청소년들이 OECD 회원국 중 가장 불행하다는 연구 결과를 발표했다. 학생들을 끊임없이 몰아붙이는 교육 문화 탓에 청소년 사망 원인 중 자살이 가장 큰 비중을 차지하고 있다.

일하는 기계

박정희 장군이 육성한 산업역군들은 더이상 존재하지 않지만, 기업은 여전히 사원들에게 오랜 노동시간을 강요하며, 노동자들은 여기에 순응한다. 2011년 OECD 통계에 따르면, 한국 노동자들의 연간 노동시간은 2,193시간으로, 이는 OECD 국가 중 최고 수준이다. 여기에는 대다수 노동자가 수행하는, 기록되지도 않고 수당도 지급되지 않는 초과 근무가 빠져 있는 것이므로 실제 노동시간은 이보다도 더 길다. 외국 사업가들의 눈에는 한국 노동자들의 근면함과 성실함이 먼저 보이겠지만, 여기에는 눈에 보이지 않는 막대한 사회적 비용이 지불되고 있다. 한국 노동자 중 74.4퍼센트가 직업으로 인한 우울증을 겪고 있는데, 이 결과는 역설적이게도 2010년 삼성경제연구소에서 조사한 바에 따른 것이다. 단위시간당 업무 성과를 비교하는 노동생산성의 경우 한국의 결과는 매우 실망스러운 수준인데, 한국은 OECD 30여 개 국가 중 28위를 기록하고 있다. 한국보다 단위시간당 생산성이 떨어지는 나라는 멕시코와 폴란드뿐이다. 적절한 휴식과 휴가, 수면이 부족한 탓에 사람들이 주어진 시간에 제대로 일하는 비율이 크게 떨어지는 것으로 해석할 수 있다.

그런데 이렇게 스트레스를 받아야 하는 직업을 구하는 것조차 어렵다. 대학 졸업장을 워낙 선호하는 탓에 한국인들은 과잉 교육을 받는 경향이 있고, 그래서 25세에서 34세 사이의 한국인 중 98퍼센트가 4년제 대학 혹은 2년제 전문대학을 졸업한다. 이는 세계에서 가장 높은 수치로, 그로 인해 서류상 필요한 학력 조건을 갖춘 사람들은 언제나 넘쳐난다. 그 결과 기업들은 지원자들을 평가하기 위해 영어 시험 점수 같은 다른 종류의 양적 평가 기준을 도입하게 된 것이다. 새로운 기준이 도입되면 사람들은 영어를 공부해 남들보다 높은 점수를 받으려 노력하지 않을 수 없고, 또 악순환이 시작된다. 매년 50만 명이 대학을 졸업하지만, 대기업, 정부, 공기업은 다 합쳐서 10만 명쯤만을 채용할 뿐이다. 나머지 40만 명은 중소기업에 들어가야 하는데, 중소기업의 고용은 일반적으로 불안정하며, 시장에서 재벌을 이겨내기가 어려워 보인다. 조선일보가 2011년 12월 보도한 바에 따르면, 전체 대학 졸업생 중 51퍼센트만이 '안정된 직장'을 찾는 데 성공한다.

20대 후반쯤 되면 좋은 결혼 상대를 찾기 위한 경쟁이 시작된다. 부모들은 자녀가 30대에 들어서도 결혼을 하지 않으면, 그들이 좋은 '빽'과 외모를 겸비한 남편이나 아내를 찾는 일에서 뒤처질까봐 자식들에게 결혼하라는 압력을 넣기 시작한다. 결혼할 만한 상대를 만나더라도 양가 부모 중 한쪽에서 반대하는 일이 벌어지기도 한다. 자신들이 지체 높은 가문이라 생각하는 쪽에서, 장래의 사위 혹은 며느리가 제대로 된 학위나 집안 배경, 혹은 직업을 갖추고 있지 못하면 받아들일 수 없다고 보는 것이다.

이 모든 것이 한국에서의 삶을 스트레스로 가득 채운다. 한국의 자살률이 높은 원인이 바로 이 과잉 경쟁 때문이라는 것은 의심의 여지가 없다. 자녀가 더 행복하고 균형 잡힌 삶을 살기를 바라는 부모의 마음은 다 똑같을 것이다. 그러나 어떤 엄마들에게는 A로 가득한 성적표에서 발견된 단 하나의 B가 고뇌를 유발하는 요인이 된다. 한국의 어머니, 특히 다른 직업을 갖지 않고 자유롭게 쓸 수 있는 시간이 많은 어머니들은 자식들의 학업 성적을 두고 경쟁을 벌이며, 심지어 자신의 친구들과도 각자의 아들딸이 받아오는 성적표를 놓고 대리전을 펼친다. 자신들의 삶에서는 경쟁이 끝났다 하더라도, 자녀를 통한 경쟁은 여전히 계속되고 있다고 느끼는 것이다.

여러분 행복하십니까?

성공을 어떻게 정의하느냐는 질문에, 박원순 시장은 이렇게 대답했다. "GDP도 중요하지만, 그보다 먼저 가치 있는 철학을 따라야 한다." 그는 사람들의 삶의 질, 즉 여가 시간의 양과 거기서 느끼는 행복의 총량에 대해 말한 것이다. 한국이 부유한 나라가 되고, 많은 이들이 경제적으로 안정되었다고 느끼면서, 더 많은 사람들이 이 같은 사고방식에 귀를 기울이기 시작했다. 수면 부족과 끝없는 중압감에 시달리는 것은 비생산적일 뿐 아니라 질병을 유발하고 스트레스를 쌓이게 하며, 결국 사회 전반을 불행하게 만든다는 것이다. 그러한 집착은 작업의 효율을 떨어뜨리고 혁신을 방해하며 한국이 다음 단계의 경제적 성공을 이룩하는 데 걸림돌이 될 뿐이다.

하지만 실질적 변화는 아직 요원해 보인다. 레스터 대학의 사회심리학자 에이드리언 화이트가 개발한 생활만족도지수는 "당신은 ~에 만족하십니까?"라는 질문에 대한 답을 바탕으로 결과를 도출하는데, 이 조사에서 한국인들은 178개 조사 대상국 가운데 102위를 기록하고 있다. 이 불행한 결과는 한국이 UN 인간개발지수와 구매력 기준 1인당 GDP에서 모두 세계 12위라는 훌륭한 기록을 달성한 결과와 극명한 대조를 이룬다. 경쟁심이 한국을 성공한 나라로 만들었지만, 역설적이게도 그 부작용으로 인해 한국인들의 정서적 생활은 황폐하기 이를 데 없는 상황이 되었다. 행복의 순위에서 높은 자리를 차지하고 싶다면, 한국인들은 1등이 되어야 한다는 생각을 버려야 할지도 모르겠다.

06

체면,
한국인의 얼굴

한국인들은 다른 사람을 공개적으로 비난하지 않으려고 노력을 기울인다. 굳이 한 소리 해야 한다면 사적인 장소에서 얘기하거나 상대방을 존중하는 모양새로 포장해서 전달해야 한다. 해당 기업의 주식을 '매수'로 추천하면서, 행간에는 그 회사의 약점을 조금씩 끼워넣어두는 방식이 여의도 증권가 투자 분석에서 흔히 사용된다. 광고를 할 때도 자사 제품이 왜 좋은지 설명하는 데 주력할 뿐 경쟁 제품의 단점을 드러내지는 않는다. 종종 주먹이 오가는 정치판만이 이러한 상호 존중의 법칙에서 제외된 유일한 공간처럼 보인다.

이렇듯 상대방의 민감한 부분을 건드리지 않고 공적인 이미지를 존중하는 이유는, 한국 사회에서 체면이 중요하기 때문이다. 체면은 구시대적인 단어로 취급되며 한국에 대한 편견을 드러내는 말로 취급되기도 한다. 동아시아 사람들은 상대방의 평판을 해치는 일을 꺼린다는 것이, 서양 사람들이 동아시아 사회에 대해 가지고 있는 고전적 이미지 중 하나다. 하지만 체면이라는 상투적 이미지에는 아직까지도 한국을 이해하는 데 중요한 진실이 많이 담겨 있다. 한국에서 개인, 가족, 기업의 공적 이미지는 여전히 아주 중요한 것으로 여겨진다. 그러한 공적 이미지는 상당한 노력과 개선을 통해 만들어진 경우가 대부분이다.

체면 인플레

체면은 본질적으로 유교의 산물이다. 유교 사회에서는, 특히 사회의 기대에 부응해 맡은 바 의무를 수행하는 것이 지극히 중요한 일이다. 누군가가 자신에게 기대되는 소임을 다하지 못했다는 게 다른 이들에게 알려지면 그것은 깊은 치욕을 안겨주는 일, 곧 체면이 손상되는 일이 된다. 일리노이 대학의 한윤선 박사는 체면이 한국 소비자 문화에 미친 영향을 다룬 논문에서, 사회적으로 "튀지 않고, 딱 맞게" 행동하는 것이 중요하다고 지적한다. 유교는 사회적 조화에 높은 가치를 부여하는데, 그것은 곧 모든 사회 구성원이 자신에게 주어진 역할에 맞게 행동하고 그에 따른 의무를 충족시켜야 한다는 것을 의미한다. 예컨대 기혼 여성은 아내와 어머니로서 헌신적인 삶을 살아야 한다. 조선시대 후기에 아녀자가 동네에서 얼쩡거리며 친구들과 노닥거리는 모습을 보이는 것은, 현모양처의 역할에 어긋나는 것이었기 때문에 결국 그러한 부인을 둔 남성에게 수치스러운 일이 되었다.

한윤선 박사에 따르면, "한국인에게 있어서 높은 사회적 지위에는 엄격한 도덕성이 요구된다". 그렇기 때문에 양반은 평민보다 더욱 체면에 신경쓰지 않을 수 없었다. 양반 가문에서는, 아들은 공부에 힘쓰고, 딸은 정조를 지키며, 아버지는 집안의 기둥 노릇을 하고, 어머니는 가사에 전념하는 것이 중요했다. 신분이 낮은 농부의 가족에게 요구되는 바는 그에 못 미쳤다.

체면은 지켜내야만 하는 것이다. 체면을 지킨다는 것은 요구되는 기준 이하로 떨어지지 않는다는 것을 뜻한다. 그런데 1960년대 이후 경제성장을 시작한 한국에 경쟁의 바람이 몰아치면서 체면의 의미는 근본적인 변화를 겪는다. 황상민 연세대학교 심리학과 교수에 따르면, 이제 한국인들은 단지 신의를 지키고 기준에 못 미치는 것을 피하는 정도가 아니라, 남보다 우월한 모습을 보이며 완벽해져야 한다고 느끼고 있다. 일종의 '체면 인플레'가 벌어지기 시작한 것이다. 황상민 교수에 따르면, 오늘날 한국에서 체면이란 "단지 내가 누구인지뿐 아니라 내가 누구여야 하는지"의 문제가 되었다. 이는 곧 이상화된 '나'를 좇는 것과 다름없다. 사람들은 남들 눈에 완벽해 보이는 자신의 모습을 만들어놓고 그것을 지키기 위해 살아가야 한다. 오늘날 한국에서는 '잘난 척', 즉 '무언가에 능숙한 것처럼 위장하는 짓'을 뜻하는 단어가 아주 많이 사용되고 있다. 이는 자신의 사회적 수준을 넘어서는 과장된 행동을 하는 이들을 비난하기 위한 표현이다.

그냥 좋은 엄마, 열심히 공부하는 학생, 따박따박 월급을 바치는 아버지 정도로는 완벽한 사람이 될 수 없다. 1980년대 이후의 중국이나 2000년대 이후의 러시아처럼 높은 경제성장을 경험한 다른 나라와 마찬가지로, 한국 사회에는 물질주의적 분위기가 급속도로 팽배해졌다. 공부를 웬만큼 잘하거나 좋은 부모가 되는 정도로는 체면을 세우기에 부족하다. 비싼 자동차나 명품 브랜드 옷처럼, 남들에게 가시적으로 신분을 과시할 수 있는 재화를 구입하고 전시해야 하는 것이다.

사회적으로 높은 지위에 있는 사람들은 여전히 체면에 신경을 쓴다. 양반은 더이상 존재하지 않지만, 상대적으로 더 많은 부와 높은 교육 수준으로 사회적 지위를 상승시킨 일가가 존재한다. 그런 사람들에겐, 자신이 사회적으로 어떻게 보일지가 중요한 문제인 것이다. 지방에 사는 평범한 사람에게 서울대는 아득하게만 느껴질 테고, 구찌 가방을 들고 다니는 건 그저 돈 낭비에 지나지 않은 것처럼 보이겠지만, 강남구나 서초구처럼 신흥 부유층이 모여 있는 지역이라면 그런 요소가 일종의 필수품처럼 보이기 마련이다.

위신의 비용

사회적 지위가 높은 한국인, 혹은 그것을 동경하는 한국인은, 자신의 이미지를 고취시킬 수 있는 방안을 다각도로 모색한다. 서울 시내 백화점들은 전체 면적의 상당 부분을 명품 매장에 할애하고 있으며, 그곳에서는 고가의 가방과 옷을 구매하는 데 막대한 돈이 뿌려진다. 예컨대 신흥 부유층이 가득한 압구정동 갤러리아백화점이 그렇다. 여기에서는 한국에서 가장 완벽하게 차려입은 아름다운 여인들이 이상하게도 불만스러운 표정으로 오가는 것을 관찰할 수 있다.

맥킨지 컨설팅 그룹이 2010년 시행한 명품시장 조사에 따르면, "한국은 다르다". 당시 세계 경제가 침체기로 접어들었음에도 한국의 명품 판매량은 2008년에서 2009년 사이 16.7퍼센트 증가했는데, 이는 한국에 전반적으로 퍼진 "명품 친화적인 분위기"와 더불어 "주변 사람들"을 "따라가야 한다는 압력" 때문인 것으로 해당 보고서는 분석한다. 2010년, 명품 소비에서 한국을 앞지른 나라는 경제가 폭발적으로 성장하고 있던 중국뿐이었다. 평균적으로 볼 때 한국인들은 소득 중 5퍼센트를 고가품을 사는 데 사용하며, 이 비중은 세계에서 절대적으로 높은 수치다.

마찬가지로, 중요한 술자리에서 술을 대접받을 때는, 한국에서 가장 대중적인 수입 위스키인 발렌타인이 들어올 가능성이 높다. 발렌타인이 객관적으로 가장 좋은 위스키인지 여부는 논란이 있을 수 있지만, 어쨌거나 비싼 술이니까. 이 상황에서는 바로 그게 중요한 점이다. 발렌타인 30년산이나 조니 워커 블루 라벨을 주문한다는 것은 곧 상대방을 존중한다는 뜻이며(고작 잭 다니엘스 한 잔 따위를 시켜서 상대방에게 모욕을 주고 싶은 사람이 누가 있겠는가?), 당신이 그런 비싼 술을 살 재력이 있다는 점을 알리는 행동이기도 하다.

주거지 또한 사회적 지위나 가치를 드러내는 요소가 된다. 한강 이남의 서초구와 강남구는 서울시에 있는 여타 지역과는 좀 다른 구석이 있다. 그 지역에 있는 학교의 수준이 높기 때문에 교육열이 높은 부모들은 그곳의 아파트를 앞다투어 샀으며, 그 결과 아파트 매매가에 인플레이션이 발생했다. 하지만 자녀들이 학교에 다닐 나이가 지나고 나서도 사람들은 여전히 거기 살고 있는데, 왜냐하면 거주지 주소가 서초구나 강남구라는 것은 그들의 사회적 지위를 나타내주기 때문이다. 야후코리아 부동산 사이트에 따르면, 다른 조건이 모두 동일한 아파트가 동작구에서는 13억 3천만 원에 매매되는 데 반해 서초구에서는 24억 5천만 원에 거래되고 있다. 더 이상 자식을 키우지도 않는 사람이 서초구에 살기 위해 지불하는 이 추가 비용이, 바로 체면 유지를 위한 투자일 것이다.

교육은 체면을 세우거나 잃게 만드는 가장 중요한 요소다. 서울대학교 졸업장은 마치 3백만 원짜리 핸드백이나, 서초구에 넓은 아파트를 보유하고 있는 것과 마찬가지로 이를 소유한 사람의 브랜드 가치를 높여준다. 거기 덧붙여, 학위는 과거제의 연장선상에서 보유자의 지적 능력과 학문적 성취를 나타내주는 것인만큼 더욱 특별한 가치를 지닌다. 학업적 성취는 오랜 세월 출세의 주요 수단이 되어왔으며, 특권 계층에 진입하기 위한 관문 노릇을 해왔다. 명문대에 진학하면 앞으로 돈을 많이 벌 수 있을 뿐 아니라 신분 상승까지 도모할 수 있기 때문에 학위의 가치가 그토록 특별한 것이다. 교육은 개인뿐 아니라 가족의 위신을 드높이는 데도 중요한 기능을 수행한다. 만약 좋은 중고등학교에 다니는 학생이 과외를 엄청나게 받아가며 공부했는데 고작 중위권 대학에 들어간다면, 부모는 대단히 큰 실망감에 빠지고 그 수험생은 깊은 수치심을 느끼게 될 것이다. 이런 경우, 만약 집안 형편에 여유가 있다면 학생은 미국 중위권 대학으로 유학을 간다. 국내에서는 미국 대학의 가치를 조금 더 알아주는 경향이 있으니 그 점에 기대서라도 위신을 세워보려는 것이다.

의심할 나위 없이, 이러한 종류의 체면은 사람을 낙담시키고 불행하게 만든다. 그러나 이런 태도에서 파생된 힘이 한국 GDP에는 긍정적인 영향을 끼쳐왔던 것도 사실이다. "무엇을 하건 너 자신이 행복하다면 나는 신경쓰지 않는다"는 철학으로 자녀를 기르는 부모는 드물다. 반대로 한국 부모들은 자녀들이 높은 성적을 받고, 세계적으로 우수한 대학에 입학하며, 높은 연봉을 받는 직장에 들어가도록 끝없이 종용한다. 전 세계 인구 중 한국인이 차지하는 비율은 1퍼센트도 안 되지만, 2007년 통계에 따르면 미국 대학에 온 유학생 중 10.7퍼센트가 한국인이었다. 같은 해 하버드 대학에는 학부에 입학한 한국인 학생이 37명이었는데, 이는 문화적으로 언어적으로 미국과 아주 가까운 캐나다와 영국을 제외한 그 어떤 나라에도 뒤지지 않는 수치였다.

죽고 싶을 만큼 부끄러울 때

하지만 체면을 세울 수 없을 때는 무슨 일이 벌어지는가? 입학한 학교가 가족의 기대에 미치지 못했을 때, 완벽해 보이던 결혼생활이 파경을 맞았을 때, 혹은 당신의 회사가 부도났을 때 무슨 일이 벌어질까? 불행하게도, 사건 그 자체의 충격과 체면을 잃음으로써 받는 수치심이 결합되면, 어떤 사람들은 그 압력을 이기지 못해 종종 비극적인 결말이 벌어지기도 한다.

매년 수능을 전후해 고등학교 3학년 학생이 자살하는 일이 벌어진다. 학생 입장에서는, 그의 인생 전부와 사회적 가치가 바로 그날 하루에 결정되는데, 어떤 학생들은 그 부담감을 이겨낼 수 없어서 스스로 모든 것을 끝내버리는 길을 택하는 것이다. 학생들만 자살하는 게 아니다. 2013년, 한국의 자살률은 OECD 회원국 가운데 8년째 1위를 차지하고 있다. 매년 10만 명 중 약 31명이 스스로 목숨을 끊는다. 자살 문제로 널리 알려진 일본은 24명으로 한국보다 훨씬 낮은 수준이다. 황상민 교수에 따르면, 불가능에 가까울 만큼 높게 설정된 성공과 명예의 기준, 그리고 거기에 도달해야 한다는 부담감이 한국의 높은 자살률을 설명해주는 요소 중 하나다. "한국인들은 언제나 남에게 최선의 모습만 보여주려고 한다." 하지만 그것이 불가능하다는 게 판명되면, 그러한 강박은 자기 자신을 포기하고 삶을 스스로 끝내버리고자 하는 '자포자기'로 이어지는 것이다.

한국에서는 유명인이 자살하는 일도 빈번하다. 특히 2009년에는 유명인이 자그마치 아홉 명이나 스스로 목숨을 끊었다. 연기자나 가수의 인생이 겉으로는 화려해 보이지만 한국의 유명인들은 유난히 무거운 멍에를 짊어지고 있다. 한번 명예가 실추되면 온 국민이 그걸 알게 되고, 그로 인해 감당하기 어려운 부담감을 느끼는 것이다. 인터넷 게시판과 뉴스 댓글에는 어쩌다 잘못 걸린 '공격 대상'을 겨냥해 악의적인 소문을 퍼뜨리는 '안티팬'들이 상주하고 있다. 익명성의 탈을 쓴 이들 앞에서는, 공개적으로 비난하기를 꺼리는 한국 사회의 금기조차 손쉽게 무너진다. 배우 박진희가 쓴 2010년도 석사 학위 논문에 따르면, 조사 대상 연기자 260명 중 40명이 특정 시기에 자살의 유혹을 느꼈다고 한다.

불행히도, 자살한 사람의 이미지는 어느 정도 표백되는 효과가 있다. 2009년 노무현 전 대통령과 그의 가족이 부패 혐의로 조사를 받던 중, 노무현은 스스로 목숨을 끊었고, 이로써 공격당하던 가족들의 위상은 복원되었다. 2008년 말 대통령직에서 물러나기 직전 아주 낮은 지지도를 보였던 노무현은, 2011년 박정희의 뒤를 이어 한국에서 두번째로 인기 있는 전직 대통령 자리에 올랐다. 그의 자살로 인해 남은 가족을 대상으로 수사를 계속하는 것은 정치적으로 불가능한 일이 되어버리고 말았다. 노무현은 스스로를 희생해 그들을 구해낸 것이다. 노무현의 죽음은 형언하기 힘든 비극이었다. 가난한 농촌에서 태어나 독학으로 인권변호사가 되고 훗날 대통령의 자리에까지 오른 그는 그야말로 자수성가한 사람이었다. 아직 세상에서 할 수 있는 수많은 일을 뒤로 남겨둔 채 그는 그렇게 세상을 떠났다.

사생활은 없다

체면 인플레 현상으로 인해, 한 사람의 공적 이미지와 실제 사생활 사이에는 큰 괴리가 있으며, 사람들은 그렇게 벌어진 거리를 열정적으로 사수하고자 한다. 한국의 명예훼손 관련 법안이 다른 민주주의 국가보다 유난히 더 엄격한 것은 그러므로 결코 우연이 아닐 것이다. 심지어 한국에서는 올바른 사실을 적시했을 때조차도 명예훼손법에 걸릴 수 있다. 명예훼손을 이유로 형사소송을 진행하는 것 또한 가능하다. 바로 이런 점 때문에 표현의 자유는 심각한 타격을 받고 있다.

2011년 12월, 전직 국회의원이자 세계에서 가장 유명한 팟캐스트인 〈나는 꼼수다〉의 출연진이었던 정봉주는, 이명박 대통령이 악명 높은 사기극에 연루되어 있다는 의혹을 제기했다가 명예훼손죄로 감옥에 가야 했다.* 다른 민주주의 국가에서였다면 정봉주는 최악의 경우에도 손해배상금을 지급하는 수준에 그쳤을 것이다. 프랑크 라 뤼Frank La Rue 유엔 의사표현의 자유 특별보고관은 2011년 12월 뉴욕 타임스를 통해 이렇게 말했다. "한국에서는 사실을 적시했으며 공익을 목적으로 한 표현에 명예훼손죄를 적용한 소송이 빈번히 이뤄지며, 이는 정부를 비판하는 개인을 처벌하기 위한 용도로 사용되고 있다."

한편, 인터넷은 대중 앞에 명성을 지키고자 하는 이들에게 새로운 고민을 안겨준다. 온라인에서는 공적인 영역과 사적인 영역의 경계가 희미하기 때문이다. 누군가를 '공개적'으로 비판하는 사람도, 정작 스스로는 '사적인' 영역에 머물 수 있다. 이는 곧 잘 알려진 사람의 명예를 훼손하면서도 자기 자신의 정체는 드러내지 않은 채 그로 인한 결과를 회피하는 것이 가능하다는 뜻이다. 안티팬이 가장 좋은 사례가 될 것이다. 2000년대 후반, 유명 래퍼인 타블로는 익명의 네티즌들로부터 지속적인 공격을 당했다. 이들은 타블로가 공개적으로 말하고 다닌 것과 달리, 그가 스탠퍼드 대학을 나오지 않았다는 의혹을 제기했다. 타블로는 심지어 살해 위협까지 받았다. 하필 공격 대상으로 삼은 게 학력이었다는 점 또한 대단히 한국적이다. 타블로의 가수 생활은 타격을 받았고, 심지어 그의 결백이 입증된 지금까지도 많은 사람이

* 정봉주 전 의원은 2007년 대선 당시 "이명박 대통령이 BBK에 관련되었음이 틀림없다" "확인했다"와 같은 발언을 했다는 이유로, 2011년 12월 24일 징역 1년형을 선고받았다.

아직껏 타블로를 거짓말쟁이라고 생각하고 있다. 타블로는 "나를 공격한 사람들이 다 익명이니까, 나는 대체 누가 나를 괴롭히는지 알 길이 없었다"고 말했다.

이 같은 인터넷의 취약점에 대해, 한국은 '인터넷 실명제' 같은 걸 만들어 사용자들이 게시판에 글을 올릴 때 주민등록번호를 입력하게 하는 방식으로 대응해왔다. 이렇게 하면 사용자의 신원을 파악할 수 있으며 소송을 제기할 수도 있다. 명예를 침해당하는 유명인들의 입장에서 보면 이것은 구원일 것이다. 하지만 명예훼손법이 그렇듯이, 인터넷 실명제는 정치적 반대자를 색출하고 표현의 자유를 억압하며 권력에 대한 비판을 침묵시키는 역효과를 불러올 수도 있다. 2008년, 미네르바라는 필명으로 활동하던 한 사용자가 인터넷 게시판에 한국 경제에 대한 비관적인 전망을 올리기 시작했다. 미네르바의 예언이 몇 차례 적중했다는 것이 확인되자, 그를 추종하는 사람들이 크게 늘어났다. 겁에 질린 정부는 미네르바의 가면을 벗겨내 그가 30세의 실직자 박대성이라 폭로했고, 그를 '허위사실 유포' 혐의로 기소했다. 박씨는 나중에 무혐의로 풀려났지만 미네르바 사건은 한국에서 표현의 자유가 완전히 보장되어 있지 않다는 것을 확인시켜준 사건이었다.

2012년, 헌법재판소가 마침내 인터넷 실명제에 위헌 판결을 내리자* 정부에 비판적인 이들과 표현의 자유를 옹호하는 사람들은 올바

---

* 인터넷 실명제(본인확인제)에 대해 헌법재판소는 2012년 8월 위헌 판결을 내렸다. 헌법재판소는 본인확인제를 규정한 정보통신망 이용촉진 및 정보보호 등에 관한 법률 제44조 1항에 제기된 헌법소원 사건에서, 재판관 전원 일치로 위헌 결정을 내렸다. 헌법재판소는 결정문에서 "특히 본인확인제로 인해 인터넷 이용자가 신원 노출에 따른 규제나 처벌 등을 염려해 표현 자체를 포기할 가능성이 높다"고 결정 이유를 밝혔다.

른 방향으로의 일보 전진이라며 환영의 뜻을 내비쳤다. 하지만 유명인들이 익명의 안티팬에게 공격당하는 문제는 여전히 남아 있다. 그들이 치러야 할 대가는 다른 사회에 비해 너무 가혹하다. 이와 관련해 미국의 유명한 상속녀 패리스 힐튼과 한국의 대중음악 스타 백지영을 비교해보자. 이들은 모두 사적으로 찍은 섹스 비디오가 유출되는 사건을 겪었다. 그런데 그 유출 사건이 패리스 힐튼의 커리어에는 오히려 도움이 됐던 반면, 백지영의 인생은 망가졌다. 백지영은 그저 다른 성인들도 모두 하는 행위를 했고 그게 찍혔을 뿐인데, 조국은 이미지가 망가진 스타를 버렸고 그는 주류 언론에 6년간 얼굴을 비추지 못했다. 2006년, 결국 백지영은 돌아왔지만, 스캔들이 되어서는 안 될 사건이 스캔들로 떠오르면서 그가 겪어야 했던 명예 실추는 지금까지도 그에게 고통을 안겨주고 있다.

07

네오필리아,[*]
신상 예찬

한국에 대해 이야기할 때 절대 빼놓지 않는 것이 하나 있다. 물론 이런 종류의 일반화가 위험할 수 있다는 주장은 여전히 유효하다. 모든 사람은 각기 다르며 모든 한국인이 모두 특정한 방식으로 사고하지는 않는다. 하지만 그걸 감안하더라도, 한국을 아주 잘 보여주는 기본적인 사실이 하나 있다. 이 나라는 변화를 수용하는 데 어마어마한 소질이 있다는 점이다. 바로 그렇기 때문에, 한국에 대한 이야기는 특정 시점에는 옳은 것일 수 있지만 시간이 조금만 지나면 완전히 틀린 이야기가 되어버리기도 한다.

[*] neophilia. 네오필리아란 '새것'을 뜻하는 접두사인 '네오(neo)'와 무언가에 대한 애호증을 뜻하는 접미사인 '필리아(philia)'를 합성한 말로, 새것에 대한 열광적인 애호와 집착을 뜻한다.

이런 변화의 능력은, 특히 끔찍한 불행을 극복하고 자랑스러운 나라를 건설해낸 원동력이 되었다는 점에서 긍정적이라고 할 수 있다. 50년 전의 서울을 찍은 사진을 보면 서울처럼 보이지 않는다. 이것은 변화에 개방적인 한국인의 성향을 잘 보여주며, 한국 사회가 얼마나 빨리 변하는지를 상기시켜준다.

급박한 발전을 거쳐오면서 한국인들에게는 언제나 다음의, 새로운 것을 갈망하는 특이한 욕망이 생긴 것 같기도 하다. 경제가 폭발적으로 성장하던 시기의 경쟁의식이 이러한 욕망을 형성하는 데 기여했다는 것도 확실해 보인다. 최신 전자제품, 사상, 유행은 언제나 그전에 소개된 것보다 더 환영받는데, 이유는 단순하다. 이전 것보다 새로운 것이기 때문이다. 경제적, 기술적 발전을 늘 요구하는 한국 사회에 온 방문자들은 언제나 "빨리빨리"를 가장 먼저 배운다. 한국에서는 그 누구도 구식으로, 유행에 뒤처진 사람처럼 보이고 싶어하지 않는다.

구닥다리는 못 참아

한국에서는 물건들이 경이로운 속도로 헌것이 되어버린다. 1년 전에 나온 노래도, 70년대나 80년대 것인 양 '옛날' 노래 취급을 받는다. 30대 진입을 앞둔 연예인에게도 똑같은 법칙이 적용된다. 신선함을 갈망하는 대중 앞에 이미 지루한 대상이 돼버린 연예인이 택할 수 있는 최선의 방법은, 잠시 사라졌다가 완전히 새로운 이미지로 컴백하는 것이다. 불과 2, 3년 전의 최신 휴대전화는 특히 젊은이들에게는 완전히 구닥다리 취급을 받는다. 시장조사업체 레콘 애널리스틱스가 2011년 발표한 조사 결과에 따르면, 한국 소비자들의 휴대전화 교체 주기는 평균 26.9개월이다. 일본의 46.3개월과 비교된다.

품질을 따지고 깐깐하기로 소문난 한국 소비자들이지만, 한편 이들은 신제품을 사용하는 데 주저함이 없는 사람들이기도 하다. 그렇기에 한국시장은 신제품을 시험해보기에 최적의 장소다. 이 같은 성향을 알고 있는 국내외 기업들은 최신 전자제품과 모델을 한국에서 제일 먼저 출시한다. 일본의 카메라 제조 회사 올림푸스가 이런 방식을 취하는 것으로 잘 알려져 있다. 올림푸스는 한국 소비자들의 반응을 체크하고, 때에 따라서 한국 소비자들의 반응에 따라 제품을 개선한 다음에야 다른 나라에 판매를 시작한다. 인천국제공항 인근에는 계획도시로 건설된 송도 신도시가 있는데, 미국 기업 시스코는 그곳을 테스트 베드* 삼아 도시 전체를 아우르는 무선 인터넷 기술을 시험하고 있다.

2009년 한국에 스마트폰이 소개됐을 때, 사람들은 거의 광적인 반응을 보였다. 이후 18개월간 한국인들은 갖고 있던 옛날 휴대전화를 내다버리고 7백만 대 이상의 스마트폰을 구입했다. 통화, 문자메시지 전송, 사진 찍기밖에 안 되는 기존 휴대전화는 갑자기 구시대의 유물이 되어버렸다. 다음 버전의 아이폰이 언제 나올지 날짜까지 정확히 아는 사람도 부지기수다. 발매가 연기되면 그 많은 사람들이 크게 실망한다. 애플의 가장 큰 경쟁자는 한국의 삼성전자인데, 삼성이 만든 갤럭시S와 갤럭시 넥서스는 전 세계적으로 1억대 가까이 팔렸고, 한국

* test bed. 특히 정보통신 분야에서 거대한 프로젝트를 개발하는 과정에서 이를 시험적으로 적용하는 플랫폼.

에서는 2011년에만 5백만 대 이상이 판매됐다. 갤럭시S는 한국 업계에서 흔히 발견되는 전형적인 '추격자follower'형 상품이었지만, 그 '추격'이 경이로울 만큼 빨랐기 때문에 삼성은 애플을 제치고 세계에서 가장 많은 스마트폰을 판매하는 회사로 등극하는 영광을 누리게 되었다.

한국에서는 자기 자식뻘 되는 서양인은 들어보지도 못했을 법한 스마트폰 앱을 깔고 사용하는 50~60대를 아주 흔하게 찾아볼 수 있다. 한국인들은 이 장난감에 단단히 중독되어 있다. 방송통신위원회와 한국인터넷진흥원에 따르면, 스마트폰 사용자는 하루 평균 1.9시간 스마트폰을 사용한다.

중국이나 유럽 같은 나라에서라면 오래된 것이 용납된다. 한국 사람들도 다른 나라 사람들이 그러는 것처럼 자금성이나 베니스같이 오래된 곳을 즐겨 찾는다. 그러나 한국이라는 맥락 안에서는 오래된 것들이 용납되지 않고, 이는 부정적인 어조로 거론되기 일쑤다. 오래됐다는 건 지금처럼 살기 좋은 시절이 아니었던 과거를 상기시킨다. 심지어 뭔가 오래되었다는 말이 모종의 부끄러움을 수반하는 경우가 있다고 해도 지나친 말은 아닐 것이다.

한국어에는 '촌스럽다'는 표현이 있는데, 이는 뭔가가 구식이고 조잡해 보일 때 쓰는 말이다. 머리 모양, 옷, 가수, 심지어 사람의 이름마저 촌스럽다는 지적을 받아 조롱거리나 놀림감이 될 수 있다. 급속한 경제 발전을 거치는 과정에서, 시골에 속하는 것들은 서울의 새것과 반대되는 것, 뒤처지고 낡은 것, 갈아치워야 할 것으로 여겨졌던 것이다. 교외 지역과 '오래된 것'이 완벽히 동일한 것처럼 취급된다는 것은, 도시의 화려한 생활방식과 도시화가 사람들에게 끼친 전면적인 영향력을 보여준다고 할 수 있다.

물론 서울 시내에도 아주 오래된 차들이 돌아다니기는 한다. 하지만 어쩌다 20년이 다 된 차를 발견하고서 차창 너머를 들여다보면, 운전대를 잡고 있는 사람이 외국인인 경우가 적지 않을 것이다. 당시의 건축 기술 등을 고려해, 30년 묵은 아파트 단지는 완벽하게 리모델링하거나 깨끗하게 철거하고 다시 지어야 할 대상으로 간주된다. 가난에서 출발해 최근에 이르기까지 그것을 극복해온 나라답게, 한국 사회는 과거의 흔적을 지워버리는 것을 선호하는 편이다.

하지만 여기에도 변화의 조짐이 있다. '새것 애호증(네오필리아)'마저 새것으로 바뀌는 것이다. 2000년대 들어 부유하고 예술적 취향을 지닌 일부 한국인들이 전통적인 한옥의 아름다움을 재발견하기 시작했다. 이들은 아름답게 리모델링한 한옥에서 살고자 기꺼이 많은 돈을 지불한다. 2010년대 들어 홍익대학교 근처의 '곱창전골'처럼 1960, 70년대의 낡은 음악을 틀어주는 술집들도 유행하기 시작했다. 역설적인 것은 이러한 복고풍마저 결국은 문화적 엘리트들이 즐기는 첨단 유행이라는 것이다.

첨단기기를 사랑하는 나라

이미 다룬 것처럼, 한국인의 새것 애호증은 신기술이 도입된 제품에서 가장 잘 드러나는데, 스마트폰 열풍은 그야말로 빙산의 일각에 지나지 않는다. 일본 정도를 제외하면, 새로운 종류의 제품들은 다른 부유한 국가들보다 훨씬 빨리 한국 대중시장에 도달한다. 자동차 내비게이션, DSLR 카메라, MP3 플레이어 등이 그렇다. 미국과 유럽 소비자들이 그런 제품을 사용하기 전부터 한국인들은 이미 그것들을 손에 들고 있었다.

그러나 소비자들은 신중하게 선택한다. 대중의 선택은 '전부 아니면 전무'일 수 있다. 그래서 삼성 갤럭시S가 굉장한 성공을 거두는 사이 LG전자의 경쟁 제품인 옵티머스 원은 완전한 실패작이 되어 회사에 큰 손실을 안겼고, 급기야 LG전자의 남용 CEO는 자리에서 물러나야 했다. 하지만 더 분발해서 남부끄럽지 않은 물건을 찾는 한국 소비자들의 입맛을 맞출 수 있는 신제품을 출시하기만 한다면, 수많은 소비자는 지갑을 열고 달려들 준비가 되어 있다.

물론 한국 대기업들은 각 분야의 최대 생산자이기도 하며, 그렇게 해서 얻는 경쟁우위도 있다. 마케팅에 대규모 예산을 투입할 수 있고 국내시장에 미치는 영향도 큰 삼성전자 같은 회사들은 자신들의 최신 제품 없이는 인생에 아무런 의미가 없다고 소비자들을 비교적 쉽게 현혹할 수 있는 것이다. 세계 어느 나라 사람도 평면 TV를 생활 필수품이라고 생각하지 않던 때부터, 이미 그것은 한국 가정의 표준이 되어 있었다. 세계에서 가장 먼저 3D TV를 구입할 수 있는 나라도 한국이었다.

삼성전자와 LG전자의 패스트 팔로어fast follower 전략이 워낙 널리 알려져 있다보니, 사람들은 흔히 한국 업계에는 창의성이 부족하다고 오해하는 경우가 많다. 하지만 사실 한국 기업은 기술 집적도가 높은 분야에서 세계시장을 선도하고 있다. 서울 지하철에서 화상통화를 하는 사람을 어렵지 않게 볼 수 있는데, 이는 거기까지 신호가 닿기 때문이다. 수많은 사람들이 그런 첨단기기를 갖고 있다. 서울 지하철에서는 와이파이 신호가 잡힌다. 한국의 인터넷 속도는 세계에서 가장 빠르다. 페이스북과 마이스페이스가 등장하기 전부터 이미 한국에는 40대 이하의 사람들이 거의 다 사용하던 한국판 SNS, 싸이월드가 있었다. 1998년 스카이프가 출범하기 다섯 해 전, 새롬기술은 다이얼패드라는 VoIP(인터넷 전화) 서비스를 제공한 바 있다.

한국인은 시민 저널리즘의 선구자이기도 하다. 오마이뉴스는 전문적인 훈련을 받지 않은 사람들도 기사를 써서 올릴 수 있는 인터넷 신문으로, 2000년대 초 급속도로 성장했다. 좌파 성향의 오마이뉴스는 대부분이 우파 쪽으로 기울어 있는 주류 언론의 반대편에서 균형을 잡아주었다. 그 외에도 기자와 독자의 경계를 무너뜨린 인터넷 기반 언론사는 무수히 많다. 지금은 전통적인 인쇄 매체가 아니라 인터넷으로 뉴스를 보는 사람이 더 많다. 한국방송공사에 따르면, 2009년 기준 한국인 중 53퍼센트가 매일 인터넷을 통해 뉴스를 보는 반면, 32퍼센트만이 종이 신문을 본다.

온라인 매체는 심지어 선거 결과에도 영향을 미친다. 노무현은 모두의 예상을 뒤엎고, 젊은 지지자들이 막판까지 인터넷 홍보전을 벌인 끝에 2002년 대통령 선거에서 승리했다. 또한 2010년 지방선거에서 당시 여당이었던 한나라당은 참패를 거두었는데, 이 같은 결과가 나온 데는 선거 당일 아침, 트위터와 스마트폰으로 무장한 젊은 세대가 활발하게 메시지를 주고받으며, 다방면에서 실패를 거듭하고 있던 이명박 정권 심판을 위해 투표하러 가자고 서로를 독려한 것이 영향을 미쳤다고 분석되기도 했다.

이미 1장에서 살펴본 바와 같이, 한국에서 제대로 사업을 하려면 재벌의 거래처가 되거나, 아주 드물게 존재하는 블루오션을 발견해야 한다. 일반적으로 한국의 블루오션은 첨단기술 분야에 있다. 소규모 사업가가 작은 자본으로도 큰 영향력을 발휘할 수 있는 거의 유일한 분야이기 때문이다. 그래서 초창기 스타트업 기업인 NHN(네이버는 세계적으로 자국에서 구글에 밀리지 않는 몇 안 되는 검색 엔진 중 하나다)과 온라인 게임업체 엔씨소프트 정도가 성공할 수 있었다. 다행히 인터넷 초기 화면까지 재벌 로고로 뒤덮이는 건 피할 수 있게 된 셈이다. 한국 주식시장에서 가장 큰 50개 기업은 대부분 과거에 정부의 지원을 받았던 재벌이거나 민영화된 공기업이니, 그들 가운데 NHN과 엔씨소프트는 진정 독립적이고 기업가적인 회사라고 할 수 있을 것이다.

NHN의 성공에 영감을 받아, 첨단기술 기업가들의 두번째 물결이 시작되고 있다. 아이폰과 안드로이드 스마트폰 사용자가 국내에 광범위하게 퍼져 있는 덕분에, 이들 기업가 대부분은 스마트폰용 앱을 개발한다. 독자적인 비디오 게임을 만드는 개발자들의 커뮤니티도 크게 형성돼 있다. 벤처캐피털 산업의 성장으로, 좋은 아이디어를 가진 젊은이들이 잠재적인 투자자를 설득해 자본을 끌어오는 일도 조금씩 더 용이해지고 있다. 아직까지는 실리콘밸리에서 일한 경험이 있는 한국계 미국인들이 주로 창업에 나서고 있지만, 더 많은 한국 청년들이 재벌 일변도의 지형에서 탈피해 창업을 시도하면서 자신의 운을 시험해보고 있다.

지켜주지 못해서 미안해

한국인의 새것 애호증이 갖는 부정적인 측면이 있다면, 일시적인 유행이 사람들에게까지 영향을 준다는 것이다. 몇 년 동안 고국을 떠나 있다 돌아온 한국인들은 즐겨 가던 식당, 술집, 카페의 절반 이상이 사라져버렸다는 사실에 어김없이 실망을 금치 못한다. 모든 것이 파리 목숨이며, 그 자리엔 더 새롭고 요즘 더 잘나가는 가게가 들어서는데, 교체 주기는 점점 짧아진다. 똑똑한 사업가라면 이런 분위기에 편승해 유행이 바뀔 때마다 레스토랑 문을 닫고 새롭게 꾸민 다음 다른 종류의 음식을 파는 과정을 반복할 수도 있다.

2000년대 중반, '불닭'이라는 엄청나게 매운 닭고기 요리가 인기를 끌어 '유행'이 되고 '열풍'을 일으킨 적이 있다. 불닭집이 여기저기 방방곡곡 다 생겼다. 그러나 얼마 지나지 않아 불닭집은 거의 다 사라져버렸다. 이제 불닭을 먹고 싶으면 열심히 검색을 해서 찾아가야 한다. 유행이 끝났고, 불닭은 다시 특이한 음식의 자리로 돌아와버렸기 때문이다.

유행어 또한 눈 깜박할 사이에 바뀐다. 2007년과 2008년, 인기 TV 프로그램 〈무한도전〉에서 시작된 '지못미(지켜주지 못해서 미안해)'가 퍼졌고, 곧 이 표현은 젊은이들 사이에서 폭발적으로 유행했다. 누가 술 마시기 게임에서 지거나 사소한 곤란에 처하면, 친구들 입에서는 "지못미" 소리가 울려퍼졌다. 하지만 지못미의 유행은 금세 식어버려, 이제는 그런 소리를 듣고 싶어도 들을 수가 없다.

다른 나라에서와 마찬가지로 유행어 중 상당수는 광고에서 나온다.

그런데 좀 다른 점이 있다면, 한국에서는 그런 유행이 삽시간에 온 나라를 휩쓸어버린다는 점이다. 재능 있는 마케터라면 그렇게 히트할 수 있는 다음 작품을 내기 위해 꾸준히 일해야 한다. 요 몇 년 사이 가장 성공한 유행어는 아마 영어에서 차용한 '웰빙'일 텐데, 웰빙은 다양한 제품의 수식어로 맹활약했다. 단어의 뜻만 놓고 보면 웰빙이란 그런 딱지가 붙은 제품이 건강에 유익하다는 것인데, 심지어 초코파이에까지 웰빙이란 표현을 쓰고 있었다. 또다른 캐치프레이즈는 'S라인'으로, 이는 여성의 육체가 보여주는 굴곡을 묘사하는 말이다. 어떤 음식을 먹거나 운동 기구를 이용하면 외관상 그렇게 보이는 몸매를 얻을 수 있다는 뜻이다. 언론도 이에 가세해 S라인 종결자를 찾기 시작했고, (다른 열풍에 자리를 내주기 전까지는) 한동안 S라인 열풍이 사람들을 완전히 사로잡았다.

정치 영역에서도 한국인들은 비슷한 변덕을 부리는데, 이 경우에는 앞에서 언급한 경우보다 우려의 목소리가 한층 높아지곤 한다. 추문에 휩싸인 정치인은 잠시 경멸을 당하지만, 운이 좋으면 대중이 곧 그 사건과 그의 비행을 잊어버리게 되고, 훗날 그는 복귀할 가능성이 열린다. 이런 현상을 묘사하기 위해 사용되는 표현으로 '냄비근성'이란 말이 있다. 이는 냄비처럼 빨리 끓어올랐다 금세 식어버리는, 그래서 모든 일에 금방 분노하고 또 금방 잊어버리는 사람들을 묘사하는 말이다.

2002년 대통령 선거에서 노무현은 막판 인터넷 여론몰이로 승리를 거뒀지만, 그의 지지자들 중 상당수가 임기 초반에 썰물처럼 빠져나가버렸다. 그러자 노무현의 반대 세력들은 그 기회를 놓치지 않고 헌법에 규정된 대통령의 정치적 중립 의무를 근거로 삼아, 노무현이 총선에 개입했다고 주장하며 그를 탄핵하고자 했다. 이에 반발해 수많은 사람들이 거리로 뛰쳐나왔고, 대통령의 지지도는 극적으로 다시 올라갔다. 하지만 이후 노무현의 지지율은 다시 떨어졌다. 여기서 핵심은 노무현이 좋은 대통령이었는지 여부가 아니라, 대중이 그만큼 유동적이라는 것이다. 수많은 이들이 노무현을 좋게 봤다가, 나쁘게 봤다가, 또 좋게 봤다가, 다시 나쁘게 봤다. 그리고 2012년, 노무현은 박정희 다음으로 한국에서 두번째로 인기 있는 대통령의 자리에 오르게 된다.

08

산업역군들이여,
전진하라!

불과 한 세기 전까지만 해도 한국인들은 게으르다
는 소리를 들었다. 유명한 여행가이자 작가였던 이사벨라 버드 비숍은
1897년 한국을 방문하고 다음과 같은 기록을 남겼다. "서울은 지루하
고 지저분하며 죽은 도시다. 사람들은 게으르고 나태하다." 『야성의 부
름Call of the Wild』을 쓴 작가 잭 런던은 한국에서 넉 달을 체류한 바 있으
며, 1904년 한국인은 "나약하고 게으르다"고 기록했다. 이러한 시각은
일제 식민주의자들에게서도 마찬가지로 발견된다. 1905년, 『이면의
한국裏面の韓国』이라는 달갑지 않은 제목의 책을 쓴 오키타 긴조는 한국
인은 "세계에서 가장 게으른 민족"이라며, 조선의 유일한 "생산품"이
"똥, 담배, 이蝨, 기생, 호랑이, 돼지, 파리"뿐이라고 덧붙이기까지 했다.

오늘날 한국 노동자들의 이미지는 매우 달라졌다. OECD 회원국 중에서 가장 긴 시간을 일하는 한국 노동자들은 근면함의 상징이라고도 볼 수 있다. 2008년 기준 한국 노동자들의 근로시간은 총 2,357시간을 기록했다. 1960년대 이래, 그들은 거친, 때로는 군사적이기까지 한 환경에서 일해왔다. 직장 내 직급과 업무상 위계는 대단히 중요하며, 심지어 '평생직장'이 사라지고 있음에도 여전히 근로자들에게는 사용자에 대한 충성심이 요구된다. 그렇다면 어떻게 이러한 이미지 전환이 이루어진 것일까? 왜 한국인들은 이렇게 극단적으로 일하는 걸까? 또한 최근의 경제적, 법적, 사회적 변화는 한국인들의 지나친 근면함을 어떻게 허물어뜨리고 있을까?

다시, 박정희

경제통계에 대한 전 국가적 집착에서부터, 달착지근한 발라드에 대한 선호에 이르기까지(이에 대해서는 14장 참조), 박정희 장군이 대한민국에 끼친 영향은 오늘날까지도 다양한 분야에 남아 있다. 한국인이 일하는 방식에도 박정희의 흔적이 여전히 남아 있다. 1961년 쿠데타로 정권을 잡은 박정희 장군은 재벌 집중적인 수출 중심의 개발계획을 수립했다. 한국은 매우 가난한 나라이며 자본과 기술 모두 부족해 저임금의 노동 집약적인 공산품을 주요 수출 품목으로 삼지 않으면 안 된다는 것을 박정희는 깨달았다. 그는 경제를 급성장시켜 북한을 이기고 가난의 늪에 빠진 한국을 일으키겠다는 두 가지 목표를 세웠다.

그러자면 숙련된 기술을 보유한, 열심히 일하는 젊은 노동자들이 필요했다.

박정희는 두 가지 면에서 운이 좋았다. 첫번째는 교육이었다. 박정희가 집권할 무렵의 젊은층은 이승만 정권 때 의무교육의 혜택을 받은 세대였는데, 이들의 교육 수준은 다른 가난한 나라와 비교할 때 세계적으로 높은 수준이었다. 1945년부터 1970년까지, 성인들의 문자 해독률은 22퍼센트에서 87.6퍼센트로 상승했다. 더군다나 유교적 유산과 암기에 중점을 둔 과거제의 전통으로 창의력보다는 훈육과 기계적인 암기 교육에 초점이 맞춰졌다. 그 결과, 명령을 즉시 이행할 준비가 되어 있으며, 질문 따위는 하지 않는 젊은 노동자들이 탄생하게 된 것이다. 점점 더 많은 창의력이 요구되는 요즘 같은 고임금 시대에는 이런 특성이 그다지 바람직하지 않다. 하지만 지시사항을 충실하게 따를 수 있는 훈련된 노동자가 필요했던 그 시절에는 이런 점이 매우 유용했다.

학생들은 학교 수업에서 민족주의를 주입받았다. 한국은 일제 식민 통치라는 악몽에서 깨어나자마자 곧장 북한과 잔혹한 전쟁을 치러야 했던 신생국이나 마찬가지였다. 국가적 자부심을 회복하고 단결심을 고취하기 위해, 한국은 신화 속의 건국시조인 단군 왕검의 뿌리에서 시작해 5천 년간 이어져온 단일민족국가라고 가르쳐야 했다. 박정희 장군에게 이러한 민족주의는 이념적 기반이 되어주기도 했다. 이를 통해 국가적 자부심을 고취시켜 산업 발전을 이룩하고 위대한 나라를 건설하는 그날까지 단결하자고 채찍질할 수 있었기 때문이다. 1980년대 중반까지, 어린이들에게는 민족주의가 세뇌되었다. 30대 중반의 한 취재원은 "학교에서 우리는 우리가 '단일민족'이기 때문에 특별하다고 교육받았다. 지금 생각해보면 아주 이상한 소리지만, 그때는 그 말을 믿었다"고 회상했다.

한국 노동자들이 군대를 다녀왔다는 것 또한 박정희가 누린 또다른 행운이었다. 북한의 위협이 현존했기에 건강한 한국인 남성은 모두 2년 이상의 군 복무를 완수해야 했다(이러한 병역 의무는 지금까지도 계속 존재하며, 복무 기간은 1년 9개월로 약간 단축되었다). 당시 공장에서 일하던 남자들 대부분은 군대에 다녀온 사람들이었다. 자신이 군인이었기 때문에, 박정희 장군은 군대에서 동원하는 국가주의와 규율 강화가 산업 현장에서도 유용하게 쓰일 수 있다는 것을 깨달았을 것이다. 박정희 시절, 한국 국민들을 '산업역군'이라 칭했던 건 결코 우연이 아니다.

한때 그런 산업역군이었던 한 사람의 말에 따르면, 박정희 정부는 산업화를 일종의 '신성한 구국의 임무'로 제시했다. 노동자들은 단순히 삼성, 현대, 럭키금성을 위해 일하는 게 아니었다. 그들은 이 나라를 건설하고 한국인의 자존심을 회복하기 위해 일하는 것이었다. 이 신성한 임무에는 희생이 따를 수밖에 없었다. 1971년, 한국인의 평균 노동시간은 주당 51.6시간이었다. 이것 자체만으로도 기록적인 수치지만, 이조차 실제 노동시간보다 낮게 측정됐을 가능성이 높다. 토요일도 일하는 날이었다. 2004년 관련 법 개정에 따라 천 명 이상을 고용하는 기업은 토요일을 휴일로 지정했는데, 그 이전까지만 해도 한국인들은 일주일에 단 하루의 휴일을 누렸을 뿐이다.

신성한 구국의 임무는 여성도 노동현장에 뛰어들게 했다. 전통적인 성리학에 따르면, 여성이 있어야 할 자리는 가족과 함께하는 가정이었다. 그러나 박정희 장군은 여성들이 가족을 떠나 서울 같은 대도시 공장에서 일하기를 원했다. 인류학자 김승경에 따르면, 이러한 근본적인 전환은 공장에서 하는 노동을 일종의 애국적 의무이자, 급속한 산업화를 진행하는 기간 동안 한시적으로 해야 할 일로 제시했기 때문에 가능했다고 한다. 국가와 한민족에 충성해야 하므로, 여성들의 타고난 역할을 잠시 희생하는 것이 성립된 것이다.

미리엄 칭 윤 루이는 『스웨트숍*의 전사들 *Sweatshop Warriors*』에서, 박정희 정부가 심지어 한국의 성 산업까지 만들었다는 주장을 펼친다. 그리고 그 이유는 일본 기업인과, 간혹 휴가차 한국을 거치는 베트남전쟁 참전 미군 병사들을 상대로 외화를 벌기 위해서였다고 서술한다. 즉 "이 모든 게 조국을 위해서"였다는 것이다. 최상훈 뉴욕 타임스 기자는 한 성매매 여성의 말을 다음과 같이 인용했다. "정부는 미군을 상대로 하는 유일한 큰손의 포주나 마찬가지였습니다. (…) 정부는 우리더러 최대한 미군을 상대로 몸을 많이 팔라고 재촉하면서, 우리를 '달러를 버는 애국자'라고 칭송했습니다."

회사에 뼈를 묻을 사람

박정희 장군은 유교를 혐오했다. 그는 한국인에게 기업가 정신이 부족한 이유도 유교에서 찾았다. 유교 체제에서는 사농공상의 질서에 얽매여 일하는 사람을 업신여겼기 때문이다. 하지만 박정희가 만든 재벌

---

* 위험하고 열악한 환경에서 낮은 임금을 받고 장시간 고강도 노동을 해야 하는 공장.

체제는 유교적 문화에 크게 빚지고 있었다. 전 조선시대를 지배한 성리학의 영향으로 인해 한국인들은 가부장적이며, 수직적 지시에 익숙한 정신세계를 지니게 됐는데, 그 영향은 1960년대에까지 이어졌다. 국가 권위에 복종하는 문화적 관습은 사실상 박정희가 재벌 회장들에게 명령을 내릴 수 있는 바탕이 되었고, 그 경영인들은 또 회사에서 그 명령을 전달했다.

유교적 질서 속에서의 아버지와 같이, 재벌의 수뇌는 엄격하지만 책임감 있게 회사를 다스리고자 했다. 노동시간이 길었음은 물론, 주말이나 저녁 시간을 공장 혹은 사무실에서 보내는 일도 비일비재했다. 직원들 사이에 유대감을 조성하고 단순한 회사가 아니라 하나의 가족을 이루고 있다는 느낌을 주기 위해, 주기적으로 회식 자리가 마련됐다. 대우그룹은 심지어 '대우 가족'이라 칭하기도 했다. 직원들은 회사에서 생일 선물을 받았고, 상사들은 직원의 결혼 상대를 찾아 맞선을 주선하기도 했다. 이런 관행은 아직도 수많은 한국 기업에서 여전히 지속되고 있다. 〈월간중앙〉 2011년 12월호에 따르면, 박용성 두산중공업 회장은 2011년 11월 결혼 적령기에 있는 그룹사 남녀를 위해 결혼정보업체에 맞선을 의뢰하기도 했다.

한국 대기업은 대개 수직적인 구조를 취하는 경향이 있다. 유교의 영향으로, 상급자의 말에 도전하거나 어떤 결정에 의문을 제기하는 사람은 거의 없다. 누가 누구보다 높은 사람인지는 의심할 여지없이 명확하게 정해져 있다. 거의 모든 기업이 유사한 직급 체계를 쓰기 때문이다. 임원이 아닌 직원은 크게 사원, 대리, 과장, 차장, 팀장, 부장의 여섯 단계로 직급이 나뉜다. 임원으로 넘어가면 일곱 단계가 있다. 이사,

상무, 전무, 부사장, 사장, 부회장, 회장이 그것이다. 또 대표이사라는 직함도 자주 볼 수 있는데 대표이사는 문자만 놓고 보면 이사회의 대표일 뿐이지만, 실질적으로는 CEO 역할을 맡는다. 비임원 직급 중 과장, 차장, 팀장은 해당 관리자의 위계에 따라 붙는 명칭이다. 임원 중에서는 회장이 가장 높은데, 이 명칭은 회사를 창립했거나 회사 전체를 장악하는 주주에게 붙는다. 유교적 전통에 따라 승진은 기본적으로 나이와 회사에서 일한 기간에 따라 결정되는 경우가 많다. 따라서 비범한 능력을 가진 33세 직원이라도 평범한 36세 직원에게 승진에서 밀릴 수 있다. 가장 높은 관리자는 대체로 50대 후반에서 60대 연배가 맡는다.

한국 기업, 특히 재벌 기업에서 일한다는 것은 결코 시간과 노동력을 돈으로 바꾸는 단순한 행위가 아니다. 현대 같은 기업은 자신의 모든 걸 바쳐 회사 발전에 이바지하며, 회사에 기꺼이 뼈를 묻을 젊은 인재를 원했다. 채용 과정을 보면 이를 확인할 수 있다. 면접을 통과하고 나서 곧장 사무실에 자리를 배정받는 게 아니라, 마치 미국 대학의 비밀 클럽에 가입할 때처럼, 새로 채용된 사람은 고된 신고식을 치른다. 1970년대 중반 현대그룹에 입사해 훗날 고위직 임원이 된 사람은 이렇게 말했다. "나는 동기들과 함께 어떤 산에 지도도 없이 버려졌다. 어둡고 추운 날, 우리는 해가 뜰 때까지 목적지에 도착해야 했다." 정주영 회장은 신입사원들과 씨름판 벌이기를 즐기는 사람이기도 했다.

재벌 그룹에는 저마다 사가社歌가 있는데, 신입사원들은 직원 교육장에서 이 노래를 합창해야 한다. 「한국 기업에서 경영 가치와 믿음에 문화가 미치는 영향The Impact on the Management Values and Beliefs of Korean Firms」 (송영학·Christopher Meek)이라는 논문에 따르면, LG그룹의 예전 사가는 다음과 같았다.

> 우리들은 이 나라의 젊은 일꾼들
> 속력을 경쟁하는 보람찬 대열
> 사랑으로 한데 뭉친 동지들이다
> 무궁화의 강토 건설 우리 손으로
> 나라의 자랑이다 럭키금성
> 세계로 뻗어가는 럭키금성

우리는 여기서 이 나라의 "젊은 일꾼"(산업역군)들이, 정부가 신뢰해 마지않는 재벌 기업 중 한 곳에 들어가 수출로 국부를 증진하고 산업화를 촉진해 "강토 건설"을 완수한다는 개념을 아주 뚜렷하게 확인할 수 있다. "나라의 자랑"이라는 표현이 사용되는 것은 또한, 이 산업화의 계획에 사람들을 끌어들이기 위해 사용되는 민족주의의 유용성을 웅변한다고 하겠다.

"우리는 기계가 아니다"

민족주의의 힘은 강력했고 때로 가부장적인 회장님들이 은혜를 배풀어주시는 때도 없지 않았지만, 그렇다고 1960~1970년대 노동자들이 행복했을 거라 짐작하는 건 그야말로 어불성설이다. 모든 사람이 '신성한 임무'를 받아들인 것도 아니었다. 1970년, 재단사로 일하던 스물두 살의 청년 전태일은 "우리는 기계가 아니다!"라고 외치며 스스로 몸에 불을 붙여 자살했다. 그의 노동 환경 역시 끔찍한 수준이었다. 전태일은 평화시장에서 일했는데, 제대로 된 환풍 시설이 마련되어 있지 않은 탓에 폐결핵이 만연했고, 노동자들은 각성제(암페타민)를 먹어가며 철야근무를 해야 했다. 그는 이런 관행이 중단돼야 한다고 항의했지만, "너희 요구 조건은 당초 무리였어. 개인적인 애로사항이 있으면 도와줄 테니 이제 노동운동에서 손떼는 게 어때"와 같은 대답만 돌아왔다.

전태일은 한국 노동 계급의 영웅이다. 그의 희생으로 한국 노동자들의 열악한 환경에 대한 관심이 고조되었고, 민주화 이후 제대로 된 노동조합이 성장하는 데에도 큰 영감을 주었다. 박정희가 통치하던 시절에는 오직 한국노동조합총연맹(한국노총)만이 설립돼 있었다. 그런데 한국노총은 지도부를 정부가 선출했기 때문에 제 기능을 완전히 수행할 수 없었다. 박정희가 한국노총을 허용한 것은 그 조직을 이용해 정부의 시책을 노동자들에게 전달하고자 한 것일 뿐, 노동자들이 기업에 맞서 제 목소리를 내라는 뜻은 아니었던 것이다. 정부는 기업과 유착해 있었다.

공장 노동자 군단이 대한민국을 건설해나가기 시작한 것은 1960~1970년대부터 시작된 일이지만, 노동자들은 노력에 합당한 보상을 받지 못하고 있었다. 한국이 경쟁력 있는 수출국이 될 수 있었던 이유 중 하나는 박정희 시대에 유지된 저임금정책으로 가격 경쟁력에서 우위를 확보할 수 있었기 때문이다. 1963년 미화 100달러이던 1인당 GDP는 1971년 289달러까지 올라갔다. 하지만 같은 기간 임금 상승률은 58

퍼센트에 그쳤다. 그 나머지 성장이익은 기업들이 가져갔다.

마찬가지로, 기업은 노동자들에게 회사를 가족처럼 여기라고 했지만, 한국에서는 일본에서와 같은 진정한 평생직장의 개념이 성립된 바 없다. 이 직장 저 직장 오가는 서구권 노동자와 달리 한국 노동자에게는 고용주에 대한 충성이 요구됐지만, 노동자들은 50대가 되면 은퇴할 것을 강요받는 처지가 되었고, 따라서 그들의 충성심은 제대로 된 보상을 얻지 못하는 경우가 태반이었다. 노동자가 임원까지 승진하지 않는 한, 소란 없이 조용히 은퇴하는 것이 바람직한 일처럼 되어버렸다. 이것은 나이 많은 노동자의 급여가 젊은이들보다 높아서이기도 하지만, 나이에 따른 위계질서 또한 주요 원인으로 작용한다. 45세의 사장이 55세의 부하 직원을 다루는 일은 아무리 생각해도 불편한 것이다. 이것을 기업 입장에서 응축해낸 한국어 표현으로 '오륙도'라는 말이 있다. 풀어서 설명하면, "50대나 60대가 되어서도 직장에 버티고 있는 사람은 도둑이나 마찬가지"라는 뜻이다. 조기 은퇴를 강요하는 분위기는 지금까지도 지속되고 있다. 그 결과 회사에서 물러난 수많은 사람들은 택시를 몰거나 작은 편의점을 운영하거나, 경비원으로 일하면서 생계를 유지해나간다.

IMF 시대

1987년의 민주화와 잇따른 정치적 변화로 인한 노동조합운동에도 불구하고, 한국의 노동 문화는 1990년대에도 근본적인 변화 없이 유지되었다. 1991년부터 1996년까지, 한국인들은 매주 평균 48시간 가까이 일했는데, 이것은 1970년대의 노동시간에서 고작 세 시간이 줄어들었을 뿐이다. 그리고 다시 한번 말하지만, 이 경우에도 통계에 잡힌 결과는 실제 노동시간과는 다소 거리가 있을 것이다. 특히 재벌의 기업 문화는 더욱 가부장적으로 변했다. 새로 만들어진 노동조합의 압력을 받은 큰 기업들은 노동자들에게 높은 연봉을 지급하는 대신, 생명보험부터 자녀들의 학비까지 이런저런 혜택을 제공하기 시작한 것이다.

하지만 가족으로서의 기업이라는 환상 또한 무너질 위기에 놓였다. 오랜 세월 동안 최대한 많은 영역으로 사업을 확장한 탓에 재벌의 부채가 늘어났다. 1960년대 재벌 시스템이 시작된 이후 지금까지, 누가 정권을 잡든 재벌이 은행의 대출을 받아 경영하게끔 부추기는 정책 방향이 꾸준히 유지되어 왔다. 1990년대 중반에 이르러 외화 부채가 급격히 증가해, 그 규모가 1994년에는 미화 895억 달러였던 것이 1997년에는 1749억 달러에 이르렀다. 게다가, 장기 외채를 조달할 때는 사용처를 세세하게 밝히게 되어 있던 탓에, 기업들은 단기 외채에 집중하는 쪽을 선호하게 되었다. 한마디로, 한국 기업들은 장기간에 걸친 사업을 하기 위해 단기 외화 부채를 잔뜩 짊어진 형국이었던 것이다.

1997년이 되자 재벌들은 하나둘 짊어진 빚의 무게로 휘청거리기 시작했다. 재벌 기업의 평균 부채비율은 519퍼센트로, 이는 어느 기준으로 봐도 명백히 도를 넘는 수준이었다. 1997년 1월, 한국 재계 순위 14위의 한보철강이 미화 60억 달러의 빚을 지고 부도를 냈다. 11월이 되자 30대 재벌 그룹 중 일곱 곳이 파산했는데, 그중에 기아자동차도 포함돼 있었다. 재벌의 하청을 받는 작은 회사들도 덩달아 곤경에 휩싸였으며, 그 결과 실업률이 치솟기 시작했다. 동시에 외국인 투자자들이 한국에서 돈을 빼가면서 원화를 팔고 달러를 사들여, 1달러당 800원이던 환율이 1,700원까지 치솟았다. 이것은 외채를 한국 돈으로 갚을 때 드는 비용이 두 배가 되었다는 뜻이다. 그리하여 문제는 더욱 심각해졌다.

마침내 기아자동차는 부도가 나 현대자동차에 흡수되었으며, 재계 순위 3위였던 대우는 사업을 더 확장함으로써 위기를 타개해보려 했지만 역시 부도를 피할 수 없었다. 1996년에서 1998년 사이, 실업률은 2.2퍼센트에서 7.9퍼센트까지 뛰어올랐다. 유럽이나 미국 기준으로 보면 이 정도 실업률은 어느 정도 납득할 만한 것이지만, 1997년 전까지 한국인들은 거의 완전 고용 상태에 익숙해져 있었다.

당시 한국노총의 한 조사에 따르면, 실업자 중 81퍼센트는 위기의 원인으로 정치인을 지목했고, 67퍼센트는 재벌에게도 책임을 물어야 한다고 대답했다. 국제통화기금IMF을 비난하는 사람은 고작 16퍼센트에 지나지 않았다. IMF는 한국에 583억 달러의 구제금융을 제공했지만, 그 대가로 한국은 IMF식의 충격요법을 감수해야 했다. 예컨대 1997년 12월, 단기 이자율이 극적으로 뛰어올라 30퍼센트를 넘었고, 그 여파로 1998년에는 더 많은 회사가 부도를 맞았다. 1997년에서 1998년까지를 한국인들은 'IMF 시대'로 기억하는데, 외국 기업인들은 이런 표현을 들으면 한국인이 IMF를 외환위기의 주범으로 지목한다고 생각하기 마련이다. 하지만 한국인 중 대다수는 문제의 근원이 무리하게 빚을 내서 사업을 확장하는 데 중독되어버린 재벌과, 그러한 행태를 방치하고 조장한 정부의 결탁에 있다는 시각을 취하고 있다.

한국인들은 비록 오랜 시간 일하면서도 조기 은퇴를 강요당하는 삶을 살았지만, 그래도 일단 기업에 입사하면 오래도록 안정된 직장 생활을 할 수 있다는 무언의 합의가 존재해왔다. 그런데 1997년 벽두부터 그 묵약이 깨지기 시작했다. 직업의 안정성을 보장하는 암묵적 계약이 날아가버린 것이다. 다른 그 어떤 재벌보다도 직원들에게 회사를 가족처럼 생각하라고 강조해온 현대마저, 직원들에게 떠나달라고 요구하지 않을 수 없었다. 2008년 1월부터 9월까지, 상위 5위 안의 재벌 기업 노동자 중 10퍼센트가 정리해고당했다.

1997년부터 1998년까지 진행된 위기는 한국 사회와 경제에 큰 영향을 미쳤다. 노동자와 기업 간의 유대가 깨졌을 뿐 아니라, 사회적 불평등도 증가했다. 현대경제연구원의 1999년 조사에 따르면, 한국인 중 44.6퍼센트가 자신이 '중산층'이라고 생각하지만, 19.7퍼센트는 외환위기로 인해 중산층에서 탈락했다고 응답했다. 1997년에서 1998년 사이, 소득 하위 20퍼센트는 수입 중 17.2퍼센트가 줄었지만, 상위 20퍼센트 계층은 0.8퍼센트의 손해를 입었을 뿐이다. 더구나 서울의 노숙인은 약 2천5백 명에서 6천 명 가까이 폭증했으며, 배우자 폭행 같은 가정폭력 역시 46퍼센트 증가했고, 이혼율은 34.5퍼센트 늘어났는데, 이런 현상이 모두 한 해 동안 벌어졌다. 한국인들에게 역사적으로 부끄러운 일이겠지만, 1987년 이후 감소 추세에 있던 해외 입양 아동의 숫자 역시 외환위기 기간 동안 증가했다.

충성심은 줄어들고, 위기는 늘어나고

IMF 시대 이후에도, 기업들은 여전히 직원들에게 충성심을 주입하고자 노력한다. 어떤 기업은 갓 대학을 졸업하고 들어온 신입사원들에게 4주 동안 연수를 받게 하는데, 이들은 연수 기간 동안 매일 아침 일찍 일어나 체력 단련을 하고, 회사의 가치관을 머리에 새기며 사가를 부른다. 예전에 어떤 회사에서는 전직 군인이 신입사원 연수 프로그램을 운영하기도 했다. 기업마다 독자적인 채용 시험을 개발해 아예 입사 시험 과정에서 기업의 가치를 배우게 만드는 경우도 있다. 이렇게 특화된 시험을 통과하고 나면 그렇게 해서 입사한 직원들은 자부심을 느끼게 된다.

이런 노력들이 예전만큼 잘 통하는 것은 아니다. 현대캐피탈의 한 직원은 이렇게 말했다. "애사심이 강한 직원도 있지만, 나는 아니다. 사실 그렇게 애사심 강한 사람들이 좀 고맙기도 한데, 계속 이 회사에 붙어 있을 그 사람들 덕분에 이직 경쟁률이 낮아지지 않겠나." 이렇게 생각하는 사람은 그뿐만이 아니다. 2008년 잡코리아의 조사에 따르면, 한국 노동자 중 70퍼센트는 더 나은 기회가 제공되면 직장을 옮길 용의가 있다. 오직 남성 중 12퍼센트, 여성 중 4.6퍼센트만이 자신의 회사에 대한 "진정한 애사심"을 갖고 있다고 응답했다. 1980, 90년대에는 상상하기 어려웠던 일이다.

2003년 TNS가 실시한 조사에 따르면, 한국 근로자들은 여타 35개 산업화된 국가와 비교해볼 때, 세계에서 두번째로 애사심이 없다. 아직까지도 한국의 노동자들에게 충성심을 강조하는 문화가 존재한다는 것을 감안할 때, 이 결과는 놀랍다. 이 조사 결과에 따르면, 특히 여성 근로자와 고령 근로자의 애사심이 낮은 것으로 드러났다. 2010년, 상위 재벌 기업들은 신입사원 채용에서 남자 세 명당 여자 한 명 정도를 뽑았다. 남성과 여성의 임금 차이는 35퍼센트로, 이는 OECD 국가 중 가장 높은 수준이다. 나이 많은 근로자들은 곧 쫓겨날 상황에 놓여 있다.

한국 근로자들의 충성심이 줄어드는 또다른 이유는 임시직 근로자들이 늘어나고 있다는 데서 찾을 수 있다. 이런 경향은 1997~1998년 이후부터 시작됐지만, 후폭풍이 본격화된 것은 2000년대 들어서다. 2001년에는 전체 노동자 중 16.6퍼센트가 비정규직이었는데, 2006년 들어 그 비중은 28.8퍼센트로 증가했다. 2012년에는 약 3분의 1에 해당하는 노동자가 비정규직이거나, 인턴이거나, 또는 아르바이트생인 것으로 조사됐다. 이런 형태로 고용된 노동자들은 법의 보호를 제대로 받지 못하는데, 기업 입장에서 볼 때 이 같은 고용 방식은 노동자들을 통제하기에 용이하다. 이 같은 현상이 맞물려 직장을 잃을까 두려워하는 노동자들은 고용주의 눈앞에서는 충성심을 과시하지만, 속으로는 적의를 품고 있다가 더 좋은 기회가 제공된다 싶으면 즉시 직장을 바꾼다. TNS에 따르면, 한국인 중 자신의 직장을 다른 사람에게도 권하고 싶다는 응답자는 고작 48퍼센트에 지나지 않는데, 이는 전 세계 평균(75퍼센트)에 턱없이 못 미친다.

외국인 기업가들은 한국의 노동시장이 경직돼 있어서, 경영자 마음대로 사람을 고르고 자르는 것이 매우 어렵다는 인식을 갖고 있지만, 이것은 부정확한 편견이며, 특히 요즘 같은 비정규직 시대에는 더욱 그렇다. OECD는 노동 유연성 부문에서, 한국을 전체 30개 회원국 중 13위로 꼽았다. 한국의 노동시장이 경직되어 있다는 믿음은 대부분 현대자동차 같은 특정 기업의 강성 노동조합, 아니면 한국 은행권에 결성돼 있는 강력한 산별노조 등에 기인한 것이다. 2011년, 현대자동차 노동조합은 심지어 현직 노동자의 자녀들이 현대자동차에 입사하고자 할 때에는 별도의 가산점을 주도록 하는 방안을 협상하고자 시도한 바 있다. 한 사람의 지원자가 이익을 볼 때 다른 누군가는 불이익을 당해야 하는 이런 제로섬 게임이 요구되고 있다는 것은, 1997년 이후 한국 노동시장이 철저히 이원화되어가고 있다는 것을 상징적으로 보여준다. 현대자동차같이 고도의 이윤을 남기는 기업에서 일하는 정규직 노동자의 직업적 안정성은 대단히 잘 보호된다. 반면 그 나머지를 위한 직업 안정성은 형편없는 수준이다.

한국의 직장 풍경 또한 달라지고 있다. 문화가 바뀌어서가 아니라 법이 바뀐 덕분에, 주당 평균 노동시간이 감소하고 있다. 노무현 정부는 주 40시간 근무제로, 통상 주 5일 일하고, 초과근무는 일주일에 12시간으로 제한하는 법을 제정했다. 이는 기업이 지켜야 하는 강제조항이다. 하지만 실상을 보면 이 법이 엄격하게 적용되고 있지는 않다. 한국인들은 여전히 기본적으로 주당 44시간 가까이 일하지만(여기에 또 집계되지 않으며 급여가 지급되지 않는 추가 근로를 더하게 되지만), 어쨌든 최소한 평균 노동시간은 감소하고 있다. 회식 역시 예전보다 많이 줄어들었다. 한 은행원은 "옛날에는 일주일에 두 번은 회사에서 술을 마시러 갔지만, 요즘은 일주일에 한 번, 그냥 맥주나 한잔 하는 수준이다"라고 말했다.

서울에 지사를 둔 외국계 기업이 늘어나는 것 역시 한국인들의 업무 방식에 영향을 미치고 있다. 특히 외국계 기업은 재벌 기업이 별로 선호하지 않는, 이미 능력이 검증된 여성을 적극적으로 채용해 상대적으로 이익을 보고 있다. 미국계 투자은행인 골드만삭스의 서울 지사 직원은 여성 대 남성의 비율이 4대 1이다. 경영진은 재벌이나 한국 주요 은행과 다툴 필요 없이 유능한 여성 직원을 구할 수 있기 때문에, 적합한 여성 직원을 구하는 게 남성 직원을 찾는 것보다 더 쉽다고 말했다.

윤정은(34·여)씨는 외국계 기업만 거치며 홍보 전문가로서 이력을 쌓아왔다. 현재 윤씨는 한 다국적 소비재 기업의 서울 지사에서 수석 홍보 디렉터로 일하고 있다. 나이와 성별을 감안했을 때, 만일 윤씨가 한국 회사에 들어갔다면 이런 성과를 이뤄내지 못했을 것이다. 윤씨 밑에는 그보다 열 살이나 많은 부하 직원도 있다. 부하 직원인 홍보 매니저는 44세 남성으로, 처음에는 자기보다 열 살이나 어린 여자가 상사가 된다는 데 불만스러워했지만, 곧 적응했다고 그는 덧붙였다. 윤씨는 본인의 능력과 보다 수평적인 회사 구조(한국 기업에 비해 올라가야 할 계단이 많지 않은 회사 구조) 덕분에, 젊은 나이에 가장 높은 직급을 차지하게 된 것이다.

한국 주요 기업들은 아직도 나이에 따라 복잡한 승진의 사다리를 오르는 체계를 유지하고 있다. 그러나 인터넷 경제 internet economy와 함께, 새로운 종류의 한국 기업들이 부상하는 중이다. 가령 온라엔 게임 제작사이며 미화 60억 달러의 가치를 지닌 넥슨에는 2012년까지 44세 이상의 관리자도 없었고, CFO는 불과 34세에 지나지 않았다. 2010년을 전후해, 한국에도 벤처 자금의 투자를 받아 인터넷과 정보 기술 산업을 선도해나가는 20대와 30대 경영자들이 등장하는 추세다. 적어도 한국 경제 일부 영역에서는, 기존에 중시됐던 나이와 상하관계가 와해되어가는 중이다.

09

엄친아가
엄친딸을 만났을 때

한국인은 경쟁에 익숙하다. 좋은 대학, 이름난 회사의 일자리, 심지어 지하철의 빈자리를 차지하는 것까지! 한국인은 가치 있는 것이라면 뭐든 얻기 위해 경쟁한다. 그런데 이 모든 경쟁 중에서도 가장 힘든 것은 바로 결혼 상대를 찾는 일이다. 젊은이들 스스로도 '제대로 된' 결혼 상대를 찾아야 한다는 중압감에 어마어마하게 시달릴 뿐 아니라 일자리는 날로 줄어들고 양육비는 충격적으로 늘어나는 등 외부 환경 또한 만만찮게 힘들기 때문에, 내가 원하는 '괜찮은 상대'가 매력을 느낄 만한 '괜찮은 사람'이 되는 건 나날이 어려워지고 있다.

하지만 다행히도, 짝을 찾고자 하는 젊은이에게는 언제나 가까운 곳에 도움의 손길이 기다리고 있다. 한국에는 오랫동안 이어져오는 중매 문화가 있다. 이는 친구가 서로 모르는 두 사람을 소개해주는 소개팅부터, 부모의 지인이나 전문적인 중매인의 주선으로 만나는 선까지 그 폭도 아주 넓다. 요즘에는 결혼정보회사에 가입해 수천 명의 회원 중 자신에게 맞는 사람을 찾아주는 고도로 체계화된 네트워크의 도움까지 받을 수 있다.

중매에서 부킹까지

비록 사무실이나 모임 등에서 수많은 커플이 서로의 짝을 찾기도 하지만, 미래의 배우자를 찾는 가장 보편적인 방법은 제삼자를 통해 소개받는 것이다. 이유는 이렇다. 김혜정 듀오(결혼정보회사) 대표의 설명에 따르면, 한국인들은 대부분 비슷한 인맥을 지닌 짝을 만나야 한다고 생각하기 때문이다. 인맥은 배경, 이해관계 등을 바탕으로 서로 묶여 있는 사람들을 지칭하는 말이다. 한국에서 결혼은 순전히 두 사람만의 문제가 아니라 가족과 가족의 결합이다. 배우자는 상대방의 가족 및 사회적 지위에 적합한 사람이어야 하는 것이다. 어떻게 보면 이처럼 가족과 사회적 조화를 추구하는 결혼관은 유교의 영향과 무관하지 않다고도 할 수 있다. 친구에게 소개받은 사람이나 엄마 친구 아들, 엄마 친구 딸은 자연스럽게 그런 조건에 부합할 가능성이 더 크다.

중매의 역사는 길다. 아들이나 딸이 결혼할 때가 되면, 부모는 그 방면의 전문가를 찾아나선다. 중매인은 대체로 특정 사회집단 내에서 두루 발이 넓고 나이가 많은 여성이다. 중매인은 젊은 미혼 남녀의 사진과 기본적인 정보가 담겨 있는 앨범이나 수첩 같은 것을 갖고 있다가, 새로운 고객이 오면 거기서 적합한 상대를 찾아 추천한다. 일단 두 사람이 만나고, 서로가 마음에 들어하는 동시에 양쪽 가족이 서로 만족해하면 결혼이 결정되고 이후의 진행과정은 신속하게 이루어진다. 그 이후 중매인은 수수료를 받고 빠진다. 부유한 집안끼리의 결혼이 성사됐을 경우, 중매 수수료는 몇천만 원을 호가할 때도 있다.

주선으로 성사된, 결혼 상대를 찾기 위한 목적성 있는 데이트에는 '선'이라는 이름이 붙는다. 선은 전문가가 아닌 사람도 주선할 수 있다. 한국에 사는 아줌마라면 대체로 어느 정도 인간관계망은 확보하고 있는 법이다. 사위를 보고 싶어하는 친구의 부탁을 들어주기 위해 선자리를 봐주거나 하는 일이 가능하다. 그런 경우, 아줌마는 아는 사람들을 통해 조건에 맞는 젊은 남자가 있는지 수소문한다. 물론 직업적으로 그런 일을 하는 건 아니지만 어쨌건 소개비는 받는다. 필자의 친구 중 한 사람은 그렇게 해서 3백만 원을 벌었다. 하지만 그렇게 성사된 결혼은 1년 만에 이혼으로 끝나, 친구에게는 받은 돈을 돌려달라는 압력이 들어왔다.

걸려 있는 게 많다보니, 선을 본다는 건 괴로운 일이 아닐 수 없다. 자녀가 30대에 접어들어서도 미혼인 상태로 있으면, 부모는 이러다 시집/장가 못 가겠다며 선을 보라고 쪼아댄다. 30대에 접어든 독신, 특히 여자는 '시한폭탄'이라는 말까지 듣는 경우도 있다. 결혼하자고 하는 남자가 있긴 한데 그 사람이 좋은지 안 좋은지 잘 모르겠다고 하면, 부모는 어쨌거나 일단 결혼하라고 재촉할 것이다. 어떤 커플은 만난 지

한두 달 만에 성혼하기도 한다.

더욱 체계화된 방식으로 중매를 서주는 듀오 같은 대규모 회사들이 등장했음에도 불구하고, 중매는 여전히 성행하고 있다. 또한 1960년대와 1970년대부터 부모와 떨어져 도시에서 혼자 사는 사람들이 늘어나면서, 젊은이들은 중매를 대체할 만한 좀더 가벼운 양식을 개발하기 시작했다. 그중 가장 대중적인 게 바로 '소개팅'이다. 소개팅은 두 사람을 서로 알게 해준다는 뜻의 한국어 단어인 '소개'와 영어 단어 'meeting'의 마지막 음절을 따서 합성한 단어다. 전형적인 소개팅 현장은 이렇다. 서로 알고 지내는 남녀가 각자 친구를 한 명씩 데리고 카페 같은 곳에서 만난다. 네 사람은 예의 바른 태도로 가벼운 잡담을 하다가 어느 순간 기회를 봐서 주선자들은 빠진다. 처음 만난 두 사람이 눈이 맞기를 바라면서 말이다.

남은 두 사람은 같이 밥을 먹으러 가는 단계까지 진행할 수도 있다. 그동안 주선자들은 문자를 기다리는데, 문자 내용은 십중팔구 "완전 고마워!"나 "날 뭘로 본 거야?" 둘 중 하나다. 전자의 경우처럼 일이 잘 풀리면 주선자들은 소개팅해주길 잘했다는 뿌듯함을 느낄 것이다. 어떤 사람은 소개팅 주선을 너무 좋아하는 나머지 호시탐탐 소개팅을 성사시킬 기회만 엿보면서, 자기가 몇 커플이나 맺어줬는지 헤아리기도 한다. 반대로 주말마다 제일 좋은 옷을 입고 나가 파스타를 먹으면서 처음 만난 친구의 친구와 어색한 대화를 나누는 것을 즐기는 듯한 소개팅꾼도 없지 않다.

새로운 사람을 소개받는 또다른 방법은, 특별히 싱글만 모아서 단체로 만나는 미팅이다. 예컨대 어떤 남자가 다른 집단에 속하는 여자를 만났을 때, 각자 싱글 친구들을 데려와서 미팅을 시켜주면 어떻겠느냐고 물어볼 수 있다. 여자가 그러자고 하면, 그들은 각자 친구들 서너 명을 약속된 장소로 데려온다. 미팅은 대체로 20대 초반의 대학생들이 많이 하며, 분위기는 전혀 무겁지 않다. 대부분의 경우 저녁 시간 내내 벌칙을 받는 사람이 다른 미팅 참가자에게 뽀뽀를 하거나 하는 식의 술 마시기 게임으로 시간을 보낸다. 그리고 나서는 알딸딸한 상태에서 노래방으로 향하는데, 술에 취해 제대로 나오지도 않는 목소리로 자신이 점찍어둔 이성의 눈길을 끌려고 애를 쓰곤 한다.

마지막으로, 격식에서 가장 자유로운 만남은 전통적인 한국식 나이트클럽에서 이뤄진다. 한국식 클럽은 서구식의 그것과 많은 면에서 다르다. 사람들은 사실 춤을 추러 가는 게 아니기 때문에, 나이트클럽에는 테이블이 줄줄이 놓여 있고 정작 춤을 추는 무대는 상대적으로 좁다. 일반적으로 네댓 명의 남자가 가서 테이블을 차지하고 앉으면 비싼 위스키와 과일 안주가 나온다. 테이블에는 웨이터가 배정되는데, 웨이터는 다른 테이블을 돌아다니면서 여자들로 이뤄진 팀을 찾아 남자들 앞에 데리고 온다. 이 과정을 지칭하는 단어가 '부킹'으로, 웨이터는 부킹을 해주고 팁을 받는다. 팁을 많이 줄수록 웨이터가 데려오는 여자도 예뻐진다. 남녀가 서로 뜻이 맞으면 전화번호를 교환하기도 한다. 요즘은 원나잇 스탠드도 드물지 않게 이뤄진다.

여성 입장에서 부킹이란 저렴하게 하룻밤 놀 수 있는 방법이기도 하다. 웨이터는 매력적인 여성들의 전화번호를 저장해뒀다가 공짜로, 혹은 저렴하게 테이블과 술을 제공해줄 테니 친구들을 데려오라고 연락하기도 한다. 이렇게 여자들이 아끼는 돈은 결국 남자들이 충당한다.

남자들은 테이블을 잡고 팁을 주는 비용까지 합해 한 사람당 15만 원 가까이 되는 돈을 기꺼이 내놓는다. 이렇게 돈이 드는데도 어떤 남자들은 나이트클럽에 자주 드나든다. 부킹과 나이트클럽에 중독된 남자를 뜻하는 '나이트 죽돌이'라는 단어까지 있다. '나이트 죽돌이'의 여성형은 '나이트 죽순이'다.

이렇듯 부킹이 이뤄지는 일련의 과정을 살펴봤을 때, 이제는 한국이 보수적인 나라라는 철 지난 개념에 동의하기가 매우 어렵다. 물론 부킹에는 웨이터가 중간에 다리를 놓아주는 예스러운 모습이 남아 있긴 하지만, 그로 인한 결과를 보면 오늘날 한국 젊은이들이 성적으로 비교적 자유롭다는 사실을 알 수 있다. 그렇다고 모든 사람이 부킹을 좋아하는 것은 아니다. 요즘에는 대부분의 사람이 서양식 클럽에 가며, 거기서 우연히 만난 상대와 다양한 방식으로 인연을 맺는데, 그런 모습은 어느 모로 보나 보수적인 것과는 거리가 멀다.

결혼정보회사

결혼이 급한 독신 남녀들은 요즘 거대 결혼정보회사로 향하는 추세다. 전문업체는 친구나 부모가 주선하는 선보다 더욱 효율적이고, 특정 지역이나 분야에 국한된 관계망만 확보하고 있는 중매인보다 더 다양한 사람들을 만나게 해준다. 1995년 설립돼 결혼정보시장을 선도하는 듀오는 2만 4천여 명의 회원을 확보하고 있다. 회원은 원하는 서비스 등급에 따라, 한 사람당 백만 원에서 4백만 원까지 차별화된 회비를

낸다.

　이런 종류의 회사가 출현하기 전에 의지하던 중매는 체계적이지 않았다고 김혜정 대표는 설명한다. 심지어 직업적인 중매인들조차 "그냥 손으로 기록하고" 어떤 사람이 누구와 잘 맞을지 본능에 따라 판단했다는 것이다. 하지만 듀오는 새로 가입하는 회원에게 성격, 가족, 교육 및 직업적 배경 등에 대한 150여 가지 질문에 대답하게 하고(물론 제반 증빙 서류도 반드시 제출되어야 한다), 이를 바탕으로 가입자들의 특징을 정확히 알아낸다. 그리고 그와 부합하는 상대방을 컴퓨터가 찾아내게 하는 방식을 통해, 중매를 일종의 과학으로 승화시켰다. 김혜정 대표에 따르면, 의사가 아니면 안 된다고 고집하는 여성처럼 너무 많은 것을 바라는 사람들은 "눈을 좀 낮추라"는 소리를 듣기도 한다. 회원들은 데이터베이스에 입력돼 있는 회원들 가운데 일곱 명에서 열 명가량의 '적합한' 상대자를 소개받는데, 그 정도면 대체로 충분하다. 듀오는 2만 2천5백 쌍의 부부를 성혼시켰다고 전했다. 2010년 기준으로 볼 때, 한국에서 결혼한 커플 중 1퍼센트를 듀오가 성사시킨 셈이다.

　김혜정 대표는 흐뭇해하며 한 커플 얘기를 들려주었다. 듀오를 통해 만나기로 한 커플이 각자 같은 시간에 사고를 당하는 통에 서로를 바람맞혔다. 우연의 일치로, 그들은 같은 병원에 입원했다. 그 둘은 나중에 다시 일정이 잡혀 만나게 됐고, 지금은 부부로 살고 있다. 운명이든 아니든 간에, 결혼정보회사의 시스템이 사람들이 바라던 것을 마침내 제공해주는 것만은 사실인 듯하다.

완벽한 짝을 찾아서

운명의 상대를 만나는 그날은 점점 더 미뤄지고 있다. 1980~1990 년대 초만 하더라도, 여자들은 대학을 졸업하자마자 결혼하는 게 일반적이었다. 이제 여성의 평균 결혼 연령은 29세로 올라갔으며, 남성의 경우는 32세에 이르고 있다. 여성의 결혼 연령이 높아짐에 따라, 일부 남자들은 여자들이 더이상 결혼할 생각이 없고 점점 독신주의자가 되어간다고 생각하는 것 같다. 좋은 직장, 사회적 활동, 재력을 다 누리지만 남편을 원하지는 않는 여성들을 지칭하는 '골드 미스'라는 표현도 생겼다.

골드 미스의 생활을 부러워하는 사람도 적지 않겠지만, 정말 영원히 독신으로 남고 싶어하는 한국 여성은 극소수에 지나지 않는다. 이런 현상은 오늘날 여성들이 더 많은 선택권을 누리고 있으며, 결혼생활에 매이기 전에 좀더 경력을 쌓을(더불어 여행도 자유롭게 하고 인생도 좀 즐길) 기회를 찾는다는 걸 뜻할 뿐이다. 또한 이는 남자들의 목표에도 부합한다. 김혜정 대표에 따르면, 요즘 한국 남자들은 그냥 예쁘기만 한 여자가 아니라 집안에 안정적인 수입도 가져올 수 있는 그런 여자를 원한다.

실업률이 높아졌을 뿐 아니라 찾을 수 있는 일자리 또한 비정규직인 경우가 많아, 최근 대학 졸업자들은 예전보다 더욱 열악한 상황에서 출발하게 된다. 결혼하고 싶어도 비용을 감당하기 힘들어 엄두를 못내는 사람도 많다. 결혼식을 올리고 신접살림을 꾸리는 데 드는 비용은 최근 수년간 비약적으로 상승했다. 조선일보가 의뢰한 조사 결과에 따르면, 2012년 기준으로 결혼하는 커플 당사자와 이들 부모가 쏟아부어야 하는 비용은 평균 2억 808만 원가량인 것으로 나타났다. 1999년에는 7,630만 원이면 충분했다. 이러한 비용 상승의 원인으로 가장 큰 비중을 차지하는 것은 부동산 가격의 상승이다.

더구나 아이 한 명을 양육하는 데 드는 비용이 매년 천만 원이 넘는데(1인당 GDP의 절반가량이다), 그로 인해 맞벌이는 필수가 되어버렸다. 지금의 60대 남자가 예전에 장가갈 여자를 찾을 당시만 해도, 집에서 아이들 잘 키우고 살림 잘할 수 있는 신붓감이면 충분했지만, 이제 30대가 됐을 그의 아들은 높은 학력에, 좋은 직장에 다니는 여자를 원할 가능성이 크다.

여자들이 남편감을 고르는 기준도 만만치 않다. 예전에 여자들이 신랑감을 고를 때는 남자의 '경쟁력', 다시 말해 돈을 벌어올 수 있는 능력만 있으면 다른 건 크게 까다롭게 보지 않았다고 김혜정 대표는 말했다. "옛날에는 남자가 키가 좀 작아도 잘 나가는 사람이면 여자들이 받아줬다. 하지만 요즘 여자들은 키도 크고 잘생긴데다 직업적으로도 잘나가는 남자를 원한다." 남자든 여자든 상대가 모든 걸 다 갖추길 원하는 현상은, 마치 경쟁적인 한국 사회의 단면을 그대로 보여주는 것 같다. 어떤 사람들에게는 모델 같은 외모나 박사 학위가 이상적이고 예외적인 요소라기보다는, 당연히 그 정도는 돼야 하는 필수 항목쯤으로 여겨지는 것이다.

물론 이상형을 만나는 건 시작에 불과하다. 한국에서 결혼이란 순전히 두 사람만의 결합으로 이루어지는 일이 아니기 때문이다. 결혼은 두 집안의 결합이며, 따라서 부모들은 계속 결정권자로 행동하게 된다. '진정한 사랑'을 찾았지만 상대방 집안의 교육 수준, 직업, 경제 사정 등을 탐탁지 않게 여긴 부모가 반대하고 나서서 어쩔 수 없이 헤어져야 했던 사람들의 이야기는 매우 흔하다. 젊은 사람들 사이에서는 결혼은 당사자가 알아서 결정할 문제라고 보는 시각이 점차 늘어나고 있지만, 아직까지도 부모의 의견을 따르는 경우가 많다. 그리고 그 부모들은 '결혼은 당사자의 일'이라는 생각에 전혀 동의하지 않는다. 듀오의 내부 조사에 따르면, 회원 열 명 중 일곱 명은 결혼에 관한 한 부모의 뜻을 거스르지 않겠다고 대답했다.

결혼식 풍경

양가 부모들이 만족하면 결혼 날짜를 잡고, 행복하게 살 집을 마련한다. 남편의 부모가 집을 마련하면 아내의 부모가 그 집에 가구와 기타 필요한 것들을 채워넣는 것이 전통적인 방식이라고 알려져 있으나, 요즘에는 상대적으로 부의 편차를 고려해서 결정한다. 아파트 가격이 크게 올랐기 때문에, 부모들은 전세 자금을 마련해주는 선에 그치는 경우도 흔하다. 전세는 서서히 감소하는 추세며, 대신 기존에 비해 주택담보대출이 활성화되어 있다. 두 집안이 비싼 선물과 돈을 교환하는 풍습 역시 존재한다. 그중 가장 문제가 되는 것이 예단인데, 예단은 신부집에서 신랑집에 주는 선물로, 통상 신혼부부가 살 집값의 10퍼센트가량을 쓰게 되어 있다. 필자의 한 친구는 결혼하면서 4천만 원가량의 예단을 했다.

결혼을 앞둔 상태에서, 함을 들이는 매력적인 전통의식이 거행되는 경우도 있다. 함은 선물을 담은 상자로, 신랑 친구들이 신부의 부모가 살고 있는 집으로 함을 가져간다. 젊은이들이 집 밖에 서서 목청껏 소란을 피우며 "함 사세요"라고 외친다. 무리의 우두머리 역할을 하는 함잡이가 하는 일은 신부의 가족에게 함을 파는 것인데, 신부의 가족은 처음에는 함잡이를 못 본 체하지만 결국에는 그들을 이끌고 들어와 술과 음식을 대접한다. 함잡이는 보기만 해도 한눈에 알아볼 수 있는데, 아주 이상한 재료로 만들어진 가면을 쓰고 있기 때문이다. 마른 오징어 가면이 그것이다. 불행히도 많은 사람들이 아파트에 살고 있는 오늘날에는 시끌벅적한 소리를 내며 함을 팔러 오는 것이 이웃을 불편하게 만드는 일이 되어버려 함을 파는 전통은 예전보다 많이 줄어들었다.

결혼 당일. 만약 신랑 신부가 모두 기독교인이라면 결혼식을 교회에서 올릴 수도 있다. 기독교인이 아닌 경우에는 두 가지 정도의 전형적인 선택지가 제시된다. 호텔 연회장을 빌리거나, 그런 목적으로 지어진 예식장을 이용하는 것이다. 전자는 후자에 비해 좀더 고급스러운 것으로 여겨진다. 일반적으로 결혼식은 상당히 짧은 편인데, 신랑 신부가 맞절을 하고 주례가 덕담을 하는 동안 뒤쪽에서는 아는 사람들끼리 인사를 나누기도 하고 손님들이 들락날락 분주하게 오가기도 한다. 양가에서 공들여 모셔온 명망 높은 노신사가 주로 주례를 서는데, 그는 검은 머리가 파뿌리 될 때까지 함께하는 결혼 생활, 양가 부모에 대한 효도, 기타 자신이 생각하는 바를 이야기하게 되어 있다. 대부분의 사람들이 주례사를 전혀 귀담아 듣지 않는 것 같긴 하지만.

결혼식에서 신랑 신부는 서양식 예복을 입는다. 그리고 결혼식이 끝나면 곧바로 폐백실이라는 특별한 방에 가서 전통 한복으로 갈아입고 양가 부모에게 절을 한다. 과거에는 신랑 쪽 부모와 직계가족에게만 폐백을 드렸으나 요즘에는 신부의 부모에게도 절을 한다. 한국에서도 평등의식이 강화되고, 가족 내 역할에 대한 생각이 변하고 있기 때문이다. 폐백을 다 드린 뒤 신랑은 신부를 업고 폐백실을 한 바퀴 도는데, 이는 부인에 대한 남편의 의무를 상징한다. 폐백을 마친 신랑 신부는 한복 차림으로 피로연장에 나타나 손님들과 인사를 나눈다.

하객들은 결혼 선물로, 돈을 봉투에 넣어 준다. 특히 호텔에서 올리는 결혼식에는 비용이 상당히 많이 들기 때문에, 이런 관습에는 이해할 만한 구석이 있다. 필자의 친구 한 사람은 "부모님이 은퇴하시기 전에 결혼하는 것이 중요하다"고 했다. 다름 아닌 경제적 이유 때문이다. 은행 임원인 그의 아버지는 오랜 세월 동안 직장 동료와 동료 자녀의 결혼식에 참석해 매번 축의금 봉투를 건넸다. 아들의 결혼이 늦어져 은퇴 후에 식을 올리게 되면 더이상 그의 직장이 아닌 은행 사람 중 상당수가 결혼식에 오지 않을 것이고, 따라서 그가 '투자'한 돈을 회수하지 못하게 될 것이다.

하객이 많이 올수록 더 많은 돈이 모인다. 또 하객의 규모는 일종의 자존심 문제가 될 수도 있기 때문에 특히 부모가 고위직에 종사하는 경우, 중요한 사람처럼 보이고 싶다는 생각에 최대한 많은 하객을 끌어와야 할 것 같은 부담감을 느끼기도 한다. 이는 신혼부부 당사자들에게는 대단히 불편한 일이 될 수 있다. 왜냐하면 대부분의 하객이 그들이 거의 모르는 사람들로 채워질 것이기 때문이다.

낭만은 어디에 있는가?

지금까지 묘사된 한국식 만남과 결혼 과정이 사랑보다는 자유시장 원리에 따르는 것처럼 보일 수도 있겠지만, 그것만을 토대로 한국이 로맨틱한 나라가 아니라고 단정짓는다면 곤란하다. 시작하는 연인들 앞에는 수많은 기념일(만난 지 백일, 공식적으로 커플이 된 지 백일 등)이 줄줄이 기다리고 있으며, 이런 기념일에는 어김없이 극장을 가고, 주말 여행을 떠나고, 꽃다발과 초콜릿 박스를 선물하는 등의 행사가 빼곡하게 들어차 있다. 한마디로 낭만이 넘쳐난다. 한국어에는 영어에서 파생된 '이벤트 맨'이라는 말이 있는데, 이는 사랑하는 여인의 집 창밖에서 세레나데를 부르거나 장미꽃 백 송이를 들고 사무실에 방문하는 등의 행동을 하는 남자친구를 묘사할 때 쓰는 표현이다.

한국 달력에는 별별 '데이day'가 홍수를 이루는데, 대부분의 경우 뭔가 상품을 팔기 위해 기업들이 만들어낸 날들이다. 밸런타인데이 말고도 사랑하는 사람에게 앞으로 다가올 중요한 기념일을 적어놓은 다이어를 선물하는 다이어리데이라든가, 장미꽃을 주고받는 로즈데이, 남자가 여자에게 사탕을 주는 화이트데이 등이 있다. 흥미롭게도 11월 8일은 '브라데이'인데, 이날은 남자가 자신의 특별한 상대에게 브래지어를 선물하도록 되어 있다. 그린데이는 커플들이 초록색 옷을 입고 숲속을 걷는 날이라고 한다. 싱글들은 그날 싱글들끼리 모여 초록색 병에 담긴 소주를 들이켜며 서로를 위로할 수도 있을 것이다.

낭만이란 이름으로 판촉되는 제품 중에는 '커플링'이라는 게 있다. 이는 약혼반지보다 한 단계 낮은 의미지만, 어쨌건 이 사람이 누군가와 관계를 맺고 있다는 것을 세상에 알리는 역할을 한다. '커플룩'이란 희한한 옷차림도 있다. 서로에게 푹 빠져 정신을 못 차리는 커플이 같은 방식으로 옷을 맞춰 입는 것을 뜻한다. 여자가 빨간 스웨터에 청바지를 입으면, 남자도 빨간 스웨터에 청바지를 입는 식으로 말이다. 그렇게 입고 다니는 걸 보고 멋지다고 생각하는 사람은 아주 드문 것 같지만, 수많은 커플이 곧잘 커플룩을 입는다.

만약 각자의 길을 가야 한다면

오랫동안 이혼은 바람직하지 않은 일로 여겨져왔고, 이혼을 부정적으로 보는 사회적 시선 때문에 이혼하기도 쉽지 않았다. 서로 불화를 겪고 있거나 더이상 사랑하지 않는 부부라 해도, 가정의 화목과 명예를 위해 그냥 같이 살라고 요구하던 시절이 있었다. 하지만 1970년대에는 이혼율이 조금씩 높아지기 시작해 1980년부터 2000년대 초까지, 이혼율은 천 명당 3.5건으로 다섯 배가량 증가했다. 2000년대 이혼율의 증가는 놀랄 만한 수준이다. 1998년에는 11만 6천3백 건의 결혼이 무효가 되었지만, 2003년에는 그 숫자가 16만 6천 건으로 늘었으며, 같은 해 결혼은 30만 3천 건에 머물렀다. 그와 반대로 결혼율은 유례없이 낮은 수치를 기록하고 있다. 1980년대에는 매년 1천 명당 약 9건의 결혼이 이뤄졌지만, 2000년대 들어와 그 수치는 6건을 간신히 넘는 수준까지 떨어졌다.

1998년에서 2003년까지 이혼율이 급격히 증가한 배경에는, 오래도록 이혼하고 싶어했지만 사회적 분위기 때문에 이혼하지 못했던 사람들이 사회적 도덕관념의 변화로 자신의 인생을 찾아나선 이유도 있을 것이며, 한편으로는 1990년대 후반부터 시작된 경제적 위기의 여파도 영향을 미쳤을 것이다. 아무튼 이혼에 대한 사회적 시선의 변화는 바람직한 일이다. 이혼 경험이 있는 여성과 결혼하는 총각의 비율은 1980년부터 2009년까지 거의 세 배가량 증가했고, 당사자 중 한쪽 혹은 양쪽 모두가 이혼을 경험한 경우는 2009년 기준으로 23.5퍼센트를 기록했는데, 이것은 1990년 10.7퍼센트보다 훌쩍 높아진 결과다. 유명인들의 이혼이 잦아진 것도 이혼을 받아들이는 사회 분위기가 달라지는 데 어느 정도 기여한 것으로 보인다. 아직도 못마땅해하는 사람들이 적지 않지만, 한 부모 가정 또한 증가하는 추세다. 백만 명가량의 사람들이 혼자 자녀를 키우며 살아가고 있다.

신연희 성결대 교수의 조사에 따르면, 커플이 서로에 대해 알아갈 기회를 갖고 훗날 이혼할 위험을 줄여준다는 점에서, 73.4퍼센트의 남성과 67.2퍼센트의 여성이 결혼 전 동거를 지지하는 입장을 표했다고 한다. 이것은 여전히 대부분의 부모가, 자녀가 성인이 되었다 할지라도 용납하기 어려운 일이겠지만, 한 세대만 지나도 더없이 자연스러운 모습이 될 것이다.

10

영어
마니아

한국 사람들은 국가에 대한 자부심이 충만하고, 때로는 그 정도가 지나쳐서 넘칠 정도지만, 한국을 방문한 사람들에게 가장 먼저 눈에 띄는 현상 중 하나는 영어 공부에 대한 집착이다. 초등학교 저학년 때부터 영어를 가르치는 것은 물론이거니와, 어떤 아이들은 특화된 영어 유치원에서부터 영어 공부를 시작하고, 방과 후에도 학원이라 불리는 사설 교육기관에서 영어 공부를 계속한다. 잘나가는 학원 원장은 부자가 된다. 부모들은 자식들이 영어를 자유자재로 구사할 수 있다는 게 똑똑히 확인될 때까지 결코 멈추지 않으며, 어른이 되고 나서도 많은 사람이 좀더 능숙하게 영어를 구사할 수 있도록 실력을 향상시키고자 애쓴다. 영어를 잘한다는 것은 보다 나은 직업을 보장해주는 든든한 취업 보증수표이자 세상 앞에 당당히 자존심을 세워주는 영광의 월계관이 되어주리니.

이토록 영어 공부에 무게를 두는 근거는 한국이 국제 무대에서 경쟁력을 갖추기 위해서는 평범한 회사원부터 대기업 회장님까지 모두 국제 비즈니스 언어인 영어를 할 수 있어야 한다는 것이다. 선진국에서 흔히 발견되는 사고방식이다. 하지만 여기에 한국의 경쟁적 교육 방식이 접합되면서, 어쩌면 영어를 할 줄 아는 사람들을 다수 확보해서 생기는 이익보다 영어 공부로 인해 발생하는 사회적 손실이 더 큰 지경에 이르렀는지도 모른다.

영어에 집착하는 한국인

뉴욕 타임스 및 여러 한국 언론에 보도된 바와 같이, 한국에는 영어 발음을 더 잘하게 만들어준다는 명목으로 혀 수술을 해주는 의사들이 있다. 이 수술의 이름은 설소대절제술lingual frenectomy로, 턱과 혀를 이어주는 부분을 조금 잘라 혀가 좀더 위로 잘 말릴 수 있게 도와주는 수술이다. 서구권에서 태어난 한국계 사람들은 이런 괴상망측한 수술을 받지 않고도 영어를 완벽하게 구사하건만, 몇몇 부모들은 열성이 넘친 나머지 자식에게 그런 수술을 해달라고 우겨댄다.

물론 이것은 극단적인 사례이지만, 이런 수술이 존재한다는 사실 자체가 많은 것을 시사해준다. 대부분의 사람들에게 영어란, 날이면 날마다 달이면 달마다 평생을 공부해서 숙달해야 하는 과제다. 자식이 영어를 유창하게 하지 못하면 성공할 수 없을 것이라고 믿는 부모가 부지기수이며, 심지어 아이들은 모국어를 제대로 배우기 전부터 영어 유치원에서 매일 아침마다 외국어로 공부하게 되는 것이다.

학교 수업이 끝난다고 해서 공부가 끝나는 게 아니다. 대부분 어린이들은 사설 교육기관인 학원에 간다. 미술, 수학, 음악 등 모든 과목별로 학원이 존재하지만, 가장 비싸고 인기 있는 학원은 역시 영어학원이다. 학원에서는 미국, 영국, 캐나다, 호주, 아일랜드, 뉴질랜드, 남아프리카공화국 등 영어 사용권 국가의 원어민을 강사로 채용해, 국내에서의 체류비와 넉넉한 급여를 지급한다. 역사적으로 미국이 한국에 끼친 영향 때문에 미국식 악센트의 수요가 가장 높다. 한편, 비교적 알아듣기 어려운 영국식 악센트를 고급스러운 것으로 보는 사람들도 많다. 많은 경우 원어민 영어 교사에게는 별다른 자격 조건이 요구되지 않는다. 경기도에서 학원 강사로 일하는 마크 제임스(가명)의 말에 따르면, 원어민 선생의 수요가 너무 많기 때문에 "숨쉬고 있는 백인이기만 하면" 채용되는 실정이다.

학교에서도 학원에서도 계속되는 이 모든 공부의 목적은 토플 같은 시험에서 고득점을 얻는 것이다. 높은 점수를 받는 것은 실제로 유창하게 말할 줄 아는 것보다 더 중요하다. 수능이나 조선시대의 과거와 마찬가지로, 토플에서 좋은 점수를 받으면 인생이 한층 풍요로워진다(유창한 말하기 능력보다는 높은 토플 점수!). 대기업들은 입사지원서 더미 속에서, 해당 직무에 영어 능력이 별 쓸모 없는 경우에도 응시자의 영어 성적을 추가적인 판단 기준으로 삼기 때문이다. 인력 채용 회사 인크루트의 연구에 따르면, 한국 기업 중 50퍼센트가 서류 심사에서 이력서를 추려낼 때 영어 성적을 참고 자료로 삼는다.

한국 문화는 성공에 막대한 가치를 부여하므로, 점수를 잘 못 받는 건 용납하기 힘든 일이다. 낮은 영어 성적 때문에 자녀가 대학 입시나 입사 경쟁에서 밀려나는 걸 막기 위해 부모들은 돈과 노력을 아끼지 않는다. 하지만 모든 사람이 필사적으로 최상위권에 들려고 노력하기 때문에, 대부분의 사람들은 실망스러운 결과를 맛볼 수밖에 없다. 심지어 잘하는 사람들조차, 오직 백 점만이 용납되는 사회에서 성장해왔기 때문에 계속해서 노력을 경주해야 한다. "제 영어가 별로라서 죄송합니다"라는 말은 한국에서 흔히 들을 수 있는 말인데, 대부분 정확한 표현이 아니다.

더 좋은 점수를 받아야 한다는 압력은 성인이 되어서도 계속된다. 필자의 한 친구는 이렇게 말했다. "아버지는 60대로, 대규모 페인트 회사 중역이다. 직장에서 영어를 쓸 일은 전혀 없다. 그런데 승진하려면 토플 점수를 잘 받아야 한다더라. 진짜 말도 안 된다."

기둥뿌리를 뽑아서라도

학원을 운영하는 박일진(가명)씨의 말이다. "서울 시민의 가구당 평균 세후 소득은 외벌이라고 가정했을 때 월 3백만 원쯤이다. 그런데 좋은 영어 유치원은 한 달에 백만 원쯤 한다. 그러니까 영어 유치원에 아이들을 보내는 집은 가구 수입 중 3분의 1을 자녀에게 영어를 가르치는 데 쓰고 있다는 뜻이다. 그런데 이 정도 수준은 딱히 유별난 것도 아니다.”

자녀가 학교에 입학하게 되면 수업이 끝난 오후나 저녁에는 학원에 가기 마련인데, 부모가 매달 거기 지출하는 비용이 수십만 원이다. 학원비 말고도 시험 응시료, 문제집 값 등이 더 들고, 영어 원어민에게 일대일 교습(과외)을 받는 이들도 있다. 과외라 불리는 개별지도는 한 시간에 5만 원 혹은 그 이상을 지불해야 한다. 사실 외국인 교사들이 과외를 하는 것은 불법이고, 정부는 과외를 못 시키게 막고자 하지만, 완벽한 영어 실력을 얻기 위해서라면 원칙 같은 건 잠시 미뤄둘 수 있는 것이다.

능력이 되는 부모들은 자기 자식이 다른 사람보다 훨씬 앞서가게 만들기 위해 자녀를 주로 미국이나 캐나다 등지에 있는 해외 학교에 보낸다. 때로는 영어 때문에 가족이 ‘파탄나는’ 경우도 있다. 기러기 아빠 현상이 그것이다. 기러기 아빠란, 영어 교육을 위해 아이들과 아내는 해외에 보내고 혼자 한국에 남아서 돈을 버는 아버지를 뜻한다. 이런 아빠들이 적어도 10만 명은 될 것으로 추산된다. 물론 어떤 사람은 그 기회에 싱글 생활을 되찾은 듯한 즐거움을 만끽하기도 하겠지만 말이다.

영어 교육에 막대한 돈이 지출되는 것은 결코 놀랄 일이 아니다. 2009년, 학원가에서 벌어들인 전체 이익은 약 7조 6천7백억 원 정도로 추산되는데, 이는 같은 해 삼성전자의 영업이익보다 큰 액수로, 그중 절반가량이 영어학원에서 나왔다. 게다가 여기에는 이집 저집 돌아다니면서 과외 선생들이 벌어들이는 수입, 교재비, 시험 응시료, 영어 전자사전, 해외 영어 연수 프로그램에 투입되는 돈 등은 포함되지도 않왔다.

　일부 학부모와 전문가들은 이렇게 영어에 투자하는 것이 장기적으로 도움이 되며, 국익에도 부합한다고 주장한다. 하지만 비록 영어 실력을 갖춘다는 게 어떤 면에서는 가치가 있다 한들, 그것이 과연 가계 수입 중 3분의 1을 바칠 만큼의 가치가 있을까? 장하준 교수에 따르면, 교육비 증가는 "(한국인이) 더이상 아이를 낳지 않는 가장 큰 이유"다. 영어 교육비는 그중 가장 큰 비중을 차지한다. 교육, 특히 영어 교육에 들어가는 비용은, 유달리 낮은 한국의 출산율(2010년 기준 여성 한 명당 아이 1.2명*)을 설명해주는 가장 중요한 요소로, 이는 한국의 경제와 활기를 위협하는 요소로 떠오르고 있다.

정말 이렇게까지 해야 하나

　가뜩이나 경쟁이 극심한 한국의 사회적 분위기와 과도한 영어 공부 열풍이 만나 여러 가지 문제를 야기하기도 한다. 원래 밤 열시부터 새벽 다섯시까지는 학원 문을 여는 것이 불법이지만, 밀집 지역에 있는 학원은 매우 늦게까지 문을 연다. 고등학생은 새벽에 일어나 학교에 가기 전부터 공부를 하고, 학교가 끝난 후에는 바로 학원으로 간다. 학교, 학원 양쪽에서 숙제를 내주기 때문에 하루에 여섯 시간이라도 잘 수 있다면 그 학생은 운이 좋은 편이다. 가장 슬픈 사실은 모든 사람들

---

* 여성 한 명당 아이 두 명을 낳아야 한 사회의 인구가 유지된다.

이 이게 잘못됐다는 걸 알면서도, 다른 집 부모들이 아이들을 깨워가며 공부시키는 동안 자기 아이들만 단속하지 않는 건 매우 어렵다는 데 있다. 좋은 대학에 못 들어가면 좋은 직장에도 못 들어가고 인생에서 성공하기도 힘들어질 가능성이 크기 때문에 더 그렇다.

학교 영어 수업은 의사소통 능력보다는 문법에 지나치게 치중하고 있다. 학원에서 가르치는 영어는 좀 나은 편이지만 문제가 없는 것은 아니다. 부모들은 자기 자식이 공부를 잘한다는 것을 보여주기 위해 아이들을 상급반으로 올려달라고 계속 요구하고, 더 어려운 수업을 듣게 만든다. 학원 운영자들은 수강생이 떨어져나가는 게 두려워 대부분 기꺼이 결과를 주물러서 고객님 요구에 맞춰드리는 편이다. 결과적으로 부모들은 기분이 좋아지고, 아이들은 (상급반으로 올라가지 못하면 부모님의 잔소리를 듣게 되니까) 안도하게 되며, 학원 운영자들은 계속 수업료를 받을 수 있다. 하지만 올라간 레벨만큼 진짜 실력이 향상된 것은 결코 아닐 것이다.

대부분의 학교 수업 과목에서 한국 학생들은 세계 최고 수준의 실력을 보여준다. OECD에서 주관하는 국제학업성취도평가PISA에서, 한국 학생들은 수학 및 읽기에서 다른 나라 학생들을 제치고 1위를 기록한 바 있다. 그러나 장하준 교수의 말에 따르면, 이 결과는 대단히 비효율적으로 얻어진 것이다. 왜냐하면 "한국 아이들은 다른 나라보다 두 배가량의 시간과 돈을 들여가며 노력하기 때문"이다. 이와 대조적인 사례로 그는 핀란드를 꼽았다. 핀란드 아이들 역시 국제학업성취도평가에서 늘 상위권을 기록하지만, 아이답게 놀고 어울리며 유년기의 즐거움을 충분히 누린다. 만약 교육의 질이 개선돼서 아이들이 "열심히 말고, 똑똑하게" 공부할 수 있게 된다면, 충분히 잠을 더 잘 수 있을 것이고, 한국 또한 더 생산적인 나라가 될 것이다. 더 행복해질 것임은 말할 필요도 없다.

그러므로 영어를 공부하기 위해 막대한 양의 시간과 돈을 쏟아붓는 것 자체가 추가적인 비용인 셈이다. 한국어와 영어를 둘 다 조금이라도 아는 사람이라면, 두 언어는 거의 모든 면에서 다르다는 사실에 누구나 동의할 것이다. 다른 조건이 같다면, 한 시간을 들여서 영어를 공부하느니, 그 시간을 일본어나 중국어에 투자하는 게 훨씬 효율적일 것이다. 현재 중국은 미국을 제치고 한국의 제1의 무역 대상국이 되었으니, 영어에 맞춰진 초점을 중국어를 배우는 데 좀더 기울여보는 것도 나쁘지 않을 것 같다.

영어 공부에 대한 압박은 곧 사회적 불평등의 요인이기도 하다. 한국전쟁이 끝난 직후, 한국은 말 그대로 새로 시작하는 나라였다. 과거의 양반 같은 확고한 엘리트 계층도 없었으며, 1960년대부터 1970년대까지 박정희 대통령은 경제성장의 혜택을 많은 이들이 누릴 수 있게 하고자 했다. 그러나 최근 들어 '신양반' 계급이 형성되고 있다. 신양반은, 혈통에 기반하지 않고 좋은 학벌과 부를 재생산하는 순환 고리를 만들어내는 데 성공한 사회적 엘리트로 정의될 수 있다. 대략 1980년대부터, 열심히 공부해 'SKY'에 들어가 최고의 일자리를 차지한 사람들은 다른 사람들을 따돌리며 앞서나가기 시작했다. 이들은 축적한 부를 다시 값비싼 사교육에 투자해 자녀들 또한 남들보다 앞서나갈 수 있게 지원했다. 특히 영어 교육에서 이런 현상이 두드러진다. 영어 자격 시험에서 높은 점수를 받는 것은 좋은 대학에 입학하고 이력서를 넣기 위한 필수 조건이다. 원어민 영어 강사를 붙이거나, 완벽한 영어 구사자로 키우기 위해 자녀를 미국이나 캐나다로 유학보낼 만큼 충분한 돈이 있는 부모의 자식들은 유리할 수밖에 없다.

새로운 엘리트 계층은 강남을 본거지로 삼고 있다. 강남 출신 아이들은 다른 지역 출신들보다 훨씬 앞선 출발선에서 시작한다. 요즘은 목동 출신도 여기에 가세했다. 정부는 이들 지역을 개발하면서 좋은 학교를 이전했다. 왜냐하면 새로 지은 아파트 단지에 사람들이 들어가 살게 할 만한 유인 동기를 제공해야 했기 때문이다. 시간이 흐름에 따라 강남에 들어가고자 하는 경쟁은 자유시장경제의 원칙을 따르게 되었다. 아파트 가격이 너무 올라버린 탓에, 거기 있는 좋은 학교에 다니려면 부모가 강남에 집을 구할 수 있는 재력을 갖고 있어야 했다. 최고의 과외 선생과 학원 역시 돈 냄새를 좇아 강남과 목동으로 향했다. 그 결과 2005년 기준, 서울대에 입학한 학생 중 강남 출신은 서울 북서쪽 지역인 마포에 비해 열 배나 많았다. 마포는 특별히 저개발지역도 아닌데 말이다.

강남은 오늘날 한국의 과잉을 상징적으로 보여주는 곳이다. 강남은 영어 공부의 중심지일 뿐 아니라 경쟁의 장이며, 과시적 소비의 현장이기도 하다. 청담동이나 압구정동 같은 강남 일부 지역에서는 여성들이 당연하다는 듯이 2백만 원도 넘는 핸드백을 들고 다니는 모습을 볼 수 있다. 강남 학생들은 SKY나 미국 아이비리그에 들어가야 한다는 기대를 짊어지게 되며, 여기에 실패할 경우 본인과 부모는 모두 깊은 실망감에 빠져든다. 단적으로 말해, 강남은 서울 인구 중 5.5퍼센트만이 살지만 전체 성형외과의 70퍼센트가 밀집한 지역이다.

원어민 강사를 원하고 원망하다

한국에서 가장 규모가 큰 외국인 집단은 중국인 집단이다. 그러나 한국에서 가장 눈에 잘 띄는 외국인 집단은 미국이나 캐나다 같은 데서 온 원어민 영어 강사들이다. 이런 사람들이 너무 많은 나머지 간혹 한국에 체류중인 서양인은 "한국에서 무슨 일 하세요?"라는 질문 대신 덮어놓고 "어디서 가르쳐요?"라는 질문부터 듣기도 한다. 영어 강사 수요가 너무도 큰 탓에 영어를 가르칠 목적으로 한국에 온 외국인에게 2006년에만 1만 5천여 건의 비자가 발급된 것으로 집계됐는데, 이것은 실제로 한국에서 영어 강사로 일하기 위해 입국한 사람 중 일부만 반영된 수치다. 특별 비자를 갖고 있는 재외한국인, 한국인의 외국인 남편 혹은 아내, 여행자 비자로 한국에 들어와 일하는 불법 영어 강사 등이 더 있기 때문이다.

외국인 영어 강사가 한국 사회와 맺는 관계는, 무당이 한국 사회와 맺는 관계와 기이한 면에서 닮아 있다. 외국인 영어 강사에 대해 어떻게 생각하느냐고 물으면, 평균적인 한국인들은 부정적인 의견을 내놓을 것이다. 하지만 동시에, 마치 무당에게 그렇게 하듯, 필요하다면 언제든 그들에게 두둑한 돈을 지불할 것이다. 그런데 슬프게도 이는 강사의 인종에 따라 선호가 크게 엇갈린다. 순진한 사람들이 보기에 하얀 얼굴은 곧 영어를 뜻하며, 그래서 푸른 눈에 금발을 가진 젊은 백인 여성은 특히 영어 강사로 인기가 높다. 필자의 첫번째 직장 역시 서울에 있는 학원이었다. 학원 원장은 비공식적인 원칙 하나를 고수하고 있었는데, 이는 바로 백인만 채용한다는 것이었다. 어느 날 그는 이렇게 말했다. "저도 이게 멍청한 짓이라는 걸 알아요. 하지만 이게 바로 부모들이 원하는 겁니다."

외국인 강사의 국가에 대해 한국인들이 갖는 인상은, 그들이 강의실과 바깥에서 어떤 행동을 보이느냐에 달려 있다. 좋은 강사와 좋은 추억을 함께한 사람들은, 텔레비전에서 영어 선생의 고향을 홈으로 삼는 스포츠 팀이 나오는 것만으로도 훈훈한 기분을 느낀다. 하지만 외국인 영어 강사들은 수많은 추문을 낳기도 한다. 한국에 있는 젊은 남자 영어 강사들은 수적으로도 많고, 그렇다 보니 무리 중엔 젊은 남자들이 해외에서 할 법한 별의별 행동이 다 튀어나오기 마련이다. 여기에 언론의 선정적 보도와 구태의연한 국가주의가 맞물려, 서양에서 온 사람들은 모두 난봉꾼이라는 믿음이 확산된다.

'잉글리시 스펙트럼'이라는 웹사이트 게시판에 올라온 글이 엄청난 논란을 불러일으킨 적이 있다. 한 남자 영어 강사가 한국 여자들은 쉽게 잘 수 있는 여자들이라고 주장한 게시물 하나가 논란을 불러일으킨 것이다. 방어적 국가주의가 고개를 들었고, '안티 잉글리시 스펙트럼' 카페가 개설됐다. 안티 잉글리시 스펙트럼은 '질 낮은 외국인 강사'를 폭로하는 웹사이트와 게시판을 운영했다. 그 사이트 이용자들 중에는 영어 강사들을 스토킹하고 괴롭히는 사람도 있다고 알려진 바 있다.

주류 언론 또한 이런 분위기 형성에 일조했다. 예컨대 외국인 영어 강사들의 수업이 수준 이하라고 보도할 때, 언론은 그들이 고용된 학원을 탓하는 대신 외국인 강사에 대한 반대 분위기를 부추겼다. 신문에는 외국인 영어 강사들을 마약 거래 등의 범죄와 연관짓는 기사가 드물지 않게 등장했는데, 실상 집단 규모로 봤을 때 그들의 범죄율은 사회 평균과 비교해 크게 다를 것이 없음에도 그런 보도는 끊이지 않았다. 영어 강사로 일하는 필자의 지인 중 한 사람은 텔레비전 드라마를 찍는 줄 알고 어딘가에 출연했는데, 알고 보니 외국인 강사에 대한 페이크 다큐멘터리에 나온 적도 있다. 대본을 읽어보니, 그가 찍은 장면은 미성년자처럼 보이는 학생들에게 술을 마시라고 권하는 모습이었다. 결국 본의 아니게 자기 직업을 욕하는 일에 한몫 거든 셈이다.

콩글리시

한국의 영어 집착증으로 인해, 수많은 단어가 영어에서 차용되고 있으며, 영어'처럼' 들리는 단어들 역시 한국어로 유입되고 있다. 콩글리시는 '퍼스널 컴퓨터'를 줄여서 '파소콘'이라고 하는 일본식 영어의 조어법을 연상시키는 측면이 있는데, 그렇게 만들어진 단어는 많은 경우 귀여운 느낌을 주고 듣는 이를 즐겁게 한다. 예컨대 한국에는 '마마보이'가 있고, 누군가 남의 시험 답안을 베끼고 있으면 '컨닝'하지 말라고 이야기할 것이다. 영어 단어 'cunning'이 여기서는 명사로 쓰인다. 가게에서 물건을 사지 않고 둘러보는 행위는 '아이 쇼핑'이고, 친근감을 신체적으로 잘 표현하는(touchy-feely) 사람들은 '스킨십'에 강하다는 평을 듣는다. 큰 가슴을 지닌 여성은 '글래머 스타일'이라고 불린다.

영국 의류업체 버버리가 알면 섭섭해할 표현도 있다. 한국에서는 공개적으로 성기를 드러내 보이는 노출증 환자를 '바바리맨'이라고 하는데, 이유는 그들이 그런 짓을 저지를 때 입고 다니는 기다란 트렌치코트를 한국에서는 '바바리'라고 통칭하기 때문이다. 몇몇 회사들은 광고에 콩글리시를 써서 재미를 보기도 한다. 건강 관련 제품에 십중팔구 따라붙는 '웰빙'이라든가, 여성의 매력적인 몸매를 묘사할 때 쓰는 'S라인' 같은 것들이 대표적인 예라고 할 수 있다.

한국에는 문자 그대로 수천 개가 넘는 외래어가 있고, 그중 대부분은 영어에서 온 것이다. 만약 남한과 북한이 통일된다면, 북한 사람들은 한국인이 실제로 사용하는 언어가 자기들 말과는 딴판으로 변했다는 사실 때문에 큰 혼란에 빠질지도 모른다. 북한은 고유어를 끈질기게 유지해왔다. 가령, 남의 방에 들어가기 전에 문을 두드리는 것을 북한에서는 '손기척'이라고 하지만 한국인은 그냥 '노크'라고 할 뿐이다.

PART 3

소프트파워

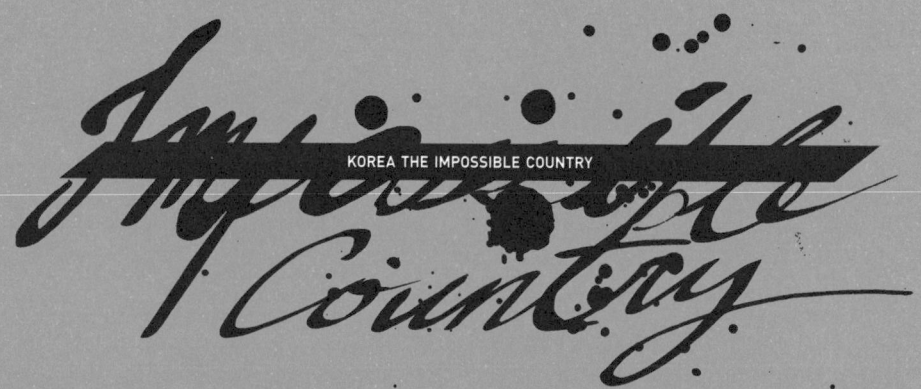

KOREA THE IMPOSSIBLE COUNTRY

11

한과 흥:
깊은 슬픔과
순전한 기쁨

흔히 한국인을 감수성이 풍부한 민족이라고 한다. 그것은 정情과도 관련이 있겠지만, 한국인 정서의 뿌리로 더욱 자주 언급되는 것은 한恨이다. 한은 깊게 뿌리박힌 우울한 고통의 일종으로, 한국인 고유의 정서로 여겨진다. 한의 문화는 삶과 예술에 모두 영향을 미치며, 이는 〈타임〉지에서 언급한 것처럼 "참을 수 없는 한국인이라는 존재의 슬픔(the unbearable sadness of being Korean)"을 가리키는 것이기도 하다.

그러나 〈타임〉지는 절반의 진실만을 보여줬을 뿐이다. 물론 한국 문화에는 부정적인 방향의 극단으로 치닫는 감정이 존재하지만, 동시에 열광적인 기쁨을 거리낌없이 드러내는 면모 또한 갖추고 있기 때문이다. 이러한 열광적인 측면은 기쁨을 뜻하는 흥興이라고 표현될 수 있을 것이다. 한국 문화에 관심을 갖는 이들에게 흥은 한처럼 자주 언급되지는 않지만, 한만큼 중요하며, 한보다 더 쉽게 발견된다. 2002년 월드컵 당시 온 나라가 들썩거리는 것을 목격했다면 무슨 말인지 쉽게 이해할 수 있을 것이다.

한과 흥은 동아시아 사람들이 극도로 자신의 감정을 억누르는 사람들이라는 기존의 편견이 완전히 잘못된 것임을 보여준다. 한국 사람들은 오히려 망설임 없이 있는 그대로 속마음을 드러내는 편이다.

한은 한국 고유의 정서인가?

한은 정처럼 익히 잘 알려진 한국 문화의 요소다. 한에 대해서는 심리학자들과 문화비평가들이 다양한 분석을 내놓았으며, 그만큼 많은 논쟁이 이루어지기도 했다. 일반적으로 한은 한 사람이 짊어지고 있는 풀리지 않은 앙금이나 정서적 고통으로 정의된다. 원怨과 비슷한 점이 없지 않지만, 속으로 내면화된 감정이란 점에서 이와 다르다. 한은 절망적이고 억울하다는 느낌을 동반하며, 그것은 창자가 끊어지는 듯한 신체적 통증으로 이어지기도 한다. 한이 생기는 원인은 다양하다. 예컨대 신체적 장애, 자식의 죽음, 권력을 가진 사람에게 받는 부당한 대우 등이 한을 유발한다. 그런데 이 사례에는 공통점이 있다. 이는 그러한 상황에 직면한 사람이 그 사태를 극복할 힘이 없다는 것이다. 최근 한국사에서 그처럼 한이 맺힐 만한 대표적 사례를 들면 남북 분단으로 헤어진 이산가족을 꼽을 수 있다. 사랑하는 사람과 갈라진 상황에서 할 수 있는 게 아무것도 없다는 것보다 더 큰 트라우마로 남는 일은 별로 없을 것이다.

하지만 그 같은 괴로움에 대해 누군가 책임질 사람이 존재하지 않거나, 있다고 하더라도 감히 건드릴 수 없기 때문에 복수로 대응할 수가 없다. 만약 누군가를 탓할 수 있다면 그러한 감정은 좀더 폭력적이고 분노에 가득 찬 원이 된다. 한은 원과는 다르다. 한이 맺힌 사람은 어떤 복수나 보상으로는 한을 풀 수 없으며, 자신의 감정을 해소하기 위한 다른 방법을 찾아야 하기 때문이다.

어떤 이들은 한이 한국인에게만 존재하는 감정이라고 주장한다. 그러나 현존하는 가장 위대한 한국의 문학가이자 한을 다룬 작품을 다수 쓴 시인 고은에 따르면, 한은 광범위한 아시아 전통의 일부로 이해될 수 있다. 고대 인도에서부터 시작해, 수많은 다른 문화권에서도 한과 유사한 감정이 발견된다는 것이다. 그는 한이 고대 인도어의 우파하나upahana에서 비롯된 단어이며, 우파하나는 한국의 한과 비슷하지만 좀더 공격적인 개념인 중국의 '헌'과 일본의 '곤'의 어원이기도 하다고 본다. 외세의 침략, 분단, 전쟁으로 이어지는 역사 속에서 힘센 자들에 의해 장기판의 졸처럼 부려졌던 한국의 과거를 생각할 때, 한국의 한에 공격성보다는 수동적 측면이 깊이 자리하고 있다는 사실은 납득할 만한다. 역사적으로 볼 때 한국인에게는 당한 일을 제대로 되갚아줄 기회가 거의 없었다. 하여, 한국인은 고통을 내면화할 수밖에 없었다.

한편, 소설가 장용원(가명)은 "한국인의 한은 식민주의자들의 발명품"이라고 주장한다. 일제강점기 당시, 한국인이 처한 정치적 상황에서 할 수 있는 일이 아무것도 없다는 좌절감을 심어주고 현실에 순응하게 만들기 위해 일본인들이 한국인들에게 주입한 정서가 한이라는 것이다. 그는 한이 다른 문화권에도 똑같이 존재하는 정서, 그 이상도 이하도 아니며, 한을 한국 문화의 정수로 볼 수도 없다고 말한다. 장용원에 따르면 한은 20세기 초 성공적으로 주입된 일종의 문화 코드로, 한국인들은 한을 자신들만의 특별한 문화 코드로 의심 없이 받아들이게 되었다는 것이다.

한이 한국 전통의 정서가 아니며, 특히 '(한국인의) 한'이라는 관념을 이식한 주체가 일본이라는 장용원의 주장은 논쟁적이며 주류의 시각에서 다소 벗어나 있다. 그러나 한의 기원이 무엇이건, 그것이 오늘날 음악, 예술, 드라마 등 한국인의 문화 콘텐츠와 행동 양식에 큰 영향을 미치는 심리학적 지평으로 작용해왔다는 것만은 분명하다.

그런데 독특한 점은, 한이 가슴속에 차곡차곡 쌓이는 감정일 뿐 아니라 때로는 소중하게 간직되기까지 한다는 점이다. 한국에서 오래 생활한 사람들이 한결같이 지적하는 것은, 한국인들은 낭만적인 태도로 슬픔에 파묻히고 그것을 즐기는 경향이 있다는 점이다. 한국 문화에는 멜랑콜리한 데가 있는데, 그것은 슬픈 노래나 영화, 비극적 사건을 연거푸 겪는 주인공이 나오는 드라마, 짝사랑, 달콤 쌉싸래한 추억 등으로 표현되며, 이는 오늘날 한국의 대중문화가 해외에서 부각시키고 있는 요소들이기도 하다. 한을 묘사하기 위해 고은은 한국 텔레비전에 친숙한 사람이라면 누구나 이해할 만한 장면을 제시했다. 오지 않을 연인을 기다리며 달밤에 서 있는 여인의 모습이 그것이다. 이야기 속에서, 여인은 평생토록 상실감과 거절당한 아픔을 안고 살아갈 것이다.

세계적으로 인기를 모았던 한국 영화 중에는 한의 정서가 한껏 녹아 있는 이야기가 많다. 〈태극기 휘날리며〉를 예로 들면, 한국전쟁 때문에 적이 된 형제가 포탄이 쏟아지며 사람이 죽어나가는 전쟁터에서 서로 맞서 싸우게 된다. 영화의 클라이맥스에서 형은 동생의 목숨을 구하며 죽는다. 영화가 끝날 무렵 살아남은 동생은 전사자의 유골을 발굴하는 현장에서 형의 유해를 발견하고 가족을 잃은 슬픔을 곱씹으며 그들이 전쟁터에서 나눴던 대화를 반복하면서 덧없이 형에게 말을 건다. 평생토록 아물지 않는 상처를 이보다 더 잘 보여주는 장면도 찾기 어려울 것이다.

한풀이

김의철 교수에 따르면, 한은 고정불변의 것이 아니며 한풀이, 즉 한을 '풀어버리는' 행위를 통해 해소될 수 있다고 한다. 한풀이는 해학이 넘치는 카타르시스를 통해 이루어진다. 김의철 교수는 한국의 탈춤을 예로 들었다. 탈춤에서는, 보통 사회적으로 동정과 조롱의 대상이 되는 장애를 지닌 거지들이 등장해 탈을 쓰고 관객들 앞에서 노래 부르고 춤추며 고통을 하소연하고 비극을 승화시킨다.* 마치 무거운 짐을

---

* 탈춤에서 피지배층의 모습을 우스꽝스럽게 묘사한 사례도 있지만, 이와 반대로 지배층인 양반을 온전치 못한 모습으로 묘사하여 희화화한 경우도 있다. 봉산탈춤에서는 샌님과 서방님이 언청이로 등장하며, 도련님은 입이 비뚤어진 방정맞은 인물로 묘사된다.

벗어던지듯 자신을 옭아매고 있던 고통을 벗어던짐으로써 등장인물은 기쁨과 환희를 느끼게 된다는 것이다.

전통적으로 이런 연희에서는, 서민을 억압하는 계층으로 평소에는 감히 공격할 수 없었던 양반을 조롱한다. 탈춤은 연희를 펼치는 사람뿐 아니라 이를 관람하는 농민들에게도 한풀이가 된다. 이는 러시아의 비평가이자 철학자인 미하일 바흐친이 말한 카니발레스크*나, 중세 유럽 국가에서 왕과 농노의 역할을 바꾸곤 했던 '바보들의 축제Feast of Fools'를 연상시키는 측면이 있다. 짧은 순간이나마 사회체제를 잠시 제쳐두고 가장 낮은 신분의 불행한 이들이 억눌린 지배 구조에서 벗어나 자유를 만끽하는 순간을 제공하는 것이다.

이런 식으로, 슬픔에 대한 한국인의 접근법은 역설적인 환희와 웃음을 제공한다. 한은 '어금니 꽉 깨물고' 각오를 단단히 다지게 만드는 것이 아니라 차라리 정반대의 반응을 불러일으키는 것이다. 제2차 세계대전 당시의 유명한 일화가 있다. 일본 홋카이도로 강제 노역을 떠나는 조선인 남성들이 플랫폼에서 기차를 기다리는 동안 열심히 제기를 차며 웃고 놀았다. 사형에 처해질 수도 있는 행위라는 것을 알면서도 말이다. 감시하던 일본 군인들은 예상치 못한 한국인들의 이러한 행동에 큰 충격을 받았다.

같은 맥락에서, 한국의 전통 장례식은 일종의 축제 같다. 사람들은 상갓집에서 크게 떠들어대고, 그 분위기 속에서 노래하고, 술을 잔뜩 마시고, 심지어 놀이까지 하면서 논다. 2007년 10월 29일 코리아 중앙

* carnivalesque. 전통적 문학 작품의 질서나 가치를 유머와 무질서를 통해 전복하거나 해방시키는 문학 양식.

데일리 기사에 따르면 임재해 안동대 민속학과 교수는 "한국인들은 장례식을 웃음을 통해 슬픔을 이겨낼 기회로" "죽음이 유발시키는 슬픔과 어둠을 삶의 행복과 밝음으로 승화시키는" 계기로 삼는다고 했다. 영어에서는 사랑하는 사람의 장례식을 에둘러 '생의 축제celebration of life'라고 표현하기도 하지만, 한국의 장례식은 진정 말 그대로 '삶과 죽음의 축제'인 것이다.

　비극은 되돌려질 수도 번복될 수도 없다는 것을 알기에, 사람들은 다른 길을 택하기보다는 오히려 그것을 축제로 만들어 초월하고자 한다. '신바람'이라는 단어는 바로 그런 해방감이 무엇인지를 보여준다. 샤머니즘적인 굿도 이런 각도에서 조명해볼 수 있다. 주로 비극적인 일이 원인이 되어 굿을 하게 되는데, 굿에는 노래와 춤이 동반되며, 그 과정에서 에너지의 방출을 경험하게 된다. 어떤 이들에게는 굿이 사이비 종교에서 행할 법한 주술로 보이겠지만, 굿은 어려움을 겪고 있는 이에게 심리적으로 카타르시스를 제공하는 효과가 있는 것이다. 굿을 치러본 적 있는 한 인터뷰이는, 굿으로 나쁜 귀신을 달래서 문제를 해결할 수 있다고 믿지는 않았지만 굿을 치르는 과정에서 크나큰 정서적 위안을 받았으며 궁극적으로 힘을 내게 됐다고 말했다. 신바람에는 무속신앙만큼이나 불교의 영향도 있는 것으로 보인다. 왜냐하면 나쁜 일을 되돌리거나 그에 대해 복수를 꾀하는 대신, 인생은 고통이라는 것을 받아들이고 그것을 승화시키려는 태도가 불교적이기 때문이다.

흥이라는 순전한 기쁨

〈태극기 휘날리며〉처럼 성공한 영화나 텔레비전 드라마에서 소개된 한국은 비극적 멜랑콜리로 가득 찬 나라일 테지만, 동시에 '될 대로 되라지' 하는 종류의 쾌락을 즐기는 나라이기도 하다. 시의 대가 고은은 흥이라는 단어를 말하는 것만으로도 만면에 웃음을 띤 채 몸을 앞으로 숙이고 어깨를 들썩이며 그 단어가 불러일으키는 느낌을 온몸으로 표현해낸다. "땅에 술을 부어 지신地神을 취하게 해 땅이 흔들리는 것을 상상해보라." 이것이 바로 고은이 말하는 흥의 느낌이다.

심지어 한국에서는 정치적 시위마저 흥겹다. 심각한 주의 주장을 내세운 집회가 즐거울 수 있다는 게 참으로 이상하게 여겨지겠지만, 한국에서는 집회 현장에 설치된 연단에서 자신들이 맞서 싸우는 불의에 대해 연설하다가, 빠른 박자의 음악에 맞춰 노래 부르는 일이 결코 드물지 않게 벌어진다. 한국인들이 얼마나 즐거움을 추구하는지 잘 보여주는 또다른 예로는 사물놀이를 들 수 있다. 대학생들은 사물놀이를 연습하는 모임에서 둥그렇게 둘러앉아 몇 시간 동안이나 그 시끄러운 장단을 연주하곤 한다.

그래서 한국을 방문한 외국인은 이렇게 시끌벅적하고 흥겨운 한국 문화를 접하고 깜짝 놀라는 일이 적지 않다. 이것은 동아시아 사람들이 일반적으로 조용하고 침착하며 심각한 일벌레라는 일반적인 편견에서 형성된 '고요한 아침의 나라'라는 한국의 이미지와 너무도 상반되기 때문이다. 한국이 4강까지 진출했던 2002년 월드컵 때처럼 한국 문화의 흥이 잘 드러난 경우도 없을 것이다. 월드컵 기간 내내 온 나라가 즉흥적인 축제 현장과 다를 바 없었고, 한국 대표 팀의 경기가 있는 날이면 온 거리와 공원, 광장, 심지어 기차에서도 음주가무가 벌어졌다. 사람 많은 장소에서 누군가 "대한민국"을 외치기만 해도 모든 사람이 일순간 멈춰 노래하고 춤추며 놀았다. 당시 대통령이었던 김대중은 2002년 한국이 월드컵 4강에 진출하자 "오늘은 단군 이래 가장 기쁜 날"이라고까지 이야기한 바 있다.

찬란한 슬픔의 매력

이미 백 권 넘는 책을 출간한 시의 대가 고은은, 자신이 독보적인 작품들을 내놓을 수 있었던 이유 중 하나로 흥을 꼽는다. 그에게 시란 축제와도 같다. 고은은 시를 '마신다'던 보르헤스의 말을 빌려 말했다.* 고은은 자신의 작업이 일이라기보다는 차라리 유희에 더 가깝고, 이제 칠순을 넘어 팔순을 바라보고 있지만 멈출 생각이 전혀 없다고 말했다. 최근 작업한 사랑시집** 이야기를 하던 그는 분명 열정에 가득 차 있었다.

하지만 언제까지고 흥이 지속될 수만은 없다. 고은은 한과 흥이 상반되는 것으로, 하나가 높아지면 하나가 낮아진다고 본다. 한국은 역

---

* 아르헨티나의 시인이자 철학자인 호르헤 루이스 보르헤스는 1960년대 말 하버드 대학에서 여섯 차례에 걸쳐 시, 문학, 자신의 삶에 대해 강연했다. 그중 첫번째 강연인 '시라는 수수께끼'에서, 그는 자신의 시 읽기는 차라리 '마신다'는 말로 더 잘 표현될 수 있다고 했다. 해당 강연은 『보르헤스, 문학을 말하다』라는 제목의 책으로 번역, 출간되었다.
** 2011년 고은의 『상화 시편』(창비)이 출간됐다.

사 속에서 한과 흥이 서로 우위를 주고받아왔다고 그는 생각한다. 마치 지금처럼 흥이 우세한 시대에도, 사람들의 행동과 사람들이 듣는 음악 속에 언제나 한이 일렁이고 있음을 알 수 있다는 것이다.

그러나 한이 지배적인 때에도 언제나 희망은 있다. 한의 고삐를 잠시 풀고 축제로 승화시킬 여지 또한 언제나 있기 때문이다. 달콤한 슬픔이 어른대는 행복과 또렷한 희망이 감지되는 슬픔. 이것이 바로 한국 문화의 본질이다. 한국인이 때로는 너무 감성적인 것처럼 보이는 이유도 여기에 있다. 이것은 한국 영화와 드라마가 오늘날 세계적으로 선전하는 이유 중 하나이기도 할 터이다. 한과 흥은 서로 엎치락뒤치락 뒤엉키며 매력적인 조화를 이끌어낸다.

12

하루종일 일하고
밤새도록 놀고

상상하기 힘들겠지만, 1945년부터 1982년까지 한국인들은 자정에서 새벽 네시까지 길거리를 돌아다닐 수 없었다. 제2차 세계대전 이후 혼란기와 한국전쟁을 거쳐, 군사독재 시절을 겪어가며 계속 연장되어온 전국적 야간통행금지가 있었던 것이다. 권위주의와 가부장주의로 뭉친 박정희 시대 때는, 노동자들이 생산성을 유지하고 규율을 엄수하도록 단속하는 정신이 투철했다. 그래서 국가가 국민의 치마 길이와 머리 모양을 단속하고 밤에 놀러 다니는 것마저 제한했다. 이러한 통제에서 벗어난 오늘날, 한국인들은 이제 뭐든지 마음대로 할 수 있는 자유를 한껏 누리고 있다. 하의 실종으로 다니건 머리를 제멋대로 지지고 볶건 해 뜰 때까지 놀다 첫차를 타고 집에 들어가

건 아무도 상관 안 한다. 특히 한국의 밤 문화는 생기가 넘치며 일상의 일부로 폭넓게 받아들여지고 있다. 다른 나라 사람들에겐 아직 잘 알려져 있지 않은 것 같은데, 서울은 파티의 도시다.

한국인이 스스로를 묘사할 때 가장 흔히 하는 말이 "한국은 동양의 아일랜드"라는 말이다. 한국인들은 노래와 춤을 사랑하며 술에 즐겨 취하는 유서 깊은 전통을 지니고 있다는 뜻이다. 이는 한국인 스스로가 갖고 있는 자아상인 '음주가무'에서도 확인되며, 이 모토에 따라 즐거운 저녁 시간을 보내곤 한다. 필요에 의해 술을 마셔야 할 때도 있다. 한국인들은 회식, 즉 직장 상사와의 의무적인 술자리에 매우 자주 불려간다.

마시고 죽자

세계보건기구에 따르면 한국인은 평균적으로 한 해에 1인당 14.8리터의 알코올을 마시는데, 이는 영국인과 영국인의 켈트족 동지인 아일랜드인보다 약간 앞서나가는 수준이다. 한국인은 비유럽인 중 술을 가장 많이 마신다. 그 14.8리터는 여기저기서 맥주 몇 잔, 혹은 식사 때마다 와인 한 잔을 곁들이는 식으로 소비되지 않는다. 북유럽 사람들이 그러하듯 한국인들은 일찍 집에 들어와 빨리 잠자리에 들거나, 이왕 마실 거면 "마시고 죽자!"를 외치며 전력 질주해 새벽까지 마시는 것이다.

한국인이 술을 잘 마시는 것은 오래전부터 유명했다. 2010년, 왕립

아시아학회에서 역사학자 로버트 네프가 강의한 바에 따르면, 서양 선원들이 한국에 막 도착하기 시작한 19세기, 한국인들은 서양 사람들과 대작해서 그들을 술자리에 고꾸라뜨려버렸다. 하지만 정신을 못 차릴 때까지 마시는 문화가 일반화되기 시작한 것은 1960년대와 1970년대 산업화 이후부터라는 견해가 일반적이다. 회식은 길고 고된 하루를 보낸 직원들에게 한 팀으로서의 소속감을 심어주기 위해 도입됐다지만, 실제 양상을 보면 회식은 종종 도를 넘어선다. 1983년 사망한 한국인 10만 명당 494명이 간 질환으로 세상을 떠났다. 통계청에 따르면 2009년에는 그 비율이 10만 명당 4,417명으로 늘어났다. 전체 사망 원인 중 간 질환이 열 배나 늘어났다는 것, 그리고 간 질환의 발생률이 급증하고 있다는 것은 회식 문화와 그로 인해 고주망태가 되는 것이 정당화된 분위기와 강력한 연관이 있는 것으로 보인다.

그렇다면 한국인이 마시는 술은 구체적으로 무엇일까? 한국에서는 선택할 수 있는 술의 폭이 대단히 넓다. 전 세계에서 온 맥주, 증류주, 와인을 구입할 수 있고, 한국의 지역적 특색을 지닌 술도 많다. 가장 흔히 마시는 술은 소주로, 전통적인 소주는 쌀로 만든다. 안동소주 같은 최고급 소주는 아직도 원료로 쌀을 고집한다. 하지만 대중적으로 많이 팔리는 소주는 감자 및 기타 전분을 원료로 삼는다. 소주는 세련된 사람들이 선호하는 술은 아니지만, 저렴한 가격 덕분에 인기가 많다. 20도짜리 375밀리리터 한 병을 가게에서 구입하면 1,500원을 넘지 않고, 식당에서는 4천 원 정도 한다.

소주는 보통 사람들의 증류주다. 소주는 아무 맛도 나지 않으며 공짜에 가까운 값에 판매되지만, 취하게 하는 역할만은 기막히게(혹은 지나치게) 잘해낸다. 일반적으로 소주는 작은 소주잔에 마시지만 소주를 맥주와 섞어서 '소맥'으로 마시는 사람도 많다. 이렇듯 치명적인 '폭탄 주'로 '파도'를 타며 모든 사람이 잔을 비울 때까지 순서대로 마시는 경우도 있다. 소주에 과일 주스나 요구르트를 섞으면 보다 맛있는 칵테일 소주가 되는데, 칵테일 소주는 술이 아닌 척하는 술의 궁극적 형태라고도 할 수 있다. 알코올 비슷한 맛이 전혀 나지 않기 때문에, 일어나서 걸어가려다 다리가 뇌의 명령을 수행할 수 없는 상황에 처하기 전까지는 자신이 술에 취했다는 것조차 모르고 마실 수 있는 그런 술이다.

소주는 만두와 마찬가지로 13세기에 한반도를 침략한 몽고인들이 가지고 온 아락주에 그 기원을 두고 있다. 아락주의 기원을 추적해가면 지중해 동부 레반트 지방에 닿게 되는데, 그곳에서부터 동쪽 아시아 지방과 북쪽 불가리아 쪽으로 아락주가 전파되어 불가리아에는 라키아라는 술이 존재한다. 북한에는 지금도 소주를 아락주라고 부르는 지역이 있다. 소주는 관련 없던 문화와 문화를 이어주던 국제무역 및 교류의 '원형'과도 같았던 실크로드 이야기의 일부인 것이다.

소주처럼 작은 잔에 마시는 술 중에 '백세주'라는 이름의 술이 있는데, 백세주는 좀더 맛이 좋고 알코올 도수가 낮으며 쌀을 원재료로 삼는다. 백세주에는 또한 약재와 인삼이 들어간다. 백세주의 이름은 '백 살까지 마시는 술', 즉 그 술을 마시면 백 살까지 산다는 뜻이다. 물론 그 말을 곧이곧대로 믿는 사람은 아무도 없다. 어떤 이들은 소주와 백세주를 반씩 섞어서 오십세주를 만들어 마시는데, 그렇다면 그 말은 곧 쉰 살까지만 산다는 뜻이 되겠다. 일종의 야생 산딸기인 복분자로 만드는 복분자주, 일본 사케와 약간 유사한 맛이 나는 '청하'라는 이름의 술도 있다.

사실 한국에는 일일이 손으로 꼽기 어려울 정도로 많은 종류의 증류주가 존재한다. 문화재청에 따르면 한국에는 총 86종의 전통주가 있는데, 그들 중 다수는 대량생산되지 않고 지역 내에서 소비된다. 하지만 증류주의 왕은 여전히 소주일 것이다. KBS 웹사이트에 따르면 2006년, 20세 이상의 한국인은 1인당 평균 90병의 소주를 마셨다. 이 보도에 쓰인 표현이 모든 것을 말해준다. 소주는 "한국인의 원동력"이며, "외로운 사람들의 가슴을 달래주고, 처음 만난 사람과는 친밀함을, 오래 사귄 사람과는 끈끈함을 나누게 해준다".

발효주로는 쌀을 재료로 하는 막걸리가 있는데, 빛깔은 희고 넓적한 사발에 마신다. 막걸리는 아주 맛있지만, 너무 취하도록 마시면 형용하기 어려울 만큼 고통스러운 숙취를 겪을 수 있음을 미리 알아두어야 한다. 전통적으로 막걸리는 농부들의 술이었으며, 도시인들은 막걸리를 몰취향한 술로 간주하고 경원시해왔다. 하지만 2000년대 후반부터, 막걸리가 저칼로리 술이라는 사실이 알려지면서 막걸리 르네상스가 찾아왔다. 유행에 민감한 술집들은 이제 높은 가격에, 얼마 전까지만 해도 사람들이 쳐다보지도 않던 술을 내놓고 있다. 옛날 스타일 막걸리도 여전히 잘 팔리는데, 슈퍼마켓에서 구입할 경우 가격은 한 병에 천 원 정도 한다.

환상의 궁합

다른 것 없이 소주만 마시는 깡소주는 한국에서 소주를 마시는 표준적 관행에서 벗어난 것이다. 한국에서 술이란 음식과 함께 먹어야 하는 것이기 때문이다. 술과 함께 먹는 음식을 안주라고 한다. 술집에 앉아서 맥주 한 잔을 시키는 외국인 관광객들은, 먹고 싶지도 않은 감자튀김이나 과일 등을 주문해야 한다는 말을 들으면 혼란에 빠지고 당황한다. 한국인에게는 어떤 음식은 어떤 술과 함께 먹어야 한다는 조합이 있다. 예컨대 삼겹살은 소주, 막걸리에는 전, 치킨에는 맥주가 따라온다. 치킨과 맥주의 조합은 현대적인 것이라고도 볼 수 있다. 번화가에는 어디든 치킨과 맥주만 파는 가게가 하나쯤 있다. 원하는 사람은 독특한 한국식 소스인 '양념'을 치킨에 추가할 수 있다. 이 찰떡궁합을 한국 젊은이들은 '치맥'이라고 부르는데, 이것은 치킨과 맥주의 머리글자를 따서 합성한 말이다.

술 마시는 곳에서 반드시 음식을 주문해야 하기 때문에, 술을 마시는 사람들은 한 장소에 몇 시간씩 머물게 되며, 밤늦게까지 술을 마실 때는 한두 군데 정도를 더 옮겨다닐 수 있다. 밤새도록 마시는 코스라면 열 시간까지도 술자리가 이어질 수 있는데, 이럴 경우에는 서너 곳정도 들를 수도 있을 것이다. 이를테면 일단 고깃집에서 삼겹살과 소주로 시작해, 호프집에서 소주나 맥주(혹은 둘 다)를 시키고 나초나 과일 안주 같은 것을 곁들여 먹는 식이다.

또한 실외에 텐트식으로 천막을 친 술집인 포장마차라는 것도 있는데, 포장마차는 대체로 오렌지색 방수 시트로 덮여 있으며, 그 안에 플라스틱 의자와 테이블이 놓여 있다. 대체로 포장마차는 뽀글뽀글 파마 머리의 아줌마나 할머니가 운영하기 마련이다. 아줌마나 할머니는 해산물과 소주를 내놓을 것이며, 가게가 그리 크지 않다면 다른 손님이나 가게 주인과 대화를 나누는 일도 어렵지 않다. 외국에서 온 사람이라면, 여행객을 대상으로 한 가게에서 벗어나 이런 포장마차에서 술을 마시며 현지인들과 진솔하게 만나는 기회를 가져보는 것도 좋을 것이다. 포장마차에서는 약간의 취기와 함께 한국의 따스함과 한국만의 특색을 맛볼 수 있다.

정부는 항상 포장마차와 길거리 음식점들을 억누르기 위해 노력하고 있으며, 특히 올림픽, 월드컵, G20 정상회담 등 국제적인 행사가 열릴 때는 그 노력을 두 배로 늘려 숫제 이들을 없애버리겠다는 식으로 달려든다. 관료들은 이런 대중 음식점들이 한국을 찾아온 외국인들에게 후진적인 것처럼 보여서 나쁜 인상을 줄 거라는 잘못된 생각을 품고 있다. 그들은 대신 정제된, 따라서 지루할 수밖에 없는 한국의 모습, 즉 경복궁과 김치와 전통 춤 같은 걸로 꽉 채운 모습을 보여주면 외국인 관광객들이 한국에 매력을 느낄 것이라고 생각하는 듯하다. 하지만 이런 식의 접근 방식은 실패로 돌아갈 수밖에 없다. 예컨대 가까운 중국을 놓고 봤을 때, 솔직히 규모로만 따지면 한국의 어떤 유물도 자금성 하나를 압도하기 힘들기 때문이다. 포장마차 같은 것을 억누르는 대신 다른 어떤 곳에서도 경험할 수 없는 한국만의 무언가를 홍보한다면 한국을 좀더 잘 알릴 수 있을 것이다.

술 마시고 노래하고 춤을

술꾼들이 어느 정도 목을 축이고 나면 노래방을 향한 여정이 시작되기도 한다. 노래방은 한 시간당 1만 원에서 2만 원 정도를 주고 방 하나를 빌려서 가라오케 반주에 맞춰 흉중에 품은 가락을 뽑아내는 곳이다. 노래방에 설치된 기기에는 한국 노래뿐 아니라 영어로 된 노래도 상당수 입력돼 있다. 비틀스의 명곡을 전부 다 망쳐놓는 것도 가능하다. 노래를 부르지 않더라도 노래방에서 제공되는 탬버린을 흔들며 춤을 추면서 놀 수도 있다. 몇몇 고급 노래방에는 방마다 여러 가지 콘셉트로 차별화해서 꾸며놓은 곳도 있다. 예컨대 홍대 근처에 있는 한 노래방에는 밴드 스타일의 방이 있고, 그 방엔 무대와 드럼 세트가 놓여 있다.

춤과 노래로 가장 유명한 곳이 홍대다. 1980년대 신촌에서 록 뮤직비디오를 틀고 손님들이 노래에 맞춰 춤을 추던 술집들이 퍼지기 시작하면서 홍대는 클럽의 메카로 발돋움하기 시작했다. 일부 술집들이 임대료가 저렴한 홍대 근처로 넘어온 것이다. 훗날 클럽 드럭이 문을 열면서 펑크록이 첫발을 내디뎠고(크라잉 넛 같은 최초의 펑크 밴드들이 그곳에서 연주를 했다), 인근 대학생들이 시작한 발전소라는 술집에서는 댄스 음악이 흘러나왔다. 홍대에는 레게, 슈게이징*, 힙합처럼 새로 뜨기 시작한 장르만을 고집하는 술집들도 등장했다. 이 선구적인 공간

---

* shoegazing. 1980년대 후반부터 영국에서 떠오른 록 음악의 한 조류. 대체로 우울한 분위기에, 운동화를 신고 머리를 기른 남자들이 밴드 형태로 공연한다. 고개를 푹 숙인 채 신발(shoe)을 바라본다(gaze)는 뜻에서 슈게이징이라는 별명이 붙은 이 장르에 속하는 대표적인 밴드로는, 마이 블러디 발렌타인, 슬로다이브, 라이드 등이 있다.

중 제대로 돈벌이가 되는 곳은 극소수였지만, 가게 주인들은 돈이 아니라 음악에 대한 사랑으로 가게를 운영했다. 그 결과 홍대는 뭔가 즐거운 걸 찾는 젊은이들이 모여드는 공간이 되었다.

음악을 듣고 클럽에서 춤을 출 수 있는 공간은 이제 주요 도시 대학가 어디에나 있다. 부산의 경우, 부경대와 경성대 인근에 클럽들이 자리잡고 있다. 일요일 점심 무렵이 되면, 클럽들이 문을 닫은 후에도 영업을 하는 애프터클럽에서 사람들이 쏟아져나오는 모습도 심심찮게 볼 수 있다. 서울 강남에 특히 애프터클럽이 많은 것으로 알려져 있다.

고령층에게는 또 그들만의 공간이 있다. 60대 한국인들이 젊을 때 듣던 음악은 대부분 트로트나 옛날 팝 음악이다. 이런 종류의 음악이 나오는 댄스 클럽은 오후가 되면 문을 연다. 필자가 예전에 살던 집 근처에는 '성인 콜라텍'이라는 것이 있었는데, 이것은 기존에 청소년을 대상으로 술 대신 탄산음료를 팔던 디스코텍인 콜라텍을 고령층에 맞게 다시 개장한 것이다. 종로3가 인근 탑골공원에 가면, 막걸리 한 잔 걸치고 흥을 내어 즉흥 야외 춤판을 벌이는 노인들을 심심찮게 목격할 수 있다.

한국의 고령층은 젊은이들보다 더 야외 활동을 즐기는 경향이 있다. 중국과 마찬가지로 한국에도 노인들이 모여앉아 장기를 두며 시간을 보내는 공원이 여기저기 있다. 직접 장기를 두지 않는 사람은 십중팔구 남의 경기를 보며 돈을 걸고 있을 것이다. 한국의 산에 올라가보면, 뒤를 따라오거나 추월하는 사람들은 대부분 씩씩한 노인이다. 그들의 배낭에는 십중팔구 소주나 막걸리가 들어 있을 것이다.

이태원의 변신

다양한 문화가 살아 숨쉬는 이태원은 점점 유흥의 명소로 떠오르고 있다. 하지만 언제나 그래왔던 건 아니다. 오랜 세월 동안 이태원은 한국인들에게 악명 높은 이방인들의 공간일 뿐이었다. 일설에 따르면, 이태원이라는 지명은 임진왜란 당시 비구니들이 집단으로 강간당한 사건에 뿌리를 두고 있다고 한다. '이異'는 '다름'을, '태胎'는 '자궁'을, '원院'은 '집'을 뜻한다. 강간으로 수태한 비구니들은 그곳에서 아이를 낳고 기를 수 있는 공간을 제공받았고, 그래서 그 지역이 이태원이라고 불리게 됐다는 것이다. 이태원이라는 지명을 설명하는 공식적인 어원은, 당연히 덜 충격적인 기원을 전해준다. '이태원梨泰院'이라는 단어는 '배나무가 많은 곳'을 뜻할 수도 있기 때문이다. 이 뜻을 지니는 한자가 오늘날 이태원 지하철역을 표기하는 데 사용되고 있다.

20세기 초, 일본 점령군은 용산 인근에 기지를 세웠다. 용산기지는 이후 일제가 몰락하고 미군이 주둔하면서 미군의 손에 넘어가 더욱 확장됐다. 거기에 한미연합사령부가 들어섰으며, 수많은 미군 병사와 군무원이 그 지역에 살기 시작했다. 1960년대와 1970년대에는 그 주변으로 미군 관련자들이 쇼핑을 하고 밤의 즐거움을 누릴 수 있는 곳들이 속속 들어섰다.

군인이 있는 곳에서는 자연스레 성매매도 만연했다. 한국에서 성매매는 불법이지만, 정부가 어느 정도 묵인한 탓에 거대한 산업으로 성장했다. 지금도 이태원에는 '후커 힐Hooker Hill', 즉 과거 외국인을 대상으로 성매매하는 사람들이 밀집해 있던 지역이 존재한다. 성매매가 횡행했던 곳인데다 미군에 대한 편견까지 작용해, 이태원은 어떤 한국인에게도 좋은 소리를 듣기 어려운 사람들이 모여 있는 지역이 되고 말았다. 특히 여성들은 '양공주'라는 소리를 들어야 했으며, 외국인 남자들과 거리를 지나다니는 여자들은 멸시의 대상이 되었다. 당시 이태원에는 벌집과도 같은 빽빽한 건물에 한국인 여성들을 몰아넣고, 자신의 차례가 오기를 기다리는 외국인 남성들이 적지 않았다고 한다. 영화 〈여왕벌〉은 그런 느낌을 잘 살리고 있다.

1997년 이태원 버거킹 화장실에서 벌어진 유명한 살인 사건 때문에, 한국인에게 이태원은 일단 피해야 할 무시무시하고 부도덕한 곳으로 더욱 깊게 각인됐다. 그러나 2000년대 후반에 이르러 이태원의 부정적인 이미지에 가시적인 변화가 생기기 시작했다. 미군 헌병이 미군들의 심야 파티를 수차례 급습해 단속하고 나서면서 일대는 갑자기 고급스러운 동네로 탈바꿈했다. 한국 최초로 커밍아웃한 연예인 홍석천은, 비싼 가격에 분위기도 고급스러운 식당과 술집을 개업했다. 임대료가 치솟았으며, 미군 병사들을 먹여 살리던 낡은 술집들 중 상당수는 현재 문을 닫은 상태다. 오늘날 이태원의 밤 문화를 즐기는 이들은 대부분 한국 사람이다. 그들은 대체로 맥주 한 잔에 10달러를 써도 크게 개의치 않는 '여피'들이다. 용산 미군기지가 문을 닫고 미군들이 다른 지역으로 재배치되면 이러한 경향은 더욱 심화될 것이다. 부동산에 투자하고 싶은 사람이라면, 이태원과 주변 일대를 알아보는 것도 괜찮을 것이다.

또한 1990년대 중반부터 이태원은 동성애자들이 주로 모이는 지역이 되었다. 예로부터 타자화된 사람들이 모여온 이태원은, 또 한번 그러한 역할을 충실히 수행한 것이다. 그러나 오늘날, 홍석천의 주도하에 이태원이 뜨면서, 동성애자들은 자연스럽게 보다 주류적인 분위기에 노출되고 있다. 이제 젊은 여성들이 게이 바에 놀러가거나 심지어 트랜스젠더 쇼를 구경하는 것은 더이상 이상한 일이 아니다. 불과 얼마 전까지만 해도 그들 중 대부분은 그런 쇼가 벌어진다는 사실조차 알지 못했을 것이다.

커피를 사랑하는 이유

알코올은 한국의 밤을 불사르는 연료지만, 한국은 또한 커피 애호가들의 나라이기도 하다. 아니 좀더 정확히 말하자면, 커피숍에 가는 것에 중독된 사람들의 나라다. 서울, 부산, 광주, 대전, 대구 같은 도시에는 스타벅스 같은 세계적인 프랜차이즈와, 카페베네 같은 한국의 체인점(카페베네는 창업 3년 만에 지점 수를 제로 상태에서 5백 개까지 늘렸다), 그리고 개인이 운영하는 카페까지 도로마다 들어서 있다. 특히 여성들은 서로 모여서 캐러멜 마키아토, 모카 프라푸치노 등 불과 몇십 년 전만 해도 생소할 뿐 아니라 발음하는 법도 몰랐을 음료수를 마시며 온종일 수다를 떤다. 한국 최초의 스타벅스는 1999년 이화여대 인근에 문을 열었으며, 2011년 현재 전국적으로 360개의 매장이 성업중이다.

이 눈부신 성장은 커피 그 자체에 대한 사랑에서 나왔다기보다는, 커피숍이 주는 사회적 기능에서 더 큰 영향을 받았다고 볼 수 있다. 한국은 혼자 있기보다는 서로 모이는 것을 훨씬 더 선호하는 국민들로 이루어진 군집성의 국가라고 할 수 있다. 지루함을 느낄 때, 한국인들은 즉흥적으로 연락해 사람을 만나지, 집에 혼자 있거나 하지 않는다. 그런데 술을 마시고 싶지 않다면, 커피숍으로 향하게 될 것이다. 커피숍에는 밤낮으로 사람들이 가득 차 있다. 서울의 스물다섯 개 구 중 하나인 중구에만도 4천여 개의 커피숍이 생겨났을 만큼 커피숍은 번창하고 있다. 그들 중 일부는 24시간 영업을 한다.

　만약 늦은 밤 서울 동대문 지역에서 커피를 마실 일이 있다면, 커피숍을 나선 다음 옷을 사러 갈 수도 있다. 심지어 새벽 네시에도 가능하다. 동대문에는 만 3천여 개의 작은 옷가게가 밀집해 있으며, 그들 중 대부분은 밀리오레나 헬로APM 같은 전용 상가 빌딩에 작은 공간을 빌려서 영업한다. 정확히 말해, 그 옷가게들이 '밤늦게까지' 일하는 건 아니다. 옷가게 대부분은 밤 여덟시에 문을 열어 '해가 뜰 때까지' 영업한다. 동대문 지역이 관광 가이드북에 '동대문 밤 시장'으로 소개되는 것은 이런 이유 때문이다. 밤샘 영업을 하는 옷가게 사람들은 대부분 제대로 잠을 자지 못하겠지만, 한국이라는 나라 자체가 "열심히 일하고, 열심히 놀자"는 구호를 구현하고 있다는 것을 놓고 볼 때, 그들이라고 해서 다른 사람들과 크게 다른 삶을 사는 것은 아닐 것이다.

13 한국 영화의 매력

한국의 영화 산업은 한국에서 가장 성공한 현대적 문화 산업이라 할 수 있다. 국내 상황을 놓고 볼 때, 한국 영화는 창의성과 흥행 면에서 할리우드와 어깨를 견줄 수 있는 몇 안 되는 나라 중 하나다. 서양 사람들에게는 시각적 묘사의 탁월함만큼이나 폭력 장면 묘사와 충격적인 결말로 유명한 〈올드보이〉(2003) 같은 영화가 친숙하게 느껴질 것이다. 하지만 그로 인해 형성된 '익스트림 아시아'의 이미지는 한국 관객들을 지속적으로 끌어들이고 있는 여러 장르의 작품들이 갖는 다양성과는 상반된 것이라 할 수 있다.

한국 영화계는 1990년대 말부터 형질 변환을 겪었고, 뒤이어 불쑥 벼락같은 성공을 거두었다. 2009년 저예산 영화 〈똥파리〉에 출연해 스타덤에 오른 배우 김꽃비에 따르면, 한국 영화는 너무 다양하기 때문에 "한국 영화가 무엇이냐?"는 질문을 받는다면, 그저 "한국에서 만들어진 영화"라고 대답할 수밖에 없다고 말했다. 하지만 한국 영화는 몇 가지 특징을 가지고 있다. 이를테면 솔직한 태도로 폭력과 비극을 사실주의적 관점에서 묘사하고자 노력하며, 한에 기반한 슬픔에 눌려 있는 경우도 많다는 점 등을 꼽을 수 있다. 이러한 성격은 한국 영화가 예상하지 못했던 방식으로 아시아를 넘어 세계적인 인기를 끄는 데 어느 정도 기여한 것으로 보인다.

검열과 스크린 쿼터

박정희 시대, 특히 유신독재 시대에 영화에 대한 엄격한 검열이 시행됐다. 사회적으로, 혹은 정치적으로 '날이 선' 내용들을 걸러내는 검열정책 때문에 공장에서 찍어낸 듯한 액션물이나 멜로드라마로 뒤바뀐 영화들이 생산됐다. 검열은 국내 영화와 해외 영화 모두에 적용되었다. 당시 한국에는 아르헨티나 영화가 수입된 적이 없었기 때문에, 아르헨티나 영화를 봤다면 곧 불법을 저지른 것이라는 논리로 아르헨티나 영화에 대한 책을 쓴 사람이 감옥에 간 일도 있었다.

검열은 그러나 문제의 한 가지 단면에 지나지 않는다. 한국 영화 산업을 촉진하고자 했던 쿼터 제도가 제 발등을 찍어서 한국 영화계를 기울게 하고 있었다. 외국 영화 한 편을 수입해 배급하고자 하는 사람은 그 '대가'로 한국 영화 세 편을 제작해야 했다. 그에 따라, 영화 제작사들은 가장 빨리 만들어낼 수 있는 싸구려 영화들을 찍어내기 시작했다. 일반적으로 외국에서 수입되는 영화는 미국산 블록버스터가 대부분이어서, 싸구려 한국 영화의 범람은 한국 영화가 영원히 할리우드를 따라잡을 수 없을 것이라는 편견을 강화했을 뿐이다.

하지만 그런 와중에도 간간이 명작들이 등장하곤 했다. 한국에서 가장 위대한 영화감독을 딱 한 사람 꼽으라고 하면, 비평가들은 괴짜 영화감독 김기영을 첫 손가락에 꼽는다. 그가 만든 〈하녀〉(1960)는 자신을 고용한 유부남 선생을 유혹하는 차가운 요부를 그려냈는데, 영화를 보던 관객들이 "저년 죽여라!"라고 스크린을 향해 소리를 지르는 일도 있었다고 한다. 1970년대 암흑기에도 김기영을 비롯해 하길종 감독 같은 사람은 〈이어도〉(1977), 〈바보들의 행진〉(1975) 같은 명작을 만들어냈다. 하길종 감독은 UCLA 대학원에서 프랜시스 포드 코폴라 감독과 동문수학하기도 했다.

위기가 기회다

독재의 유산은 1980년대에 성장기를 보낸 감독들, 가령 박찬욱이나 봉준호 같은 이들에게는 어떤 면에서 축복이 되기도 했다. 서울에 거주하는 미국인 영화 평론가 달시 파켓은(그가 운영하는 사이트 koreanfilm.org는 한국 영화에 대한 영어 자료를 얻기에 아주 훌륭한 공간이다) 그 세대 감독들을 일컬어 '아비 없는 자식'이라고 칭한다. 그들이 영화계에 진출했을 때 영화판은 거의 가사 상태에 빠져 있었고, 그래서 그들은 다른 이들의 영향력에 휘둘리지 않을 수 있었다는 것이다. 그리하여 이 새로운 세대의 감독들은 오로지 자기 자신의 예술적 감각에 따라 작업할 수 있었다. 억압되어 있던 창조력은 1990년대를 맞이해 드디어 빛을 보기 시작했고, 이후 10년 뒤 한국 영화계가 갑자기 폭발적으로 좋은 작품을 쏟아낸 것은 이렇게 설명될 수 있다.

많은 감독들이 1980년대 민주화 운동에 참여했던 경험을 갖고 있다. 달시 파켓에 따르면, 〈살인의 추억〉(2003)과 대중적으로 큰 성공을 거둔 〈괴물〉(2006)을 만든 봉준호는 시위를 하다가 경찰에 체포된 경험이 있다. 그래서 그의 영화에는 공권력에 대한 불신이 가득 차 있고, 그는 경찰의 불완전함이나 가혹함 같은 주제를 자주 조명한다. 현대 한국 영화는 박정희 대통령을 공통의 소재로 삼아 독재정권을 중요한 주제 중 하나로 다루고 있다. 논란의 여지가 있으나, 박정희 대통령을 다룬 영화 중 가장 재미있는 영화는 논란도 가장 많이 일으켰다. 박정희 암살을 소재로 한 임상수의 〈그때 그 사람들〉(2005)은 박정희를 미화하지 않고 노골적으로 묘사했기 때문에, 박정희의 유족들은 영화를 두고 법적 조치를 취했고 보수 언론들은 비판의 날을 세웠다. 〈그때 그 사람들〉은 팽팽한 긴장의 끈을 놓지 않는, 블랙 유머가 충만한 작품이었다.

1997~1998년 아시아 금융위기는 한국의 경제 구조와 노동 문화를 바꿔놓았는데, 한국 영화 또한 그로 인해 큰 변화를 겪어야 했다. 금융위기 전까지만 해도 삼성이나 대우 같은 재벌은 한국 영화의 핵심 투자자 노릇을 했다. 재벌은 배우 섭외부터 시작해 온갖 것들에 대해, 영화 전문가가 아닌 재벌 기업의 관리자 같은 태도로 간섭했고, 그 결과

영화의 질은 나빠질 수밖에 없었다는 주장이 있다. 하지만 1997년 들어 재벌들은 영화판에서 흥미를 잃어버렸다. 금융위기가 닥쳐왔기 때문에, 자신들의 핵심 사업 영역으로 복귀해야 했던 것이다. 삼성과 대우는 영화 제작에서 손을 뗐는데, 역설적이게도 삼성에서 만든 최후의 작품인 첩보 스릴러 〈쉬리〉는 1999년 엄청난 흥행을 기록해, 30억 원가량의 제작비를 단숨에 회수했을 뿐 아니라 한국시장에서 〈타이타닉〉을 넘어서는 흥행 기록을 올렸다.

재벌이 빠져나간 자리를 채운 것은 벤처 투자자들로, 그들은 소극적 투자를 하면서 가급적 간섭하지 않고 재능 있는 감독들이 활약할 수 있는 기회를 제공했다. 경제위기에서 벗어나던 찰나, 투자자들은 완벽한 시기를 잡아 혜택을 누린 것이다. 경제위기가 해소되면서 인터넷 중심의 벤처 열풍이 불었고, 정부가 좀더 작은 규모의 기업들을 육성하고자 지원에 나서면서, 한국 경제에는 이지머니easy money가 홍수를 이루게 되었다.

한국인은 언제나 영화를 사랑했다. 심지어 영화가 검열과 삭제를 당하던 시절에도 그랬다. 1960년대 말, 한국인들은 평균적으로 1년에 여섯 차례 극장을 찾았다. 이제는 정치적 개입도 없고 기존의 대형 투자자도 사라진 상황에서, 벤처 자본가들은 미개척 시장을 통해 큰돈을 벌 수 있는 기회가 열리고 있다는 사실을 깨달았다. 1990년대 말, 열광적인 투자 대상으로 떠오른 것이 인터넷 기업만은 아니었던 것이다.

어떤 기업가들은 일반 대중이 새롭게 제작되는 영화에 투자할 수 있는 웹사이트를 만들어 인터넷과 영화 팬을 한데 묶는 시도를 하기도 했다. 훌륭한 한국 코미디 영화이자, 훗날 한국 영화계의 일류 배우가 된 송강호가 주연을 맡은 김지운 감독의 〈반칙왕〉(2000)은 그런 방식으로 1억 원을 모았다. 〈반칙왕〉에 투자한 464명은 97퍼센트의 수익률을 기록했다. simmani.com은 영화 투자 권리를 마치 주식처럼 사고 팔 수 있게 해주었다. 어떤 영화에 투자를 하면, 그 투자액의 가치가 주연배우의 교체로 인한 스타 파워 등으로 오르내릴 수도 있으므로 그 차액을 노려 투자를 하게 한 것이다.

황금기

한국 영화의 이른 성공은 대중과 투자자들 모두의 열정을 불러와, 창조력과 상업적 보상의 선순환을 창출해냈다. 그런 환경이 있었기에, 고문과 정사 장면, 산낙지를 뜯어먹는 충격적인 모습(그 장면을 제대로 찍기 위해 어쩌면 네 마리쯤은 뜯어먹어야 했겠지만) 등을 구현한 암울하고도 탁월한 영화 〈올드보이〉가 2003년 한국에서 흥행 5위를 기록하고, 해외시장에서 1500만 달러를 벌어들일 수 있었던 것이다. 〈올드보이〉의 주연배우 최민식과 박찬욱 감독은 국제 무대에 불려다니는 유명인사가 되었고, 2004년 칸 영화제는 그에게 쿠엔틴 타란티노의 열광적 찬사와 함께 감독상을 안겨주었다.

좀더 대중적인 성공을 거둔 작품으로는 〈엽기적인 그녀〉(2001)가 있다. 모델에서 배우로 전향한 전지현은 공대생 남자를 쥐락펴락하며 천국과 지옥을 오가게 하는, 종잡을 수 없지만 매력적인 역할을 맡았다. 이 영화는 중국인들이 "한국을 생각할 때 떠오르는 열 가지" 중 하나에 항상 꼽을 정도로 지속적인 사랑을 받고 있다. 〈엽기적인 그녀〉를 본 할리우드와 발리우드Bollywood 제작자들은 이를 리메이크했는데, 물론 그 결과는 원작에 크게 못 미쳤다.

한국 영화 황금기의 대표작을 좀더 꼽아보면, 한국전쟁을 다룬 대작 〈태극기 휘날리며〉(2004), 〈올드보이〉 이전의 박찬욱이 좀더 주류 영화에 가깝게 만든 〈공동경비구역 JSA〉(2000), 조직폭력배의 우정을 다룬 〈친구〉(2001), 조선시대를 배경으로 동성애를 다루며 갑작스러운 흥행을 거둔 〈왕의 남자〉(2005) 등이 있다. 그중에서 가장 눈에 띄는 작품은 〈살인의 추억〉(2003)일 것이다. 이 작품은 연쇄살인범의 출연 때문에 공포에 휩싸인 한 지방 소도시의 실화를 영화화한 것이다.

한국 영화 황금기의 가장 큰 미덕은, 그 시절 제작된 영화들의 다양성에 있다. 2002년 개봉작들을 살펴보면, 〈색즉시공〉과 〈몽정기〉처럼 성적 에너지를 뿜어내는 섹스 코미디들이 그해 영화 흥행 순위 10위권에 포함돼 있다. 고통받는 예술가의 일대기를 아름답게 그려낸 〈취화선〉은 최민식의 재능을 다시 한번 보여주었다. 〈죽어도 좋아〉는 두 노인의 사랑을 놀라울 정도로 아름답게 그려냈다. 액션 스릴러 장르에 충실한 〈공공의 적〉도 있었다. 거장 이창동 감독의 〈오아시스〉는 어리보기 같은 남자와 뇌성마비에 걸린 여자의 관계를 정서적으로 묘사했는데(문소리의 재능이 빛을 발했다), 이 영화는 또한 한국 사회가 장애를 바라보는 태도를 반영하는 것이기도 했다.

이 문화적 황금기는 동아시아인들의 사전에 새로운 단어를 하나 추가했다. 한국 영화, 음악, 드라마에 대한 아시아인들의 관심을 묘사하는 '한류'라는 단어가 사용되기 시작한 것이다. 한류는 이제 보통명사가 되었고, 한국 외 지역에서 인기를 끄는 한국의 문화적 산물이라면 뭐든지 한류라고 불린다. 영화계의 첫번째 한류 흥행작으로는 〈엽기적인 그녀〉를 꼽을 수 있을 것이다. 주인공 전지현은 중국에서 여전한 인기를 누리고 있으며, 지아나 전Gianna Jun이라는 이름으로 할리우드까지 진출했다. 배용준은 한류의 최대 수혜자라고 할 수 있다. 특히 그는 일본 중년 여성의 마음을 사로잡았는데, 일본 팬들은 어느 마을에 그의 동상을 세우기도 했다. 배용준의 재산은 미화 1억 달러가량인 것으로 알려져 있는데, 이는 팬들의 사랑에 힘입은 바가 클 것이다.

아시안 익스트림이 전부는 아니다

불행히도 2000년대 초반 영광의 시절은 영원히 지속될 수 없었다. 2005년 들어 아시아권, 특히 일본에서 한국 영화가 누리는 인기 때문에 배우들의 출연료가 급증했고 영화사들 또한 좋은 작품을 만들기보다는 유명 배우를 섭외하는 일에 초점을 맞추게 되었다. 스타 파워에 의존하는 이런 현상은 작품의 질적 저하로 이어졌고, 한국에서 문화적 혁신을 기대하던 다른 나라 관객들도 등을 돌렸다. 2005년 한국의 영화 수출액은 7500만 달러였지만, 2006년 그 액수는 2450만 달러로 급감했다. 2010년에는 1400만 달러가 채 되지 않는다.

국내시장에서의 한국 영화 점유율 역시 서서히 줄어드는 추세다. 2010년 외국 영화의 시장 점유율은 53.4퍼센트였는데, 이는 2006년의 36.2퍼센트에 비해 대폭 증가한 것이다. 이 수치만 놓고 보면 영화 산업은 2001년, 영화 붐이 갓 시작되던 무렵으로 다시 돌아간 것 같다. 달시 파켓에 따르면 "중간 규모의 영화가 영화계에서 사라지고 있다". 〈과속스캔들〉(2008)이나 〈해운대〉(2009)처럼 크게 성공한 흥행작이 계속 나오고 있지만, 최근 대부분의 영화는 투자비를 회수하는 것도 벅찬 상황이다.

그러나 한국 영화계는 과거의 실수로부터 배움을 얻어가는 중이다. 지금 한국 영화계는 비용 절감의 시기를 통과하고 있다. 큰 회사를 낀 한류 영화는 갈 길을 가고, 저예산 영화도 제 갈 길을 걷고 있는 것이다. 2010년, 〈낮술〉이라는 영화가 여러 영화제에서 상을 타고 호평을 받았는데, 이 영화는 감독의 데뷔작이었을 뿐 아니라 제작비는 감독이 할머니에게 빌린 천만 원이 전부였다. 〈워낭소리〉(2009) 또한 뜻밖의 성공을 거둔 작품으로, 한 농부와 그의 소가 나누는 우정을 다룬 이 영화는 3백만 명을 극장으로 불러냈다.

한국 영화의 성공 신화를 써내려간 인물들 또한 여전히 제 몫을 다하고 있다. 박찬욱은 2011년, 세계 최초로 아이폰을 주요 촬영 도구로 이용해 '영화다운 영화'를 만들었다. 이창동의 〈시〉(2010)는 칸 영화제에서 최우수 각본상을, 주연배우 윤정희는 2011년 LA비평가협회 여우주연상을 수상했다. 바로 한 해 전, 김혜자는 봉준호의 또다른 수작 〈마더〉(2009)에서 주연을 맡아 같은 상을 수상한 바 있다. 한국의 다양한 영화 학교가 배출해낸 신세대 인디 영화감독들의 부상 역시 주목할 만하다. 흥행에 크게 성공하지는 못해도, 인디 영화의 미적 성취는 한국 영화 전성기와 다를 바 없다. 가령 양익준 감독과 김꽃비가 주연을 맡은 〈똥파리〉는 각종 국제 영화제에서 총 열세 개의 상을 휩쓸었다.

아시아에서 한국 영화는 한류 열풍과 상관없이 높은 평가를 받고 있다. 2011년 홍콩에서 열린 아시안 필름 어워드에서, 한국인들은 최우수 감독상, 남우주연상, 여우조연상, 각본상을 가져갔다. 한국 배우들은 특히 유럽 영화제에서 더 높은 평가를 받는다. 전도연은 이창동 감독 영화 〈밀양〉에서 비극적 연기를 훌륭하게 소화해 2007년 칸 여우주연상을 수상하고 유럽에서도 잘 알려진 배우가 되었다.

왜 한국 영화인가?

〈똥파리〉가 관객의 심금을 울린 이유는 무엇일까? 〈똥파리〉의 여주인공을 맡았던 김꽃비는 이 영화가 "사람들의 깊숙한 감정을 건드렸기 때문"이라고 했다. 작품에 등장하는 인물들은 모두 우리가 상상할 수 있는 최악의 환경에서 살아가지만, "자신들이 그렇게 살아본 경험이 없다고 할지라도" 관객들이 공감할 수 있는 여지가 있다는 것이다. 각본과 연출을 담당하고 영화에 주연배우로 출연까지 한 양익준은 영화 속 이야기가 자신의 인생과 경험에서 '오억 퍼센트' 영감을 받아 뽑아낸 것이며, 연기를 함으로써 스스로 '한풀이'가 되었다고 한다.

이것은 수많은 한국 영화에 공히 통용되는 진실이다. 한국 영화감독들과 배우들은 과도한 세련미에 집착해 스스로를 가두려 하지 않는다. 대신 그들은 진정성과 감정의 힘을 직접적으로 전달하고자 한다. 한국인들의 강렬한 한과 흥의 정서가 영화의 지평에도 큰 영향을 미치고 있는 것이다. 이것은 장르를 불문하고 사실이다. 심지어 〈친구〉 같은 조직폭력배를 다루는 영화조차 이런 측면에서 이해하지 않으면 안 된다. 감정에 호소하는 것은 "한국 문화의 한 측면"이며, 감독들은 "감정적 충격을 주는 일을 결코 꺼리지 않는다"고 달시 파켓은 말한다.

한국 영화가 지나치게 감상적이며, 특히 예술적 재능이 부족한 사람들의 경우 그것을 절제하지 못하는 경향이 있다는 비판이 때로 눈에 띈다. 사랑하는 사람이 죽거나 실연하는 이야기 등 전통적으로 눈물샘을 자극하기 위한 소재들이, 최대한 많은 관객을 끌어들이기 위해 영화 속에 지뢰처럼 매설돼 있는 경우도 많다. 한국 영화나 드라마의 남자 주인공들은 고통스러운 상황 속에서조차 (여전히 남자다운 모습을 유지하면서도) 감성을 강하게 자극하는 경향이 있는데, 이것이 동아시아 여성들이 한국 남자들을 매력적인 존재로 바라보게 하는 이유인 동시에, 배용준 같은 스타가 동아시아 전역에서 인기를 끄는 비결이기도 하다.

서양 관객들은 한국 영화의 매력을 다른 데서 찾는다. 박찬욱이나 김기덕 같은 감독들은, 물론 그들의 스타일은 매우 다르지만, 모두 '극단적인' 영화를 만드는 사람으로 알려져 인기를 끌었다. 입체적인 캐릭터, 잔혹한 살인 같은 어두운 주제, 폭력에 대한 직접적 표현 등에서 그렇다. 좋은 편과 나쁜 편, 총 한 방에 깨끗하게 숨이 끊어지는 희생자 등으로 점철된 할리우드 영화에 질려버린 사람들에게 한국의 극단적인 영화들은 새로운 종류의 스릴을 선사한다. 양익준 감독은 한 걸음 더 나아가 이렇게 말했다. "서양 팬들은 한국 영화에 관심이 있는 게 아니다. 그들은 박찬욱과 김기덕에게 흥미가 있을 뿐이다."

하지만 그 자신이 세계적인 찬사를 받은 영화감독이라는 것을 생각할 때, 양익준의 회의적인 시각은 다소 과도한 측면이 있다. 〈똥파리〉는 (물론 폭력적인 장면이 나오기는 하지만) 폭력이 아니라 감정의 핵심을 건드렸기 때문에 유럽의 팬 층을 확보할 수 있었다. 영국영화협회는 2011년 3월 〈똥파리〉를 이달의 영화로 선정하면서 〈똥파리〉는 "하드보일드풍의 도덕적 타락" 속에서 "이상할 정도로 따스한" 이야기를 보여준다고 평했다.

특집: 최민식 인터뷰

〈올드보이〉의 스타답게, 최민식은 한국 영화배우 중 유럽과 미국에서 가장 인지도가 높은 사람이다. 아무 이유 없이 15년 동안 갇혀 있었던 오대수라는 인물을 그려낸 그의 연기력은 육체적인 면에서나 정신적인 면 모두에서 걸출한 기량으로 거둔 승리라고 할 수 있다. 하지만 최민식은 〈파이란〉(2001)부터 〈취화선〉(2002)까지, 한국 영화의 걸작에 꾸준히 출연해온 사람이기도 하다. 배우 최민식의 연기와 생각을 담은 독점 인터뷰를 공개한다.

스크립트와 플롯을 처음 읽었을 때 어떻게 생각했나? 그렇게까지 선풍을 일으킬 것이라 예상했나?

"독특한 소재와 형식에 오히려 내면의 자유를 느꼈다. 솔직히 관객들의 우호적인 반응보단 부정적인 반응이 더 많지 않을까 하는 우려는 있었지만…… 평소 창작을 하는 데 있어서 관객들의 반응을 고려하지 않아서 큰 부담이 되진 않았다. 굶주린 늑대처럼 그 당시(지금도 그렇지만) 캐릭터에 목말라 있었던 터라 내겐 너무나 반가운 작품이었다. 극과 극의 평가와 반응은 어느 정도 예상했었다."

그 유명한 '17대 1' 격투 장면도 그렇고, 이제는 전설이 된 산낙지 장면도 그렇고, 육체적으로 매우 힘들었을 것 같다. 〈올드보이〉 촬영 중 가장 힘들었던 점은?

"분명 육체적인 고단함도 있었다. 하지만 영화가 완성돼가면서 느껴지는 쾌감이 더 컸다. 예를 들어 내가 원하는 스타일의 집을 짓는다고 가정하자. 집을 짓는 과정에서 시행착오도 있고 육체적인 노동에서 오는 피곤함도 분명 있겠지만 점점 내가 원하는 집이 완성되어가는 과정을 느낄 때 그 육체적 피로는 곧 행복으로 바뀐다. 이 작품에서 육체적 고통은 행복의 땀방울이었다.

나를 괴롭힌 한 가지는 오대수의 캐릭터다. 15년 동안 무슨 이유인지도 모르고 감금된 한 남자의 모습, 성격…… 난 백 퍼센트 상상력에 의존할 수밖에 없었다. 어디서도 현실적인 근거를 토대로 분석할 수 없었다. 하지만 오히려 나중에는 그것조차 현실에서는 불가능하기에 자유롭게 창작할 수 있었다."

〈올드보이〉가 서양 영화 관객들에게 이토록 큰 호응을 얻은 이유가 무엇이라고 생각하는가? 미국에서 〈올드보이〉를 리메이크하려던 계획이 취소됐는데, 그에 대한 소감은?

"굉장히 철학적이고 고전적인 소재에, 상업 영화적 스타일이 조화를 이룬 것이 동서양을 막론하고 관객들과 소통할 수 있었던 이유인 듯하다. 박찬욱 감독의 영화적 스타일이 때론 불편할 수도 있지만 굉장히 신선하다. 그리고 끊임없이 타성에서 벗어나려는 시도를 높이 평가한다. 기본적으로 리메이크를 좋아하지 않지만 궁금하기도 했다. 해석의 차이, 표현의 차이를 볼 수 있다는 점이 분명 흥미로운 일이었을 것이다. 무산되어 한편으로 아쉽기도 하다."

작업한 작품 중 개인적으로 가장 마음에 드는 작품은 무엇인가?

"출연 작품 모두 심사숙고해서 결정한 작품들이라 흥행 여부와 상관없이 다 깊은 애정이 있다. 단, 작업 과정에서 감독과 얼마나 소통이 매끄럽게 잘되었느냐가 중요하다. 그런 점에서 환상적인 소통이 이루어졌다고 볼 수 있는 작품은 〈올드보이〉와 〈파이란〉이었다."

함께 일하면서 즐거웠던 동료 배우나 감독이 있다면?

"〈주먹이 운다〉(2005)에 함께 출연했던 류승범. 배우로서 가장 중요한 덕목 중 하나는 작업에 임하는 진지한 자세와 순수한 인성이다. 그리고 길들여지지 않은 자유로운 사고. 이 모든 것을 갖춘 배우다. 지금의 모습보다 배우로서 앞으로의 모습이 기대된다.

감독은 두말할 것 없이 박찬욱이다. 그는 예술가다. 그와 함께 작업하면 많은 것을 배운다."

지금까지 다양한 역할을 맡았다. 〈취화선〉에서는 내면적 갈등을 일으키는 예술가를, 〈파이란〉에서는 밑바닥 인생을 살아가는 깡패를 연기했다. 배역을 선택하는 기준이 뭔가? 또 여태까지 해보지 않았지만 맡아보고 싶은 배역은?

"작품 선택에서 무엇보다 우선적으로 고려하는 점은 장르에 관계없이 매력적인 영화적 세상이 날 설득하는가다. 대본을 읽었을 때 한번에 빠져들 수 있는 게 중요하다. 그다음이 매력적인 세상을 어떤 연출가가 연출하느냐다. 아무리 대본이 좋아도 연출가의 마인드가 분명하지 않으면 안 된다. 그 외에 또 고려하는 게 있다면, 주연이든 조연이든 캐릭터가 얼마나 생생한 '존재감'을 지녔는가 하는 것. 그리고 내가 선택하는 영화가 영화계에 기여하는 바가 있는가 하는 점도 고려 대상이다. (내가 해보고 싶은 역할에 대해 말하자면) 허구적이건 현실적이건, 세상에 존재하는 모든 캐릭터를 다 해보고 싶다."

지금 작업중인 영화는 무엇인가?

"윤종빈 감독의 〈범죄와의 전쟁〉이 2011년 4월부터 촬영에 들어간다. 세관 공무원이었던 평범한 가장이 우연히 밀수품을 적발하면서 벌어지는 시사성 강한 휴먼드라마다."

한국 최고의 배우와 감독을 꼽자면?

"진정성을 가지고 작업하는 대한민국의 모든 감독과 배우들이 최고라고 생각한다."

한국 영화가 이렇게 두각을 나타내게 된 이유는 무엇이라고 생각하는가?

"역사적으로 볼 때 한국인의 민족적 기질에서 예술적인 면을 찾아볼 수 있다. 한국인은 무수한 전쟁과 정치적 혼란 속에서도 항상 스스로를 달래고 추스르며 생활 속의 놀이 문화, 그리고 해학과 풍자를 즐기는 민족이다. 그러한 것들이 정치적, 이념적 제약에 대한 저항의식으로 분출되고, 표현하고 소통하고자 하는 욕구로 발산된다. 문학, 미술, 음악 등 순수예술 분야와 더불어 영상 미디어 산업에 종사하는 창작자들에게 그런 정서가 충만한 이유다."

14 케이팝을
넘어서

　　한국의 3대 메이저 음반사인 SM, YG, JYP에서 만
들어낸 '아이돌' 그룹의 음악, 즉 케이팝은 최근 폭발적인 인기를 누리
고 있다. 케이팝은 한국은 물론 일본, 타이완, 중국 등 동아시아 전역에
걸쳐 대중적 인기를 누리고 있으며, 최근에는 그 외 지역까지 점령해
가고 있다.

　한국에서 케이팝 그룹들은 낭만적인 발라드를 부르는 가수들과 가
요 순위 차트를 놓고 전쟁을 벌인다. 영어에서 '발라드'라는 단어는 부
드럽고 감성적인 노래를 두루 일컫는 말이고, 한국에서도 과거 다양한
스타일의 발라드 가수들이 전성기를 구가했다. 하지만 최근 한국 가요
계에서 말하는 발라드에는 좀더 구체적인 의미가 따로 있다. 발라드

가수들은 들었을 때 확연히 구별되는 종류의 바이브레이션을 넣도록 훈련받으며, 여기에 주로 피아노나 오케스트라 편성이 동반돼 결과적으로 달콤하지만 상투적인 노래들을 생산해낸다. 심지어 한국인들조차 "발라드는 다 똑같다"고 말하곤 한다.

한국의 주류 음악계에는 다양성이 부족하지만, 늘 그래왔던 건 아니다. 1960년대 말부터 1970년대 초까지, 한국 최초의 진정한 록스타인 신중현 같은 선구자들은 대중적인 인기를 모으면서도 동시에 창조적인 노래를 만들어왔다. 또한 록과 댄스음악, 랩을 동시에 접목시킨 서태지는 한국 가요계의 걸출한 이단아였다. 서태지는 1990년대 한국 음악계를 평정했다. 내 생각에 오늘날, 최고의 음악은 홍대 인근 클럽에서 흘러나온다. 홍대 밴드의 음악을 텔레비전이나 라디오에서 접하기는 쉽지 않지만, 이들은 라이브 공연과 인터넷 등을 통해 나름의 대중성을 확보해가는 중이다.

건전가요

박정희만큼 한국 현대 사회에 크나큰 영향을 미친 사람도 없을 것이다. 1961년 쿠데타로 정권을 잡은 후, 박정희는 경제뿐 아니라 너무도 열심히 일하는 한국인 그 자체를 만들어낸 것이다. 그의 영향력은 심지어 대중음악에까지 뻗쳤다. 1970년대, 박정희 정권의 독재가 점점 강화됨에 따라 박정희 정부는 "사회 질서를 문란하게" 하는 모든 노래를 금지했다. 음악가들은 모든 음반에 건전가요를 한 곡씩 넣어야 했다. 건전가요는 대체로 박정희 정부를 찬양하거나 새 나라 건설을 위해 우리 모두 열심히 일하자고 권면하는 내용을 담고 있었다. 모든 음반은 발매되기에 앞서 정부의 심의필 도장을 받아야만 했다. 그 결과 한국 대중음악은 상상력이 결여된, 명랑하지만 공허한 최신 가요나 눈물을 짜내는 사랑 타령의 발라드로 채워질 수밖에 없었다. 그 밖의 음악은 받아들여질 여지가 거의 없었기 때문이다.

검열을 거부하는 자에게는 가혹한 제재가 뒤따랐다. '한국 록의 대부'로 통하는 신중현은 1972년, 박정희 정부를 찬양하는 노래를 쓰라는 요구를 받는다. 그는 이렇게 말하면서 거절했다. "그건 어떻게 해야 할지 모르겠다. 다른 요구를 해라." 이렇게 이의를 제기하자, 그는 곧 경찰 수사를 빙자한 괴롭힘을 받았고, 가장 대중적으로 성공했던 〈미인〉 같은 노래들이 전부 금지곡이 되어버렸다. 권력자들은 〈미인〉이 "시끄럽고 난잡하다"고 보았는데, 젊은 사람들이 노래 가사를 개사해 부르면서 문제가 더욱 심각해졌다고 신중현은 말했다. 〈미인〉은 이런 가사로 시작한다. "한 번 보고, 두 번 보고, 자꾸만 보고 싶네." 하지만 중고생들은 그 가사를 이렇게 부르면서 즐거워했던 것이다. "한 번 먹고, 두 번 먹고, 자꾸만 먹고 싶네."

1975년 신중현은 대마초를 피웠다는 혐의로 체포되어 감옥에 갇혔다. 신중현은 악명 높은 남산 대공분실에서 고문을 당했으며, 처벌의 일환으로 몇 개월간 정신병원에 강제 입원당하기도 했다. 기자들은 신중현의 사진을 찍어 마치 그가 미치광이 약쟁이인 양 기사를 써댔다. 징역을 다 살고 나온 후에도 그는 음악을 발표하거나 대중 앞에서 공연하는 일을 금지당했는데, 이 금지 조치는 박정희가 암살당한 그 순간까지 계속됐다.

한국 록의 대부, 신중현

거의 5년에 걸쳐 강제 휴식을 취해야 했지만, 신중현은 한국 록의 시조로 여겨지고 있다. 한국전쟁으로 부모를 잃은 신중현은 몇 년간 떠돌아다니면서 허드렛일을 하고 남는 시간에는 기타를 연습했다. 그러다가 그는 마침내 기타를 들고 미 8군의 공개 오디션에 참여했는데, 그때 스스로를 '재키 신'이라고 소개했다. 미 8군은 장병들의 여가 선용에 큰 관심을 기울이고 있었다. 미국에서 온 장교들은 미군 부대 밴드에서 연주하고 싶어하는 사람들의 실력을 면밀히 검토해 그들을 능력에 따라 네 개의 그룹으로 나누었다. 수년간 AFKN을 들으며 컨트리, 로큰롤, 블루스, 재즈를 연마한 신중현은 1등급 대우를 받았다. 신중현은 1950년대 후반까지 미군들 사이에서 인기인이었다. 그는 당시를 회상하며 이렇게 말했다. "미국인들이 소리를 질렀죠, '재키 나와라! 재키 나와라!'" 이후 신중현은 같은 부대 연주자들을 모아 한국 최초의 정식 편성을 갖춘 록 밴드 애드훠Add 4를 결성했다.

그 무렵, 한국 청년들은 명동의 '세시봉' 같은 음악 다방에서 생음악을 듣거나, 라이브 밴드의 음악에 맞춰 춤을 추는 대신 디제이가 틀어주는 음반을 감상하는 음악감상실에 친구들과 몰려가곤 했다. 다른 사람들은 일본 엔카가 현지화된 트로트를 듣고 있을 때, 세련된 도시 젊은이들은 프랭크 시나트라나 엘비스 프레슬리 같은 팝송을 즐겨 들었다고 신중현은 말했다. 한편 미군 부대 무대와 AFKN 라디오는 당대 최첨단의 유행을 전달하며 한국 음악의 미래를 육성하는 요람 구실을 했다. 마찬가지로 미군 부대 무대에서 데뷔한 패티김 또한 미국 음악의 영향을 듬뿍 받은 사람이었다.

1950년대 말부터 1960년대에 이르기까지, 신중현은 한국 청중에게 들려줄 음반 작업을 하면서, 동시에 미군 부대 공연을 계속했다. 당시 서울에는 단 두 곳의 음악 녹음실이 있었는데, 그중 하나는 "누군가의 집이었다"고 그는 회상했다. 그곳에는 멀티 트랙 레코더도 없었고, 그래서 "방 한가운데 놓여 있는 마이크 하나를 두고 모두 둘러 모여야 했다"고 한다. 1968년, 신중현은 펄 시스터즈라는 여성 듀오에게 곡을 써주고 음반을 녹음했다. 펄 시스터즈 또한 미군 부대에서 공연하는 가수여서 신중현과 함께 월남전 파병 군인들을 위해 위문 공연을 하러 가야 할 참이었다. 그런데 마침 〈님아〉가 히트를 치자 음반사는 미군과의 계약을 변경해 펄 시스터즈가 미군을 따라 베트남에 가지 않아도 되게끔 해주었고 펄 시스터즈는 서울에 남아 〈커피 한 잔〉을 발표하며 성공을 이어갔다.

펄 시스터즈 이후 신중현은 히트곡 작곡가라는 명성을 얻었고, 기대에 부푼 젊은 지망생들이 그의 주변에 몰려들었다. 그들 중 상당수가 한국 대중음악사의 스타가 되었다. 당시 대학생이던 김추자 또한 신중현의 사무실에 밤낮으로 붙어 있던 지망생 중 한 명이었는데, 결국 신중현은 그에게 오디션을 볼 수 있는 기회를 주었다. 신중현의 기타 스타일(제퍼슨 에어플레인 같은 사이키델릭 밴드의 영향을 점점 더 받아가고 있었지만, 그 속에는 분명 한국식 멜로디의 감수성이 녹아 있었다)과 김추자의 허스키하고 호소력 있는 목소리가 완벽하게 맞아떨어져, 첫 앨범 〈늦기 전에〉가 나왔다. 오늘날 〈늦기 전에〉의 원본 LP는 수집가들 사이에서 비싼 가격에 거래된다. 신중현의 음악 세계에 관심 있는 사람은 그의 단독 작업뿐 아니라, 김추자, 펄 시스터즈, 애드훠 등의 노래가 같이 실린 〈신중현 앤솔로지〉를 구입할 수 있고, 김정미가 신중현의 도움을 받아 내놓은 환상적인 포크-사이키델릭 앨범 〈나우〉(1973년작)도 구입 가능하다.*

비록 1975년 대마초 사건으로 음악 활동이 잠시 중단되긴 했지만 (그는 자신이 딱 한 번 대마초를 피워봤을 뿐이며, "머리가 아프고 음악에 집중할 수 없게 만들어서" 그 이상 손대지 않았다고 말했다), 1960년대와 1970년대 초까지 그는 꾸준히 영향력을 발휘하며 빛을 뿜어온 사람이었고, 그것만으로도 한국 음악사에서 가장 전설적인 인물이 되었다고 할 수 있다. 2010년 한 조사에 따르면, 한국인 중 7퍼센트는 현대 한국을 대표하는 문화적 인물로 신중현을 꼽았다. 설문조사에 등장한 음악인 가운데 가장 높은 지지였다.

한편 1960년대와 1970년대에 걸쳐 신중현 같은 뮤지션의 활약으로 잠시 밀려난 듯했던 트로트 역시 여전히 우리 곁에 남아 있다. '뽕짝'이라고도 하는 트로트는, 고령층 사이에서 인기가 많으며 지방 축제나 공원에서 춤추는 사람들의 배경 음악으로도 즐겨 사용된다. 장윤정 같은 스타가 인기를 누리는 가운데, 트로트는 다시금 전성기를 맞이하고 있다. 현실을 싹 잊어버리고 춤사위에 몸을 맡기고 싶은 사람들은, 가

---

* 미국 음반사 '라이트 인 디 애틱'에서 신중현의 음반들을 미국시장에 발매했기 때문에, 한국이 아닌 해외에서도 신중현의 음반을 구입할 수 있다는 뜻이다.

릴 것도 부끄러울 것도 없는 즐거움을 제공해주며 가사까지 기발한 트로트를 찾는 것이다.

포크에서 발라드로

1970년대에는 밥 딜런식의 저항적인 포크 음악이 고개를 들었다. 가장 사랑받는 저항가요를 쓴 사람은 김민기로, 그가 작곡한 〈아침이슬〉은 양희은이 불러 크게 히트를 쳤다(양희은 또한 신중현의 애제자 중 한 사람이다). 그러나 〈아침이슬〉이 민주화 운동의 주제가가 되어, 김민기 또한 신중현과 마찬가지로 정부의 분노를 사게 되었다. 〈아침이슬〉이 들어 있는 김민기의 1971년 음반은 곧 판매가 금지되었고, 미판매 음반은 전부 회수되어 불태워졌다. 특히 〈아침이슬〉은 다른 가수가 이 노래를 부르는 것까지 법으로 금지될 만큼 강도 높은 탄압을 받았다. 하지만 운동가들, 특히 대학 운동권들은 노래의 복사본을 어떻게든 손에 넣어 다른 금지곡들과 함께 뜻을 함께하는 친구들끼리 돌려가며 듣곤 했다.

공식적으로 무대에 설 수도 음반을 녹음할 수도 없게 된 김민기는, 연극과 뮤지컬을 쓰며 활동을 이어나갔는데, 마침내 1987년 민주화와 함께 빛을 보게 되었다. 그가 연출한 뮤지컬 〈지하철 1호선〉은 서울에서 14년 동안 상연되며 큰 인기를 끌었다. 김민기는 음반 제작자로도 활동해, 김광석의 첫 앨범 녹음에 도움을 주기도 했다. 구슬픈 음색으로 사람들의 가슴을 울린 김광석은, 슬프게도 서른한 살에 스스로 목숨을 끊었다. 그의 음반은 한국 음반시장의 좁은 규모에도 불구하고 지금까지 모두 5백만 장가량 판매됐다. 그는 여전히 한국 음악계에 존재감을 드리우고 있으며 그의 위치는 앞으로도 흔들림이 없을 것이다.

1970년대 말부터 1980년대 사이, 가장 큰 인기를 끈 스타는 아마 조용필일 것이다. 그는 팝, 록, 심지어 옛날식 트로트까지 소화해냈다. 신중현과 마찬가지로 조용필 역시 주류 음악계에 진출하기 전에는 미군 부대에서 음악활동을 했다. 인기 절정을 누리던 시절, 그는 부산에서 백만 명을 모아놓고 공연을 하기도 했다. 1980년대는 또한 전자 기타가 밴드 전면에 나선 시점이기도 하다. 들국화나 산울림 등이 그렇다. 머리를 기르고 록을 하는, 포이즌이나 화이트 스네이크 같은 서양의 키치 밴드들이 소개됐고, 그 영향을 받아 시나위 같은 메탈 밴드들이 등장했다.

1980년대는 달착지근한 사랑 노래들이 떠오른 시기이기도 하다. 발라드라는 장르는 어쿠스틱 포크에서 갈라져나왔지만 전혀 다른 종류의 정서와 가사를 담기 시작했다. 리듬 앤드 블루스의 매끄러운 느낌과 요소들을 가져와, 확연히 구별되는 또하나의 소리를 만들어낸 것이다. 오늘날 발라드 가수들은 대부분 기술적으로 완전무결하게 훈련받은 이들인데, 사람들의 눈물샘을 제대로 자극할 수 있도록 과도한 감정이 실린 소몰이 창법을 구사한다는 비판도 받는다. 모든 노래에, 특히 후렴구에는 거의 의무적으로 최소한 한 번씩은 '사랑해'라는 가사가 들어간다. 발라드는 한국인의 한과 감성주의를 반영한다고 볼 수도 있겠지만, 거기에는 깊이가 부족하다. 어쩌면 그런 결과는 발라드라는 장르가 탄생하는 동안 늘 의식할 수밖에 없었던 검열 환경에 맞게 진화한 탓일지도 모른다. 신중현은 박정희, 전두환 정부는 "사람들이 생각하는 것을 좋아하지 않았다"면서 상상력도 예술성도 빈곤한 음악에 힘을 실어줬다고 비판했다. 그래서 "그런 문화가 만연하게 됐고 지금까지도 그렇다"고 그는 말했다.

서태지라는 한 사람의 혁명

1992년, 한국인들은 서태지라는 인물이 댄스, 록, 힙합을 종횡하며 이뤄낸 '한 사람의 혁명'을 목격하게 됐다. 한국인으로서는 드물게, 서태지는 고등학교를 중퇴했다. 왜냐하면 그가 생각하기에 학교에 다니는 것은 창조성을 파괴하는 일밖에 안 되었기 때문이다. 그는 훗날 "전국 구백만의 아이들의 머릿속에 모두 똑같은 것만 집어넣"는 획일적인 교육제도에 대한 비판을 담아, 〈교실 이데아〉라는 노래를 만들었고, 그로 인한 논란이 불거지기도 했다. 젊은이들은 당연히 그를 사랑했고, 서태지는 단순한 대중가요 스타를 넘어 단숨에 '문화 대통령' 자리에 올랐다.

음악적으로 볼 때, 서태지는 마치 반짝거리는 것을 모으는 까치처럼 랩, 메탈, 일렉트로닉 댄스, 드럼 앤 베이스 등 서구권 음악의 새로운 트렌드를 받아들여 이를 한국 대중에게 최초로 소개한 사람이었다. 단순한 흉내 차원을 넘어 창의성을 발휘해 팬 층을 실망시키지 않고 다양한 장르를 넘나들었다는 것이 서태지의 진정한 업적이라고 할 수 있다. 서태지는 실질적으로, 실험적인 음악을 하면서도 대중음악 차트

상위권을 놓치지 않은 유일한 한국 음악가다. 큰길에 있는 평범한 매장이나 텔레비전에서 낯설고 언뜻 귀에 잘 들어오지 않는 음악이 흘러나온다면, 그것은 십중팔구 서태지의 음악이었다.

한국에서 랩을 최초로 대중화한 사람으로서, 서태지는 새로운 힙합 세대가 탄생할 수 있게 문을 열어주었다. 1990년대 말부터 2000년대에 걸쳐 많은 힙합 가수들이 폭넓은 대중적 관심을 끌게 된다. 그중 최고의 힙합 뮤지션으로는 드렁큰 타이거, 다이나믹 듀오, MC 스나이퍼, 에픽 하이 등을 꼽을 수 있다. 한국의 힙합 문화는 이제 음악을 넘어 패션과 댄스로 이어질 정도로 발달해 있다. 세계적 수준에 올랐다고 평가되는 브레이크댄스 그룹도 10여 개 있으며, 그들은 매번 국제 대회에서 큰 상을 받는다.

홍대 인디 문화

1990년대 말은 또한 홍대 인디 문화가 꽃피기 시작한 시기이기도 하다. 홍대라는 이름은 미술대학으로 유명한 홍익대학교를 뜻하는 말이지만, 사실 인근에는 대학교가 세 개나 더 있다. 바로 서강대, 연세대, 이화여대다. 그런 곳에서 음악계가 성장한 것은 아주 자연스러운 일이다. 하지만 불행하게도, 홍대에서 싹 틔운 예술가들의 음악은 일반 대중에 뿌리내리기 힘든 척박한 환경에 처해 있다. 보통 사람들은 여전히 가요나 감정 과잉의 발라드 음악을 들으며, 그로 인해 주류 음악계와 언더그라운드가 더욱 선명하게 양분되는 것이다.

그 결과, 홍대 밴드를 텔레비전에서 보거나 언론에서 접하기는 더욱 힘들게 됐다. 훌륭한 홍대 밴드는 런던이나 뉴욕에서 영어로 노래하면 당장 엄청난 팬을 모으는 스타가 되고도 남을 것처럼 보이는데, 이는 참으로 안타까운 일이다. 펑크 밴드 크라잉넛과 그 외 서넛을 빼고 나면, 음악만으로 생활이 가능한 밴드는 거의 없다고 볼 수 있다. 수많은 인기 밴드들이 작은 클럽에서 공연하는 생활을 접고 전 세계 스타디움을 돌며 공연하는 영국 음악계의 상황과 아주 대조적인 모습이다.

다행히도 홍대에는 음악이 좋아서 음악을 하는 분위기가 살아 있고, 그래서 좋은 밴드들은 여전히 끊임없이 연주하고 활동한다. 다양한 스타일을 지닌 수많은 밴드와 공연이 있다. 최고의 밴드로는, 윈디 시티(엄청난 재능을 지닌 가수이자 드러머 김반장이 이끄는 펑크·레게 밴드), 네스티요나(그런지와 피아노의 놀라운 조화를 보여주는 밴드), 갤럭시 익스프레스(에너지 넘치는 개러지 록 밴드), 검정치마(귀에 착 감기는 팝-록 밴드), 그리고 일렉트릭 비트와 포크를 결합시킨 솔로 가수 흐른 등이 있다.

그중 단연 돋보이는 밴드는 3호선 버터플라이다. 때로는 노이즈 실험음악에 그런지의 감수성이 묻어나는 작품을, 때로는 감미롭고 이색적인 노래를 들려준다. 〈깊은 밤 안개 속〉은 한국뿐 아니라 전 세계 어디에서도 들을 수 없는 강렬한 보컬에 힘입어, 잔잔하게 시작했다가 점점 고조되면서 몰아치는 감동을 선사한다.

그 목소리의 주인공은 홍대 신scene의 터줏대감 남상아다. 남상아와 3호선 버터플라이의 리더 성기완은 1999년 처음 만났다. 남상아는 그날을 이렇게 회상했다. "나는 '허클베리 핀'의 맴버였고, 3호선 버터플

236

라이는 계속 같은 이름으로 활동중이었다. 그런데 성기완씨가 한번은 자기가 만든 노래에 참여해서 노래해보라고 했고, 우리는 바로 한 팀이 됐다." 그때 이후로 3호선 버터플라이는 세 장의 정규 앨범과 한 장의 EP를 발매했고, 새로 홍대 신에 진입하는 밴드들에게도 10년 넘도록 꾸준히 언급되고 있다.

슬프게도 이들에 대한 인지도는 홍대 주변에서 그리 멀리 벗어나지 못한다. 남상아는 이렇게 말했다. "일 년에 한 번 정도, 반바지 차림에 머리가 헝클어져 있을 때에만 꼭 알아보는 사람이 나오더라. 하지만 그게 전부다." 대부분의 한국 인디 음악가들은 자신들이 가난할뿐더러 유명하지도 않다는 사실을 받아들이지만, 그들 중 몇몇이 보여주는 뛰어난 재능을 생각할 때, 이것은 안타까운 일이다.

기업화 시대

한국 음악계의 반대편에서는 SM이나 JYP, YG 같은 회사에서 모집한 소년 소녀 들이 큰 성공을 거두고 있는데, 그게 바로 '케이팝'이다. 1990년대부터 이 기획사들은 놀라운 재능을 보여주는 어린 지망생들을 한번씩 모집해 몇 년에 걸쳐 춤, 노래, 외국어 등을 가르쳐가며 10대 아이돌로 데뷔시킬 준비를 시킨다. 준비가 다 됐다 싶으면, 그 어린 가수들은 2NE1, 원더걸스, 2AM 등과 같은 그룹을 결성한다. 무대 위로 올라가 환호성을 지르는 10대들을 만날 준비가 다 된 것이다.

이러한 거대 기획사들이 만들어내는 노래는 놀라울 정도로 귀에 쏙

쪽 박힌다. 자신의 이름을 따 JYP 엔터테인먼트를 설립한 박진영은 귓가에 계속 맴도는 멜로디를 만들어내는 장인이다. 케이팝에 열광하는 전 세계 사람들이 점점 늘어나고 있다는 것은 케이팝의 매력이 얼마나 큰지 확실히 보여주고 있다. 예컨대 팝 스타 비는 뉴욕의 메디슨 스퀘어 가든에서 공연을 했고, 아시아 전역에서 인기를 누리고 있다. 〈타임〉지에서 '세계에서 가장 영향력 있는 사람'을 뽑는 온라인 설문조사를 했을 때 그의 팬들 중 순위에 집착하는 사람들은 비의 이름을 클릭하고 또 클릭해서, 버락 오바마나 후진타오마저 이기는 믿기 어려운 결과를 만들어냈다.

케이팝은 거대 산업이 되어가고 있다. 2010년, SM 엔터테인먼트의 매출액은 864억 원에 달했다. 분명 SM은 삼성 같은 수준의 회사는 아니지만, 최근 두 해마다 매출이 두 배씩 증가하는 등 성장가도를 달리고 있다. 한국 주식시장에서 SM의 시가 총액은 약 10억 달러에 달한다. 경쟁사인 YG 엔터테인먼트의 시가 총액은 2억 5천만 달러가량이다. 아이돌 스타들은 노래만 하는 게 아니라, 휴대전화에서 탄산음료까지 모든 종류의 제품을 홍보한다. 새 휴대전화나 텔레비전을 출시하면 기자들을 불러놓고 출시 행사를 여는 경우가 가끔 있는데, 그럴 때면 어김없이 최근 인기 있는 아이돌 그룹이 게스트로 초청되곤 한다. 이 '아이돌 스타' 중 적지 않은 이들이 TV 드라마나 영화에 진출한다. 매니저들의 지시에 따라 음악, 텔레비전 출연, 광고 촬영 등 빼곡한 스케줄을 정신없이 소화하며 돈을 버는 전략은 일본 제이팝 산업을 연상시킨다.

10대 아이돌 그룹을 만드는 데 투입되는 시간과 돈이 너무도 막대하기 때문에, 제작자들은 모든 위험 요소를 피하려 한다. 가수의 생활과 이미지는 모두 엄격한 통제 대상이다. 더군다나 아이돌 그룹의 구성원이 가져가는 이익의 비율은 턱없이 낮다. 동방신기같이 잘 알려진 그룹 맴버들과 기획사 사이에 큰 법정 싸움이 붙었던 것도 그 이유였다. 어린 가수들과 그 부모들은 계약서에 사인을 할 때, 이면에 깔린 내용이 무엇인지 미처 짐작하지 못했던 것이다. 수년에 걸쳐 춤, 노래, 외국어를 배우기 위해 고된 훈련을 해야 하고, 이른 새벽부터 밤늦게까지 끝없이 방송 출연을 해야 하며, 광고 촬영도 해야 하는데다가, 사생활도 없고, 계약 조건도 그들에게 유리하지 않다. 연습생들의 꿈은 이효리나 다른 사람들처럼 오래가는 아이돌 생활을 하다가 나중에 솔로로 나서서 많은 돈을 버는 것이다. 수많은 이들에게 이것은 머나먼 꿈에 불과하다.

음반 판매 수입은 1990년대 말 정점을 찍은 뒤 지금은 그때에 비해 90퍼센트 정도 감소했는데, 그 이유는 대체로 불법 다운로드 때문이다. 한때 한국에는 수천여 개의 작은 레코드 가게가 있었지만, 요즘 레코드 가게는 홍대나 신촌처럼 음악을 열심히 찾아 듣는 대학생들이 모이는 지역에만 극소수 남아 있을 뿐이다(퍼플레코드와 향음악사가 가장 잘 알려져 있다). 10대 여학생들이 주요 팬 층인 SM 엔터테인먼트나 그와 유사한 기업들은 음반 판매 이외의 경로로 수입을 올릴 방안을 찾아야 한다는 부담에 시달리고 있다. 거대 기획사들은 광고 수입 외에도 콘서트 등에 집중하고 있으며, 최근에는 해외에서 새로운 팬들을 찾아나서는 중이다.

한편 30대 이상의 한국인들은 "내가 들을 만한 음악이 없다"고 불만을 털어놓는다. 한국 대중음악은 거의 전적으로 10대를 대상으로 삼고 있으며, 클래지콰이나 롤러코스터처럼 원숙하게 깊은 감정을 담아내는 몇몇 예외를 제외하면, 예술적으로는 실망스러운 수준이다. 고령 청취자들은 음악 산업에서 간단히 무시당하고 있다. 신중현은 한탄스러운 마음을 이렇게 털어놓았다. "영국에서, 밴드들은 옛날 음악을 듣고 영향을 받는다. 하지만 한국에서는 구세대와 신세대 음악 사이에 그 어떤 접점도 없다. 게다가 젊은 사람들은 음악이라는 게 그냥 MP3 플레이어로 흘러들어온다고 생각한다. 젊은이들은 큰 스피커에서 진짜 살아 있는 음악이 나오는 걸 들어본 적도 없다."

2012년 서울 여의도 금융가.

． ． ．

1945년 서울. © Don O'Brien

． ． ．

1945년 서울의 거리 풍경. 미군에게 알리는 '접근 금지(OFF LIMITS)' 경고가 붙어 있는데,
이는 그 일대에 사창가가 있기 때문이다. © Don O'Brien

한국이 극심한 가난에서 벗어난 지는 50년도 채 되지 않았다.
이 사진은 1966년 서울 시내 청계천 일대를 촬영한 것이다. © Michael Russo

박정희(왼쪽에서 세번째)는 1961년부터 1979년까지 한국을 통치했다.
긍정적이든 부정적이든, 박정희가 한국 사회에 끼친 영향은 지대하다.

현대그룹의 창업자이며 한국에서 가장 전설적인 기업가로 기억되는 정주영의 모습.

· · ·

1966년 서울. 이 한 장의 사진에 그 시절 군사주의,
당시 패션, 그리고 갓 시작된 경제발전 및 소비생활의 단초가 모두 드러나 있다.
© Michael Russo

. . .

2010년, 서울 시청 일대를 지키는 전경들의 모습.
슬프게도 서울에서는 이런 풍경을 흔하게 볼 수 있다. © Antti Hellgren

. . .

한국은 저항의 전통이 뿌리 깊다. 저항은 때로 극단적인 양상을 보이지만,
반드시 필요한 경우도 있다. 이 사진 속의 모습은 다소 해학적이기까지 하다.

정주영이 건설한 울산 조선소 일대의 축소 모형.
울산 조선소는 세계에서 가장 규모가 크다. © U.S. Navy

· · ·

직장인의 하루는 고되다. 근무 시간은 길고, 격심한 스트레스에 시달린다.
사진은 담배 한 개비를 피우며 잠시 짧은 휴식을 취하는 직장인들의 모습.

한국의 기독교 신자들은 열성적인 것으로 유명하다.

. . .

천 년이 넘는 전통을 자랑하는 강릉 단오제의 모습.
한국은 최첨단 사회지만, 어려운 일에 직면했을 때 무속 신앙을 찾는 사람들이 아직도 많다.

. . .

한국에는 점을 보는 사람도 많다.
사진은 서울 종로 번화가에 차려진 점집의 모습.

도시의 확장, 급속한 산업화로 인해 아파트 단지가
도시계획이나 미관의 고려 없이 우후죽순 들어섰다. © Antti Hellgren

간이 길거리 식당의 일종인 포장마차에서 한 나이 많은 여성이 음식을 준비하고 있다.
가운데 놓인 초록색 병에 담긴 것이 소주다. © Mark Zastrow

북촌 한옥 마을 풍경. 오늘날 한옥을 어떻게 계승해야 할 것인가를 두고
개량주의자와 전통주의자의 의견이 나뉜다.

한국은 해가 저문 후에도 잠들지 않는다.
네온사인 불빛이 넘실대는 부산 서면 일대의 밤 풍경.

· · ·
서울에서 젊은이들의 문화 중심지 역할을 하는 홍대 놀이터에서
디제이가 야외 공연을 하는 모습.

· · ·

3호선 버터플라이.

15

한류,
이제는 우리 차례

오랜 세월 동안 편협하고 지나치게 유교적이라고 알려져온 한국, 한국인들은 오늘날 아시아의 많은 지역에서 최첨단 유행의 상징처럼 여겨지고 있다. 이 변화는 한류라는 현상에 힘입은 것이다. 한국 영화, TV 드라마, 대중음악 등은 1990년대 후반부터 중국과 일본 등 인접 국가에서 큰 인기를 끌기 시작해 태국, 캄보디아, 베트남, 필리핀 같은 동남아시아 국가에서도 호응을 얻고 있다. 2000년대 후반에 이르자 한류는 서구권 국가로 향하는 길을 개척해나가기에 이른다.

한국 정부는 한국의 문화적 힘을 증진하고 문화 산업을 새로운 수출 산업으로 육성하고자 한류 열풍에 힘을 실어주고 있다. 비 같은 대중

음악 가수들은 주기적으로 정부가 만드는 관광 홍보물에 등장하고, 해외에서의 한류 홍보를 위한 지원금도 제공되고 있다. 한국 언론 또한 한류의 부흥에 어느 정도 기여하고 있다.

한국 대중문화가 너무도 커져버린 탓에 몇몇 나라에서는 역풍을 맞기도 한다. 일본에서는 반反한류 시위가 벌어진 적이 있고, 중국 정부는 한국 TV 프로그램의 공중파 방영 시간을 제한하는 규제를 도입했다. 하지만 중국 지도자 후진타오는 한국 정치인들과 만난 자리에서, 너무 바쁜 나머지 〈대장금〉을 마지막 회까지 다 보지 못하고 있다고 이야기한 바 있다.

그러나 그 의미를 제대로 짚어보면, 13장에서도 살펴봤듯 한류는 단지 10대들을 위한 음악이나 감상적인 TV 드라마, 혹은 여타 문화 생산물 및 영화에 국한되는 문제만이 아니다. 한국은 스포츠, 과학, 기술 등 그 외 영역에서도 점점 눈에 띄는 영향력을 발휘하는 나라로 자리를 잡아가는 중이기 때문이다. 한국은 1996년 OECD 가입 이후, 짧지 않은 시간 동안 경제력을 갖춘 나라로 인정받아왔다. 한류는 한국의 문화적 수준이 경제적 수준을 따라잡기 시작했음을 보여주는 가시적 현상의 일부일 것이다.

"오랜 세월 동안 우리는 다른 나라로부터 문화적 영향을 받는 나라였습니다. 이제 우리 차례입니다." 배우 박정숙이 간단명료하게 정리했다. 한때 TV 프로그램 진행자이자 배우였던 그는 〈대장금〉에서 문정왕후를 연기해 호평을 받았고, 지금은 경희대 국제관계대학원 교수직을 역임하고 있으며, 가끔 한류 현상을 주제로 한 하버드 대학 초청 강의에 응하고 있다. 한국은 독특하고 풍부하며 생기 넘치는 문화를 가진 나라이고, 경제개발에 성공하고 세계적으로 부유한 엘리트 산업 국가 반열에 오르면서 자신감 또한 크게 상승한 상태다. 즉 이제 한국은 일방적으로 불평등하게 다른 나라의 생각이나 문화를 받아들이는 대신, 편안하게 진정한 문화적 교류를 포용할 수 있는 나라가 되었다는 것이다. 한류의 힘은 실제로 한국의 국제관계 및 위상을 개선하는 데 기여하고 있으며, 만약 훗날 북한과의 통일이 이루어진다면, 그 이행 과정을 순조롭게 이어가는 데에도 도움이 될 것이다.

일방통행

한국인들은 종종 과거에 한반도에서 건너간 사람들이 일본의 문화 형성에 큰 영향을 미쳤으며 일본 황실의 선조가 되었다는 것을 자랑스럽게 얘기하곤 한다. 6세기경, 일본 긴메이 천황은 한반도의 의학, 문학, 역술 전문가들을 초청해 그들의 지식을 얻고자 했다. 백제는 여러 방면에서 일본 열도와 친밀한 관계를 맺었던 것으로 잘 알려져 있는데, 552년 불교 경전을 일본에 전한 것도 백제다. 쇼토쿠 태자는 백제 건축가들의 도움을 받아 601년 자신의 궁궐과 사당을 건축했다. 일본 간무 천황은 백제 무령왕의 후손이었으며, 2001년 아키히토 천황은 그 사실을 공개적으로 시인했다. 아키히토는 또한 일본 황실 음악의 기원이 한국에 있으며, 불교와 유교의 전래에 한국이 기여한 바가 크다는 것도 인정했다. 임진왜란 동안 한국 도공들은 일본에 납치되어 끌려갔는데, 그들의 맥이 이어져 오늘날 유명한 사쓰마 도기가 되었다. 일본의 사쓰마 도기는 1967년 파리 박람회에 전시된 후 유럽에서 큰 인기를 끌었다.

한일 양국의 문화 교류는 주로 한국에서 일본 쪽으로만 흐르다가, 일본이 19세기 말 한국을 식민지로 삼기 위해 세력을 뻗쳐오면서 그 방향이 정반대로 뒤집혔다. 한국을 완전히 지배하기 위해 1930년대 이후부터 일제는 한국인에게 일본어로 말하고, 신도를 믿고, 일본식 이름을 사용할 것을 강요했다. 1940년대 초에는 한국인 중 84퍼센트가 공문서 상으로 일본식 이름을 가지고 있었다. 그리고 해방 이후, 일본 문화는 53년간 수입이 금지됐다. 반일 감정이 너무도 컸기 때문이다. 일본 문화는 김대중 정부 들어서 비로소 개방됐다. 그 결과 일본인 아버지와 한국인 어머니 사이에서 태어난 가수 사와 도모에는 일본어 노래 두 곡을 대중 앞에서 공연할 수 있었고, 그때부터 일본 애니메이션, 대중음악, 만화, 영화, 예술이 한국으로 대거 유입되기 시작했다.

일본은 1910년부터 1945년까지 한반도에 동화정책을 펼쳐왔지만, 중국이 끼친 영향은 그보다 훨씬 더 크다. 중국은 오늘날까지 한국의 사회적 관계에 영향을 미치고 있는 유교의 근원지다. 또 중국은 조선 시대 양반 계급에 합류하려면 통과해야 했던 시험인 과거제도를 한국에 전파했다. 양반 관료들은 일반적으로 중국의 철학, 서예, 문학, 예술을 숭상하는 사람들이었다. 15세기 한글이 창제되기 전까지, 한국인들은 중국에서 전파된 한자를 표기 체계로 사용해야만 했다. 심지어 지금까지도 한국에서는 한자를 잘 아는 것을 문화적 교양의 상징으로 여긴다.

1945년 이후, 한국 문화에는 세번째 주요 외부 요소가 개입된다. 미군정 시대가 열리고, 이후 이승만, 박정희, 전두환 정부가 친미적인 태도를 유지하면서, 미국 문화는 꾸준히 한국에 유입되어왔다. 한국인의 20퍼센트가량이 개신교 신자인 것은 한국이 미국과 접촉한 결과다. 4장에서 살펴봤듯이 한국의 정치 체계에는 미국적 특징이 강하게 묻어난다. 한국인들이 지나칠 정도로 열심히 공부하는 영어는 미국식 영어지 영국식 영어가 아니다. 어떤 한국인들은 심지어 영어를 '미국 말'이라고 부르기도 한다.

영어 듣기 공부를 다시 하고 싶으면, 그냥 텔레비전을 틀면 된다. 케이블 채널 편성표를 꽉 채운 채 끝없이 재방송되는 〈CSI〉〈로 앤 오더 Law and Order〉〈프리즌 브레이크〉를 보면 된다. 한국 정부는 미국식 행동 기준을 따라야 할 모범으로 제시하기도 한다. 2000년대 후반부터 한국 정부는 국민들에게 복도나 인도에서 오른쪽으로 걷자고 독려하는 캠페인을 벌이기 시작했다. 이때 사용된 슬로건에는, 우측통행이 미국에서 통용되는 관습임을 밝히는 내용이 꼭 들어가 있었다. 고액 연봉을 받고 싶은 사람은 미국 대학에서 MBA를 따오는 것이 필수적인 선결 조건처럼 여겨진다. 최고의 변호사, 공무원, 의사 들은 미국 명문대에서 석사 이상의 학위를 땄을 가능성이 아주 크다. 그런 위치에 오른 사람 중 오히려 그렇지 않은 사람을 찾는 게 더 어려울 지경이다. 오늘날 한국 엘리트 중에는 미국 문화와 미국식 사고방식에 큰 영향을 받은 사람이 많다.

일본, 중국, 미국은 역사적으로 한국의 운명이 결정되는 역사적 결정에 개입해왔으며 각국의 문화를 한국에 수출해왔기 때문에, 한국에 그들의 흔적이 남아 있는 것은 어쩌면 당연한 일이다. 그보다 우리는 한국의 놀라운 강인함에 주목할 필요가 있다. 이 작은 나라는 반만년 전으로 거슬러 올라가는 문화적 전통을 가지고 있다. 한국은 국가 건설, 민주화, 경제성장의 기적을 이뤄냈다. 또 한국은 선박, 자동차, 온라인 게임, 반도체, 휴대전화, 화장품 등 다양한 제품을 생산해내는 세계 유수의 수출국이다. 그런데 이런 성취에도 불구하고 한국은 오래도록 발견되지 못한 채로 있었다. 하지만 2000년대부터, 무언가 바뀌기 시작했다.

"곤니치와"에서 "안녕하세요"로

배우 박정숙은 1993년 대전 엑스포 친선대사로 임명되면서 처음 한국을 대표하게 됐다. 당시만 해도 한복을 입고 해외에 나가면, 사람들이 "곤니치와"나 "니하오"라고 인사를 건네곤 했다. 일본인이나 중국인이 아니라 한국인이라고 대답하면, 상대방은 이렇게 되묻곤 했다. "아, 북쪽인가요, 아니면 남쪽인가요?" 하지만 이제는 사람들이 먼저 다가와 "당신 한국인이죠?" 하고 묻는다. 그러고는 이내 좋아하는 한국 TV 프로그램과 가수들 이름을 줄줄 꿰곤 한다.

이처럼 한국이 널리 알려진 것은 세계적인 인기를 끈 드라마 〈대장금〉과 가수 보아(아시아를 비롯해 전 세계에서 2천만 장 이상 음반을 판매했다), 배우 배용준(일본 주부들에게 '욘사마'라는 애칭으로 불린다) 등의 영향이 컸다. 가장 성공한 연예인이라 할 수 있는 '욘사마'의 가치는 1억 달러 이상인 것으로 보도되고 있으며, 그는 재벌을 제외한 한국인 중 가장 재산이 많은 사람이다. 배용준의 출연료는 편당 5백만 달러 이상인 것으로 알려졌는데, 이는 할리우드를 제외했을 때 업계 최고 수준이다.

최초로 성공을 거둔 한류 드라마는 〈겨울연가〉(2002)로, 드라마에서 욘사마는 최지우와 주연을 맡았다. 〈겨울연가〉는 큰 인기를 끌어 일본 NHK에서는 〈겨울연가〉를 두 차례나 방영했다. 이에 부응해 제작진은 일본 관객을 대상으로 책, DVD 등의 상품을 판매해 발빠르게 자금을 회수했다. 드라마 원작 소설의 일본어판 역시 백만 부 이상 팔렸다. 욘사마가 2004년 나리타 공항에 착륙했을 때, 흥분한 여성 팬들이 활주로에 들어가는 것을 막기 위해 경찰과 안전요원 350명이 동원되었다.

〈겨울연가〉가 최초로 흥행을 거둔 이후, 다른 작품들도 곧 비슷한 길을 걷기 시작했다. 〈대장금〉은 타이완과 홍콩에서 백만 명 이상이 시청했고, 캄보디아·태국·중국·일본 등에서도 좋은 성적을 거뒀다. 이란에서는 가장 인기 있는 드라마로 등극해 순간 시청률 57퍼센트를 기록하기도 했다. 〈주몽〉(2006)은 이란, 우즈베키스탄, 카자흐스탄에서 주목할 만한 성공을 기록했다. 〈커피프린스 1호점〉(2007)은 스페인어로 더빙되어 라틴아메리카 국가들에 판매되었다. 2006년에서 2011년까지, 태국의 주요 방송국 3사는 총 118편의 한국 홈 드라마를 방영했다. 평균적으로 보면 그 기간 동안 매일, 하루에 100분가량 한국 드라마가 저 방송국들의 전파를 탄 셈이다. 한태교류센터Korea-Thailand Communications Center의 설문조사에 따르면, 5년 단위로 나온 결과를 비교해볼 때 한국에 대한 이미지가 개선되었다고 대답한 태국 사람은 97퍼센트에 달했는데, 그 주된 이유가 바로 TV 드라마 방영 때문인 것으로 보인다.

한류 드라마가 인기를 끈 지역에서는 한국 영화의 수출 또한 성공적으로 이루어졌다. 2004년, 드라마 수출로 한국이 번 돈은 5천 7백만 달러였는데, 영화 수출액은 5천 8백만 달러였다. 그 판매액 중 상당 부분은 전쟁 영화인 〈태극기 휘날리며〉와, 한국인이 아닌 사람들을 사로잡은 첫번째 한국 영화 〈엽기적인 그녀〉의 후속편인 〈내 여자친구를 소개합니다〉에서 나왔다. 〈내 여자친구를 소개합니다〉와 〈엽기적인 그녀〉에는 모두 전지현이 주연으로 출연했는데, 전지현은 중국 사람이면 누구나 다 아는 배우가 됐고, 언론 재벌 루퍼트 머독의 부인 웬디 덩이 제작한 〈설화와 비밀의 부채〉(2011)에 주연으로 출연하면서 완전한 스타가 됐다. 욘사마가 출연한 2005년 개봉작 〈외출〉은 개봉 후 77일 만에 일본에서 220만 명의 관객을 모았다.

한국 TV 드라마와 영화는 태국, 베트남, 캄보디아, 인도네시아 등 가난한 나라의 시청자들에게 성공을 향한 열망을 고취시키는 역할을 하기도 했다. 한국 드라마에는 가난한 집안의 여자가 부유하고 젊고 잘생긴 남자와 결혼하는 것으로 끝나는 이야기가 종종 등장한다. 한국인들은 이렇듯 툭하면 나오는 상투적인 공식을 비판하곤 하지만, 매일 하루 벌어 살기도 힘든 사람들에게 그런 이야기가 주는 호소력을 간과하기는 힘들 것이다. 이런 신데렐라 스토리는 한국산 제품의 브랜드가 발휘하는 것과 비슷한 힘을 갖고 있다. 예컨대 LG 로고가 붙은 평면 TV는 개발도상국에서 소유자의 위신을 상징한다. "우리는 한국이라는 브랜드와 순수한 문화적 콘텐츠를 분리할 수 없다"고 박정숙은 말했다. 그것들이 모두 결합되어 '코리안 드림'을 형성하며, 그렇게 형성된 '코리안 드림'은 그 나라의 젊은 여성들이 한국 사람과 결혼하기 위해 이민을 오게 하는 데 영향을 주고 있을 것이다.

한류에 대한 반응은 나라마다 다르다. 일본인들은 한국이 잘사는 걸 동경할 필요는 없지만, 그들이 '도라마'라고 부르는 한국 TV 연속극과 쇼 프로그램을 통해 정과 한이 뒤섞여 독특한 매력을 뿜어내는 한국의 정서에 끌렸고, 특히 나이 많은 여성들이 그랬다. 일본에도 한때는 한국과 비슷한 감성주의가 있었지만 지금은 사라져버렸는데, 한국 드라마에는 아직도 그런 느낌이 남아 있어 한국 드라마를 보면 따스한 향수에 젖어들게 된다고 박정숙은 말했다. 한국 거라면 뭐든 다 좋아하는 한 일본 여성 팬은 이렇게 말했다. "일본 남자들은 차갑고 로맨틱하지 않다. 반면, 텔레비전에 나오는 한국 남자들은 항상 열정적이고 감성이 충만한 것처럼 보였다."

케이팝은 좀 다르다. 케이팝의 특징은 감성적인 데 있는 게 아니라, 빈틈없이 짜인 안무, 미국 팝의 영향이 느껴지는 귀에 착 감기는 멜로디, 가수들의 육체적 매력에 있기 때문이다. 케이팝은 10대들을 위한 현실 도피적 쾌락의 정수라고 할 수 있다. 경제적인 측면에서 볼 때 이제 케이팝은 한국 드라마와 영화를 무색하게 할 지경이다. 이수만이 만든 최대 케이팝 제작사 SM 엔터테인먼트는 한국 주식시장에서 약 10억 달러의 가치를 지닌 것으로 평가된다. SM에서 가장 인기 있는 솔로 가수 보아는 아시아권에서 수천만 장의 음반 판매량을 기록했다. 슈퍼주니어나 소녀시대처럼 SM이 만들어낸 아이돌 그룹은 전 세계를 무대로 삼고 있으며, 뉴욕 메디슨 스퀘어 가든에서 열렸던 케이팝 쇼케이스는 매진을 기록했다. 샤이니는 도쿄돔 경기장에서 5만 5천여 관객을 모아놓고 공연했다. 2010년 상하이 엑스포문화센터에서 열린 한류 스타 공연에는 슈퍼주니어 팬들이 대거 몰려들었는데, 그 숫자가 수용 가능 인원을 크게 넘는 바람에 혼란이 빚어져 중국 공안까지 나서기도 했다.

한국에서 가장 번화한 쇼핑 거리인 명동은 한국 가수와 배우의 얼굴이 박힌 기념품을 찾아 헤매는 관광객들로 언제나 붐빈다. 대개는 일본, 중국, 그리고 그 외 아시아 국가에서 온 여성 여행객들이다. 그걸로는 성이 안 찰 만큼 푹 빠져버린 사람들은 심지어 서울로 이사를 와서 한국어 수업에 등록하기도 한다. 서강대학교 한국어교육원 고급반 학생 중 절반이 일본 여성이다. 좋아하는 한국 연예인의 얼굴을 닮고 싶어하는 외국인을 위해, 다국어 서비스를 제공하는 성형외과들도 있다.

몇몇 배우나 아이돌 그룹이 인기를 끈다고 그게 한국의 입지 구축에 장기적으로 뭐 그리 큰 도움이 되겠냐고 생각할지도 모르겠다. 하지만 한국의 소프트파워는 이미 아시아권에서, 의도치 않았던 긍정적인 결과를 불러일으키고 있다. 박정숙씨는 일례로 베트남과의 관계가 증진되었다는 점을 들었다. 한국의 베트남전 참전으로 한때 두 나라는 서로 적국이 됐지만, 국민들이 무언가를 좋아한다면 정치인들은 거기 부응할 수밖에 없다는 것을 잘 보여주는 사례라는 것이다. 한국 TV 프로그램은 "누군가를 매수하지도 강압하지도 않으면서 한국 문화를 전달하는 외교관" 노릇을 했다. 이명박 대통령은 그런 믿음이 누구보다 확고한 사람이었고, 그래서 오늘날 세계에서 한국의 위상을 수립하는 데 가장 중요한 요소로 한류를 꼽기도 했다. 2012년 이명박은 터키를 공식 방문하는 자리에 JYJ의 김재중을 데려가기도 했다. 김재중과 이명박은 2012년 3월, 앙카라 대통령궁에서 압둘라 귈 대통령 내외가 주최한 국빈 만찬을 함께했다. JYJ는 이명박 대통령이 2012년 3월 서울핵안보정상회의를 주최할 때에도 개막식 홍보를 위해 나타났다. 물론 냉소적인 사람들은 핵 안보와 아이돌 그룹 사이에 무슨 관계가 있느냐고 물을 수도 있겠지만 말이다.

더 중요한 것은 한국 영화와 TV 프로그램이 북한 사회에도 적지 않은 충격을 주고 있다는 사실이다. 서울에 살고 있는 탈북자 장청래씨(가명)는 "북한 사람 중 절반가량이 남한 TV를 보고 있다"고 말했다. 정씨에 따르면 2002년 무렵부터 북한 사람들은 중국에서 헐값에 DVD 플레이어를 수입하기 시작했고, 북한 정권 입장에서는 대단히 불쾌한 일이겠지만, 그와 함께 국경을 넘어온 불법 복제 한국 영상 또한 북한 사회에 넘쳐나게 됐다는 것이다. 이제 DVD는 USB 메모리 스틱으로 대체됐지만, 여전히 그 안에는 불법 복제된 한국 영상물이 들어 있다. 이제 수많은 북한 사람들은, 정부에서 선전하는 바와 달리 서울이 노예화된 황무지가 아니라는 것을 잘 알고 있다. 북한인들의 시야를 가로막던 장막에 구멍이 뚫렸다는 것은, 곧 내부로부터 체제 변화에 대한 열망의 목소리가 형성되거나 고취될 수 있다는 가능성을 뜻한다. 또한 이는 통일이 되었을 때 북한 사람들이 한국 사회의 진짜 모습을 보고 받을 충격을 완화해줄 것이다.

한류, 곤경에 빠지다

2011년 12월, 당시 최광식 문화체육관광부장관은 기자들 앞에서 자신이 '한류 장관'이 될 것이라며, 한국 대중문화를 해외에 소개하는 데 쓰는 정부 예산을 세 배쯤 높이겠다는 계획을 설명했다. 한국 정부는 세계적인 규모의 케이팝 월드 페스티벌을 열성적으로 지원했고, 서울시청은 가수 비 같은 한류 스타들을 홍보대사로 위촉했다. 기획재정부의 한 공무원은 이렇게 말했다. "매년 한국 전통문화 홍보 예산은 2퍼센트 정도씩 늘렸지만, 케이팝 관련 예산은 12퍼센트 정도 늘렸다." 이 같은 몰아주기식 지원은, 박정희 시대 이후 한국 정부가 견지하고 있는 철학을 반영한다. 과거에 박정희 장군이 삼성이나 현대에 그렇게 했듯이, '우리나라 대표선수'가 될 만한 무언가를 선택해 다른 누군가에게 비용을 전가시키며 지원하는 방식이다. 이 경우에는 SM 엔터테인먼트 같은 회사가 이득을 보았다. 지하철을 운영하는 서울메트로는 자사를 홍보할 필요가 전혀 없는데도 아이돌 그룹 멤버들을 홍보대사로 고용하기도 했다. 이는 본질적으로, 평범한 지하철 승객의 돈이 공기업이란 매개를 통해 연예기획사의 호주머니에 꽂힌 '부의 이전'이라 할 수 있다.

그런데 문화라는 게 정부의 지원을 받고서도 여전히 쿨할 수 있을까? 그리고 한국이 공장에서 찍어낸 듯한 대중가요와 감상적인 드라마를 만드는 나라로만 알려지는 게 과연 좋은 일일까? 필자가 중국인 스무 명에게 한국에 대해 떠오르는 것을 대보라고 했더니, 절반 이상이 "하나같이 성형수술을 받은" 가수들과 배우들의 이름을 거론했다. 한국처럼 긴 역사와 풍부한 문화를 가진 나라가 그렇게 얄팍한 곳으로 비치는 것은 다소 우려스럽다. 어떤 영국인도 영국이 스파이스 걸스의 고향으로 인식되기를 원하진 않을 것 같은데, 한국 정부는 한국이 아이돌의 나라로 알려져도 괜찮은 모양이다.

대중문화에 지나치게 의존하는 것은 또다른 위험성도 안고 있다. 사람들이 감정 과잉의 한국 드라마와 대중음악에 질려버리고 나면 한류는 끝날 것이기 때문이다. 앞서 언급했듯이, 이미 일본, 중국을 비롯한 몇몇 나라에서는 반한류의 움직임이 보이고 있다. 2006년, 『혐한류』라는 만화가 일본에서 출간돼 30만 부 정도 팔리면서 일본 아마존 베스트셀러에 오른 일이 있다. 한국 문화를 타고 들어오는 '한국의 추악한 본성'을 깨닫는 한 소년의 이야기가 『혐한류』의 줄거리를 이룬다. 또한 2011년 7월, 일본 배우 다카오카 소스케는 트위터에 "채널8(후지 텔레비전)은 정말 보지 않는다. 한국 텔레비전이 아닌가 생각한 적도 가끔 있다"라는 트윗을 올렸다. 그 결과 후지 텔레비전을 보지 말자는 운동이 조직되기도 했다. 다카오카는 또 "세뇌당하는 것 같아 기분이 좋지 않다"라고 덧붙였다.

이 발언의 여파로 그의 소속사는 다카오카와의 계약을 해지했지만, 수많은 일본인이 그에게 공감의 뜻을 표했고, 그의 발언 이후 6천여 명의 사람들이 후지 TV의 한류 드라마 편성에 항의하는 집회에 참여했다. 집회에서 어떤 사람들은 "천황폐하 만세"나 "일본에서 바퀴벌레들을 쫓아내자" 같은 국가주의적 구호를 외치기도 했다. 이 사건은 한국과 일본 언론을 통해 널리 보도되었으며, 한일관계에 좋지 않은 영향을 끼쳤다.

2012년 2월, 배우 김태희는 일본에서 예정돼 있던 CF 행사 방문을 취소해야 했다. 김태희가 독도에 대한 한국의 영유권을 지지하는 발언을 했고, 그것이 일본 극우파들의 적개심을 샀을 뿐 아니라 반한류 기운이 거세지고 있었기 때문이다. 같은 달, 아이돌 그룹 블락비는 780여

명이 사망한 2011년 방콕 홍수를 두고 농담을 했다가 태국 사람들의 분노를 샀다. 한태교류센터의 대변인은 그 발언이 태국에서 "한국 문화의 인기에 악영향을 끼치며, 반한국 정서를 불러올 수 있다"고 말한 것으로 알려졌다.

영화평론가 달시 파켓은 한류가 한국 영화 산업에 부정적인 영향을 끼쳤다고 주장한다(13장 참조). 그에 따르면 2000년대 중반부터 영화 제작사들은 "이야기에 앞서 포장을" 생각하기 시작했다. 제작사들은 일본이나 중국 관객들이, 예컨대 욘사마나 전지현이 나오면 무슨 영화건 볼 것이라고 믿었기 때문에 좋은 영화를 만들기 위한 노력을 별로 기울이지 않았다는 것이다.

한류를 규제해야 한다는 압력 또한 점점 높아지고 있다. 2006년, 중국의 중앙 및 지방 당국은 자국 콘텐츠를 육성하기 위해, 한국 영상물 편성 허가를 받았던 방송국들을 제한하고 나섰다. 2012년, 타이완 국가통신전파위원회는, 타이완 프로그램들에 더 많은 기회를 주기 위해, 각 지방 방송국을 대상으로 한국 프로그램의 상영 시간을 줄일 것을 요구했다. 이러한 조치를 받아들여, 타이완의 주요 방송국 가운데 하나인 갈라 텔레비전은 한국 프로그램 방영 시간을 줄이고, 황금 시간대 중 한 시간을 국내 프로그램에 할당하기로 했다. 이러한 사례에서 드러나듯이, 한국 드라마의 성공은 점점 스스로를 옭아매고 있다.

한국 하면 이제 해외에서는 TV 드라마와 대중음악이 먼저 떠오르는 식으로 이미지가 굳어가는 현상에 대해, 한국 언론이 의문을 제기하는 광경을 상상이나 할 수 있을까? 실로 2010년쯤부터 한국 주요 일간지들은 한국 대중문화가 해외에서 거둔 성공을 동네방네 알리는 기사들을 연이어 내보냈다. 언론은 심지어 케이팝이 유럽과 미국에서 거둔 성공을 과장하는 모습도 보였다. 언론은 한류가 언젠가는 끝날 가능성, 이미 몇몇 곳에서 드러난 것과 같은 반발을 광범위하게 불러올 가능성을 고민하지 않았을 뿐 아니라, 한국 정부가 한류를 홍보하고 나서는 것이 비생산적인 결과를 낳을 가능성에 대해서도 질문을 던지지 않았다. 그런 논쟁이 있었다면 분명 얻는 바가 있었을 테지만, 비판적이거나 회의적인 시각은 애국적이지 않은 것으로 간주됐을 뿐이다.

작지만 완결성 있는 세계

초반에 언급한 바와 같이, 정부가 좀더 포괄적이고 균형 잡힌 방향으로 한류를 홍보한다면 긍정적인 효과를 낳을지도 모른다. 건축가 황두진은 한국을 "작지만 완결성 있는 세계"라 했다. 한국에는 고유의 복식, 음악, 드라마, 영화, 미술 등 완전하고 독창적인 문화가 있다. 한국의 문화적 생산품이 해외에서 널리 사랑받는 것은, 마치 일본 문화가 1980년대부터 오늘에 이르기까지 해외에 수출되기 시작한 것과 마찬가지로, 한국이 경제적으로 성장했기 때문에 발생한 필연적인 결과라는 것이다.

이미 우리는 한류 열풍이 동아시아의 경계를 훌쩍 넘어서고 있음을 목격하고 있다. 한국 소설이 세계 주류 시장을 무대로 최초의 성공을 거뒀다. 신경숙의 『엄마를 부탁해』는 전 세계적으로 백만 부 이상 판매됐고, 미국을 포함해 19개국에서 베스트셀러가 되었다. 현대, 기아, 삼성은 모두 각 분야의 선도 브랜드로 인정받고 있으며, 모든 사람이 한국의 것임을 알아본다. 예전에는 그 기업들이 일본 것으로 여겨지거나 어느 나라 기업인지 혼동하기 일쑤였다. 2010년, 최초로 서울에서 선진 20개국이 함께하는 G20 정상회담이 열렸다. 미국여자골프협회LPGA 상위 10위 안에 드는 골퍼 중 절반이 한국 사람이다. 한국 국적의 반기문이 유엔 사무총장이라는 것은 대한민국의 국격을 높이는 데 도움이 되었으며, 한국의 문화적 힘이 강해지고 있음을 드러내는 또다른 징표라고 할 수 있다.

한국의 평판을 끌어올리는 데 정부가 기여할 수 있는 최선의 과제는 대중문화와는 아무 상관 없는 일에서 시작된다. 1950년대와 1960년대, 한국은 특히 미국으로부터 막대한 원조를 받는 나라였다. 오늘날 한국은 원조를 제공하는 나라가 되었다. 필리핀은 한때 한국에 원조를 제공했지만 이제는 한국에서 원조를 받는다. 이를테면 2010년 11월, 한국국제협력단은 농경 지원 차원에서 마닐라에 2200만 달러를 전달했다. 2011년, 한국 정부는 아프리카에 인도적 차원의 지원을 했는데, 액수는 매년 5백만 달러 수준에 그쳤지만, 2013년부터는 5천만 달러로 높아질 예정이다. 2011년 말 기준, 대한민국은 비서구권 국가 중 유일한 개발원조위원회* 구성원으로서 주요 국제 인도적 원조정책을 결정하는 일에 참여하고 있다. 최근 OECD 통계에 따르면, 2009년에서 2010년 사이, 한국은 총 대외 개발 원조액을 30.5퍼센트가량 끌어올렸다. 한국으로부터 가장 큰 도움을 받은 나라는 베트남으로, 베트남에

---

* Development Assistance Committee. 개발도상국의 원조를 위해 결성된 OECD 산하 기구.

는 8200만 달러가량의 원조가 이뤄졌다.

이러한 대외 원조 외교는 미국이나 일본 같은 다른 나라들이 자금 지원 및 그 외 여러 가지 방법의 기부를 통해 자국의 영향력을 확대해간 방식을 연상시키지만, 한국의 경우에는 또다른 강점이 있다. 한국은 놀랍도록 빠르게 가난을 극복해낸 나라이기 때문에, 한국은 미국이 제공할 수 없는 긍정적이고 풍부한 사례를 동원해 가난 극복의 기술을 제공해줄 수 있다. 한국 관료들이 두둑한 자금과 확고한 조언을 준비해 베트남 같은 나라에 방문하면, 한국과 마찬가지로 식민 지배와 분단을 경험했던 그 나라 사람들은 귀를 기울인다. 물론 베트남의 권력자들이 한국의 경제개발만큼이나 한국의 민주화에서도 교훈을 얻고자 할지 여부는 좀더 지켜봐야겠지만 말이다.

한국은 운명의 방향을 거의 180도 바꿔낸 나라다. 가난했고, 폐쇄적이었으며, 일방적으로 타국 문화의 영향을 받고 원조를 받았던 한국은, 오늘날 부유하고 문화적으로 풍부한 나라들 틈에서 세계를 향해 무언가를 돌려줄 수 있는 위치에 올라섰다. 주변 아시아 국가들과 더욱 가까워지고 있으며, 앞으로 세계 다른 나라들과도 자연스럽게 더욱 친밀해질 것이다. 박정숙씨가 말했듯이, 한국의 이미지는 "다른 이들이 알아보는 것이지, 그들에게 강요할 수는 없는 것"이니 말이다. 이제 한국이 세계인들에게 알려질 차례다.

PART 4

한국인은 무엇으로 사는가

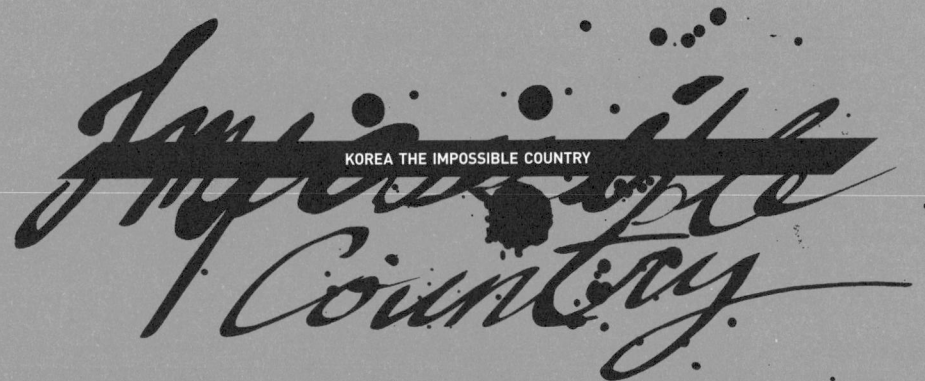

KOREA THE IMPOSSIBLE COUNTRY

16

정,
보이지 않는 포옹

한국어에는 들자마자 따스함과 귀속감, 심지어 좌절까지 불러일으키는 단어가 있다. 바로 정情이라는 단어다. 정은 한국 문화 밑바닥에 가장 짙고 자욱하게 깔린 개념 중 하나다. 누구와 어떤 정을 어떻게 느끼건, 한국에 오는 사람이라면 그 위력과 함의에 대해 알고 있어야 한다. 그런데 정이 대체 무엇인가?

그 정의는 사람에 따라 다르겠지만, UCLA 정신과 의사인 크리스토퍼 정Christopher K. Chung과 샘슨 조Samson J. Cho에 따르면, 정은 "사람 사이의 관계에서 형성되는 좋아하고 돌봐주고 싶은 마음, 유대감, 애착"이다. 정은 단지 혼자만의 머리나 가슴으로 느끼는 감정이 아니라, 둘 혹은 그 이상의 사람들 '사이에' 존재하는 관계 같은 것으로, 앞서 말한 두 정신과 의사는 그것을 사람들 사이에 연결된 끈 같은 것으로 본다.

또다른 인터뷰이는 정이란, "사람들을 하나로 만들어주는 보이지 않는 포옹" 같은 것이라고 정리했다. 실제로 정은 사람들을 한데 묶어준다. 마치 끈이 무언가를 묶어 하나로 만들어주듯이, 정이 깊은 상호의존성에 근거하고 있다는 측면은 아주 중요하다. 정을 나누는 사이인 두 사람은 상대방이 필요로 할 때 서로를 돕는 상부상조의 관계를 형성해야 한다. 정을 나누는 사이에서는 신뢰와 희생이 요구되는 법이다. 또한 상대를 용서해야 한다. "친구 사이에 '미안'한 거 없다"는 것이 한국인들의 원칙 중 하나인 것이다.

정은 선택의 문제가 아니다. 정으로 가득 찬 관계가 시작될 때 한국인들이 하는 표현, 즉 '정들었다'는 말은 '정이 내게 스며들었다'는 뜻이다. 심지어 좋아하지 않는 사람에게 정드는 일도 가능하다. 예컨대 한국인들은 '미운 정'이라는 말로 결혼한 지 오래된 부부, 혹은 서로 못 견뎌하면서도 둘 중 한 사람이 떠나게 된다면 다른 사람이 허전함을 느낄 만한 직장 동료 사이 등의 징글징글한 상호 의존성을 표현한다. 필자의 지인 중 한 사람은 자신이 결혼한 이유도 로맨틱한 사랑이 아니라 정 때문이었다고, 그래서 번번이 싸우고 서로에 대해 안 맞는 점이 있었지만 결혼했다는 이야기를 해주기도 했다.

정은 본질적으로 제대로 설명하기 어려운 것이다. 한 인터뷰이는 "그냥 한번 느껴보면 알 것"이라고 말했다. 한국에 거주하는 외국인 중에서도 특히 영국이나 미국처럼 개인주의적인 문화권에서 온 사람들은 정이라는 말을 들으면 코웃음을 친다. 앞서 언급된 두 정신과 의사에 따르면 정은 개인의 가슴이나 머리가 아닌 사람들 '사이'에 존재하는 감정이기 때문에, 정은 '우리'에 대한 강한 인식을 필요로 하지만, 다른 문화에서는 그런 것을 느낄 수 없기 때문이다. 두 의사는 또 "한국인들에게 '우리'는 단순한 복수형 대명사가 아니다. 그보다 '우리'는 집단화된 '나'에 가깝다"고 말했다. 한국인들은 자신과 가까운 사람에 대해 말할 때, 그들을 '나의' 누군가가 아니라 '우리'의 누군가라고 표현한다. '내 엄마'는 '우리 엄마'가 된다.

한국인들은 정에 큰 가치를 부여하며 그것을 한국의 특징적인 요소로 취급한다. 그러므로 만약 누군가에게 정이 많다고 하는 것은 일종의 찬사가 된다. 마찬가지 차원에서, 우리는 누군가가 "사람들이 나한테 정이 없다고 불평한다"고 하소연하는 것을 들을 수도 있고, 때로는 구인광고에서 '정 많은 분들'을 찾는 경우도 볼 수 있다. 정을 뜻하는 한자는 중국과 일본에서도 사용되지만, 그 글자가 뜻하는 바에 이렇게 높은 사회적 가치를 부여하는 곳은 한국뿐이다.

어떤 사람들은 정이 사랑이나 우정과 다를 게 뭐냐고 할 것이다. 어떤 면에서 보면 맞는 지적이지만, 사랑이나 우정과 달리 정은 지역 단위나 조직, 혹은 사회적 차원과 같이 큰 집단의 구성원 사이에서도 느낄 수 있다. 같은 고향 사람, 같은 부대 병사, 같은 학교 동문 들은 정에 기반한 실질적 상호 부조 및 책임을 느낄 수 있다. 대학 동문회나 교회처럼 사람들을 결집시키는 집단은 가시적인 영향력을 확장해나갈 수도 있다. 서울에 있는 소망교회는 교회 장로인 이명박의 대통령 당선 이후, 정부 최고위층 인사들의 후보 제공처 역할을 하며 악명을 얻었다. 1977년 설립 이래 이미 예순 명 넘는 신도가 장관직을 거쳤다는 점에서도 알 수 있듯, 소망교회는 이전부터 막강한 힘을 보여주고 있다.

이것은 그냥 고전적인 '동문 네트워크'식 행태로 보이겠지만, 실상은 차이가 있을 뿐 아니라 매우 강력하기까지 하다. 다른 문화권에서와 달리, 긴급한 도움을 요청하는 친구를 도와야 할 의무가 훨씬 크기 때문이다. 한 기업인에 따르면 정은 '무작정'인 것으로, "하고 싶지 않은 것도 하게 만든다. 논리의 반대편에 있다". 한국에 온 외국인들은 종종 한국인들이 다소 과격한 형태로 남에게 베푸는 광경을 목격할 수 있다. 가령 돈을 갚을 능력이 없는 친구나 친지에게 배우자의 반대를 무릅쓰고 돈을 빌려준다거나 하는 일이 그렇다. 정은 상대방에게 도움이 필요하면 언제든 돕겠다는 무언의 약속을 만들어내는 것이다.

정 때문에 마음 약해서

포스코 한 관리자의 말에 따르면, 정은 그것을 나누는 사람들에게 있어 "아름다우"며 "우리를 인간답게 만들어주는" 것이다. 정은 사람들이 이성적으로 생각할 수 있는 수준을 넘어 상대방을 챙기도록 만든다. 한 영국인 경영자의 말에 따르면, 이것은 한국인들이 특히 경제적 문제를 다룰 때 인간관계를 고려하여 행동하는 모습을 보이며, 서양인뿐 아니라 심지어 '관계'를 중시하는 중국인들마저 의아하게 생각하는 부분이다. 서울에서 활동하는 미국 사업가 피터 언더우드는, 언젠가 한 외국 사업가가 겪은 일화를 들려주었다. 그 사업가는 한국인 파트너와 거래를 할 때 보다 나은 가격 조건을 제시했음에도, 기존의 관계가 형성되어 있는 한국인 경쟁자 때문에 계약에서 '밀려났다'고 언더우드에게 하소연했다. 그 사람은 분명 국가주의나 편견 때문이라고 생각했을 테지만, 그것은 정 때문에 벌어지는 문제에 더욱 가깝다. 누군가와 정으로 얽혀 있는 사람이라면, 그는 심지어 낯선 사람이 더 나은 조건을 제시한다 하더라도, 일단 이미 형성되어 있는 관계에 우선권을 주어야 하는 것 아닌가 싶은 의무감을 느낀다. 언더우드가 빈정거리며 말한 것처럼, "애덤 스미스가 한국인이었다면 『국부론』은 완전히 다른 책이 되었을 것이다". 고전적인 경제학 교과서에 적혀 있는 것처럼, 사업상의 결정은 언제나 이성적이고, 자신의 이익을 추구하며, 보상을 최대화하는 방식으로 이루어진다는 말은 한국 문화에서는 완벽하게 들어맞지 않는다.

평범한 사람들에게 정은 긍정적이고 가슴을 따뜻하게 해주며 차가운 현실에 맞서 인간적인 것이 이기게 해주지만, 정치권력은 정 때문에 사회에 해로운 방향으로 작동하기도 한다. 대한민국은 경제적으로 완전히 성숙한 나라지만 단 한 가지, 부패 문제에서만은 후진적이다. 2011년 국제투명성기구Transparency International 의 부패인식지수Corruption Perceptions Index 조사에서 한국은 176개국 중 43위에 머물렀다(해당 지수에서 북한은 세계에서 가장 부패한 나라로 나온다). 이렇게 순위가 낮은 주된 이유는 상식, 법, 사회 정의를 어겨가면서까지 정에 따라 행동하기 때문이다. 정치인이나 기업가가 부패와 연루된 사건에는 대부분 고향, 학교, 군대 등의 연줄이 배후에 깔려 있다. 편파적 선호를 뜻하는 '정실情實'이라는 단어가 정에서 파생되었다는 것은 그러므로 놀라운 일도 아니다.

가장 좋은 직장이 몇몇 학교의 동창들에게 돌아가는 것은 어디에서나 벌어지는 일이지만, 한국에서는 충격적일 정도로 정실주의에 의해 자리가 채워진다. 박정희, 전두환, 노태우는 'TK 마피아'라 불리는 같은 고향 사람들로 정부 인사를 채워넣었다. TK는 대구와 경상도의 옛날식 로마자 표기법에서 머리글자를 따온 것이다. 노태우 정부의 고위직은 주로 노태우와 같은 고등학교 출신으로 채워졌다. 그 뒤를 이어받은 김영삼은 손에 권력을 쥐자 자신의 고향인 부산 출신들로 내각의 상당수를 채워넣었다. 훗날 김영삼 정권이 끝나고 김대중 정부가 시작되자, 부산 사람들이 있던 자리는 전라도 출신들로 바뀌었다. 이러한 관행에 강한 비판이 있어왔지만, 한국 대통령이 자신의 연줄을 끌어올리지 않는다면 그것이 더욱 놀라운 일일지도 모른다.

우리와 남, 안과 밖

정은 한국어로 '우리'라고 부르는 느낌이 있어야 작동한다. 세상 모든 사람이 다 우리일 수는 없다. 만약 누군가가 정을 느끼는 사람들과 따스함과 다정함을 나눈다면, 그 바깥에는 그보다 덜 그렇게 대하는 더 큰 집단이 존재할 수밖에 없는 것이다. 이와 같이 모르는 사람들을 일컬어 남이라고 한다. 김영삼은 대통령 선거 때 "우리가 남이가?"라는 질문을 던지며 유권자들을 동원하는 데 남이란 말을 효과적으로 활용했다. 당연히 유권자들은 "아니요, 그러니까 우리는 당신을 지지합니다!"라고 대답하게 되는 것이다.

군사독재 시절, 한국 정부는 대체로 경상도 출신의, 예컨대 TK 마피아 같은 조직에 의해 움직였고, 경상도는 상대적으로 간과되어온 전라도에 비해 균형이 맞지 않을 정도로 많은 지역 개발 예산을 받을 수 있었다. 경상도 도시 중 한 곳인 포항은 오늘날 세계 철강업계를 선도하는 포스코의 설립지로 선택되었으며, 한국 최초의 고속도로는 서울과 부산 사이에 깔렸다. 이러한 지역주의는 한국 정치를 지역 갈등으로 분열시키는 데 지대한 역할을 수행했다.

'우리'는 한국에서 마케팅에 가장 많이 활용되는 단어 중 하나다. 한국의 대규모 은행 중 하나인 '우리은행'이 '우리'라는 단어를 선점한 후, 우리은행이 '우리'라는 단어를 상호에 넣고 광고에 사용하는 것을 막아달라는 다른 은행들의 소송이 제기되면서 논란이 불거지기도 했다. 노무현 대통령이 만든 정당의 이름도 열린우리당이었다. '우리쌀'이라는 상표명을 가진 쌀도 있고, 한 맥주업체는 "우리나라, 우리맥주"라는 슬로건을 사용한다.

우리나라

사실 '우리'와 정은 탄력적으로 적용될 수 있는 개념이며 나라 전체로 확장되기도 한다. 이웃 간의 관계를 놓고 보면 가족이 우리고 길 건너 사는 사람은 남이다. 국가적인 차원에서 보면 고향 사람은 우리고 다른 지역 사람은 남이다. 그러나 만약 서로 공통점이 아무것도 없는 한국 사람 두 명이 프랑스에서 만났다면, 그들은 여전히 정을 느끼고 서로 어려울 때 도와야 한다고 생각할 것이다. 외국 대학에서 한국인들은 서로 붙어다니며 심지어 다른 나라에서 온 학생들을 기피하는 것으로 유명하다.

한국인들은 한국인 중 누군가가 해외에서 주목받는다고 생각하면 그 사람에 대한 자부심 혹은 수치심과 함께, 아주 강한 유대감을 느낀다. 〈타임〉지가 실시한 2011년 '세계에서 가장 영향력 있는 인물' 온라인 투표에서, 후진타오, 블라디미르 푸틴, 버락 오바마조차 1위를 하지 못했다. 1등을 차지한 사람은 한국 대중음악 가수 비였는데, 이는 자랑스러운 대한민국 네티즌의 끝없는 클릭질로 맺어진 결실이었다. 비는 이미 2006년과 2007년 같은 투표에서 1위를 차지한 바 있다. 같은 방식으로, 해외에서 물의를 일으킨 한국인은 본인의 체면을 떨어뜨렸을 뿐 아니라 나라 망신을 시킨 사람으로 여겨진다. 2007년, 조승희가 버지니아 공대에서 30여 명 이상의 학생을 살해한 사건이 벌어졌을 때 노무현 대통령은 한국을 대신해 유감 성명을 발표했다.

뉴스나 일기예보 등에서 한국을 지칭할 때 '우리나라'라는 표현은 대한민국이라는 실제 이름보다 훨씬 빈번하게 등장한다. 한국에 사는 외국인들은 '우리나라'라는 표현을 듣고 소외감을 느끼는 경우가 많은데 당연히 그들은 '우리나라'의 일부일 수 없기 때문이다. 그들은 한국인들과 정으로 연결된 사이가 아니라는 느낌을 받는 것이다. 실제로 몇몇 한국인은 외국인이 정을 완전히 이해할 수는 없다고 생각한다. 이미 모든 면에서 세계화되었고 다른 나라들과 교류하고 있으며, 2000년에서 2010년 사이 한국에 거주하는 외국인 인구도 일곱 배나 늘어난 상황에서, 과연 '우리나라'가 인종적으로 한국인에 속하지 않는 한국 거주자들까지 포함할 수 있을지 귀추가 주목된다.

집단주의라는 그늘

소속 집단의 안과 밖을 나누고, 친구를 돕기 위해 상궤에서 벗어난 행동을 하며, 정실주의에 휘둘리는 것은 물론 한국만의 고유한 현상은 아니다. 한국인이 아니라고 해서 정을 느낄 수 없는 것도 아니다. 하지만 한국 문화와 역사의 특정 요소들을 살펴보면, 왜 정이 한국에서 유독 도드라졌으며 한국인들의 정신세계에서 중요한 부분을 차지하는지 이해할 만한 설명을 얻을 수 있다.

크리스토퍼 정과 샘슨 조는 "한국 사회의 강한 집단적 성향"에 정의 근원이 있다고 본다. 헤이르트 호프스테더 Geert Hofstede 교수의 개인주의지수에 따르면 한국은 100점 만점에 18점을 기록했는데, 이것은 미국의 91점이나 일본의 46점에 비해 턱없이 낮은 것으로, 세계에서 가장 집단주의적이고 단체 지향적인 나라로 확인되고 있다. 이 집단주의적 지향성은 여러 면에서 드러난다. 한국인들은 식사를 할 때 음식이 담긴 그릇을 공동으로 사용한다. 밥상 한가운데 놓인 찌개 그릇에 누구라도 자신이 쓰던 숟가락을 담글 수 있다. 이것은 심지어 다른 아시아 국가에서 온 사람들도 충격에 빠뜨릴 수 있는 장면이다. 한국 기업에서 같은 부서에 근무하는 사람들은 점심시간이 되면 각자 밥을 먹으러 가지 않고, 자연스럽게 함께 식사를 한다.

그러한 현상은 대학교 학생들 사이에서도 마찬가지다. 예컨대 같은 학과에 속하는 학생들은 '멤버십 트레이닝', 곧 엠티차 교외로 단체 여행을 가거나 한다. 사실 엠티는 진짜 무슨 트레이닝을 받으러 가는 게 아니라 술을 많이 마시면서 집단적인 유대감을 강화하는 행동이다. 학생들은 민박집에서 가장 큰 방을 빌려 라면을 먹고 모두가 뻗어버릴 때까지 맥주와 소주를 마신다. 다음날이 되면 엠티 참가자들은 깨질듯한 머리를 붙잡고 사방에 옷을 입은 채 시체처럼 널브러진 친구들 사이에서 눈을 뜬다. 엠티는 대학 생활에서 중요한 부분으로, 관심을 보이지 않고 참가하지 않는 사람은 불쌍한 왕따 취급을 당한다.

한국에는 계라는 이름의 상조 체계가 고려시대부터 존재했다. (일반적으로 같은 마을의) 공동체 구성원들이 정기적으로 일정한 액수의 금액을 내다가, 누군가에게 목돈이 필요할 때 계에서 그에게 많은 돈을 제공하는 것이다. 계에 허위로 가입한다거나, 곗돈을 받아야 할 일이 있는 것처럼 속이거나, 계주가 된 뒤 사라지는 등의 일이 발생하곤 하지만, 그럼에도 불구하고 계라는 것이 그토록 오랜 세월 존재해왔다는 것은, 대다수의 사람들이 공동체의 규칙에 따라 행동해왔다는 것을 시사한다.

왜 이러한 집단 지향적 성격이 존재하는 것일까? 논란의 여지가 있지만, 이것은 한국식 마을 생활에서 비롯된 것 같다. 오랜 역사 속에서, 대부분의 한국인은 가난하고 억압받는 마을에서 거의 대부분이 농사를 지으며 생계를 영위하는 삶을 살았다. 협동과 상호부조는 실용적인 필요성을 지녔으며 때로 이는 생존과 직결되는 사안이기도 했다. 양반 지주는 자기 뜻대로 소작료를 올려받을 수 있었고, 잊을 만하면 흉년이 찾아왔다. 사람들은 서로 도우면 일손을 줄이고 농업 생산량을 늘릴 수 있다는 것을 깨달았을 것이며, 혹은 계를 통해 마을에서 가장 똑똑한 젊은이를 교육시켜 과거에 급제하게 해 나쁜 관리로부터 그들을 지켜줄 관리를 만들 수 있다는 희망을 품었을 수도 있다. 오늘날에도 이러한 사고방식이 어촌계라는 이름으로 남아 있음을 확인할 수 있다. 대부분의 한국인들이 읍내나 도시가 아니라 마을에 살았다는 사실을 고려했을 때, 그들이 더욱 가까운 사이를 형성해 자원과 노동력을 공유하고 조직하는 삶을 살았으리라 추측할 수 있다.

한국인들이 집단주의를 선호하는 이유가 또 있다. 지정학적으로 전략적 위치에 놓여 있는 한국은 언제나 외세의 침략과 지배의 대상이 되어왔다. 한국은 언제나 피해자 입장이었는데, 그보다 중요한 것은 정치인, 저술가, 역사가 들이 그러한 피해자로서의 역사관을 국민들의 머릿속에 깊숙이 새겨넣었다는 것이다. 한국인들은 다시 그런 역사를 되풀이하지 않기 위해 똘똘 뭉치고, 사회 전체의 이익보다 개인의 이익을 앞세우는 일이 있어서는 안 된다고 교육받아왔다. 2006년 현충일 연설에서 노무현 대통령은 일제강점기의 역사를 언급하며 "이 땅의 권력자들이 나라의 힘을 키우지 않고 서로 편을 갈라 끊임없이 싸우다가 당한 일"이라고 말했다. 한국전쟁에 대해서는 "우리 민족이 하나로 단결해서 대처했더라면 그 엄청난 불행만은 피할 수도 있지 않았을까 하는 아쉬움은 단지 저만의 것은 아닐 것"이라고 덧붙였다.

유교 또한 한국의 집단주의에 한몫하고 있다. 중국에서 들어온 윤리 체계인 유교는 수세기 동안 한국인들을 지배하는 이데올로기 노릇을 했다. 유교에서는 사회적 조화를 위해 자신을 굽히고 충성심을 갖출 것을 강조했으며, 여러 가지 관계 속에서 지켜야 할 의무 또한 중시됐다. 불교 또한 깨달음을 얻기 위해 서로 돕는 집단인 승가의 개념을 들여오면서, 한국의 기업 문화를 집단 중심으로 이끈 데 기여했다고 볼 수 있다.

정이 사라진다면

호프스테더의 개인주의지수에서 한국의 순위에 근접하는 나라들 중에는 파키스탄이나 에콰도르처럼 가난한 곳도 있고, 한국을 포함해 타이완 같은 신흥 경제강국도 있다. 독일이나 프랑스처럼 예전부터 풍족했던 나라는 훨씬 개인주의적이다. 그러나 한국의 젊은이들은 일본이나 서구의 젊은이들과 같은 물질적 풍요 속에서 성장했다. 그들은 서로 숟가락 개수까지 아는 마을이 아닌, 대도시의 아파트 숲에서 성장했다. 1945년부터 2010년 사이, 도시에 사는 한국인의 비율은 14.5퍼센트에서 83퍼센트로 치솟았다. 오늘날 대부분의 사람들은 바로 옆집에 사는 사람이 누구인지도 모른다. 이 모든 것을 종합해보면, 사람들이 서로에 대해 물질적인 도움을 주고받아야 할 필요성과 그런 행동을 하는 경향성 모두 줄어들고 있다는 뜻이 된다.

그러므로 정에 기반한 문화가 약해질 것이라고 예상하는 일은 불가능하지 않으며, 실제로 그런 변화는 진행중이다. 한국이 점점 더 잘살게 되고 은행 대출이 보편화되면서, 계에 참여하고 친구들 사이에서 큰 돈을 빌려주는 일은 예전에 비해 그리 자주 일어나지 않는다. 나이 많은 한국인에게 젊은 세대, 특히 서울에 사는 젊은이들에 대해 어떻게 생각하느냐고 물어보면, 그는 아마 젊은이들이 냉정하고 개인주의적이며 서구화되었다고 대답할 것이다. 서울의 신흥 부유층들이 모여 있는 강남은 종종 마치 별개의 나라인 양 '강남민국'이라는 조롱을 당하기도 하는데, 그것은 한국인들이 강남에서는 한국적인 무언가와 정을 느끼지 못하기 때문일 것이다. 하지만 수많은 한국인들은 강남에 살고 싶어하고 강남을 동경한다.

"정이 가장 무서운 것"이라고 한국인들은 흔히 말하곤 하는데, 이는 정이라는 이름으로 종종 심각한 일들이 벌어지곤 하기 때문이다. 하지만 그로 인해 발생할 수 있는 사회적 해악에도 불구하고, 그 따스함과 관대함 덕분에 정은 여전히 한국 문화에서 가장 매력적인 요소로 남아 있다. 심지어 외국에서 온 방문자들도 한국인이 서로를 대하는 모습을 보면서 정의 힘을 느끼곤 하지만, 언젠가는 그런 풍경이 사라질 날이 올 것이다. 그날은 실로 무척 슬픈 날이 될 것이다.

17   사업 그 자체보다 중요한 것

한국에서 사업은 곧 개인적인 일이다. 장차 함께 일할 사람을 알아가는 과정에서, 상대방이 "종교가 어떻게 되세요?"나 "왜 결혼 안 하셨어요?" 같은 질문을 던져도 놀라지 말아야 한다. 한국에서는 단기적인 주고받기가 아니라 장기간에 걸친 관계 형성에 능해야 사업에 성공한다. 그러므로 인간적 관계를 형성하기 위해서는, 서구인들에게 일반적으로 통용되는 수준보다 훨씬 더 많은 개인 정보를 교환해야 한다.

이제 막 같이 일하게 된 사이에서 상대방이 지나친 관심을 기울이는 것은 다소 껄끄러운 일이지만, 열린 마음으로 호응하는 사람에게는 장기적인 사업상의 이익뿐 아니라 진솔한 우정이라는 보상이 돌아오게 되어 있다. 오랫동안 비즈니스 컨설턴트로 일해온 미국 이민 4세대 피터 언더우드의 말에 따르면, 한국에서 사업을 한다는 건 "일단 믿고봐야" 하는 일이다.

'우리' 안으로 들어가라

이미 우리가 16장에서 살펴봤듯이, 한국에서는 내집단과 외집단, 즉 '우리'와 '남'을 구분하는 것이 아주 중요하다. 열강의 동네북이었던 한국의 역사 때문인지, 혹은 평범한 사람들이 수세기에 걸쳐 양반들에게 짓눌렸던 압제의 경험 때문인지, 한국인은 가까운 사람들 사이의 상호부조 및 동지의식이 특별히 강하다. 이러한 관계를 형성하고 있는 사람들은 무슨 일이든 마다하지 않고 서로 도와준다.

이 같은 연대를 맺고 있지 못한 사람은 불이익에 직면할 수밖에 없다. 2005년 세계 가치관 조사에 따르면, 한국인 중 낯선 사람을 신뢰한다고 대답한 응답자의 비율은 13.4퍼센트에 지나지 않았는데, 이것은 세계 평균인 33.9퍼센트를 크게 밑도는 수준이다. 한국인은 심지어 서로 알고 지내는 사이라 하더라도, 외국인을 믿지 않는다. 같은 조사에서 한국인 중 외국인을 신뢰한다고 말한 사람은 27.9퍼센트지만, 세계 평균은 54.3퍼센트다. 2006년, 필자는 한국의 증권사에 최초의 외국인 사원으로 입사했다. 그 회사의 본사에서 일하는 유일한 외국인이었다. 그리고 나는 그 회사의 회장이 "나는 다니엘이 좋아, 하지만 아직 믿음이 가지 않는단 말이야. 외국인이잖아"라고 말했다는 것을 몇 차례나 전해 들었다.

한국에서 뜻을 펼치고자 하는 외국인 사업가들에게 이것은 경각심을 불러일으키는 소리처럼 들릴 것이다. 그러나 충분히 노력하기만 한다면, 잠재적인 사업 동료와 '우리'의 느낌을 형성하는 일은 분명히 가능하다. 그렇게만 된다면 그때부터는 온갖 특별 대우를 받으며 그 사람과 연계된 다른 이들을 소개받는 등 내부자로서 혜택을 볼 수 있다. 여기서 핵심은 콧대 높은 경영자가 아니라 친구처럼 다가가야 한다는데 있다. 한국인과 외국인을 모두 상대해온 25년차 한국인 사업가는이런 식으로 설명했다. 친교는 결정적인 것이며 때로는 "사업 그 자체보다 중요한 것"이다. 그러니까 "몇 살이세요?"나 "종교가 어떻게 되세요?" 같은 질문을 들었을 때, 기꺼이 정직하게 대답해야 한다. 그러한 모습은 곧 당신이 상대방과 서로 알아갈 준비가 되어 있음을 보여주는 것이기 때문이다.

잠재적 사업 파트너와 빠르게 서로를 알아가고 믿음을 쌓아가는 과정에서 알코올이라는 이름의 인간관계 촉진제가 필요할 수도 있다. "마시고 죽자"를 외치는 술자리에서 계약을 마무리짓는 일이 종종 벌어진다는 점은, 한국에 사업차 방문한 이들을 자주 놀라게 한다. 물론 말짱한 맨정신으로 계약서를 샅샅이 살피는 일 또한 필요하겠지만, 한국에서 사업을 할 때는 주량이 세면 유리하다. 최대 효과를 얻기 위해 폭탄주가 투하될 수도 있다. 폭탄주는 맥주와 소주, 혹은 맥주와 위스키를섞어서 만든다. 술자리에 끼지 않는다고 해서 사업이 망하는 건 아니지만, 신뢰 형성 과정을 늦추는 것만큼은 확실하다. 술자리의 목적은 술에취해 드러나게 되는 타인의 본성을 확인하는 것이다. 한국 사업가들은

"포도주 속에 진리가 있다_in vino veritas_"는 라틴어 격언을 진심으로 믿는 경향이 있다.

끈끈한 관계를 형성하기 위해서는 구체적인 희생을 감수하는 게 중요하다. 바로 이런 이유 때문에 술자리가 벌어지면 한번씩 '쏴야' 한다고, 서울에서 20여 년간 컨설팅 회사 IRC를 운영하고 있는 피터 언더우드는 말한다. 모든 거래가 항상 이익을 남겨주는 것은 아니다. 언더우드는 미국 자동차 부품을 파는 사업가가 한국에 와서 "나는 이익을 보지 않는 한 아무것도 하지 않는다"라는 원칙을 고수했다는 이야기를 들려주었다. 이는 영국이나 미국에서는 전혀 이상할 게 없는 합리적인 발언이다. 그러나 언더우드는, 이 사업가가 그런 자세를 버리고 이렇게 접근했어야 한다고 말한다. "이게 100짜리인데, 90에 팔라고? 그래, 이번에는 그렇게 하지만 다음에는 110을 요구할 거야." 일단 서로 주고받는 관계를 형성하면, 상호 이익에 기반한 장기적 관계가 수립된다. 이번 거래에서는 조금 손해를 보겠지만, 다음부터는 더 나은 가격을 제공받을 수 있으며, 때로는 하위 입찰을 하는 경쟁자도 물리칠 수 있는 것이다.

재벌들이 박정희 대통령과 맺었던 관계를 보면, 이처럼 주고받는 문화가 어떻게 작동하는지 잘 알 수 있다. 재벌들은 때때로 손해가 뻔히 예상되는 가격으로 박정희가 말한 도로, 교량, 병원, 그 외 사회기반시설을 건설했다. 장기적으로 보면 박정희가 그 손실을 보상해줄 것이므로, 믿고 그렇게 일한 것이다. 박정희 시대가 시작되기 전부터 이미 그런 사례가 있었다. 현대의 정주영은 순손실을 입지 않고 그냥 포기할 수도 있었지만 7천만 환의 적자를 감수해가며 낙동강 고령교 공사를 완수했다. 계약된 공사비 총액이 5천4백만 환이었다. 정부에서 하나를 받으면, 공사와 관련된 제반 비용으로 두세 배가 나가는 상황이었다. 일을 끝내도 손실을 본다는 걸 깨달았지만, 정주영은 회사의 부도를 무릅쓰고서라도 다리 건설을 끝내야 한다고 강조했다. 왜냐하면 약속을 지키면 장기적인 신뢰관계를 구축할 수 있으리라는 확신이 있었기 때문이다. 훗날 그가 자서전에서 말한 바와 같이, 결과적으로 "내무부는 현대건설이 막대한 적자를 감수하면서 고령교 복구공사를 성실하게 마무리 지어준 것을 높이 평가하고 정부가 발주하는 공사에서 특전을 부여했다".

예의, 환대, 선물

다른 여러 가지 예의와 마찬가지로, 체면은 한국 문화에서 대단히 중요하다. 따라서 사업을 하고자 하는 이는 잠재적 사업 파트너에게 관심을 기울이고 존중하는 마음을 표해야 한다. 어떤 제안에 대해 직접적으로 "아니요"라고 말하는 것은 절대 권장할 만한 행동이 아니다. 일본에서 하는 수준으로까지 복잡하게 대답할 필요는 없지만, 아무튼 단순 무식하게 거절 의사를 표하는 것은 무례한 일이다. "그건 좀 어려울 수도 있습니다" 정도의 표현이 적절하며, 그래야 사회적 갈등을 덜 일으킨다. 이러한 기본적 예절에 익숙해지는 것은, 상대방을 환대하고 선물을 교환하는 것의 중요성을 깨닫는 것만큼이나 중요하다. 한국에서 사업을 하고자 하는 사람이라면 꼭 이런 예절을 익힐 것을 추천한다.

한국인, 그리고 한국에서 생활하는 외국인 사업가들에게 제2의 본성이 되었다고 할 수 있을 중요한 사업 예절이 존재하는데, 그것은 바로 명함을 주고받는 것이다. 이것이 외부자들에게는 낯설게 느껴질 수도 있다. 명함은 대단히 중요한 물건이며 적절한 예의를 갖추어 주고받아야 한다. 명함을 교환할 때는 상대방에게 건넬 때도 두 손으로 주고, 받을 때도 두 손으로 받아야 한다. 방금 받은 명함을 찬찬히 살펴본 후 만족스럽다는 표정으로 고개를 끄덕거려야 한다. 명함을 한 손으로 받아서 대충 훑어보고 그냥 주머니에 넣어버리는 것은 무례한 행동으로 받아들여질 수 있다.

명함은 대부분 양면 인쇄가 되어 있다. 한쪽에는 한국어로, 반대쪽에는 영어로 말이다. 한국식 이름을 기억하는 것은 한국인이 아닌 다음에야 불가능하다고 믿기 때문에, 수많은 한국인은 명함에 국제 비즈니스를 위한 영어식 별명을 써놓는다. 그러므로 상대방이 건넨 명함의 뒷면에는, 가령 "존John 정원 김, 부장" 같은 내용이 쓰여 있다(영어식으로 성보다 이름을 먼저 써놓는다는 사실에 주목할 것). 한국에서 처음 만난 사람을 부를 때 성을 빼놓고 이름으로만 부르는 것은 상상하기 어려운 일이다. 하지만 영어 식 별명은 좀더 편하게 사용할 수 있다. 그러므로 상황에 따라, "하이, 존"이라고 하는 것은 가능하지만, "하이, 정원"이라고 해서는 안 된다.

한 가지 더 말하면, 누군가의 호칭을 정확히 한국어로 발음해주는 외국인 사업가는 좋은 인상을 심어줄 수 있다. 상대방의 성과 직함, 그 뒤에 존경의 뜻을 나타내는 접미사 '님'을 붙이면 된다. 한국 기업에서 한 부서를 총괄하는 사람은 '부장'이라고 불린다. 그러므로 "존 정원 김, 부장"은 "김부장님"이 되어야 하는 것이다. 외국인을 위한 별명은 초심자용으로는 쓸모가 있겠으나, 궁극적으로는 별명에 지나지 않는다는 것을 잊지 말아야 한다. 누군가가 한 사람의 진짜 이름을 모르고 있다면, 어쨌건 두 사람 사이에는 어느 정도 거리가 생길 수밖에 없다.

알코올이 흐르는 자리에서도 두 손의 법칙은 여전히 적용된다. 자기 술을 자기 손으로 따라 마셔서는 안 된다. 대신 자신의 잔을 두 손으로 받아들고 다른 사람이 (두 손으로) 따라주도록 해야 한다. 그리고 그 호의에 답하는 의미에서 이번에는 상대방에게 같은 방식으로 술을 따라주면 된다. 김부장님이 "원샷?"이라고 묻는다면 그것은 "이 잔을 단번에 비우는 게 어떻겠습니까?"라는 뜻이다. 정중하게 거절할 수도 있겠지만, '일단 믿고 보는' 태도로 폭탄주를 원샷한다면 두 사람의 관계는 좋은 지점에서 출발하게 된다.

두 사람이 아니라 두 집단이 만나는 경우, 유교에서 파생된 수직적 관계가 적용되기 시작한다. 각 집단의 우두머리를 향한 경청 분위기가 형성되며, 대화의 초점이 자연스럽게 양쪽 진영에서 가장 높은 사람에게 쏠린다. 술을 마시는 과정에서 이 두 사람은 가장 먼저 술잔을 부딪친 후 보다 밝고 건설적인 미래에 대한 희망 등을 담아 몇 마디 던질 수도 있다. 그 자리에서 보조적인 역할을 맡고 있다면, 두 명의 우두머리가 말하기 전까지 말하지 말아야 하고, 그들이 술을 마시기 전까지 마시지 않는 것이 바람직하다. 요즘은 비교적 덜하지만, 전통적으로 나이가 어리거나 직급이 낮은 사람들은 술을 들이켤 때 고개를 돌려야 하고, 잔을 부딪칠 때에는 자신보다 높은 사람의 잔보다 낮은 위치에서 건배를 하는 것도 술자리 예의의 일부였다.

한국에서의 '술자리 업무'는 손님에게 환대를 베푸는 전통과 밀접한 관련이 있다. "손님이 오면 미국인들은 가장 좋은 위스키를 감춰놓지만, 한국인들은 손님을 기다리며 그것을 아껴둔다"고 피터 언더우드는 농담을 던졌다. 한국에 출장 온 사람은, 일단 훌륭한 식당에서 식사를 하고, 그다음에는 고급 술집에서 비싼 위스키를 대접받는다. 물론 나중에는 그 위스키를 맥주에 섞어서 원샷할 수도 있지만 말이다. 만약 접대받는 사람이 남성이라면, 그다음 차례는 룸살롱이 될 수도 있다.

룸살롱은 여성 접대부가 나오는 술집이다. 손님들은 계단을 내려가, 큰 탁자와 노래방 기계, 과일이 놓여 있는 접시, 비싼 위스키(한국은 세계에서 여섯번째로 위스키를 많이 수입하는 나라다)가 놓여 있는 방으로 인도된다. 술을 따르는 접대부는 20대 여성들인데, 그중 가장 잘나가는 사람은 그 술자리에 있는 몇몇 남성들보다 돈을 더 많이 벌기도 한다. 룸살롱은 성매매를 위한 공간이 아니지만, 거기 나오는 여성들이 성매매를 하는 일이 없지는 않다. 장차 사업을 함께할 사람에게 이런 형태의 서비스를 제공하면서 거래를 하는 경우가 적지 않다. 재벌 회사에서는 룸살롱, 음주, 그 외 형태의 접대에 적잖은 예산을 할애하며, 그런 일을 전담하는 직원을 두기도 한다. 기업에서 여성의 역할이 늘어감에 따라 이런 문화는 언젠가 사라질 것이다. 그러나 아직까지는 접대가 한국 기업 문화에서 중요한 역할을 하고 있다.

룸살롱 호스티스로 일하는 최미정(가명)은 이렇게 말했다. "손님에는 네 부류가 있다. 여자를 만지고 싶어하는 사람, 여자와 이야기하고 싶어하는 사람, 노래하고 싶어하는 사람, 그냥 친구들이랑 술 마시고 싶어하는 사람." 룸살롱은 대화 상대가 되어줄 (그리고 손님이 하는 말이라면 무슨 말이든 관심을 기울여 들어주는 척할 수 있는) 예쁜 여자들과 노래방 기계와 막대한 양의 위스키를 제공한다. "룸살롱에는 남자가 원하는 게 전부 다 있다. 그래서 비즈니스 파트너를 여기로 데려오는 것 아니겠나." 최씨의 말이다. 룸살롱은 남자들이 왕이 된 것 같은 기분을 느끼게 해주는, 환대의 한 형식인 것이다.

거래처의 재원이 허락하는 경우, 한국식 환대는 공항에 내리는 순간부터 시작될 수 있다. 공항에 내리자마자 리무진으로 픽업해서 한국의 주요 관광지를 둘러보는 식으로 말이다. 여기서 외국인 사업가가 반드시 기억하고 유념해야 할 것은 거래관계에서는 주고받는 게 중요하다는 점이다. 따라서 한국 파트너가 자국에 방문할 경우, 비슷한 수준의 환대를 제공해야 한다. 결국 상대방에게 얼마나 구체적으로 존경을 표현하고 신경을 써주느냐의 문제다.

선물을 주고받을 때도 마찬가지다. 한국 기업에서는 주요 명절인 추석과 설날 두 차례에 걸쳐 거래처, 고객, 투자자 등에게 선물을 보낸다. 이런 선물은 특별히 비싼 것은 아니고, 상자에 포장된 식품인 경우가 대부분이다. 여기서 중요한 것은, 우리 기업이 선물을 받는 사람을 신경쓰고 있다는 신호를 보낸다는 것 자체다. 한국인이 아닌 사람이 한국 명절에 선물을 보낸다는 것은 쉽게 떠올리기 힘든 발상이지만, 바로 그 점에 입각해 한국을 이해하는 보기 드문 서양 사람이 될 수 있는 기회를 잡아보는 것도 괜찮을 것이다. 추석과 설날의 날짜는 매년 바뀌므로, 정확한 날짜를 확인해야 함은 물론이다.

장차 함께 일하게 될 상대를 직접 대면할 때는, 좀더 개인적 취향에 맞는 선물을 하는 것이 바람직하다. 그와 당신의 연결고리가 되어줄 만한 선물이 가장 좋다. 예컨대 뉴욕에서 온 외국인이 한국의 야구 팬을 만난다면, 뉴욕 양키스 기념품을 주는 것도 괜찮은 선택이 될 것이다. 비록 당신과 그 사이에는 문화적 차이가 있지만, 그럼에도 불구하고 두 사람 사이에 공유될 만한 것을 찾아내 이를 강조하는 선물을 하는 것은 그냥 비싼 것을 선물하는 것보다 훨씬 더 좋은 효과를 발휘할 것이다.

목숨만큼 소중한 평판

한국의 사업가들은 평판을 몹시 신경쓰기 때문에, 체면을 유지하는 일의 중요성은 아무리 강조해도 지나치지 않다. 한국에서는 자신의 이미지가 망가질 것 같은 사건이 발생했을 때 기업의 사장이 자살하는 일이 놀라우리만큼 자주 벌어진다. 2011년과 2012년, 저축은행의 금품 수수 및 불법 대출 정황이 포착되자 은행 간부들이 연이어 자살했다. 한국 기업은 기업의 평판에 해가 되는 비판에 공격적으로 대응한다. 2009년, 저술가 마이클 브린은 삼성의 부패 스캔들을 거론하며 풍자적인 칼럼을 썼다. 그러자 삼성은, 그가 말한 내용 중 진실이 아닌 것은 아무것도 없었음에도 불구하고, 미화 1백만 달러 규모의 소송을 제기했다. 타당한 비판에 대해서조차 명예훼손 소송을 걸 수 있는 한국이어서 가능한 일이었다. 소송 과정에서 제출된 서류를 보면, 마이클 브린의 칼럼에서 특정 단어가 "조롱하는 어조"로 사용되었다고 지적하고 있다. 나중에 삼성은 소송을 취하했는데, 아마도 그런 소송을 계속하는 것이야말로 부정적인 평판을 불러온다는 것을 깨달았기 때문이었을 것이다.

대우그룹 창업자 김우중이 한 유명한 말이 있다. "사람이 잃어버려서는 안 되는 것들이 많이 있지만 그중에서 으뜸가는 것은 이름, 즉 명예다. 목숨을 잃어버리는 것이 개인적인 죽음이라면, 명예를 잃어버리는 것은 사회적으로 죽는 것과 다름없다." 명예의 중요성을 김우중보다 잘 아는 사람이 또 있었을까 싶다. 대우가 파산한 직후인 1999년, 김우중은 분식회계 등의 혐의로 수감되었으며 미화 220억 달러 상당의 추징금 선고 판결을 받았다.

명예란 이토록 중요한 것이므로, 거래 상대방인 한국 기업이나 그곳 직원을 동료들 앞에서 비판할 일이 있으면 대단히 신중하게 생각해야 한다. 일단 개인적으로 만나서 이야기해보고, 다른 선택의 여지가 없을 때 마지막 극약처방으로 공개적인 비판을 개진해야 하는 것이다. 공개적인 장소에서 내뱉는 거친 말은 어떠한 종류의 관계에든 치명적인 영향을 미친다.

한국 기업들이 평판을 중요하게 생각해서 좋은 점은, 대체로 실패에 대한 책임을 잘 인정하고 그것을 바로잡기 위해 모든 방면의 노력을 기울인다는 것이다. 피터 언더우드는 이렇게 말했다. "한국 기업들은 돈을 받지 않고 그냥 문제를 해결해준다. 새로 출시된 차량 중 오직 세 대에 문제가 있었을 뿐인데 현대자동차는 2만 7천 대를 리콜 조치했다." 만약 한국 기업이 어떤 프로젝트를 언제까지 끝내기로 약속했다면, 정말로 그 일이 그때 끝나거나 심지어 더 빨리 마무리될 거라고 믿어도 좋다.

한국의 소비자들도 같은 방식의 대접을 받는다. 한국 기업들은 이미지에 크게 신경을 쓰기 때문에, 대부분 나무랄 데 없는 사후 관리를 제공한다. 어떤 물건을 샀는데 제대로 작동하지 않아 서비스 센터에 들고 가면, 제품 전체를 살펴봐줄 사람이 몇 분 내로 나타나 문제를 해결해주고 고객들을 돌려보낼 것이다. 별도의 요금이 부과되지 않는 것은 물론이거니와 음료수나 주전부리가 제공되는 경우도 있다. 영국에서라면 이와 달리, 몇 주를 기다려야 할뿐더러, 수리에 들어가는 노동력, 부품, 서비스 요금은 말할 것도 없고, 세금까지 전부 소비자가 떠안아야 한다.

빠르고 믿음직한 서비스는 한국인 제2의 천성이 되었다. 피터 언더우드는 한국계 미국인 친구가 겪은 이야기를 들려주었다. 그 친구는 성북동(서울 북부에 위치한, 매력적이고 유서 깊은 부촌)에 있는 업체에 전화해 가스를 배달해달라고 연락했다. 그러자 업체에서는 가스가 한 시간 안에 배달될 거라고 했다. 친구는 그렇게 빨리 배달해주겠다는 말에 깜짝 놀란 나머지 엉겁결에 "한 시간이라고요! 정말입니까?"라고 말해버렸다. 그러자 전화를 받은 사람은 상대편이 화가 난 줄로 오해하고, "네, 네, 십분 후에 보냅니다!"라고 대답했다는 것이다. 십분 안에 가스통을 실은 트럭이 도착했음은 물론이다.

한국 소비자들은 훌륭한 서비스에 너무도 익숙해져 있어, 훌륭한 대접을 못 받았다고 생각하면 목청을 높여 따지기도 한다. 애플은 2011년 한국에서 블로거와 언론의 호된 질타를 당했다. 왜냐하면 그 미국 기업은 고장난 아이폰을 새것이 아니라 '리퍼비시(재정비)' 제품과 교환해주는 정책을 세워놓았기 때문이다. 심지어 한국의 공정거래위원회조차 발벗고 나서서 이 정책을 바꾸라고 애플에 압력을 넣었다. 한국의 휴대전화 제조업체라면, 핸드폰을 완전히 새것으로 교체해주는 것 말고 다른 방법은 도저히 꿈도 꾸지 못했을 것이다.

때로는 원칙을 파괴하라

때에 따라서는 원칙을 파괴함으로써 한 걸음 더 나아갈 수도 있다. 한국에 거주하는 외국인 사업가들은 이 점을 잘 알고 있다. 한국인이 아니기 때문에, 사회적 관계에서 지켜야 하는 모든 시시콜콜한 규칙을 다 알 것이라고는 아무도 기대하지 않는다. 더군다나 외국인들에게는 사회적 관습을 어김으로써 실제로 이익을 볼 수 있는 기회가 드물게 제공되기도 한다.

한 젊은 미국인이 농담 삼아, 협력업체의 고위급 간부에게 이렇게 말했다. "마셔라!" 이것은 높은 사람에게 술을 권하는 방식으로는 격식을 갖추지 않은, 예의에 어긋난 말이었다. 만약 젊은 한국인이 그런 행동을 했다면 술자리는 한순간에 죽음과도 같은 정적에 빠져들었을 것이다. 하지만 그 고위급 간부는 폭발적인 웃음을 터뜨리며 술잔을 비워버렸다. 아마 그는 그 사람이 미국인이어서 한국어와 한국 문화를 잘 몰랐을 거라고, 더 좋은 표현을 몰라서 그랬을 거라고 여겼을 것이다. 그 이후로 그 미국인은 재미있는 친구이자 좋은 동료로 받아들여졌다.

물론 이와 같은 규칙 파괴는 위험성을 안고 있으며 모든 상황에서 추천할 만한 행동은 아니다. 하지만 이렇게 예외적인 일탈이 가능하다는 점에서 알 수 있듯, 한국의 기업 문화는 일부 외국인들이 생각하는 것처럼 경직되어 있거나 신성불가침한 것이 아니다. 한국 사업가들에 대한 선입견과 달리, 한국인은 서구 사업가들보다 실제로는 훨씬 더 개방적인 사고를 보여주기도 한다. 친밀한 관계 형성의 벽을 한번 뛰어넘고 나면, 한국인들은 훨씬 더 열린 마음으로 추가적인 자금을 제공하기도 하고, (물론 상대방도 나에게 보답으로 다른 사람들을 소개해줄 거란 믿음하에) 도움이 될 만한 사람을 소개해주기도 한다. 경제개발이 숨 가쁘게 이루어진 탓에 한국인들은 유럽이나 북미 사람들과 달리 새로운 아이디어를 낙관적으로 받아들인다. 이런 분위기는 특히 2010년대에 붐을 이룬 첨단기술 영역에서 더욱 뚜렷하게 나타난다. 한 20대 인터넷 기업 사장은 이렇게 말했다. "만일 좋은 아이디어가 떠올라 A4용지 한 장에 정리해 가져가면, 다음주에 계약을 하자고 달려들 투자자를 찾을 수 있을 겁니다."

보고 또 봐야 할 것

아주 간단하지만 기본적인 것들을 확인해보자. 한국에서 사업을 하고 싶다면 만, 억, 조 같은 단순한 단어들을 반드시 알아둬야 한다. 자릿수가 올라가는 단위가 다르기 때문에, 외국어를 아주 잘하는 한국인조차 큰 숫자를 옮기는 과정에서 때때로 실수를 하곤 한다. 한국어에 능숙한 외국인이더라도, 계약을 체결하기에 앞서 한국인 사업 파트너와 함께 종이에 적힌 0의 개수를 확인하는 과정이 반드시 필요하다.

피터 언더우드는, 한국에서 사업을 할 때 반드시 명심해야 할 점을 마지막으로 지적해주었다. 그의 지인 중 한 사람은 한국에 서양식 그늘막$_{gazebo}$과 정원 가구 시장이 형성되어 있지 않다는 걸 발견하고는 직접 그쪽 방면 사업에 뛰어들 생각을 했다. 이 샌님은 그날 이후 한국에 수출할 제품을 준비하느라 숨쉴 틈도 없었는데, 어느날 문득 자신의 실수를 발견했다. 대다수 한국인은 아파트에 산다는 현실이 바로 그것이었다. 교훈이 있다면? 제대로 공부해서, 한국시장을 파악할 것.

18 문중에서 핵가족으로

한국어 속담 "서울 가서 김서방 찾기"는 영어 속담 "건초 더미에서 바늘 찾기"와 같은 뜻이다. 실제로 한국인 중 21퍼센트가 김씨 성을 갖고 있다. 그다음으로는 이씨가 15퍼센트를 차지하고, 박씨도 9퍼센트나 된다. 하지만 한국에는 그냥 듣기만 해서는 알 수 없는 훨씬 다양한 성씨가 존재한다. 김씨는 개별적으로 다른 시조를 모시는 3백 개 이상의 종파로 이루어져 있다. 이러한 문중을 뜻하는 본관은 역사적으로 아주 중요한 의미를 지닌다. 자신이 어느 본관에 속하느냐를 말하는 것만으로도 조선시대에는 스스로의 위치를 어느 정도 설명할 수 있었다. 재력이 받쳐주는 집안은 돈을 써서라도 지체 높은 가문의 일원이 되고자 했다.

오늘날 한국에서 문중의 영향력은 매우 미약해졌다. 예전까지 본관을 통해 누릴 수 있었던 인맥과 안정성은 더이상 존재하지 않는다. 심지어 본관의 아래 단위인 가족에서조차, 예전과 같은 친밀함과 밀착성은 많이 약해진 상태다. 오늘날 한국은 핵가족 모델을 받아들였으며 확장된 대가족 개념으로부터 등을 돌린 상태다. 어떤 이들은 한국 가족이 '서구화'되었다고 하지만 이것은 사태를 너무 단순하게 해석하는 것이다. 한국에서는 핵가족의 형태도 다양하게 분화되고 있기 때문이다.

가문의 영광

옛날에는 아무나 성씨를 가질 수 없었다. 삼국시대만 해도 왕족과 귀족만이 성씨를 가질 수 있었다. 훗날 삼국을 통일한 신라에서는 오직 여섯 개의 성씨만이 유의미하게 발견되고 있다. 이, 최, 손, 정, 배, 설씨가 그것이다. 이 성씨는 유리왕이 신라의 수도인 경주 지방의 여섯 부족에게 하사한 것이다. 신라의 지배 계층과 그 후손들은 이렇게 해서 특별한 문중의 일원이 되는 영광과 특권을 만끽할 수 있었다. 다른 모든 사람들에게는 성씨가 존재하지 않았다.

신라시대가 끝나갈 무렵에는 대부분의 귀족이 국가에서 붙여준 성을 가지게 된다. 신라가 몰락하고 고려가 떠오르면서, 고려를 세운 태조 왕건은 자신의 충성스러운 신하들에게 성씨를 허락하는 정책을 펼친다. 한때 신라의 귀족이었던 김행은 왕건이 자신에게 새로운 성인 권權씨를 내리자 대단히 기뻐했다고 한다. 경상도의 안동 지방이 이 새로운 혈족에게 부여한 영지였고, 오늘날에도 안동 권씨의 후예들이 그 지방에 살고 있다.

성씨를 하사하는 문제에서, 왕건은 신라의 임금들보다 훨씬 개방적인 태도를 취했다. 그는 심지어 징벌적 차원에서 적들에게 돼지를 뜻하는 '돈', 소를 뜻하는 '우'씨를 붙이기도 했다. 거느리고 있는 정부 관료들에게는 각자 성씨를 골라잡고 본관을 창설할 것을 권하기도 했다. 이 관료들은, 가령 중국 철학자 노자의 성씨였던 이季처럼, 대체로 품위 있게 들리는 중국 성씨를 차용했다. 종합해보면 130개 이상의 한국 성씨가 중국에서 수입되었다. 귀화한 한국인이 자신의 문중을 여는 경우도 있었다. 가령 삼가三哥라는 위구르인은 고려에 귀화하여 덕수 장씨의 시조가 되었다. 퉁두란이라는 이름의 여진족은 이씨 성을 하사받아 청해 이씨의 시조가 되었다. 이 두 문중은 모두 14세기에 시작되었으며, 이들의 후손은 2000년 조사에 따르면 각각 2만 천여 명, 1만 4천여 명이다.

임금으로부터 성씨를 하사받거나 자신의 문중을 세우는 사람은 시조라고 불린다. 시조는 한 문중의 아버지다. 문중의 후손은 시조를 자신들의 왕처럼 생각한다. 시조에 대한 전설도 만들어진다. 전설에 따르면, 가령 황간 진씨의 시조인 진훤*은 호랑이의 젖을 먹고 컸다고 한다. 각 문중은 시조에서 비롯된 자식들의 이름이 모두 기록된 족보를 기록하고 계승한다. 현존하는 가장 오래된 족보는 안동 권씨의 것으로 1476년부터 작성되었다. 한 문중의 역사책인 족보는 후손들의 명단을

---

* 후백제를 세운 견훤의 다른 이름.

기록하며, 정부의 관료나 장군이 되는 것처럼 특기할 만한 업적은 보다 자세히 서술하기도 한다.

태조 왕건이 문중의 숫자를 대폭 늘려놓은 지 천 년도 더 흘렀지만, 아직도 한국 문중에서는 족보를 간직하고 문중의 역사를 기록한다. 그러나 본관이 시작되고 세대가 거듭되다 보면, 본관이 자연스럽게 나누어지는 일도 발생하기 마련이어서 그 밑에 다양한 파를 형성한다. 어떤 안동 권씨 사람은, 자신이 안동 권씨의 전체 열다섯 개 파 중 한 갈래, 거기에서 다시 열세 개로 나누어지는 지파에 속한다고 설명했다.

원래 성씨는 양반 문중에만 허용됐지만, 조선왕조를 거치면서 모든 이들이 성씨를 갖게 되었다(물론 일제 치하에서 모든 조선인이 성씨를 등록해야 했던 1909년 전까지만 해도 사람들이 필수적으로 성씨를 가질 필요는 없었지만 말이다). 평범한 사람들도 본관을 만들거나 이미 존재하는 본관에 가문을 입적시켰는데, 이것은 조상과 후손의 관계를 강조하는 성리학적인 동기와 더불어, 자신의 지위와 재산을 과시하기 위한 목적이 결합되어 벌어진 현상이었다. 세종대왕 재위 기간만 하더라도 이미 조선에는 250개의 성씨가 존재했다. 안동 권씨 같은 양반 가문은 양반 가문대로 이어졌고, 한편에서는 가난하고 평범한 이들의 성씨도 시작되었다. 예컨대 피씨는 가난한 이들의 성씨로 여겨진다.

또한 중간, 하위 계층의 신분 상승에 대한 욕망으로 '족보 매매'의 관행이 생겨났는데, 말하자면 마치 결혼한 것처럼 꾸미거나 해서 더 이름난 문중의 성씨를 쓸 수 있는 권리를 얻어내는 것이었다. 만약 성씨가 없던 사람이라면, 가난한 자들의 성씨인 피씨가 되는 것만으로도 신분 상승을 한 셈일 테지만, 피씨는 권씨가 되고 싶어할 것이며 그렇게 하면 모종의 실용적인 이득도 누릴 수 있었다. 조선시대에는 본관으로 사람을 판단하는 일을 당연하게 여겼기 때문이다. 가령 정부 고위직에서 일할 수 있는 기회는 사실상 지체 높은 문중 출신에게만 열려 있었다. "정부는 (비교적 낮은 문중에서 태어난) 사람들이 사회적으로 성공할 기회를 갖지 못하게 했고, 마치 죄인이라도 된 양 살아가도록 했다"고 조선시대를 연구하는 유수원 씨는 말했다. 훌륭한 문중에서 태어나야 훌륭한 인생을 살 수 있으니, 그런 행운을 갖고 태어나지 못한 이들이 '더 나은' 문중의 일원이 되고자 하는 것은 매우 자연스러운 일이었다.

족보 매매는 임진왜란 이후 특히 성행했다. 전쟁의 폭력과 파괴로 수많은 양반 문중이 재산을 잃고 몰락했으며 그 결과 비교적 균등한 사회적 기회가 생겼다. 경제적인 활동을 제대로 하지 못하고 힘을 잃은 양반들은, 상업에 종사하던 중인들, 심지어는 미천한 천민 계급에 속하던 일부가 부를 축적해 치고 올라오는 것을 막을 수 없었다. 이처럼 복합적인 이유가 영향을 미쳐 양반들은 돈이나 그에 상응하는 대가를 받고 평민들을 자신의 족보에 올려주었던 것이다. 오늘날 누가 귀한 혈통이라고 의기양양하게 자랑하면 대체로 "그래, 그런데 그게 진짜 핏줄인지 누가 알겠어?"라는 대답이 돌아오는 이유가 바로 이 때문이다.

김해에서 온 김씨나 밀양에서 온 박씨 같은 몇몇 본관의 경우, 바로 이런 과정을 거쳐 그 구성원이 대폭 늘어났다. 가령 피씨처럼 '미천한' 성을 가진 평범한 사람들이, 김씨나 박씨같이 좀더 사회적으로 존중받는 성씨를 얻기 위해 달려들었던 것이다. 오늘날 한국에서 김해 김씨에 속하는 사람은 4백만 명이 넘는다. 그런데 이 한 가문이 사회 전체적으로 지나치게 큰 비중을 차지하면서 발생한 문제가 있다. 1997년까지, 한국에서는 같은 본관에 속하는 사람들끼리 결혼하는 것이 법적으로 허용되지 않았다. 동성동본끼리의 결혼을 막는 법은 1997년에 사라졌지만 그전까지 결혼을 법적으로 인정받지도, 보호받지도 못하는 상태로 함께 살아온 김해 김씨 부부는 대략 10만 쌍이 넘는 것으로 추산된 바 있다.

족보를 팔아서 가문의 구성원이 불어날수록 자연스레 구성원의 특별한 지위는 빛이 바래고 지위가 보장하던 혜택도 줄어들 수밖에 없다. 김해 김씨 같은 본관이 점점 커지면서, 얻을 수 있는 이득은 점점 줄어갔다. 하지만 적어도 19세기까지는 단결하며 위세를 떨치던 가문들이 존재했다. 1800년대, 비교적 작고 강하게 결속된 집단인 안동 김씨는, 1800년 왕위에 오른 순조부터 시작해, 이씨 가문의 왕들을 자신들의 꼭두각시로 삼으며 실질적으로 조선왕조를 지배했다. 이후 60여 년간 안동 김씨에 맞설 만한 유일한 상대로 떠오른 것이 풍양 조씨 가문이었고, 그들은 순조의 아들 효명세자가 풍양 조씨의 여식을 처로 들이면서 힘을 얻었다. 이 두 가문은 조선의 부와 권력을 두고 '세도정치'라 알려진 기간 동안 서로 각축전을 벌였다. 두 가문은 모두 조정의 재산을 축내고 사회를 불안정하게 만들어 1910년 한반도가 일본의 손에 떨어지게 되는 데 모종의 영향을 미쳤다.

현대판 왕족은 따로 있다

세도정치 기간 동안 안동 김씨와 풍양 조씨는 가문을 나라보다 더 중요시했는데, 이것은 한때 본관이 얼마나 중요했는지를 잘 보여준다. 특히 안동 권씨 같은 엘리트 가문의 구성원이라는 것은 대단한 자부심의 근원이 되었다. 하지만 오늘날 특정 가문의 구성원으로서 누리는 자부심은 사라져가고 있다. 특정 핏줄을 타고났다고 해서 누릴 수 있는 권세가 더는 존재하지 않기 때문이다. 이제는 내세울 만한 족보가 없는 사람도 누군가의 직장 상사뿐 아니라 이 나라의 대통령이 될 수 있다. 1950년대, 일제강점기와 한국전쟁으로 인해 사회가 균일해지면서, 한국은 아주 평등한 사회가 되었다. 1960년대부터는 완전히 새로운 상류층이 생겨나기 시작했는데, 그들은 가문의 이름으로 성공한 것이 아니었다.

오늘날 한국에서 가장 부유하고 권력 있는 집안은 거의 대부분 재벌 출신이다. 재벌 집안들은 20세기 중후반에 들어서야 가시화되기 시작했다. 그 정점에는 삼성그룹의 이건희 회장이 있다. 한국인들은 이건희를 왕처럼, 그의 가족을 왕족처럼 이야기하곤 한다. 한 한국 기자는 "대통령은 5년이면 끝이지만, 삼성의 힘은 영원하다"고 표현했다. 드라마에는 가난한 집안 출신의 예쁜 여자가 재벌 상속자와 결혼하는 이야기가 자주 등장하는데, 그것은 마치 여주인공이 왕자와 결혼하는 것처럼 묘사된다.

두번째로 큰 재벌 현대는 정주영이 만든 것이다. 정주영은 가난한 소작농 집안에서 태어났지만, 오늘날 그의 자손들은 삼성과 마찬가지로 한국 내에서 유사 왕족 같은 대우를 받는다. 반면 고종황제의 손자 이석(1941년생)은 1960년대 미군 부대에서 미군들을 대상으로 노래를 부르다, 미국으로 이민을 가서 주류상을 운영했다. 그는 1989년 한국으로 돌아왔지만 노숙인 신세가 되고 말았다. 이후 이석의 삶을 구제한 것은, 그에게 관광 홍보 업무를 맡긴 전주시였다. 현재 이씨 왕족 가문의 대표자 노릇을 하는 사람은 이원(1962년생)인데, 그는 일본이 대한제국을 식민지로 삼지 않았다면 왕이 되었을 이구의 아들로 입양된 사람이다. 오늘날 한국에서, 조상과 현재 사회적 지위의 연관성은 매우 적다.

나이 많은 사람들은 아직도 문중과 출신을 따지지만, 아마도 그들은 그런 걸 따지는 마지막 세대가 될 것이다. 오늘날 청년, 중년층이 문중을 생각하는 태도는 이전과 크게 달라졌기 때문이다. 안동 권씨의 후손인 권지훈(30대, 가명)씨의 말을 들어보면 그 변화를 추적할 수 있다. 권지훈씨의 아버지는 70세로, 아직도 안동 권씨에 대해 큰 자부심을 가지고 있으며 지훈씨와 여동생을 위해 안동 권씨의 위대함에 대한 책을 편찬하기도 했다. 책에는 조선시대 높은 관직에 올랐던 안동 권씨 선조들의 이야기가 자세히 쓰여 있다. 전통주의자인 아버지에게는, 자식이 조상님들의 위대한 업적을 깨닫고 그 맥을 이어가는 것이 무엇보다 중요한 일이다. 하지만 내가 문중의 중요성에 대해 어떻게 생각하느냐고 물었을 때, 그의 대답은 간단했다. "나는 그런 것 신경 안 쓴다."

정씨 성을 지닌 다른 30대 남자는 족보와 문중에 신경을 쓰는 것이 무의미하며, "그래 봤자 옛날처럼 무슨 혜택을 받을 수 있는 것도 하나

없는데 괜히 기대에 부응해야 한다는 부담감만 느끼게 된다"고 말했다. 그는 자녀들에게 문중의 중요성 같은 것은 절대 가르치지 않겠다고 선언했다. 이명박 대통령을 배출하기도 한 경주 이씨의 한 젊은 남자는 이렇게 말했다. "나는 내가 이씨라는 게 자랑스럽지만, 내가 다른 사람들보다 훨씬 보수적이긴 하겠지."

정약용과 같은 문중이라는, 또다른 정씨 성을 지닌 한 젊은 어머니의 말을 들어보자. "내가 어렸을 때, 치과의사 선생님이 있었는데 조용한 노인분이셨다. 그런데 내가 같은 정씨 집안이라는 걸 알고는 진료비를 깎아줬다. 그게 내가 정씨라는 이유로 인생에서 득 본 유일한 경험이다." 본관은 그의 삶에 별 의미가 없으며, 족보와 선조를 따지는건 "대부분 나이 드신 분들"이 상관하는 문제라고 그는 말했다.

전통적인 친족 구조

한국의 친족 구조에는 세 단계가 있는데, 그중 본관이 가장 큰 범주다. 고유한 시조 밑의 모든 후손이 같은 본관에 속한다. 이미 우리가 살펴봤듯이, 지체 높은 본관에 속한 사람에게는 전통적으로 높은 신분과 사회적 기회가 보장됐다. 하지만 본관은 그 규모가 너무 커서(가령 김해 김씨 같은 경우) 구성원 사이의 끈끈한 유대관계와 친밀감을 도모하기 어려웠다. 문중이 커지면서 자연스럽게 하위 범주가 생겼다.

본관 아래 단계에 있는 것이 '파'다. 본관에서 갈라진 하위 갈래인 파의 규모는 본관의 크기와 파의 숫자에 따라 아주 작을 수도, 클 수도 있다. 파는 대체로 선조의 무덤이나 고택, 특정한 촌락 등 지리적 요소에 깊은 뿌리를 두고 있는 경우가 많다. 종파 후손들을 위한 학교를 운영하는 경우도 있었고, 구성원의 필요에 따라 재정적 지원을 하기도 했다. 시간이 흘러 국가의 역할이 커지면서 문중의 종파가 이런 일을 할 필요성은 점점 줄어들었다. 종파에서는 5대 이상으로 올라가는 조상에 대한 제사를 공동으로 지내기도 한다.

그리고 큰집과 몇몇 작은집으로 구성된 '집안'이 있다. 큰집에는 남편과 아내, 자식들, 그리고 남편의 부모가 산다. 큰집의 남자는 집안의 맏형이다. 동생들은 부인과 아이들을 데리고 각자 작은집을 이룬다. 결혼해서 다른 집안의 부인이 된 여동생들은 시집간 집안 사람으로 간주된다. 전통적으로 여성은 결혼하고 나면 다른 집안 사람으로 여겨졌다.

본관과 마찬가지로, 파와 집안이란 개념 역시 오늘날 유효성을 상실해가고 있다. 남북 분단은 이러한 경향을 더욱 부추겼는데, 오늘날 서울에서는 한국전쟁 전후로 북에서 건너와 가족과 떨어져 살게 된 부모 세대를 어렵지 않게 만날 수 있다. 하지만 이러한 친족 기반의 연대가 흩어지게 된 가장 큰 이유는 도시화 때문일 것이다. 더군다나 파의 경우, 친족 구조는 개별적인 마을과 촌락에 뿌리를 내리고 있었기 때문에, 사람들이 서울로 대거 올라온 20세기 중후반부터 구성원들의 유대 관계가 더이상 유지되기 어려워졌다.

사람들의 생활상도 변했다. 오늘날 한국인들은 정말 바쁘게 살아간다. 한국은 OECD 회원국 중 최장의 노동시간을 자랑하며, 한 세대 전까지만 해도 집안일을 맡았던 여성들 또한 이제는 당당한 노동력의 일원이 되었다. 극심한 경쟁 속에서 어른들은 매일 밤늦게까지 격무에 시달리고, 아이들은 아이들대로 하루종일 숨돌릴 틈도 없이 공부해야 한다. 친척집에 들락거릴 여유가 있을 리 없다.

사촌처럼 가까운 사이도 이제는 결혼식이나 장례식, 설날과 추석 같은 명절에만 만나는 사이가 되었다. 추석과 설날에는 가족들이 모두 고향으로 돌아와 조상의 은덕에 감사하며 제사를 지내는 게 관례였다. 그런데 이제는 추석, 설날마저 위태로운 지경이다. 명절에도 서울에 남아 있는 사람들이 많아져서 명절에 문을 여는 식당과 술집도 점점 늘어나는 추세다. 명절에도 서울 시내 도로는 예전만큼 텅 비어 있지 않으며, 명절에 한국을 떠나 외국으로 가는 비행기 편수도 최근 들어 폭발적으로 늘고 있다. 2011년 추석, 인천국제공항을 통해 출국한 사람들은 50만 6천여 명으로, 이는 2010년에 비해 15.7퍼센트 증가한 것이다.

핵가족 시대

오늘날 한국인 중 83퍼센트는 도시에 살고 있다. 전통적인 가족 구조는 단순한 핵가족 구조로 대체되이기고 있다. 오직 4.8퍼센트만이 전통적인 큰집 형태로 3대가 함께 살아가고 있다. 나이 든 사람들은 대가족이 몰락하고, 부모와 한두 명의 자녀로 구성된 핵가족이 늘어가는 것을 한탄한다. 핵가족화는 사회적 단합의 약화, 정이 사라져가는 세태와 궤를 같이한다는 것이 그들의 생각이다. 논란의 여지가 있지만, 노인들은 핵가족화 때문에 가장 많은 손해를 보는 사람들이다. 정부

통계에 따르면, 1975년에서 1996년 사이, 노인으로만 이루어진 '노인 가구'의 숫자는 7퍼센트에서 53퍼센트로 크게 증가했다.

하지만 여기에 부정적인 면모만 있는 것은 아니다. 일례로, 여성의 지위가 극적으로 변화했다. 예전에 큰집에서 시부모를 모시는 며느리는 밥 짓고 빨래하고 애 키우는 것 말고도, 시어머니의 온갖 요구를 받아들여야만 했다. 하지만 이제는 추석과 설날, 1년에 딱 두 번만 시부모님 앞에서 착한 며느리 노릇을 하면 된다. 명절 때 휴가 가는 사람들은 그것조차 안 해도 된다. 한국 여성들이 완전한 평등을 누리고 있지는 못하지만, 어머니와 할머니 세대가 겪어온 세월에 비하면 상황이 꽤 나아졌다.

또한 핵가족의 증가는 시댁과의 관계, 친정과의 관계도 바꾸어놓았다. 전통적인 가족 구조에서 부인의 가족은 남편의 가족보다 덜 중요하게 취급되었다. 그러나 2011년 조사에 따르면 오늘날 중학생과 고등학생은 친가보다 외가 쪽 친척을 더 가깝게 느낀다. 한 기혼 여성의 사례를 보자. 그는 친정이 있는 잠실 근처에 살고 있어서 남편은 물론 아이들도 친할머니, 친할아버지보다 외가 쪽 조부모를 만날 일이 훨씬 많다. 이 같은 상황에서, 그녀는 시부모의 "마음이 상할까봐" 걱정스럽다고 털어놓았다. 2004년 조사에 따르면 20대 남성 중 47퍼센트는 처가살이를 해도 괜찮다고 응답했다.

어떤 이들은 이러한 핵가족 모델을 서구화의 한 사례로 생각한다. 서구화는 한국에서 대단히 자주 쓰이는 단어로, 뭔가 차갑고 정이 부족하고 전통적인 가치와 상반되는 것에 대해 붙는 수식어다. 하지만 한국 가족이 오늘날 '서구화'되었다는 말은, 그것이 정확히 무엇을 의

미하건, 사태를 너무 단순하게 보는 것이다. 한국의 핵가족 구성원들은 서구에 비해 서로 훨씬 더 많이 의존한다. 서유럽이나 북미 지역에서와 달리, 한국에서는 다 큰 자녀들이 결혼하기 전까지 부모와 함께 산다. 부모는 자식들이 어느 학교를 다닐지, 대학은 어디로 갈지, 최종적으로 어떤 직업을 선택할지 일일이 개입한다. 부모들은 또 자녀의 결혼 상대에 대해서도 할 말이 많다. 젊은이 중 70퍼센트는 여전히 부모가 반대하는 결혼은 하지 않겠다고 한다.

20대, 30대가 부모에게 계속 경제적으로 의존하는 현상도 전형적이다. MBA나 박사후 과정 수업료, 전세금, 결혼 비용 등을 부모가 대신 내주는 것이 일반적이다. 2010년 지마켓 조사에 따르면 기혼한 여성 중 47퍼센트가 "자주 어머니와 쇼핑한다"고 응답했는데, 이는 경제적인 이유 때문이다. 그렇게 응답한 여성 대부분이 엄마와 장을 볼 때에는 지갑을 열지 않는다.

뜻밖의 소득

어떤 한국적 전통은 아직까지도 잘 유지되고 있다. 비종교인이고, 고학력자에 도시에서 근무하는 금융계 종사자 권지훈씨는, 한자의 뜻을 분석하고 거기 담긴 점성술적 원칙을 고려해 이름을 지어주는 작명소에서 아들의 이름을 골랐다. 그는 사실 무속신앙뿐 아니라 어떤 종류의 종교적 믿음도 딱히 갖고 있지 않지만, 작명소에서 이름을 짓는 데 30만 원을 지불하고도 후회하지 않는다. 전통적으로 이름은 아이의 운명에 영향을 미친다고 여겨지며, 아이의 생년월일, 즉 사주에 따라 점술적으로 적합한 한자를 고르는 것은 중요한 일이다. 권씨는 아버지의 뜻을 존중하는 차원에서, 아이 이름 중 첫 글자는 본관에서 전통적으로 사용하는 '돌림자'에 맞추었다. 그렇게 해서 고른 이름이 최종적으로 그와 부인의 마음에 들었음은 물론이다.

권씨와 아내의 눈앞에 50여 개의 이름이 펼쳐졌고, 역술인은 그것들을 하나씩 짚으며 엄중한 어조로 말했다. "이 이름을 고르면 아이의 수명이 짧아진다. 이 이름을 달면 인생에 사건이 많아 고달파진다." 최종 후보는 딱 두 개로 압축되었다. 이 넓은 세상에 오직 그 두 이름만이 모든 조건을 만족시켰다.

딸이었다면 이름 고르는 일이 그보다 덜 복잡했을 것이다. 권씨의 아버지는 딸보다 아들의 가치를 훨씬 높게 평가하는 세대에 속해, 만약 딸이었다면 아이의 이름을 권씨와 부인이 알아서 결정하게 했을 것이다. 이 또한 유교의 유산이다. 조선시대 자녀 교육은 아들을, 그중에서도 특히 장남을 출세시키는 데 집중돼 있었다. 딸에게는 기초적인 교육을 시켜주는 것마저 아까운 일이었다. 지난 60여 년간 한국에서 벌어진 변화로 인해 가족 생활에서 잃은 것도 있지만 얻은 것도 상당히 많다. 이제 부모들은 아들과 다름없이 딸을 아끼고 사랑한다.

19

아파트에 산다,
한옥을 생각한다

한국을 방문한 외국인들은 판에 박힌 듯한 아파트 숲이 부조화스러운 모습으로 서울을 비롯한 주요 도시를 온통 뒤덮고 있는 흉한 모습에 한마디씩 한다. 한국의 아파트는 크게 두 가지 이유 때문에 출현했다. 첫째, 한국은 수도에 나라 인구의 4분의 1이 밀집된 작고 산이 많은 나라로, 한때 인구가 폭발적으로 늘어나 사용 가능한 땅을 최대한 효율적으로 이용해야 했다. 둘째, 전후 경제개발과 도시화를 급격히 추진하는 과정에서 도시계획과 미적인 요소를 고려할 여유가 별로 없었다.

그러나 한국에는 여전히 전통적인 주거 공간의 유산이 남아 있다. 한옥이라 불리는 전통 한국식 주택이 그것이다. 2000년대가 시작되던 무렵만 해도, 한옥은 한국의 미래와 상관없는 과거의 유물로 여겨졌다. 심지어 어떤 사람들은 한옥이 시대에 뒤떨어졌으며, '촌스럽다'고 생각하기도 했다. 하지만 전통문화와의 접점을 찾아나서는 한국인이 증가하고 있다. 더 아름답고 지속가능하며 기능적인 면까지 고려한 것들로 일상을 채워나가려는 욕구가 증가한 가운데, 그동안 등돌리고 살았던 과거의 주택 양식을 현대화하는 데서 해답을 찾는 한국인들이 늘어나고 있다.

한옥과 풍수지리

한옥은 무엇일까? 현대식 창작 한옥을 만든 건축가 황두진에 따르면, 한옥은 거기 사는 사람들에게 알맞게끔 "오랜 세월 한국의 자연과 문화가 함께 작용해 만들어진" 가옥 유형이라고 할 수 있다. 나무, 진흙, 돌 같은 천연 소재로 짓기 때문에, 한옥의 구조는 지역에 따라 크게 차이가 난다. 추운 한반도의 북부 지역에는 폐쇄적인 정방형 구조가 발달한 반면, 남쪽에서는 일반적으로 개방적인 직각형 구조가 발달했다. 이상적인 한옥의 입지는 산을 등지고 강을 앞에 둔 형태로, 이러한 지형을 배산임수라고 한다.

집터 잡는 일의 중요성을 강조한 풍수지리는 도선이라는 승려에 의해 창시되었다. 지리라는 단어 자체는 단순히 지리적인 것을 뜻할 뿐이지만, 그 앞에 붙은 풍수는 서양인에게도 어느 정도 친숙한 단어일 것이다. 집 안의 가구와 사물을 기의 흐름에 따라 배치하는 중국의 기예인 '펑수이風水'와 같은 한자를 쓰는 말이기 때문이다. 도선국사의 풍수는 중국 풍수의 영향을 받았지만 거시적 차원에 초점을 맞추고 있다. 그는 집과 마을의 위치에 더 관심을 기울였고, 심지어 나라의 기운마저 산과 강 같은 지리적 요소에 영향을 받는다고 생각했다. 중국 풍수도 집의 위치를 따지지만 집 안에 배치하는 사물에도 중점을 둔다. 풍수지리의 영향력은 대단했는데, 심지어 고려왕조에 반란을 일으킨 운동에 영향을 주기도 했다. 1120년대 말부터 1130년대 초까지 묘청이라는 승려는 정부를 전복하고 평양을 수도로 하는 새로운 국가를 세우고자 했는데, 그 이유 중 하나는 고려의 왕궁이 있는 개성보다 평양이 풍수지리적으로 더 적합한 곳이라고 믿었기 때문이다.

한옥의 격자형 창문과 문에는 한지를 바른다. 한지는 닥나무로 만든 종이인데, 어느 정도 물을 튕겨내면서도 숨을 쉰다. 한지 덕분에 한옥에는 자연스럽게 빛이 들어오고 공기가 통한다. 한옥의 지붕인 처마는 적당히 구부러져 있는데 받아들여야 하는 빛과 열의 양에 따라 지역마다 그 길이가 다르다. 부유한 양반가의 한옥 지붕은 기와라는 점토 타일로 올렸지만, 가난한 사람들은 이엉을 엮어 올렸다. 양반들은 또한 높은 곳에 집을 짓는 것을 선호했다. 거기서 그들은 자신을 위해 일하는 농부들과, 그들이 사는 초라한 집들을 '발아래'로 '내려다볼' 수 있었다.

과거의 전형적인 한옥은 유교적 사회질서를 반영했다. 남자와 여자는 한집에서 각기 다른 방을 사용했다. 이는 각각 사랑채와 안채라고 불렸는데, 사랑채는 선비가 손님을 맞이하고 환담을 나누는 공간이었고 여성은 거의 안채에만 머물렀다. 사랑채와 안채의 구분 또한 지역적으

로 차이가 있다. 오늘날에도 보수적이기로 유명한 경상도에서는 사랑
채와 안채의 구분이 엄격했던 반면, 비교적 자유로운 전라도에서는 여
성이 사랑채에 친구들을 불러모아 사교 활동을 하는 일도 가능했다.

시대의 요구에 부응한 아파트

한국의 주거 형태는 20세기 들어 큰 변화를 겪었다. 일제강점기 초
반, 서울 신당동이나 장충동 등지에 아파트가 건설되었다. 이들 아파
트는 한국을 일본의 산업 전진 기지로 전환하고, 섬나라인 일본이 만
주와 그 너머를 지배하는 전초 단계로 삼기 위해 한국에 온 일본인 노
동자들의 숙소로 이용되었다. 이런 아파트는 주로 2층이나 3층 높이
에, 50에서 70가구 정도가 들어가는 규모였다. 훗날 일본인뿐 아니라
한국인을 대상으로도 임대해주는 건물들이 생겼는데, 가령 충정로의
유림도요타아파트(1932) 같은 것이 대표적이다.

1942년에는 혜화동에 최초로 한국인이 건설한 아파트가 등장했다.
그러다 박정희 시대에 급속도로 경제가 성장하면서 1960년대 초부터
본격적으로 아파트가 건설되기 시작했다. 1964년, 서울 마포 도화동에
마포아파트가 완공됐는데, 이는 오늘날 수많은 사람이 거주하는 아파
트와 비슷한 최초의 대형 주거 복합 건물이었다.

오늘날 한국 인구의 절반이 수도권에 살고 있다는 점에서 드러나듯
이, 서울의 인구가 폭증하면서 한옥은 점점 더 자생력을 잃어갔다. 서
울에 새로 유입된 사람들은 저렴한 주거 형태를 필요로 했고, 그 말은

곧 서로의 집 위에 집을 포개 짓는다는 것을 뜻했다. 당시 시대 분위기는 어떤 대가를 치르고서라도 경제성장을 이뤄야 한다는 것이어서, 미관상의 요소는 고려 대상이 될 수 없었다. 아파트는 최대한 빠르고 저렴하게 지어졌지만 디자인이 함께 부흥하지는 못했다. 도시계획의 정합성 역시 진지한 고려 대상이 아니었다. 주변 지역에 미칠 영향은 고려하지도 않고, 건물을 지을 수 있겠다 싶은 곳이면 건물이 지어졌다. 황두진의 말에 따르면, 사람들은 "그저 살 공간이 필요했"던 것이다.

황두진은 "나는 아파트에서 사는 것을 백 퍼센트 반대하지는 않는다. 우리에겐 그럴 만한 이유가 있었기 때문이다"라고 덧붙였다. 지난 50여 년간 한국이 거쳐온 수많은 변화에 일정한 부작용이 따랐듯이, 아파트가 주요 거주지로 등극한 점 또한 경제발전 단계에서 필연적인 측면이 있었다는 것이다. 한국의 아파트 붐은, 영국 북부 공업 도시 어딜 가나 끝없이 이어져 있는 테라스가 달린 2층짜리 집들이 오늘날에는 대단히 흉해 보이지만, 당시에는 이런 집들이 특정한 목적에 따라 만들어졌다는 점과 비교해볼 수 있다.

아파트는 또 아주 편리하다. 한옥은 아파트보다 난방이 어렵다는 것이 많은 이들의 지적이다. 또한 한옥을 관리하려면 많은 노력이 들지만, 아파트에 살면 창문 청소, 방범, 건물 수리 등에 더이상 책임을 질 필요가 없다. 한국인들은 아파트 단지 관리 사무소에 매달 관리비를 내고, 그 대가로 그 모든 것을 관리받는다. 1970년대의 평범한 사람들은 매주 51.6시간 일하면서 추가 시간으로 계산되지 않는 야근까지 했으니, 관리비를 내고 관리받는 것은 충분히 이해 가능한 일이다.

이러한 아파트 문화가 사람들을 소외시킨다고 보는 이들이 적지 않다. 사람들은 더이상 진정한 공동체를 형성하지 않고, 주거 공간이 각기 고립되면서 사람들을 자연과 이웃으로부터 단절시킨다는 것이다. 그러나 이와 반대로, 아파트가 낳는 소외는 산업화된 대도시에서 늘 발생하는 원자화의 단면일 뿐이며, 사람들은 사무실이나 공장에서 하루종일 일하고 돌아오기 때문에 그들이 가진 최소한의 여가 시간에 이웃과 지역 문화를 형성하고 즐길 만한 에너지와 노력을 기울일 수 없다는 비판이 가능하다.

한옥은 끝났는가?

예전에는 마을과 도시마다 한옥이 많이 있었지만, 1960년대 이후 산업화와 인구 증가로 대다수의 한옥이 철거되고 그 위에 아파트와 공장이 지어졌다. 한 통계에 따르면 전국적으로 백만 채가 넘던 한옥은, 2000년 들어 만 채도 남지 않았다고 한다. 사람들의 눈에는 한옥이 구태의연한 과거를 연상시키는 구시대의 유물로 보였고, 낡은 것이라면 무엇이건 환영받을 수 없었던 이 나라에서, 한옥은 사라져야 했던 것이다. 1980년대, 황두진 같은 건축학과 학생들이 한옥을 연구하기 시작했지만, 한옥을 지을 수 있을 거란 기대는 하지 않았다. 한옥은 특히 아파트와 비교했을 때 시대착오적이며 불편한 것으로 여겨졌다.

아파트는 한국의 표준 주거 공간이 되어갔다. 심지어 교외로 나가더라도 거대한 회색 콘크리트 건물들이 정연하게 단지별로 세워져 있는 걸 볼 수 있다. 이런 아파트 단지가 거주자들에게는 편리함을 선사하겠지만, 주변 환경과 조화를 이루지 못하는 것은 물론, 때로는 보기에 흉물스럽기까지 하다. 하지만 거대 건설사들은 주요 도시에 이처럼 야만스럽게 구조물을 지어나갔으며, 그들의 영향력을 바탕으로 아파트야말로 유일하게 선택 가능한 주거 대안이라는 식의 생각을 퍼뜨렸다.

그러나 미약하게나마 희망의 싹이 움트고 있다. 21세기가 시작되면서 한국 사회의 일부 구성원들이 천천히, 삶의 우선순위를 고속성장보다 삶의 질에 두기 시작한 것이다. 몇몇 지역에서 그런 움직임이 확인되고 있다. 예술과 공공미술에 대한 관심이 증대되고, 환경 문제에 대한 자각이 늘어나고, 문화 산업이 성장하고 있으며, 여가 시간을 요구하는 목소리가 커지는 등의 현상이 나타나고 있다. 한 걸음 더 나아가, 사람들은 이제 과거를 재발견하고 있다.

7장에서 언급했듯이, 한국인들은 역사를 돌이켜볼 때 수치심을 느끼기에, 뒤를 돌아보기보다는 앞으로 나아가는 편을 선호한다. 그러나 (경제적, 문화적 역량을 모두 갖춘) 엘리트 계층은 이제 역사적인 것들의 가치를 찾아나서고 있다. 이러한 관심은 다양한 방면에서 촉발되고 있다. 흘러간 대중가요, 한복, 전통 가구 등은 그중 일부에 불과하다. 한옥에 대해서도 마찬가지로, 옛것에 대한 향수가 생기면서 새롭게 한옥을 짓거나 옛 한옥을 보전하고자 하는 움직임이 생겨났다. 한때 한옥을 버리고 아파트로 옮겨갔던 바로 그 엘리트들이 이제는 정반대 방향의 트렌드를 선도하고 있는 것이다.

한옥은 에너지 문제나 지속 가능성 같은 21세기적 과제를 해결하는 데 많은 장점을 지니고 있다. 한옥은 나무나 돌 등을 기본적인 재료로 삼기 때문에, (1톤을 생산할 때마다 1톤의 이산화탄소, 몇 킬로그램의 아산

화질소, 그 외의 환경오염 물질을 배출하는) 시멘트보다 훨씬 환경 친화적이다. 길게 늘어진 한옥 처마는 오직 그 단순한 곡선만으로도 태양의 고도가 높은 여름에는 햇볕을 가려주는 그늘을 만들고, 태양이 낮게 뜨는 겨울에는 집 안으로 햇볕이 잘 들어오게 한다. 이 환경 친화적인 요소는 새로운 한옥 애호가들을 낳는 원동력이 되고 있다.

전통이냐, 혁신이냐

건축 비용, 실용성, 건물을 지을 수 있는 토지의 제한, 경제적 현실 등을 따져보면, 한국인 모두가 아파트에서 나와 한옥에 사는 것은 불가능하다. 하지만 '현대화된' 한옥에 대한 수요는 날로 증가하는 추세다. 땅값이 워낙 비싸기 때문에 현대화된 한옥을 짓는 것은 지금으로서는 부유층에게만 가능한 일이지만, 공동주택화된 한옥이나 한옥 복합단지를 기획하고 있는 사람들도 있으며 그 경우 비용 절감이 가능할 것이다. 황두진 건축가 또한 높은 인구밀도를 고려해 지하실을 포함해 여러 층으로 올린 한옥을 제안한 바 있다. 이런 한옥들은 전통적이되 좀더 대량생산이 가능한 재료로 지어질 것이다. 한옥 공동주택이나 복합단지 같은 아이디어는 모두 전통적인 주거 형태와 현대화된 도시 생활을 접목시킨 새로운 사고방식을 바탕으로 하고 있다. 하지만 이를 회의적으로 바라보는 이들도 없지 않다. 순수주의자들은 복층으로 짓는 한옥 같은 개념을 좋아하지 않으며, 그 외의 사람들은 현대식 한옥의 에너지 효율성을 문제삼는다.

일반적으로 현대식 한옥에는 아파트나 서구식 주거 공간에 있는 샤워 시설이나 환기 시설 같은 편리성이 가미된다. 어떤 이들은 심지어 콘크리트로 건물을 짓기도 한다. 이러한 혁신을 통해 과거에 한옥을 등졌던 이들을 다시 돌아오게 할 수는 있겠지만, 이것은 동시에 이른바 한옥 진보주의자 대 순수주의자의 갈등을 낳고 있다. 특히 서울의 오래된 한옥 밀집 지역인 북촌을 두고 이들의 견해는 둘로 나뉜다.

아름다운 낙엽수가 가득한 삼청동과 청와대를 인근에 두고 있는 북촌은 이런저런 역사적 부침을 거쳐왔다. 본디 양반들의 주거 지역이었던 북촌은 해방 이후 그다지 볼 것 없는, 다른 지역에 비해 부동산 시세가 저렴한 곳 정도로 여겨져왔다. 그러나 1999년, 정부는 한옥을 재개발하는 사람들에게 넉넉한 지원금을 주는 보호정책을 도입했다. 그로 인해 새로운 유형의 한옥 소유주들이 생겨나기 시작했다. 게다가 현대화된 한옥의 개발과 정부의 정책이 맞물려 북촌은 고급 주택단지로 빠르게 변모해갔다. 수많은 옛 한옥들이 리모델링되기보다는 그냥 헐려나갔고, 그 자리에는 크고 현대화되고 (정부 보조금도 받는) 슈퍼 한옥들이 들어섰다. 오늘날 북촌은 DSLR 카메라로 무장한 외지인 관광객들을 유혹하는 신흥 부촌이 되었다.

이 지역은 실질적으로 서울에서 아름답고 전통적인 형태의 한옥이 남아 있는 유일한 공간이므로, 여기 있는 한옥은 현대적인 양식과 뒤섞이지 않고 전통적인 방식으로 유지되어야 한다는 것이 북촌 순수주의자들의 주장이다. 이러한 시각을 강하게 고수하는 이들 중에는 한국인들이 한옥을 헐값에 팔아넘기던 시절에 한옥을 구입해 그 안에서의 삶을 고수하는 서양 사람들도 많다. 북촌의 순수성을 지지하는 사람들 사이에도 의견 차이가 있다. 이들은 순수주의자들의 의견을 지지하는 쪽과, 한국의 문화를 지키는 일이 외국인의 몫이 되어버렸다며 슬퍼하는 이들로 나뉜다. 한편 순수주의자가 아닌 사람들은, 순수주의자들이 현대적인 삶을 영위하기에는 지나치게 '불편한' 집들을 낭만화시켜서 바라보고 있다고 생각한다.

서울의 미래는?

한국 사회 또한 에너지 및 자원 소비를 줄여나가야 할 필요성을 받아들이는 가운데, 한번은 이런 논란이 벌어졌다. 황두진 건축가의 말에 따르면, "사람들이 하루에 출퇴근하는 데 두 시간씩 소비하며 온실가스를 배출하는 상황에서 환경 친화적 사회를 건설하는 것은 말이 안 된다". 서울은 인근 도시들을 블랙홀처럼 집어삼키는 초거대도시이며, 너무 많은 공간을 차지하고 있다. 이는 의심할 여지가 없다. 산업화가 시작된 이후 서울은 다른 지역에서 사람을 빨아들이고 그 경계를 넓히면서 주변 도시들을 영향권하에 포섭해나갔다. 서울은 하나의 도시를 넘어서는 서울 광역 도시권을 형성한 것이다.

거대한 아파트 건물들이 서울을 뒤덮고 있긴 하지만, 서울의 작은 건물들은 평균 2.5층에 지나지 않으며, 이것은 파리나 뉴욕의 경우보다 훨씬 낮다는 점을 지적할 필요가 있다. 가게들이 들어서는 상업용 건물은 대체로 저층 건물들이다. 파리에서 흔히 볼 수 있는, 1층에는 가게가 있고 중간층에는 사무실이 들어서며 꼭대기에 주거 공간이 있는 5~6층짜리 혼합형 건물이 늘어난다면 훨씬 많은 공간이 절약될 수 있다. 그렇게 절약된 공간은 거대한 아파트 단지의 수요를 줄이고, 도시화된 한옥과 공원 등을 지을 수 있는 여유를 만들어낼 것이다. 미래의 서울은 어쩌면 더 작고, 좀더 키가 크며, 푸른 도시가 될지도 모른다.

일부 사람들이 자각하고 있는 것처럼, 좀더 지리적으로 균형 잡힌 나라를 만들기 위해 다른 지역을 개발하는 것도 합리적인 선택이 될 것이다. 서울의 규모를 줄여나가기 위한 노력을 기울이지 않는다면, 한국은 마치 수만 제곱킬로미터의 도시와 그에 딸린 교외 지역으로 구성된 싱가포르 형태의 도시국가에, 부산과 몇몇 다른 도시들을 덧붙인 그런 나라가 될지도 모른다. 교육, 상업, 정치와 행정 등 모든 것이 지나치게 서울에 집중되어 있다. 영국에서 런던이 차지하는 위상에 비해, 한국에서 서울이 갖는 위상은 그 두 배가량이라고 할 수 있을 정도다. 이 불균형은 공간에 대한 과도한 경쟁을 낳고, 부동산 가격 상승을 유발하며, 통근 지옥과 교통정체를 유발해, 결국 생산성을 떨어뜨린다. 완전무장한 북한과 제일 가까운 지점이 서울까지 고작 마라톤 완주 코스 거리만큼 떨어져 있다는 것은, 대재앙이 벌어질 수 있는 약간의 가능성을 제공한다. 유의미한 지역균형개발을 성취하기 위해서는 엄청난 정치적 도전을 극복해야겠지만, 분명 도전해볼 만한 일일 것이다.

20

식탁 위의
사계절

해외에 나가면 모든 사람이 북한 얘기 아니면 개고기 얘기를 하고 싶어한다고, 한 국회의원이 필자에게 불만을 토로했다. 의심할 여지가 없을 정도로, 한국 음식은 한국만큼이나 잘못 알려져 있으며 제대로 평가받지 못하고 있다. 한반도는 작지만 한국 요리는 기대를 뛰어넘을 정도로 풍요로우며 강렬한, 때로는 자극적인 맛을 즐길 수 있는 이들은 한국의 대표 요리에 곧 중독되고 만다.

한국 음식은 매운맛으로 유명하지만, 매운맛만 강조하는 건 지나친 과장이다. 닭볶음탕(야채를 같이 넣어 요리한 일종의 치킨 수프)이나 김치찌개(김치 스튜) 같은 음식은 분명 매운 편에 속하지만, 전통적인 한국 음식에서 사용하는 매운 향신료는 오직 고추뿐이다. 한국 음식에서 더 중요한 것은 풍성한 발효 음식이다. 고추장, 된장, 간장이 없으면 한국 음식은 존재할 수가 없다. 이 세 가지 발효 양념은 고기, 생선, 야채 요리에 다양하게 활용된다. 마찬가지로 한국의 가장 유명한 대표 음식인 김치 또한 야채를 발효시킨 것이다. 발효시켜 음식을 보존하는 방식은 수천 년에 걸쳐 한국 요리법의 일부가 되어왔다. 그러므로 발효 음식은 거의 모든 식사에 딸려나오는 붙박이 음식인 밥과 더불어, 한국 음식 어디에서나 찾아볼 수 있다.

비밀은 발효에 있다

균형 잡힌 식단을 원칙으로 삼기 때문에, 한국의 밥상은 결코 한 가지 음식이나 한 가지 맛으로만 구성되는 일이 없다. 서로 조화를 이루는 다양한 음식을 먹은 후에야 제대로 된 식사를 했다고 말할 수 있다. 그러므로 한 끼 식사는 야채, 고기, 국 등 다양한 요리로 구성되는데, 각각의 음식은 양념, 소금 간, 차고 뜨거운 정도가 모두 다르다. 특히 한정식을 주문하면, 올라오는 반찬 가짓수가 두 배로 늘어난다.

식당 주인이자 음식 칼럼니스트이며, 요리책 저자이기도 한 전라도(음식을 가장 잘한다고 알려진 지역) 출신 한영용씨에 따르면, 식탁에는 "사계절이 다 들어 있어야 한다". 한국의 기후는 변화무쌍하다. 겨울은 춥고 건조하며, 여름은 덥고 습하다. 그 사이에 있는 봄, 가을 날씨는 따스하고 청명하다. 서울의 1월 평균 기온은 영하 0도를 오간다. 그러니 계절마다 먹을 수 있는 야채 또한 달라질 수밖에 없는데, 그렇다면 어떻게 균형 잡힌 식사를 할 것인가? 그 답은 발효에 있다. 시금치, 가지, 콩나물 등을 발효 음식으로 만들어 즐겨 섭취하곤 했다. 한영용 씨는 한국 건국 신화에도 발효 음식이 등장한다고 말했다. 웅녀는 동굴 속에서 환웅이 준 쑥과 마늘만 먹으며 기다린 끝에 여자가 되었다. 그리고 환웅과 결혼하여 한국의 시조라 여겨지는 단군을 낳은 것이다. 백 일이라는 긴 시간 동안 썩지 않았으니 그 마늘은 발효된 것일 테고, 따라서 발효를 거친 저장 음식이라는 개념 역시 단군 설화만큼 오래되었거나 그에 앞서는 것 아니겠냐고 한영용씨는 설명했다. 어쩌면 계절에 맞는 맛의 균형이란 이렇듯 필요가 낳은 전통에서 비롯된 것일지도 모르겠다.

김치 : 한국인의 평생 친구

한국 음식의 모든 염장식품 중 가장 유명한 것은 김치일 것이다. 이 야채 절임은 어쩌면 해외에 알려진 한국의 음식 중 가장 유명한 것일 수도 있다. 실로 김치는 그 자체로 한국의 별명과도 같으며, 그래서 상투적인 표현을 좋아하는 외부인들은 한국을 '김치 랜드'라고 부르기도 한다. 한국인 대다수는 밥상에 김치가 빠지면 뭔가 잘못된 것 같다고 여길 것이다. 만약 서울에서 길 가는 사람 열 명을 붙들고 "한국 사람이 '이것' 없이 살 수 없는 건 뭘까요?"라고 물어본다면, 아마 적어도 일곱 명 정도는 생각할 틈도 없이 "김치"라고 하지 않을까. 해외 출장을 가는 경영자들이 5성 호텔 식사에 실망할 경우를 대비해, 김치와 라면을 싸가는 일도 흔히 벌어진다.

가장 흔한 배추김치는, 붉은 고춧가루와 자극적인 향 덕분에 누구라도 바로 알아볼 수 있다. 하지만 배추김치는 김치라는 이름이 붙은 2백여 종의 야채 절임 중 한 가지에 지나지 않는다. 나박김치는 무와 배추를 고춧가루, 마늘, 양파와 함께 물에 넣어 발효시킨 것으로 그 맛이 아주 청량하다. 오이 소박이 김치는 오이를 양념에 버무려 하루나 이틀 정도 발효시킨 것이다. 다른 발효 식품과 마찬가지로, 김치 역시 "처음 먹을 때는 싫어하지만, 열 번 먹고 나면 영원히 사랑하게 되는" 음식이다. 부모들은 처음에 억지로 아이들에게 김치를 먹이지만, 아이들이 그 맛을 알고 나면 평생토록 김치를 사랑하게 된다. 심지어 한국에서는 피자 가게에서도 서양식 피클이 항상 따라나온다.

한국인이 아닌 사람들이 김치를 싫어한다고 할 때, 그 이유는 대부분 몇몇 유명한 김치에 들어가는 양념 때문인 경우가 많다. 정통 배추김치는 고춧가루에 버무린 채로 커다란 항아리에 담아 숙성시킨다. 다른 김치에도 비슷한 양념이 들어가는 경우가 많다. 하지만 좀더 가볍게 무쳐진 다른 종류의 김치도 있다. 예컨대 열무김치는 그 맛이 아주 순하고, 더운 여름날에 잘 어울린다.

장: 따로 또 같이

한국 음식에 들어가는 세 가지 발효 양념 중, 한국 음식의 유명한 매운맛에 가장 큰 기여를 하는 것은 고추장이다. 하지만 한국의 오랜 역사에 비춰볼 때 고추장은 비교적 근래의 발명품이라고 할 수 있다. 고추장에 들어가는 고추가 임진왜란 때 전래된 것이기 때문이다. 한영용 씨에 따르면, 고추를 널리 퍼뜨린 것은 노비들이었다고 한다. 가난한 사람들은 한국의 추운 겨울을 나기가 매우 힘들었기 때문에, 몸을 순간적으로 달아오르게 해주는 고추가 아주 유용했을 거라는 추측이다. 아무튼 새로 들어온 고추는 매력적이었고, 그래서 고추는 모든 사람이 농사를 지어 매일 먹는 작물이 되었다. 담배 또한 임진왜란 때 한국에 유입되었다. 서양 사람들이 한국에 발을 들이기 시작한 19세기 말, 한국 음식은 매웠고 대다수 사람들이 담배를 피우고 있었다.

고추장을 만드는 과정에서 사용되는 발효된 콩 반죽은 그 자체로도 중요한 식품이다. 이를 일컬어 된장이라고 하는데, 된장은 된장찌개처럼 사람들이 많이 먹는 음식의 주재료 노릇을 한다. 일본의 미소 된장국과 유사한 된장찌개는(한국 주방장들은 전자가 후자의 영향을 받았다고 주장한다), 밥과 함께 먹으면 한 끼 식사가 되고, 다른 음식과 함께 내놓았을 때는 좀더 다채로운 식탁을 구성하기도 한다. 미국 한인 타운 식당에서는 한국식 바비큐(즉 불고기나 기타 고기 요리)를 시키면 된장찌개가 함께 나온다. 필자를 포함해 많은 이들에게, 돼지나 소를 구워 먹을 때 김치와 된장찌개가 있느냐 없느냐는 심지어 고기의 맛을 좌우하는 요소이기도 하다.

마지막 발효 양념은 간장인데, 간장은 발효된 콩으로 만드는 일종의 콩 소스다. 간장은 야채와 당면을 곁들여 뭉근하게 끓여내는 닭 요리인 찜닭의 기본 맛을 구성한다. 간장은 된장을 만드는 것과 같은 과정을 통해 만들어진다. 일단 콩을 삶은 후 갈아서 네모꼴을 잡는데, 그것을 메주라고 한다. 메주는 일주일쯤 말린 후 항아리에 소금물과 함께 넣어 발효시킨다. 이렇게 하면 액체와 고체 잔여물이 나오는데, 전자가 간장이고 후자가 된장이다.

이 세 가지 양념과 고춧가루 말고도, 다양한 양념과 향신료가 한국 음식에 사용되고 있다. 참기름은 다양한 요리에 첨가되며, 구운 고기를 찍어먹는 용도로도 사용한다. 마늘은 다양한 김치에 공통적으로 들어가며, 국을 끓일 때도 필수적이다. 생강은 양념장을 만들 때 같이 넣고, 생강에 계피를 첨가하여 밥을 먹은 후 입안을 깔끔하게 해주는 음료인 수정과를 만들기도 한다. 설탕은 (가령 닭볶음탕처럼) 고추장을 기본으로 하는 요리에서 발견되곤 하는데, 매운맛을 다소 가라앉혀주며, 소금은 요리하는 과정에서 거의 다 들어가지만 한국식 식탁 위에는 각자 알아서 뿌려먹는 소금통이 비치되지 않는다.

고기 : 함께하고 싶다면 숯불 구이를

한국인이 아닌 사람들에게 가장 인기 있는 한국 음식은 갈비나 삼겹살 같은 고기 구이일 것이다. 고기를 굽기 알맞도록 식탁 한가운데 뚫린 구멍에 숯불이 올라가며, 고기를 구워 고추장과 된장을 섞은 쌈장과 함께 상추에 싸 먹는다. 좀더 포만감을 얻고 싶은 사람은, 어떤 한국 음식에건 따라오는 밥을 추가로 주문할 수 있다.

이렇게 고기를 먹을 때 가장 좋은 점은 모두가 함께하는 정서를 느낄 수 있다는 데 있다. 밥과 소스를 빼면, 모든 것이 테이블 한가운데에

놓인다. 고기, 된장찌개, 상추 등이 다양한 요리 및 김치와 함께 공유되는 것이다. 한국 사람이 아니라면 모든 사람이 같은 찌개에 숟가락을 담글 수 있다는 이야기를 듣고 비위가 상한 표정을 지을 것이다. 하지만 그 기분을 극복하고 나면, 한국인들의 공유하는 문화에 참여함으로써 더욱더 가까워지고 그로 인한 보상을 받을 수 있다.

놀랍게도 불고기 같은 한국의 고기 구이 요리는 외국의 영향을 크게 받은 것이다. 신라시대와 고려시대에는 불교가 사회 지배 이념이었고, 살생하지 말라는 불교의 가르침 때문에 육류의 소비가 줄어들었다. 그런데 북쪽에서 온 약탈 유목민들은 훨씬 피에 굶주린 입맛을 갖고 있었고, 그리하여 몽고의 침략 이후 고기 구이가 유행하기 시작했다. 고기나 야채 소를 밀가루 피에 싸서 만든 만두 역시 몽고의 침략으로 유입된 음식이다. 중앙아시아와 그 너머까지 발견되는, 만두와 대단히 유사한 만티manti는 오늘날 터키나 아르메니아 같은 지역에까지 퍼져 있는데, 이것은 칭기즈 칸의 영향력이 얼마나 멀리까지 뻗쳤는지 보여주는 사례라고 할 수 있다.

만두, 고기 구이, 고추 말고도 정치적 변천이 한국 음식 문화를 바꾼 사례는 더 많을 것이다. 한 사람의 통치자가 음식 문화 전체에 큰 영향을 미친 경우도 있다. 숙종과 한때 나인이었던 그의 후궁 사이에서 태어난 영조는 극단적일 정도로 거친 입맛의 소유자였다. 어머니의 비천한 출신을 기리기 위해, 영조는 끼니마다 세 가지 반찬으로 밥을 먹었고, 고기는 아주 드물게 입에 댔다. 왕이 반찬을 세 가지로 줄인 판에, 그보다 낮은 사람들이 더 잘 차려먹을 수는 없는 노릇이었으므로, 영조의 금욕적 성향은 국가 전체의 식단에 영향을 미쳤다고 볼 수 있다. 다행스럽게도 영조가 한국의 음식 문화에 미친 영향은 진작에 사라져버렸다.

해산물 : 바다로 둘러싸인 나라

3면이 바다로 둘러싸인 한국은 해산물 애호가의 천국이라고 할 수 있다. 점잔 빼는 사람이라면 산낙지를 먹어보려 하지 않겠지만, 그것 말고도 다양한 생선 요리가 있다. 가령 회, 서해안 드넓은 개펄에서 잡히는 게와 새우, 뱀장어, 구운 고등어 등은 누구라도 쉽게 즐길 수 있을 것이다. 특히 구운 고등어는 여의도 증권가 포장마차에서 하루의 피로를 소주 한잔으로 씻어내려는 이들에게 인기 있는 음식이다. 부산이나 속초 등 바닷가 도시의 수산물시장에 가면 가장 신선하고 품질 좋은 수산물을 확보할 수 있다. 그곳에서는 수조 속에 살아 있는 물고기를 직접 고를 수 있고, 그러면 아줌마가 그걸 잡아서 능숙하게 토막 내 머리를 잘라내고, 내장을 뺀 후 다듬어 포장해서 가방에 넣어준다. 이 모든 과정이, 운 나쁘게 걸려나온 물고기의 숨통이 채 끊어지기도 전에 완성된다.

이진호씨는 아직 20대지만, 아침 TV 프로그램에 출연하고 여러 잡지에 음식 칼럼을 쓰면서 유명해진 양식 요리사다. 그는 한국에서 맛볼 수 있는 수산물이 얼마나 다양한지 조목조목 설명해주었다. 해안가 마을인 울진을 방문했을 때, 그는 잡어를 한 마리 샀다. 그런데, "그게 맛있었다". 그는 흥분했다. "마치 아귀처럼 맛있더라."

전라도의 생선 발효 요리로, 강한 암모니아 냄새가 나는 홍어에 대해서까지 열성적인 태도로 달려들 수 있는 한국 관광객은 거의 없을 것이다. 딱 한 점 집어먹는 것만으로도 코, 입, 식도에 암모니아 냄새가 가득 차고, 눈물이 차오른다. 한국에서 맛볼 수 있는 다양한 음식 가운데 홍어가 가장 극단적이다. 어떤 사람은 이렇게 말할지도 모른다. "이걸 즐길 수 있다면 한국 여권을 만들어 드릴게요."

이 음식들도 먹어보라

닭고기 요리 또한 다양하게 준비되어 있다. 필자가 가장 좋아하는 것 중 하나가 닭갈비다. 닭갈비는 뜨거운 철판 위에서 익힌, 고추장 소스를 기본으로 한 닭 요리다. 양파, 양배추, 고구마 같은 야채도 요리에 같이 들어간다. 이것은 한국에서 맛볼 수 있는 수많은 치킨 캐서롤*식 요리 중 한 가지에 지나지 않는다. 닭의 배를 갈라 쌀과 인삼 등을 채워 넣은 후 요리해 통째로 대접하는 삼계탕은 한국을 소개하는 책에 자주 등장하는 요리다. 이 음식은 뜨겁게 나오는 것으로, 여름 더위가 한창인 복날에 먹으면 가장 좋다고 한다. 온천과 사우나를 좋아하는 것과 마찬가지 원리로, 한국인은 뜨거운 음식을 먹으며 땀을 흘려 열기를 배출하는 것을 좋아한다. 한국에 거주한 지 오래된 외국인이 아닌 다음에야, 뜨거운 삼계탕을 식혀 먹어가면서 한국인들이 "아, 시원해!"라고 말하는 걸 보노라면 혼란에 빠질 수밖에 없을 것이다.

---

* casserole. 오븐에 넣어서 천천히 익혀 만드는, 한국 음식의 찌개나 찜과 비슷한 요리.

한국에는 또한 부대찌개 같은 퓨전 요리가 존재한다. 부대는 '무장 병력'을 뜻하는데, 이 음식은 미군 부대 근처에 살던 사람들만이 풍족한 음식을 먹을 수 있었던 한국의 슬픈 과거가 낳은 산물이다. 부대찌개는 고추장이 중심이 되는 국물 요리지만 그 속에는 미군 부대에서 흘러나온 스팸이나 마카로니 등, 얼핏 보기에 조화롭지 않은 재료들이 들어간다. 이제 한국인들은 그런 이상한 조합의 음식을 먹어야 할 만큼 가난하지 않지만, 이미 그 맛을 알아버려서 이제 부대찌개는 즐겨 먹는 음식이 되었다. 사실 스팸은 서구에서는 싸구려 음식의 대명사이며 〈몬티 파이톤〉*에 등장해 더욱 조롱감이 되어버렸지만, 한국에서는 스팸을 잘 포장해서 명절에 친구나 친지에게 선물하기도 한다.

최고의 한국 음식 중 어떤 것들은 아무런 부담 없는 시장통에 가야 맛볼 수 있다. 떡과 어묵을 고추장 소스로 요리한 간단한 음식인 떡볶이를 파는 작은 포장마차와 노점이 전국에 깔려 있고, 그것이 한국 길거리 음식의 근간을 이룬다. 닭고기를 꼬치에 꿰어서 굽는 닭꼬치와 달콤한 시럽이 채워진 일종의 팬케이크인 호떡처럼 달콤한 군것질거리들은, 잠깐 허기를 달래려는 퇴근길 직장인들의 발길을 붙들어 긴 줄을 세워놓곤 한다. 김 안에 밥과 야채를 넣고 말아 만든 김밥 역시 한국인이 즐겨 찾는 간식거리다. 마음이 급한 사람이 빨리 배를 채울 수 있는 요깃거리라는 점에서, 손으로 말아주는 이 김밥은 샌드위치와 비교될 만한 음식이라 하겠다.

* 영국 시트콤인 〈몬티 파이톤Monty Python〉 시리즈 중 한 에피소드에서 등장인물들이 어떤 식당에 들어가는데, 그곳에서 주문하는 모든 메뉴에 스팸이 다양한 방식으로 끼워져 등장한다. 등장인물들은 원치 않는 스팸을 계속 받는 꼴이 되었고, 그 프로그램을 보고 영감을 받은 초창기 인터넷 사용자들은 본인의 의사와 상관없이 마구 쏟아져 들어오는 광고 이메일을 '스팸'이라고 부르기 시작했다.

비빔밥과 한국 음식의 이미지에 대하여

한영용씨에 따르면, 각기 다른 색을 띠는 다양한 야채와 밥, (역시 다양한 변주가 가능한) 고기를 한데 모아 고추장으로 양념을 하는 비빔밥이야말로 한국 음식의 모든 경험을 집약하는 것이라 할 수 있다. 재료들은 한 그릇 안에 가지런히 담기고, 비빔밥을 먹는 사람은 자신의 수저를 이용해 그것을 비빈다. 비빔밥은 양념, 야채, 밥이 고르게 들어 있기 때문에 한국 음식의 대표격으로 손색이 없으며, 그래서인지 한국에 들어오거나 나가는 비행기에서 기내식으로 가장 즐겨 선택되는 음식이기도 하다.

비빔밥은 대단히 맛있지만, 야채와 밥이 뒤섞인 그릇 속에는 한국 음식이 다른 아시아 나라, 가령 일본이나 태국 음식에 비해 세계적으로 덜 유명한 이유가 담겨 있는 것처럼 보이기도 한다. 재료들이 그릇 속에서 한번 뒤섞이고 나면, 비빔밥은 겉보기에 평범하고 그리 강렬한 인상을 주지 못하는 음식이 되어버리는 것이다. 이진호씨가 예로 들어 말했듯이, 일본 음식과 비교했을 때 한국 음식은 그리 우아한 것처럼 비치지 않는다. 이씨는 "우리는 음식을 상품으로 포장하는 법을 모른다"고 말했다. 그 결과, 정부가 숱한 노력을 기울이고 있을 뿐 아니라 뉴욕 타임스 같은 유명 신문에도 비빔밥 광고가 실리고 있지만, 한국 음식은 여전히 세계 요리의 틈새시장에 머물고 있는 것이다.

이진호씨의 말에 따르면 "'음식은 눈으로 먹는 예술'이라는 말은 한국에서 통하지 않는다". 한국의 된장찌개가 일본의 미소 된장국의 탄생에 영향을 준 음식이라고 해도, 일본인들의 탁월한 상차림 기술로 인해 미소 된장국은 전 세계적으로 유명한 음식이 된 것에 반해, 한국인이 아닌 사람 중 한국의 된장찌개를 아는 사람은 거의 없는 현실에 그는 좌절감을 느꼈다. "한국에는 제대로 된 접대 문화가 아직 없다. 종업원들은 그저 '뭐 드실래요?'라고 할 뿐이다. 미슐랭 가이드 점수의 50퍼센트가 서비스와 상차림에서 나온다는 것을 우리는 깨닫지 못하고 있는 것이다. 심지어 '서울'을 다루는 자갓Zagat 가이드에서조차, 상위 열 개 레스토랑 중 한국 음식을 다루는 곳은 없다." 그는 탄식했다.

이런 문제를 지적하는 한국인 요리사들이 최근 등장하고 있다. 에드워드 권은 그중 가장 유명한 사람일 것이다. 그는 서울, 두바이, 샌프란시스코의 호텔 레스토랑에서 경력을 쌓아왔다. 또한 그는 〈예스 셰프〉라는 TV 요리 쇼에도 출연하고 있는데, 그것은 미국에서 조지 W. 부시 전 대통령의 요리사였던 고든 램지가 출연해 큰 인기를 끈 프로그램 〈헬스 키친〉을 옮겨온 것이다. 에드워드 권은 자신의 음식이 한식 재료를 이용해 "세계적인 기술로 만들어진 미각적 기준"을 따르는 것이라며, "한국 음식의 세계화"에 기여하는 것이 목표라고 했다. 서비스와 상차림의 개념을 한 단계 높인 그의 식당은, 세계 각국에서 정부가 주도하는 수많은 홍보 프로그램들보다 한국 음식을 알리는 일에 더 크게 기여하고 있을 것이다.

의무감으로 적어보는 개고기 이야기

그렇다, 개고기는 한국의 전통적인 요리 중 하나다. 하지만 사실 한국만 개를 먹는 건 아니다. 논란의 여지가 있는 이 고기로 말할 것 같으면 중국, 베트남, 필리핀 등 다른 아시아 국가에서도 식용으로 사용한다. 이 모든 국가는 개고기를 요리해서 먹어온 오랜 역사를 지니고 있으며, 먹기 위해 키우는 개와 반려동물로 기르는 개는 완전히 다른 대접을 받는다.

한국에서 개고기는 대체로 나이 많은 남자들이 가끔 먹는 요리 취급을 받는다. 젊은 남자나, 연령대를 막론하고 여성이 개고기를 먹는 경우는 찾아보기 힘들다. 어쩌면 그들은 어렸을 때 부모님들이 뭔지 가르쳐주지 않고 먹어보라고 해서 먹어봤는데(개고기는 기름진 쇠고기와 비슷한 맛이 난다), 다 먹고 나서야 그 정체를 알게 됐다는 이야기를 해줄 수도 있다.

하지만 개를 잡는 방식은 매우 잔인하다. 구식으로 개를 잡으려면 교외의 한적한 나무에 개를 매달아놓고 죽을 때까지 때려야 하는데, 이렇게 하면 아드레날린이 분비되어 개고기를 부드럽게 만들어준다고 한다(지금은 이런 식으로 개를 죽이는 경우는 거의 없다고 한다). 인간의 가장 좋은 친구인 개에 대한 애착과 더불어, 이 잔인함 때문에 많은 이들은 개고기에 손을 대지 않는다. 한국에서 가장 인기 없는 요리 중 하나가, 그저 논란을 많이 불러일으킨다는 것 때문에 가장 큰 관심을 받는다는 것은 불행한 일이다. 개고기의 이미지 때문에 한국 음식을 꺼리는 사람이 있다면, 당장 가장 가까운 한국 식당에 가서 된장찌개와 함께 고기를 구워 먹어보거나, 비빔밥을 한 그릇 주문해보기 바란다.

PART 5

무엇을 믿고 따를 것인가

KOREA THE IMPOSSIBLE COUNTRY

21

무속신앙,
가까운 곳에서 내미는
도움의 손길

찰랑거리는 방울 소리와 끊임없이 이어지는 북소리에 이끌려, 접신한 그녀가 빙빙 돌 때마다 오색이 흐드러졌다. 그녀는 영적 세계와 교신하기 위해 노래를 부르고 춤을 춘다. 그녀는 접신한 상태에서, 망자의 목소리로 말한다. 무당(무속인), 곧 한국의 샤먼이 된다는 것은 그녀에게 축복인 동시에 저주다. 무당이 행하는 의식인 굿은 하루종일 계속되며, 이는 심사가 뒤틀린 원혼을 달래거나, 죽은 이의 혼을 정화시키거나, 신들에게 농사의 풍요나 사업의 성공을 빌기 위해 행해진다. 무당은 4천 년이나 이어져왔으며 시베리아에 그 기원을 두고 있는 전통의 일부다. 무속 혹은 샤머니즘은 한국이라는 국가의 개념이 존재하기 훨씬 전부터 한반도에서 제 역할을 수행해왔다.

비록 고대로부터 연유된 무속이, 부유하고 기술적으로 앞서 있으며 점점 더 세계화되고 있는 오늘날의 한국과는 동떨어진 것처럼 보이지만, 무속은 한국 사회의 결을 형성하고 있으며 가장 이성적인 도시 거주민들에게도 여전히 그 영향력을 미치고 있다.

자연과 영혼

무속은 자연 세계에 영향을 주는 혼령들이 존재한다는 믿음하에 그 혼들과 살아 있는 인간을 연결시켜주는 것을 목적으로 삼는 각기 다른 종교적 혹은 미신적 행위의 집합이다. 일반적으로 사람들은 복을 빌거나 악귀를 퇴치하기 위해, 혹은 자신의 운명을 알기 위해 무속에 의지한다. 무속을 믿는 사람들은 무수하고 다양한 여러 신령을 숭배할 수 있는데, 그 숭배 방식은 무당의 성격과 출신 지역 등 여러 가지 요소에 따라 달라질 수 있다. 20년 넘는 세월 동안 수많은 이들을 위해 무속 활동을 해온 무당 현주(일할 때 쓰는 이름이다)에 따르면, 무속의 본질은 "자연을 믿는 것"이다. 그의 설명에 따르면 사람이건 동물이건 나무건, 심지어 바위까지, 자연에 존재하는 모든 것에는 영혼이 있다. 무속은 그 영혼들과 소통하는 방법을, 그리고 그것을 통해 가능하다면 세속적 이익을 볼 수 있는 방법을 제시한다.

무당은 저마다 각기 다른 신과 혼을 섬기기 때문에, 무속에서 숭배하는 '신'의 일원이 되기 위한 자격 조건은 대단히 느슨하다. 연구자들은 무속에 종사하는 이들이 숭배하는 신이 1만 종류가 넘는다는 결과를 내놓은 바 있지만, 실상을 따지면 더욱 많을 것이다. 개별적인 무당은 자신의 몸주신을 모신다. 현주의 몸주신은 고대 중국의 승려다. 예수 그리스도를 모시는 무당도 있다. 대담했던 인천 상륙작전 이후, 어떤 무당들은 더글러스 맥아더 장군을 모시기도 했다.

마찬가지로, 무속에는 중심이 되는 규칙이나 경전, 혹은 정통 신앙이 없기 때문에 춤, 노래, 주문 등으로 구성된 제의는 마치 풍요로운 수확을 기원하는 서울 당굿처럼 지역이나 마을 단위로 받아들여지고 전승된다. 무당들의 교육은 각자의 고향과 전통에 따른다. 현주에 따르면, 그래서 무당들은 제각각 '자기 신이 최고'라고 믿기 때문에 상호 협력하는 일에 곤란을 겪곤 한다. 무당들은 어느 범위까지는 수천 년간 내려온 샤머니즘 전통의 인도를 받지만, 개별적인 전통 양식은 지역에 따라 다르다. 여기에 더하여, 누구에게 전승받은 무당인지, 그가 모시는 신이 누구인지, 그의 개인적 성격이 어떤지에 따라 각 무당의 양식이 좌우된다.

영적 세계와의 소통을 통해 사람들의 문제를 해결해주는 무속은 대단히 효과적이다. 무속인은 평범한 사람과 영적인 세계를 중개해주는 주선인이다. 이를테면 조언을 구하거나 자신의 미래를 알고 싶어하는 사람들, 혹은 어떤 종류의 치유를 원하는 사람들에게 그들이 바라는 것을 제공해줄 수 있는 신령을 연결해주는 역할을 하는 것이다. 예컨대 현주는 신령의 말을 듣고서는 필자에게 파란색을 피하라고, 좀더 구체적으로는 34세에 파란 차를 사지 말라고 조언했다. 그러나 그는, 신부나 목사가 할 법한 도덕적인 훈계는 내놓지 않았다. 무속의 십계는 존재하지 않는 것이다(그러나 현주는, 가령 거짓말을 하지 말고 생각 없이 말하지 말라는 것 같은 자기 자신의 원칙을 지니고 있었다. 그의 신당명은 '말을 가려서 하라'는 뜻이다).

무속을 따르는 사람들은 스스로를 무속 '신자'라고 칭하지 않는다. 한국인은 큰 결정이나 갈등을 앞두고 조언을 구하기 위해, 혹은 병에 걸렸거나 비극적인 상황에 맞닥뜨렸을 때 무당을 찾아갈 뿐이다. 상담을 받으러 가는 사람들은 일반적으로 그 무당이 모시는 신이 어떤 신인지, 해당 무속의식이 어떤 의미인지 의식하지 않는다. 마치 서양 사람들이 정신과 의사를 찾는 것과 비슷한 이유로 무당을 찾는 것이다. 언제든 상담해줄 수 있는 컨설턴트 같은 사람이 필요하니까.

무속은 '여성적'인 일로 받아들여지는데, 이는 대부분의 무당이 여성이기 때문이기도 하지만, 한국 역사의 산물이기도 하다. 조선왕조의 국가 이념은 성리학이었다. 성리학은 가부장적이며 여성의 사회적 활동을 억압했다. 이理를 구현하려는 바탕 위에서 규율에 순종하는 사회를 만들고자 했던 성리학은 무속을 정서적이고 추상적인 것으로 생각해 여성성과 결부시켰는데, 그것은 공교롭게도 대부분의 무당이 여성이었던 전통과 맞아떨어졌다. 결과적으로 지배 계층은 무속을 억눌렀으며, 무당을 가장 낮은 사회적 계층인 천민으로 강등시켜버렸다. 그럼에도 무당들은 천한 농부부터 왕족에 이르기까지 모든 계층으로부터 업무 의뢰를 받았다. 종교적인 행위가 없던 남성이 지배하는 시대에, 사람들은 정반대 방향의 탈출구를 원했고, 무속이 바로 그 탈출구였다. 조선 말기의 명성황후는 휘하에 직속 무당 두 명을 조언자로 고용했다.

현대에 들어와 과학적 합리주의가 도래하고 기독교가 급속도로 성장했음에도 불구하고, 무속은 번창했다. 현재 한국에서는 30만 명가량의 무속인이 활동하고 있다고 뉴욕 타임스는 보도했다. 그들 중 상당수는 무속이 대단한 이익을 가져다주는 사업이란 점에 이끌려 여기에 접근했다. 고객들에게 비싼 굿을 하라고 부추기는 잘나가는 무속인은 부자가 될 수 있다. 일부 무속인은 주요 일간지에 광고를 내기도 하고, 여러 명의 견습생과 보조 직원을 고용하며, 부동산도 꽤 많이 갖고 있다. 수많은 한국인이 이런 종류의 영적 상담에 돈을 낼 준비가 되어 있다는 사실은, 자연스럽게 가짜와 사기꾼의 범람으로 귀결된다. 현주의 말에 따르면 이것은 무속판을 전쟁터로 만들어버렸다. 진짜 무당은 부유하지 않다고, 현주는 말한다.

신병과 신내림

무당이 되는 길은 두 가지 중 하나다. 첫번째는 세습무인데, 이는 가족 내에서 샤먼의 지위를 상속하는 것으로, 나이 많은 친족이 젊은이에게 지위를 부여한다. 이러한 무당에는 두 종류가 있는데, 전통적으로 모두 한강 이남 지역에서 발견되었다. 심방과 당골이 그것이다. 심방은 혼백과 직접 소통하는 존재는 아니지만, 다른 이들과 소통할 수 있도록 혼을 끌어들이는 능력을 가지고 있다. 당골은 특정한 신을 자신의 길잡이로 숭배하지 않을 수도 있다. 양자 모두 개인적 신당을 모시지는 않는다.

무당이 되는 두번째 입문 방식은 강신무인데, 그것은 특정한 혈연관계와 무관하게 출현한다. 그것은 신병이라고 불리는 일종의 '영적 아픔'과 함께 시작된다. 신병은 기력 저하, 환상, 환청, 불면과 같은 다양한 증상을 통해 나타나며, 이는 그러한 고통을 받고 있는 여성이 혼과 소통할 수 있는 능력을 가지고 있다는 것을 암시한다. 이러한 능력은 축복이라기보다는 저주로 여겨지지만, 그것 또한 결국은 운명인 것이다. 다른 선택의 여지가 있었다면 무당이 되지 않았을 거라고 현주는 단언했다. 그의 삶은 외로우며, 가족을 꾸릴 수도 없다고 했다. 가족이 없는데다 미혼인 현주는, 무속인의 경야*에 악귀가 나타난다는 사람들의 미신 때문에 자신의 장례식에 아무도 오지 않을 거라며 비탄에 빠졌다.

강신무가 되기에 적합한 후보로 판정된 사람은 무당으로 거듭나기 위해 특별한 종류의 굿, 즉 내림굿을 치러야 한다. '내림'은 이제 무당이 되는 사람의 육체에 영혼이 들어온다는 뜻이다. (예컨대 현주가 모시는 중국 승려 같은) 특정한 신은 새로운 무당을 소유하게 되며, 그의 영적 지도자가 된다. 내림 의식은 신병을 치료하는 동시에 평범한 사람이 무당이 되었음을 승인하는 의례다.

내림굿을 주관하는 사람은 대체로 새로운 무당의 스승 역할을 한다. 새로 강신무가 된 사람은 자신에게 내려온 신을 계속 모시지만, 동시에 연장자 무당과 영적인 차원에서 신어머니와 신자식으로 일종의 모녀관계를 형성하며, 스승 밑에서 조수 노릇을 하면서 스승의 주문과 노래, 일하는 법을 배우게 된다. 이 기간은 수년에 걸쳐 지속되기도 하며, 엄격한 스승을 만나면 가르침을 받는 동안 기본적인 가사노동을

---

* 經夜. 죽은 사람을 장사 지내기 전에 가까운 친척이나 친구들이 관 옆에서 밤을 새워 지키는 일.

병행하기도 한다.

그러나 무속의 세계는 일괄적이지 않다. 내림을 겪는 동안 여러 영혼이 그를 거쳐갔지만, 현주는 신병의 육체적 증상을 전혀 겪지 않았다고 한다. 그의 이야기는 독특하다. 서른두 살에는 처음으로 예수 그리스도가 찾아왔고, 그다음에는 일본 사무라이의 영혼이, 이후에는 중국 승려가 왔다는 것이다. 그들은 각각 현주가 내림 받기를 원했지만, 현주는 본능을 따라 중국 승려를 선택했다. 그후 여섯 시간 동안 제자리뛰기를 하라는 등, 중국 승려는 현주에게 계속해서 시험을 내렸다. 몇 주 동안 지속된 이 기간 동안 현주는 한편으로 끊임없이 그를 뚫고 들어오려는 일본 사무라이를 떨쳐내야 했다. 사무라이를 달래기 위해 그는 하루에 여섯 시간씩 절을 했다.

뚜렷한 신병 증세가 없었기 때문에, 현주에게 내림굿을 해줄 연장자 샤먼을 찾기란 쉽지 않았다. 주변 사람들은 단순히 현주가 미쳤다고 생각했다. 일상적이지 않은 행동 때문에 현주는 이웃의 입방아에 오르내렸다. 그러나 여러 무당을 만나 자신의 이야기를 들려준 결과, 그중 한 사람이 현주를 제자로 받아들여줬고, 그리하여 현주는 한국에서 가장 오래된 전통의 일원이 될 수 있었다.

무당으로 산다는 것

오래된 사회 구조가 사라진 탓에, 오늘날 무당들은 조선시대처럼 계급적으로 배척당하지 않는다. 하지만 그들이 지닌 영적인 지각력 탓에,

많은 사람들은 무속인을 두려워하며, 그 결과 무속인들과 어울리는 것을 꺼린다. 평범한 사람들에게 무당은 어려울 때 찾아가는 존재이긴 해도 평상시에는 피해야 할 사람인 것이다. 무당을 취재하고자 하는 저술가나 인류학자에게 친구들은 조심하라는 말을 건네기 일쑤다.

무당은 자신의 전문 분야를 상징하는 총천연색의 긴 옷을 입고 혼령과 소통하기 위해 춤추고 노래하는 행사, 즉 굿을 하기 위해 불려나간다. 굿을 하면서 '작두를 탈' 때도 있다. 작두 타기는 무당이 하는 행위 중 가장 유명한 것으로, 깊은 접신 혹은 환각 상태에서 무당이 맨발로 칼날 위에 올라가서도 다치지 않음을 보여줌으로써 자신의 힘을 과시하고 사악한 영혼에게 겁을 주기 위한 것이다. 무당은 저마다 각자의 '한 방'을 갖고 있다. 현주에게는 땅에서 소를 들어올려 창끝에 올려놓는 힘이 있다고들 하는데, 이런 행위를 통해 그의 주신들이 그에게 준 육체적 힘을 과시한다.

무당은 고객의 집이나 사무실에서 비교적 작은 규모의 제의를 수행하기도 한다. 예컨대 새로 사업을 시작하는 사람은 복을 빌기 위해 무당을 부르곤 한다. 그런 행사에서는 돼지머리에 돈을 끼워넣고(돼지는 부와 행운을 상징한다) 말린 북어를 입구에 걸어놓는 의식이 포함된다. 고사가 끝난 후에도 그 북어가 걸려 있는 한 행운을 불러오기라도 할 것처럼, 북어가 계속 걸려 있는 모습을 볼 수 있기도 하다.

가장 일반적인 서비스는 일대일의 영적 상담인 점이다. 가령 "제가 언제 결혼을 할까요?"나 "사업을 시작해도 될까요?"와 같이 구체적인 고민을 하는 사람이 신령스런 세계에서 내려오는 조언을 듣기 위해 무당과 상담하는 식이다. 많은 무당들에게 점은 고객에게 추가적인 서비스를 제공하기 위한 시작점이 된다. 말하자면 점을 보고 굿을 하는 것이다. 하지만 현주에게 굿이란, "부자들에게만 해주는 것"이다. 한 번하는 데 드는 비용이 적게 잡아 8백만 원 이상으로 엄청나게 비싸기 때문에, 현주는 평범한 소득원을 가진 사람들에게는 결코 굿을 권하지 않으며, 대신 고객들을 산에 데려가 기도하게 한다. 현주가 하는 일의 대부분은 그저 사람들의 문제를 듣고 조언을 제시하는, 상담자의 역할과 흡사하다.

한국의 엘리트 중 많은 사람들이 마치 명성황후가 19세기에 그랬던 것과 비슷한 방식으로 굿을 활용하고 있다. 족벌 경영으로 한국 경제를 지배하는 재벌가 구성원들이 사업의 성공을 꾀하고 개인적인 문제를 의논하는 등 여러 가지 목적을 위해 무속인을 고용한다는 사실은, 정치인이 선거에서 이기기 위해 굿을 하는 것과 마찬가지로 이미 보도된 바 있다. 현주는 다양한 기업인, 정치인, 유명인을 고객으로 확보하고 있다. 현주는 한 부자 고객이 넝마에 싸여 있는 환영을 보고 나서, 자신의 후원자 중 가장 부유했던 그 사람이 파산할 것을 예언한 적이 있다고 말했다.

애니미즘과 산신령

무속은 너무 광범위하고 실용적이기 때문에 이를 하나의 믿음이나 행동 체계로 구체화하는 것은 매우 어렵다. 그러나 오래전부터 이어져온 한국의 무속은, 근본적으로 일종의 애니미즘에 가깝다. 애니미즘은 세상에 존재하는 모든 자연물에 사람에게 있는 것과 마찬가지인 생명의 정기가 있다고 보는 것이다. 심지어 이는 서구인들은 무정물로 여기는 바위나 나무 등에도 똑같이 적용된다.

특히 어떤 자연물에는 유난히 큰 힘이 깃들어 있다. 가령 수백 년 된 소나무는 그 자체로 인격을 가지고 있다. 이런 나무는 행운을 가져다준다고 여겨지며, 공동체의 중심에서 마을의 수호신 역할을 한다. 중요한 결정을 내리기 위해 마을 원로들이 그런 나무 밑에서 회의를 하곤 했다. 이렇게 오래 살아온 영물들이 제대로 대접을 받지 못하면 동티가 나기도 한다. 김제 시내에 있는 한 나무는 누군가 잎사귀 하나라도 가져가면 그 집안에 화를 내린다고 알려져 있다. 이렇게 나무가 화나면, 무당은 그 나무를 달래기 위한 굿을 하게 되는 것이다.

신령스러운 동물도 있다. 건국 설화에 주인공 격으로 등장하며 한국을 대표하는 동물이라 할 수 있는 호랑이는, 산신령의 전령이자 수호신으로 여겨져왔다. 그러나 애니미즘에서 말하는 혼과 영이 가장 많이 모이는 곳은, 한국의 경우 산이다. 한반도의 70퍼센트가 산인데다가, 특히 백두산, 지리산, 한라산의 높은 봉우리들이 한국인의 정신세계에 자연스럽게 지대한 영향을 미친 것이다. 산을 타고 오르는 것은 언제나 영적 세계에 가까이 가는 것으로 여겨졌으며, 그리하여 고도가 높은 곳에서 무속 행위가 치러지는 강력한 전통이 형성되었다.

산의 신통력에 대한 순위는 따로 매겨져 있지 않으며, 무속인마다 각자 신성하다고 여기는 산이 있다. 하지만 그중에서도 일반적으로 특히 중요하게 받아들여지는 곳이 있다. 제주도에 있는 한라산은 한국에서 가장 높은 산으로, 샤머니즘 문화와 관련이 깊은 곳으로 알려져 있다. 혹자는 광대버섯이 샤머니즘 의식을 수행하는 데 사용되기도 했다고 한다. 원주민들이 한라산을 숭배하는 마음이 워낙 깊어, 1901년 제주도를 방문한 독일 언론인 지그프리트 겐테는 제주목사로부터 "얼마를 지불해도 한라산에는 오를 수 없다"라는 말을 듣기까지 했다. 제주도민들은 그러한 행동이 산신을 노하게 하여 거친 날씨와 나쁜 작황을 불러올 것이라 믿었던 것이다.

서울에 있는 인왕산은 굿을 비롯한 기타 제의적 행위의 집결지인데, 그것이 너무 심해 지방자치단체에서 그런 행동을 자제할 것을 요구하는 권고문을 내걸기도 했다. 인왕산 자락에는 본래 남산(무속인들이 좋아하는 또다른 산으로, 현주도 그곳에 산다)에 있다가 이전한 국사당이 있다. 국사당은 왕족들을 모시는 무속 사당이며, 조선왕조를 설립한 태조의 영혼을 기리는 것으로 알려져 있다. 왕족의 사당인 탓에 국사당은 한때 사유지였으며 출입이 금지되어 있었다. 하지만 이제 대한민국은 민주공화국이기에, 국사당은 모두에게 개방되어 있으며 자신의 실력을 갈고 닦으려는 무속인들이 주로 매일 이곳을 방문한다. 한국에는 국사당처럼 공적인 사당이 꽤 있으며, 이들은 대체로 언덕이나 산위에 자리잡고 있다. 이런 사당의 규모나 유지 보수 상태는 대단히 상이한 편이다. 개인적으로 운영되는 사당들 또한 강신무 무당들에 의해 유지되고 있다. 현주도 집에 자신의 주신인 중국 승려를 모시는 사당을 하나 두고 있다.

한국 문화에 익숙지 않은 사람에게는 국사당이 자그마한 한국식 절처럼 보이겠지만, 국사당에서는 무당이 의식을 수행하면서 동물의 내장을 꺼내거나(살아 있는 제물을 바치는 것인데, 법으로 금지되어야 한다고 생각한다) 주문을 외우거나 춤을 추는 모습을 종종 볼 수 있다. 국사당 인근의 작은 편의점에서는 탄산음료나 신문과 함께, 샤머니즘 의식에 흔히 쓰이는 북어를 판매한다.

인왕산과 국사당은 조선왕조의 본궐이었던 경복궁의 뒤쪽에 위치한 청와대와 가까운 곳에 있다. 이 나라의 수도 안에서도 권력의 핵심지라고 할 수 있는 곳에서 몇 발자국 떨어진 곳에 있는 인왕산은, 한국의 모든 무속인들이 가장 바삐 드나드는 공간인 것이다. 무속의 역설적인 성격은 계속 수수께끼로 남아 있지만, 그런 가운데에도 무속은 사람들이 생각하는 것보다 훨씬 더 깊게 한국 문화의 비공식적인 영역과 밀접하게 연결되어 있다.

모두에게 복된 무속

또다른 종류의 애니미즘 신앙으로, 메이지 시대 일본 이데올로기의 전달자 노릇을 하면서 의식의 표준화를 이루어낸 일본의 신도神道와 달리, 무속은 통합되지 않은 다양한 형태로 남아 있다. 수없이 많은 무속의 신들은 개별적인 무당과 그 무당을 가르친 사람들의 개성에 따라 다양하게 숭배된다. 장수를 관장하는 칠성신, 항해와 어업의 복을 내려주는 용왕신, 가계의 번영을 지켜주는 성주신 등 몇몇 신들은 널리 인정되지만, 모두가 같은 방식으로 숭배되지는 않는다.

이러한 유연성 혹은 임의성은 가장 유명한 신 중 하나인 산신을 보면 아주 극명하게 드러난다. 산마다 있는 개별적인 산신을 따를 수도 있지만, 전반적인 산의 신인 광의의 산신을 숭배할 수도 있는 것이다. 일반적으로 산신은 턱수염이 나 있고 호랑이와 함께 나타나는 늙은 남자로 표현되지만, 때로는 여성의 모습으로 묘사되기도 한다. 가령 산 중에서도 계룡산처럼 여성적인 것으로 여겨지는 산이 있는 것처럼, 신 중에는 남신도 있고 여신도 있으니 이는 전혀 이상한 일이 아니다.

대부분의 불교 사원에서 산신의 모습을 담은 그림을 발견할 수 있다는 것은 이 나라의 영적 풍습이 지니는 융합적인 성격을 잘 보여준다. 불교는 4세기에 한반도에 전래되던 때부터 샤머니즘과 서로 영향을 주고받아왔으며, 오늘날까지도 상당수의 불교 신자들이 갈등에 직면하거나 횡액을 당했을 때에는 무속인을 찾아가 상담한다. 현주와 잡았던 첫번째 인터뷰는 미루어질 수밖에 없었다. 왜냐하면 그때가 우연히도 부처님 오신 날을 앞둔 시점이었고, 너무 많은 불교 신자들이 찾아와 앞일을 상담하고 있었기 때문이다. 인왕산에는 선禪바위라는 바위가 있는데 이 바위는 불교도에게 중요한 것으로 여겨지기도 하지만, 선바위 바로 위에는 국사당이 있으며 인근 무속인들 또한 선바위가 영험한 힘을 갖고 있다고 본다.

그들의 표현에 따르면, 무속신앙을 '허튼소리'로 폄하하는 한국의 기독교인들조차 실생활에서는 무속에서 파생된 영향을 받는다. 가령 기독교인들은 산에서 기도회를 주관하는 전통이 있다. 더구나 "주님은 당신이 부자가 되기를 원하십니다"라는 식의 물질주의는 아시아 그 어느 지역보다 한국 기독교에서 두드러진다. 논쟁의 여지가 있지만, 이것은 오늘날에도 영향력이 남아 있는 샤머니즘의 실용적이고 물질주의적인 측면과 관련이 있어 보인다. 가게를 열면서 무속의식을 수행하는 것과, 손님 줄이 길게 늘어지게 해달라고 기독교식으로 기도하는 것은 그리 크게 다르지 않다.

무속이 한국에 남긴 가장 큰 유산은 어쩌면 그 실용성과 유연성일지도 모른다. 특정한 계율도, 고정된 의식도, 권위적인 신들 사이의 위계질서도 없는 무속신앙은 실용주의의 안식처이자 촉진제일 것이다. 자신의 목표를 이루기 위해 무속을 믿는 사람은 같은 문제를 두고 여러 무속인을 찾아가, 각자 다른 신앙에서 나온 조언들을 조합해볼 수도 있다. 심지어 현주는 찾아오는 이들에게 "(무속을) 너무 믿지 말라"는 조언까지 해주는데, 이유는 지나치게 약을 먹으면 해로운 것처럼 무속 또한 중독될 수 있기 때문이다. 현주는 자신의 모든 처방이 맞지는 않을 거라고 인정하며, 매번 백 퍼센트를 맞힌다면 어마어마한 부자가 되지 않았겠느냐고 농담을 던졌다. 무당이 뭐든지 알고 행할 수 있는 무한한 힘을 가지고 있다고 생각하는 것이야말로 무속에 대한 가장 흔한 오해라고 현주는 말했다.

유연함, 실용성, 의심을 허용하는 태도, 다른 믿음을 쉽게 용납하는 것과 같은 무속의 측면은 한국 사회에 퍼져 있는 종교적 관용과, 어쩌면 한국 문화 그 자체에도 긍정적인 영향을 끼쳐왔다고 볼 수 있다. 상황에 맞춰 적응하고자 하는 의지는 한국이 지닌 가장 복된 성격 중 하나임이 확인된 것이다.

342

22

불교와
초극의 힘

　　외부로부터 이식된 종교는 흔히 기존 신앙과 불편
한, 심한 경우에는 적대적인 과정을 거쳐 균형을 찾아갈 것이라고 생
각하는 것이 일반적이지만 한국의 불교는 사정이 달랐다. 서기 372년
에 전래된 불교가 이후 한반도의 종교로 자연스럽게 섞여들어간 것은
샤머니즘의 유동적인 성격과 새로운 것을 받아들이는 철학적 개방성
을 잘 드러내준다.

　자식을 점지해주십사 불당에서 치성을 드리다가, 어려운 결정을 내
려야 하는 순간에는 점집에서 무당과 상담하는 일은 오늘날에도 충분
히 가능하다. 산속에 위치한 절에는 산신도가 놓여 있을 것이다. 두 종
교 사이에 철학적 모순이 있다는 것을 모르는 바는 아니지만, 한국인

들은 그 차이를 그냥 지나쳐버린다. 종교적 차이는, 순간적인 필요에 무엇이 더 잘 부응하느냐의 문제일 뿐이다.

불교의 성장

인도에서 기원한 불교는, 오늘날 네팔의 일부인 카필라바스투 출신이라고 알려져 있는 고타마 싯다르타가 기원전 6세기 초 설파한 가르침이 낳은 결과물이다. 불교는 창시 이후 10세기 만에 중국을 통해 한반도에 유입되었다. 당시에는 고구려, 백제, 신라가 한반도를 분할하고 있었다. 삼국 중 가장 북쪽에 있으며 오늘날의 중국 만주 지방까지 영토로 삼고 있던 고구려가 가장 먼저 불교의 가르침을 접했다. 서기 372년, 중국의 승려 순도順道가 불경과 불상을 들고 온 것이다.

서기 384년, 고구려를 통해 백제에도 불교가 전해졌으며, 훗날 백제는 일본에 불교를 전파한다(백제와 일본은 경제적, 문화적으로 밀접한 교류를 맺고 있었으며, 6세기 중반 백제가 일본 열도로 승려들을 파견하면서 불경과 탱화가 건너간 것으로 보인다). 고구려와 백제에서 새로운 종교를 가장 먼저 받아들인 계층은 왕족들이었으며, 대부분의 백성들은 늘 해왔던 것처럼 무속신앙만 따를 뿐이었다. 한편 한반도 전체에 불교를 전파하는 일에 다른 나라보다 더 큰 역할을 한 신라의 경우, 불교를 처음 접한 왕족들은 반감을 표했다.

신라가 불교를 받아들이게 된 데는 한 순교자의 역할이 크게 작용했다. 527년, 이차돈이라는 승려가 법흥왕에게 자신이 불자가 되었음을 선포하고, 법흥왕에게 불교를 신라의 국교로 삼을 것을 간청했다. 그리하여 법흥왕은 불교를 배웠지만 그의 신하들 다수는 이차돈의 요구에 극렬하게 반대했다. 그러자 이차돈은 자신을 처형하여 순교자로 만들어줄 것을 청했다. 그러나 왕이 그의 뜻을 받아들이지 않자, 이차돈은 공개적으로 조정의 대신들을 모독하여 그들이 자신을 처벌하도록 만들었다. 이차돈은 자신의 목이 잘릴 경우, 붉은 피가 아닌 흰 피가 솟구칠 것이라고 예언했다. 전해지는 바에 따르면, 그 예언은 실현되었고 그 충격으로 불교는 신라의 국교가 되었다고 한다.

법흥왕의 뒤를 이은 진흥왕은 화랑도를 창설했는데, 화랑은 유교뿐 아니라 불교의 가르침도 받는 엘리트 무사 집단이었다. 진흥왕은 재위 기간 동안 고구려, 백제와의 전투에서 승리를 거두었으며, 훗날 화랑은 신라가 삼국 통일을 이루는 데 결정적인 역할을 수행했다고 한다. 한반도 전체를 통일한 신라의 국교인 불교는 한반도의 핵심 종교가 되었다.

수많은 불교 사원과 유적이 남아 있어, 신라의 수도였던 경주는 오늘날 차라리 살아 있는 박물관처럼 보일 지경이다. 국교를 강화하기 위해, 신라는 현존하는 절 중 한반도에서 가장 크고 인상적인 불국사라든가, 신라의 국력이 절정에 달했던 774년 완성된 석굴암 같은 기념물을 만드는 일에 막대한 노동력과 자원을 투입했다. 불국사는 '부처가 있는 나라의 사원'이라는 뜻으로, '불국佛國'이라는 단어는 신라의 별명 중 하나였다.

신라가 몰락하고 918년 고려가 건국된 이후, 불교는 그야말로 전성기를 맞는다. 훗날 고려의 태조가 되는 왕건은 신실한 불교 신자였으며 자신이 고려를 세운 것은 "수많은 부처님들의 은덕"에 힘입은 바라고 믿었다. 그리하여 고려는 불교를 국교로 선포했고, 불교 행사를 치르고 절을 지으며 승려를 늘리는 데 아낌없이 돈을 썼다. 불교 경전을 집대성한 대장경이 두 차례에 걸쳐 간행되었는데, 첫번째 것은 몽고의 침략을 받아 불타버렸지만, 8만 1,258자를 새긴 팔만대장경은 아직도 해인사에 보존되고 있으며, 1251년 완성된 이래 가장 값진 불교 유물로 오늘날까지 전해지고 있다.

그러나 고려 말기에 이르러 불교는 타락한다. 부패와 깊숙이 연루되었던 것이다. 승려가 누리는 여러 가지 혜택 중 세금을 내지 않는 특권은 진짜 승려뿐 아니라 가짜 중들도 대거 출현시키는 결과를 불러왔다. 불교 교단은 엄청난 권세를 누렸다. 세금도 내지 않으면서 정부의 지원을 받다보니 그들은 막대한 돈과 땅을 확보하게 됐고, 그들의 영향력 또한 커진 것이다. 어떤 교단들은 승려로 구성된 사병을 두기도 했다.

신라와 고려시대에 걸쳐 샤머니즘 또한 지속적인 영향력을 발휘했다. 자연을 숭배하는 무속적 애니미즘은 국교인 불교와 상충되는 것으로 여겨지지 않아 양자는 서로 섞여들 수 있었다. 산신과 칠성신은 흔적처럼 남아 불교 사원에 모셔졌다. 사람들은 평소에는 불교를 믿다가도 풍요로운 농작을 기원하며 치성을 드릴 때면 언제든 무당을 찾았다. 하여, 샤머니즘에 공적으로는 특별한 지위가 부과되지 않았지만, 고려시대에 무당들은 자기 역할을 얼마나 잘 해내느냐에 따라 합당한 평가를 받으며 사회 구성원으로서 자부심을 갖고 살아갈 수 있었다.

숭유억불

1392년, 고려왕조를 무너뜨리고 조선왕조를 세운 이성계는 불교 신자였지만, 그의 왕국은 급진적인 방향 선회를 하게 됐다. 종교라기보다는 사회 질서 및 조화로운 삶에 대한 일종의 윤리적 규범 체계였던 성리학이 지배적 국가 이념으로 떠오른 것이다. 성리학을 지지한 사람 중에는 새로운 왕의 일등 공신인 정도전도 포함되어 있었는데, 그들은 불교를 부패와 악의 근원으로 보고 불교를 억압하고자 했다.

그리하여 기나긴 조선왕조 기간 동안 불교는 쇠퇴하였으며, 억불정책으로 인해 승려들과 신자들은 사회의 변방으로 밀려나게 됐다. 비록 몇몇 조선 왕들이 불교 신자이긴 했지만, 그들은 엘리트 유교 관료들에게 둘러싸인 상태였다. 서산대사가 5천 명의 승병을 이끌고 임진왜란에서 활약함으로써 한때 불교에 우호적인 태도가 형성되기도 했지만, 5백 년 넘게 지속된 조선왕조 기간 동안 불교는 쇠락일로를 걸었다. 그리하여 샤머니즘과 마찬가지로 불교 또한 산과 깊은 관계를 맺게 되었다. 조선왕조 초기의 몇몇 왕들은 마을 및 번화가에 지어진 사찰을 파괴하라는 명령을 내렸고, 그 결과 외따로 떨어진 산이 자연스럽게 망명지 역할을 하게 된 것이다.

또한 샤머니즘과 마찬가지로 불교는 주로 하층 계급인 상민과 천민의 종교가 되었는데, 그들은 인구의 70퍼센트를 차지했지만 가장 힘이 없는 사람들이었다. 불교는 또한 모든 계급의 여성을 위한 종교가 되었다. 조선 사회는 남성들에 의해 지배되었으며, 불교 신자는 정부 관료들의 눈에 좋게 보일 리 없었으므로, 야심이 있거나 사회적 지위가 높은 남성들은 불교 신자로 불리고 싶어하지 않았다. 이러한 제약 속에서 불교는 과거에 그랬던 것보다 더욱 강하게 무속신앙과 결합했으며, 불교와 무속 중 어느 하나라도 따르던 사람은 자연스럽게 다른 하나도 함께 믿는 경향을 보였다. 1485년, 이후 조선사회를 4백여 년간 지배하게 된 법률인『경국대전』이 반포되었는데, 거기에는 무속 사당에서 굿을 하는 자는 곤장 백 대를 맞을 수 있다고 규정되어 있다.

'어떤' 불교인가

일본은, 한국을 식민화하려는 몇 차례의 노력 끝에 1910년 이를 달성했다. 조선과 달리, 당시 일본에서는 불교가 융성해 한국에 이주한 몇몇 일본인들은 일본 불교를 장려하고 새로운 사원을 짓고자 했다. 수세기에 걸친 조선왕조의 억압 끝에, 불교도들은 다시 거리에서 활동할 수 있게 되었다. 그러나 식민 지배자들로 인해 산에서 내려온 불교는 전통적인 한국 불교와 거리가 있었다. 한국의 대표적 불교 종파인 조계종은 승려들의 결혼을 허락하지 않지만, 일본의 승려들은 반드시 독신일 필요는 없었다. 상황이 이렇다보니 종종 폭력적인 갈등이 발생했는데, 거기에는 일제의 패망 이후 1950년대까지 지속된 민족주의적 격정이 스며들어 있었다. 식민 지배 기간 동안 일본은 한국 불교의 풍성한 문화유산을 빼앗아 일본으로 가져갔으며, 그에 대한 분노는 지금까지도 남아 있다.

1940년대 후반 한국이 분단되고, 38선 이북은 공산화되면서 모든 종교 행위가 금지되었다. 남한은 미국의 영향권에 들어갔으며 개신교를 받아들이기 시작했는데, 개신교는 전후 시기 급속도로 성장했다. 그러나 불교는 한국인의 삶에 지속적인 영향력을 행사했다. 1961년부터 1979년까지 한국을 통치한 군사독재자 박정희 대통령은 불국사 등 불교 사원의 복원을 명령했는데, 불국사는 1969년 박정희가 손을 대기 전까지는 제대로 보수조차 이루어지지 않은 상태였다.

오늘날 한국 인구의 23퍼센트가량이 불교 신자인 것으로 추산된다. 신자 수를 놓고 보면 기독교에 비해 조금 뒤떨어지지만, 그 영향력은 기독교보다 훨씬 약하다. 2005년 통계에 따르면 한국인 중 29.2퍼센트가 기독교 신자지만 정부 및 기업 고위직에서는 그 비율이 훨씬 높다. 더욱 주목할 만한 점은 한국인 중 40퍼센트가량이 특별한 종교를 가지고 있지 않다는 것이다. 하지만 아름답게 복원된 사찰에서 열심히 기도하고 참선하는 수많은 신도들을 보고 있노라면, 여전히 한국에 불교가 필요하다는 것을 새삼 느낀다.

승가

불교는 인생이 '삼독三毒', 즉 탐욕食·성냄瞋·어리석음癡이라는 세 가지 번뇌로 끝없이 고통을 받는 과정이라고 설명한다. 이 세 가지 번뇌는 우리가 나쁜 업보를 쌓아서 다시 태어나고 고통을 받는 윤회의 수레바퀴에서 벗어나지 못하게 하는 근본적인 이유인 것이다. 이 운명에서 벗어나기 위해서는 부처가 가르친 '팔정도八正道'를 따라 올바른 행위를 함으로써, 말하자면 자아에서 벗어난 사고와 행동을 함으로써 깨달음의 길로 나아가야 한다. 궁극적인 목표는 '깨달음'을 얻는 것으로, 윤회의 굴레를 끊고 일종의 무無를 이룩해 고통으로부터 탈출하는 것이다.

한국 불교는 불교의 두 갈래 중 대승불교의 전통을 따르고 있다. 반대편의 소승불교와 비교할 때, 대승불교는 신학적으로 좀더 자유롭고 '보편적'이며, 유연하고 상대적인 관계로 '상대적 진리'를 허용하는 편이다. 무엇이 옳고 그른지의 여부는 마음가짐에 달려 있는 것이지, 그것이 객관적으로 참이냐 거짓이냐는 그리 중요한 문제가 아니다. 이러한 관점에서 보면, 믿는 이가 자신의 길 위에서 도움을 받을 수 있는 한, 다른 형태의 신앙 역시 포용 가능하다. 대승불교의 전통에서 부처는 한 사람이 아니라, 다양한 목적에 따라 등장하는 다양한 부처'들'에 더욱 가깝다. 병을 치료해주는 부처님, 배움을 주는 부처님, 우리를 가엾게 여겨주는 부처님 등. 실상 대승불교에서 다양한 부처의 가능성은 무한대에 가깝다. 무속신앙에서 사람들이 자신이 원하는 바에 따라 다양한 신과 영혼을 숭배하는 것과, 반신적半神的 지위를 지니는 상대적이고 다양한 부처가 존재하는 것은 서로 유사한 면이 있다.

비록 중심적인 철학 체계는 다를지라도, 그 개방성과 실용성 면에서 샤머니즘과 불교는 서로 통하는 측면이 있다. 오늘날까지도 한국인은, 외부인의 시각에서는 다소 비논리적인 것으로 비칠 수 있을 만큼, 각기 다른 종교를 관용하고 그것들을 융합시키곤 한다.

대승불교에는 또한 보살, 즉 자신뿐 아니라 다른 이의 깨달음까지 염려하는 '깨달은 자'가 존재한다. 중생을 깨달음에 이르게 하기 위해 보살은 '육바라밀六波羅蜜'을 수행해야 하는데, 이는 곧 보시布施·지계持戒·인욕忍辱·정진精進·선정禪定·지혜智慧다. 육바라밀을 완전하게 수행하는 것은 개인의 정진뿐 아니라 몰아의 경지와 보살행을 함께 이룩하게 한다.

한국 사회와 문화에 영향을 끼친 불교의 또다른 측면은 '승가僧迦'인데, 승가는 '총회' 또는 '공동체'라는 두 가지 의미로 이해된다. 승가는 불교 승려와 비구니를 집단적으로 지칭하는 말이기도 하고, 영적으로 고차원적인 깨달음에 도달한 불교도 전체를 넓게 가리킬 때 쓰이기도 한다. 승가의 일원은 자신의 발전만을 도모하지 않고, 서로 돕고 진전해나갈 수 있도록 협력한다.

한국에서 맺어지는 친교란, 때로 놀라운 수준의 자기희생을 동반하기도 한다. 한국인들은 조직화된 집단에 강한 충성도를 보인다. 예컨대 한국인이라면, 개인적으로 친하지 않은 사람이더라도 학교 동창이나 군대 동기에게 도움을 줘야 한다는 강한 의무감을 느낄 것이다. 이것은 '정'과도 깊은 관련이 있는데, 그에 대해서는 16장에서 이미 살펴봤다. 한국에서 정이 발달한 이유 중 하나로, 자기헌신과 집단적 사고를 권장하는 승가 및 대승불교의 영향을 꼽을 수 있다.

아시아사회심리학회 회장을 역임한 김의철 교수에 따르면, 승가 개념은 기업의 경영 방식에도 영향을 미쳤다고 한다. 집단적으로 또 점진적으로 스스로를 개선해나가고자 하는 노력은 한국의 삼성, 일본의 도요타 같은 회사가 보여주는 경영 철학과 상응하는 측면이 있다. 서구권에서 경영학을 배운 학생들은 (한국어로 '개선'이라고 번역되는) '가이젠'이라는 일본어 개념을 알고 있을 것이다. 점진적이고 지속적인 발전을 꾀하는 경영 철학이 바로 그것이다. 이 핵심적인 개념은 불교의 영향을 뚜렷하게 보여준다. 단체를 중시하는 문화는 한국 기업에도 반영되어, 어떤 회사의 발전은 대부분 집단적인 노력의 결과로 인식되며, 한 사람의 지도자에게 그 영광이 모두 쏠리지 않는다. 미국과 달리 한국에서는 천문학적인 스톡 옵션을 받아 챙기는 슈퍼스타 CEO가 존재하지 않는다.

애플처럼 '개인주의적인' 미국 기업에서 만드는 제품과 달리, 삼성이 만든 제품에서는 고유의 독창성이 잘 느껴지지 않는다고 말하는 사람들이 있다. 하지만 삼성은 다른 기업들의 굵직한 아이디어를 가져와 그것을 거의 완벽에 가깝도록 재주조해내는 일에서 앞서나가는 기업이다. 다른 이들이 만들어낸 것을 완벽하게 만들어내는 능력은 지속적인 개선에 레이저처럼 집중하지 않으면 불가능한데, 그것은 일본과 마찬가지로 불교적 사고에 크게 빚지고 있다.

불교, 극복의 힘

김의철 교수에 따르면, 한국인들이 고난을 극복하는 데 유달리 뛰어난 점 역시 불교의 영향으로 보아야 한다. 누구나 깨달음과 지속적인 자기 발전 및 수양을 통해 자신의 업보에서 벗어날 수 있다는 것이 불교의 가르침이다. 힌두교는 운명에 순응하라고 하지만, 불교의 심연에는 스스로 정진함으로써 운명을 초월한다는 사고가 깃들어 있다. 불교의 유산으로 인해, 한국인들은 스스로를 발전시키고 상황을 호전시키기 위한 방법을 끊임없이 모색한다(여기에는 유교의 영향도 있을 것이다). 한국인은 대학을 졸업하고서도 공부를 멈추지 않는다. 중년이 되어서도 직장에서 한발 앞서기 위해 여가를 이용해 공부를 하고, 그보다 더 나이가 많은 이들도 외국어를 배우기 위해 노력한다. 전체 인구의 3분의 1을 집 없는 사람으로 만들어버린 한국전쟁 동안에도, 배우고자 하는 열망이 너무 강해 대학들은 산 위에 텐트를 치고 학생들을 받아 호롱불 아래에서 수업을 했다.

새로운 종교와 사상을 대체로 관용적으로, 심지어 때로는 환영하는 태도로 받아들이는 한국인들은 불행과 비극 앞에서 좌절하지 않는다. 자신의 힘으로 대부분의 어려움을 극복해낼 수 있다고 믿는다. 이런 마음가짐 덕분에 한국인은 불과 두 세대 만에 끔찍한 전쟁과 가난을 이겨내고 부유하고 안정된 민주국가를 이룩해낼 수 있었다. 불교가 한강의 기적을 이루어냈다고 말할 수야 없겠지만, 그 기적이 가능하다는 믿음을 심어주고 마침내 그 믿음을 이루어내는 데 불교가 기여한 것은 확실하다.

지속적인 발전을 갈망하는 한국의 문화는 불교에서 온 것이다. 그러나 그 발전을 실제로 구현하기 위해 한국인들이 택해온 방법론, 즉 끝없이 열성적으로 교육에 매진하는 것은, 외부로부터 유입된 또다른 사상의 강력한 영향 때문이다. 이제 유교 이야기를 할 차례다.

23

유교의
흔적

한국 사회에 영항을 미친 세 가지 고대 사상과 종교 중 세번째는 유교다. 그런데 앞서 살펴본 샤머니즘과 불교가 서로 융합해간 면모를 보여준 반면, 최전성기 당시 유교는 다른 종교와 사상에 아주 작은 공간만 허락했을 뿐이다. 심지어 다른 두 전통에서 특정 요소를 빌려와 차용한 측면이 있는데도 그렇다. 유교의 한 형태인 성리학은 조선시대에 국가 이념으로 기능했으며, 유교는 한국 사회에 수직적 위계주의, 나이와 성별에 따른 차별, 부모에 대한 복속, 교육에 대한 강조 등 많은 흔적을 남겼다.

유교란 무엇인가?

유교는 종교라기보다는 일종의 도덕철학으로, 공자의 가르침에서 출발한 것이다. 유교는 중국뿐 아니라 한국, 일본, 베트남, 그 외 동아시아 국가에 상당한 영향을 끼쳤다. 인간은 수양과 도덕적 행위를 통해 개선될 수 있으며, 구성원들이 모두 자신의 책무를 다할 때 조화로운 사회를 이룰 수 있다는 생각이 유교의 근간을 이룬다.

유교에는 몇 가지 핵심적인 책무가 있다. 첫번째는 '인仁'으로, 공동체의 다른 구성원을 인간적으로 대해야 한다는 것이다. 인의 본질은 대접받고자 하는 대로 남에게 베풀라는 황금률과 유사하다. 인은 지도자에게 중요한 의미를 지닌다. 어떤 지도자가 아랫사람을 가혹하게 대하여 인을 제대로 보여주지 못하면, 그는 권위를 잃고 아랫사람들은 복종하지 않을 수도 있다. 반대로 그가 자애롭게 행동한다면 아랫사람들은 그의 말을 법으로 받아들일 것이다.

그다음은 '예禮'인데, 이는 사회의 도덕 수준에 맞추어 관습을 지키고, 적절한 품행을 보이며, 때와 상황에 맞게 행동하는 것을 뜻한다. 상가喪家에서 조의를 표하는 것부터 차를 제대로 마시는 법까지, 사회적 의례를 준수함으로써 서로에게 존중을 표하는 방식과 사회적으로 조화롭게 살아가는 법을 배운다. 이런 관점에서 볼 때, 예는 위컴의 윌리엄*이 말했듯 "예절이 사람을 만드는" 과정인 것이다. 그런데 예는 일종의 위계질서와 연결되어 있다. 유교에서, 예를 완전히 이룬 사람은

---

* William of Wykeham. 14세기 영국의 주교, 교육자. 윈체스터의 주교였으며, 영국의 재상으로 윈체스터 칼리지, 뉴 칼리지 옥스퍼드, 뉴 칼리지 스쿨 등을 설립했다.

특별히 현명한 사람으로 여겨진다. 이상적인 사회는 바로 그런 사람과 그러한 현인의 보좌관 혹은 자문으로 일하는 추종자들이 다스리는 사회다. 이러한 개념은 중국에서, 국정을 돌볼 사람을 뽑는 과거의 형태로, 607년부터 1911년까지 지속되어 왔다. 지극한 예에 도달한 통치자는 이론적으로 볼 때 현명한 이들이 나라를 다스려야 한다고 한 소크라테스의 철인군주론을 연상시키는 측면이 있다.

'충忠' 또한 중요하다. 가족에 대한, 남편이나 아내에 대한, 왕에 대한, 친구에 대한 충실함이 요구되었다. 가족에 대한 충실함은 그중에서도 가장 중요하다. 부모를 공경할 것을 설파한 덕목인 '효孝'는, 자녀가 부모와 조상을 다른 어떤 사람들보다 더욱 존중하도록 하는 명령이다. 유교 문화권에서 이보다 더 상위의 가치는 존재하지 않는다. 아시아인들은 제사를 통해 조상을 기리고, 자녀는 자신의 직업을 선택하고 결혼 상대를 고르는 일에서까지 부모의 바람을 모두 따라야 하며, 부모를 대상으로 범죄를 저지른 자는 사회적으로 특히나 큰 비난을 받으며 가중처벌 대상이 되는 것이다.

유교에서 인간관계는 몇 가지 법칙을 따른다. 그 관계의 유형은 다섯 가지로 정리될 수 있다. 지배자와 피지배자(군신유의君臣有義), 아버지와 아들(부자유친父子有親), 남편과 아내(부부유별夫婦有別), 나이가 많은 사람과 적은 사람(장유유서長幼有序), 비슷한 지위의 친구(붕우유신朋友有信)가 그것이다. 오직 마지막 관계만이 동등한 관계를 전제로 하고 있다. 그 외의 것들은 모두 전자가 더 높은 위치에, 후자가 낮은 위치에 놓인다. 윗사람은 아랫사람에게 책임 있고 관대한 모습을 보여야 하며, 아랫사람은 충실하게 복종함으로써 그에 보답해야 한다. 공자는 사회가 이러한 원칙에 의거해 돌아간다면, 조화롭고 질서 있는 세상을 구현할 수 있으리라고 믿었다.

한국의 유교

위만조선과 한사군 시대에 한국인들은 처음으로 유교를 접했으며, 불교와 마찬가지로 그 영향력은 삼국시대를 거치며 더욱 커졌다. 유교 문헌은 교육의 중요한 부분을 차지했다. 고구려, 백제, 신라의 지배 계층은 모두 중국 고전을 공부했다. 당시에는 불교와 유교 둘 중 무엇도 독점적 지위를 차지하지 못했다. 전자가 형이상학적인 것이었다면 후자는 지상의 통치 방식과 사회 구성원의 관계 등을 다루는 것이기 때문이다. 훌륭한 학자라면 양자 모두를 잘 이해하고 있어야 했다. 불교 국가였던 신라는 682년 유학 교육기관을 설립했다.

고려 시대를 거치면서 유교의 역할은 커졌다. 광종은 과거를 도입했고, 성종은 고등 유학 교육기관인 국자감을 설립했다. 그러나 아직 유교의 성장이 불교를 침식하는 수준은 아니었다. 삼국시대 이후 불교는 국교로서 계속 성장하고 있었고, 불교 교단들은 그 세를 과시하고 있었다.

사실 불교와 유교는 어느 정도 공통점을 가지고 있다. 양자 모두 타인을 돕고 이타적으로 행동해야 함을 강조한다. 자기 수양 역시 중요한 윤리적 가치로 다루어진다. 두 철학 체계는 서로 뒤섞인 채, 조선시대 이전까지 오래도록 함께 작동해왔다. 6세기에서 10세기까지 신라시대에 존속한 젊은 엘리트 전사들의 집단인 화랑도를 통해 우리는 이러한 융합을 확인할 수 있다.

화랑은 주로 귀족 집안 출신에, 도덕적 성품을 갖춘 10대 소년들로 이루어졌다. 그들은 승마, 궁술, 무술, 그리고 불교와 유교 양쪽에서 비롯된 윤리적 가치 등을 배웠다. 화랑은 전쟁터에 나서는 불교 신자들이었지만, 원광법사가 그들에게 부여한 세속오계 중 첫번째와 두번째, 즉 사군이충事君以忠과 사친이효事親以孝는 유교적 가치를 보여준다. 이보다 더 유교적 가치를 잘 드러내는 덕목도 없을 것이다.

조선 후기에 성리학이 세를 늘리기 전까지 불교와 유교가 갈등하는 일은 없었다. 성리학은 중국 철학자인 주희와 밀접한 관련이 있는 철학운동이다. 성리학자들은 이성을 통해 모든 것을 이해할 수 있다고 생각했기 때문에, 성리학은 예와 교육에 더 큰 가치를 부여했으며, 이를 위해 노력하는 것은 인간의 의무가 되었다.

주희는 불교 경전에 해박했으며 사상가, 그 외의 사람들, 사물의 경계를 뛰어넘어 통용될 수 있는 궁극적 지식이 있다고 주장했다. 불교도들은 깨달음이 결국 하나이며 통일된 것이라 보고 그것을 추구해왔는데, 주희의 격물치지格物致知는 바로 그러한 면을 연상시키는 측면이 있다. 그러나 주희는 이성적인 사람이었고 영적인 사상가가 아니었기에, 불교의 궁극적 해법은 공허하며 허황된 것이라고 보았다. 주희와 그의 제자들은 불교의 사회적 영향력을 축소시키고자 노력했다. 그전까지의 유학은 불교와 공존할 수 있었지만, 성리학은 그렇지 못했다.

고려의 학자인 안향이 1286년 주자의 책을 접하고 그것을 필사하여 중국에서 들여오면서, 성리학은 조선에 지적 영향을 미치기 시작했다.

유교를 가르치는 교육기관이 이미 존재했던 만큼, 식자층은 새로운 사상을 수용할 준비가 되어 있었다. 불교 종단의 부패와, 권력을 향한 이들의 탐욕은 때마침 도착한 반불교적인 성리학에 힘을 실어주었다.

평범한 사람들과 최상류층은 계속 불교를 믿었지만, 이제는 막강한 적이 생기고 말았다. 이성계의 가장 가까운 조언자였던 정도전은, 불교의 적 중에서도 가장 강력한 인물이었다. 고려가 쓰러지고 이성계가 새로운 왕국을 세운 1392년, 실질적으로 조선의 지도자나 다름없었던 정도전은 교육, 조세정책, 외교, 국방 등과 관련해 수많은 정책의 초안을 잡았다. 그는 고도의 중앙집권적 관료제를 설립하고, 수도를 개성에서 서울로 옮겼으며, 국가의 지도 이념을 불교에서 유교로 전환했다.

정도전은 고려를 성리학의 체제에 맞추어 재정립했다. 과거를 통과한 관료들로 상층 계급이 구성되었으며, 그 밑으로는 전문가 집단 및 평범한 노동자들이 배치되었다. 이전까지 막강한 권세를 자랑하던 불교 승려들은 이제 심지어 중간 계층에도 속할 수 없게 되었다. 광대, 기생, 그 밖에 사회적으로 해롭다고 여겨지는 다른 이들과 함께, 승려들은 천민, 즉 사회의 주류에서 밀려난 채 과거를 볼 기회마저 박탈당해 신분 상승을 꿈꿀 수도 없는 자들로 분류되었다.

조선왕조 초기에는 몇몇 왕들이 불교 신자로 남아 있었다. 태조 이성계가 그랬고, 세종대왕도 불교 신자였다. 사회적인 문제는 유교로 다루고, 형이상학적인 문제는 불교에 의탁한다는 생각이 전혀 모순으로 여겨지지 않았다. 하지만 왕들은 주자의 영향력이 한국에 닿기 전까지 존재해왔던, 좀더 유연한 형태의 유교가 아니라 보다 엄격한 성리학을 추구하던 신하들에게 둘러싸여 있었다.

샤머니즘 또한 공격 대상이었다. 무당 또한 천민의 지위로 강등되었다. 하지만 무속인과 불교 승려를 찾는 이들이 사라지지는 않았다. 성리학은 영적인 측면이 없었고, 그리하여 사람들은 영적인 질문과 문제에 대한 대답을 다른 곳에서 찾아야 했던 것이다. 특히 무속은 음악과 춤, 그리고 감각적이고 화려한 의식을 갖추고 있었는데, 이것은 엄격한 위계질서 속에서 의무만 강조하는 성리학을 통해서는 충족될 수 없는 것이었다. 조선시대 내내 수많은 상층 계급과 평범한 사람들이 불교와 샤머니즘으로 향했다. 19세기 말 명성황후는 독실한 불교 신자였으며 두 명의 무속인을 상담자로 곁에 두었다. 19세기에 한국에 왔던 미국인 선교사 호머 헐버트에 따르면, "한국인들은 사회적으로는 유교에 따르고, 철학적인 생각을 할 때는 불교도가 되며, 곤경에 빠지면 무속을 숭배한다".

성차별주의를 낳은 일말의 책임

성리학은 1910년 조선왕조가 사라지기 전까지 오랫동안 조선의 국가 이념으로서의 지위를 누렸기에, 성리학이 사람들의 삶에 미친 영향은 작지 않았다. 삼강오륜에 따른 상하관계의 관념은 아마 성리학이 한국 문화에 끼친 영향 중 가장 강력한 것이 아닐까 싶다.

조선시대에 임금과 신하의 관계에서 후자는 전자에게 절대적인 충성심을 내보여야 했다. 임금은 그러나, 자애로운 통치를 하지 못할 경우 역성혁명을 당할 수도 있다. 이성계가 고려왕조를 무너뜨리고 조선을 세울 때, 거기에 가담한 이들은 고려가 백성을 제대로 보살피지 못했기 때문이라는 성리학의 논리로 스스로를 정당화했다. 한국인의 조직 생활에서, 윗사람이 아랫사람을 보살피고 아랫사람은 윗사람에게 충성하는 기제는 아직도 작동하고 있다. 내부고발은 거의 이뤄지지 않는데, 이는 윗사람에 대한 아랫사람의 의무에서 벗어나는 것이기 때문이다. 일반적인 한국 상사들은 비유교권 사람들에 비해 훨씬 더 부모처럼 행동한다. 그는 직원들의 개인사에 지대한 관심을 보이며, 정기적으로 점심이나 저녁 식사 시간에 회식을 하려고 할 것이다.

집에서는 아버지가 권위를 가진다. 아내와 아이들은 아버지가 말하는 대로 해야 하며, 대신 아버지는 공정한 지배자이자 경제적 부양자가 되어야 한다. 성리학적 질서 속에서 남성은 여성들에 비해 더 많은 권리를 가지며, 아이를 낳은 여성들은 이름 대신 '누구 엄마'로 불리기 일쑤다. 아버지가 세상을 떠난 집에서는 어머니가 아니라 맏아들이 가장 노릇을 하게 된다. 조선 후기 등장한 '삼종지도三從之道'에 따르면, 여자는 어려서는 아버지를, 시집가서는 남편을, 과부가 되어서는 아들의 뜻에 따라야 했다. 여성의 상속권은 부정되었으며(조선 전기까지만 해도 여성들이 재산과 귀족의 지위를 동등하게 물려받았다), 교육을 받을 수도 없었다. 조선 정부는 여성들에게 바깥출입을 함으로써 정숙하지 못한 여자, 즉 '악녀'가 되는 일을 피하라는 내용을 담은 책을 발행하기도 했다. 이것은 '안'과 '밖'을 구분하는 내외법에 따른 것으로, 여성의 영역은 '안쪽'으로 한정되었으며 여성은 안에서 가사를 돌보고 아주 드물게 밖에 나갈 일이 있으면 얼굴을 가려야 했다. 17세기에는 상류층 여성부터 얼굴을 가리는 것이 일반적인 풍습이 되었으며, 19세기에 이르면 거의 대부분의 조선 여성이 바깥을 출입할 때 얼굴을 가렸다.

16세기 대표적인 유학자이며 정부 관료였던 이율곡을 헌신적으로 키워낸 신사임당은 오늘날까지도 이상적인 유교적 여성상으로 간주된다. 2007년, 한국은행은 지폐로는 최고액권인 5만 원권에 넣을 인물로 신사임당을 선정했는데, 그 이유는 신사임당의 "자녀 양육과 헌신"을 기리기 위해서였다고 로스앤젤레스 타임스가 보도했다. 한국은행의 한 관계자는 신사임당을 "한국 역사상 가장 훌륭한 모성의 사례"로 꼽았다. 이를 둘러싸고 열두 개가 넘는 한국 여성단체들이, 이 같은 선정 이유는 여성이 자식과 남편을 위해 무조건 헌신해야 한다는 식의 고정관념을 강화시킬 뿐이라며 항의했다. 만약 한국이 성차별주의를 이유로 법정에 서야 한다면, 그 죄책은 유교에 물어야 할 것이다.

나이가 몇 살이시죠?

나이 많은 사람과 젊은 사람의 관계 또한 중요하다. 한국에서 두 사람이 처음 만났을 때, 으레 나오는 질문 중 하나는 "나이가 몇 살이시죠?"다. 누가 연장자인지 확인하고 나면, 어린 사람은 상대방에게 어느 정도 예우를 해줘야 한다. 이러한 위계는 특별한 호칭을 통해 강조된다. 젊은 남자는 나이 많고 친근한 남성을 형이라 부르고, 젊은 여자는 나이 많고 친근한 여성을 언니라고 부른다. 서로 성별이 다른 사람들끼리 친분이 생길 경우, 나이 많은 남자는 오빠가, 나이 많은 여자는 누나가 된다. 이러한 관계 속에서 나이가 어린 사람은 그저 동생으로 불린다.

일반적으로 좀더 어린 사람이 나이 많은 사람과 밥을 먹거나 술을 마시면, 잔에 입을 댈 때에는 고개를 다른 쪽으로 돌려 예의를 표해야 한다. 연장자가 말할 때는 그가 뭐라고 하건, 상대방에게 동의하건 말건, 자신의 의견과 상관없이 일단 주의를 집중해야 한다. 사실상 유교의 힘이 약화되고 있는 오늘날 이런 행동들은 다소 지나치게 예의를 차리는 것처럼 보일 수도 있다. 하지만 아직까지도 젊은 쪽에서는 연장자를 향해 어느 정도 존중을 '바치는' 모습으로 예우를 다해야 한다. 그러면 그에 대한 '답례'로, 연장자는 기꺼이 계산서를 들고 카운터로 향한다.

나이에 따른 위계질서는 언어에도 반영되어 있다. 한국어는 상황별로 다르게 요구되는 예절의 수준에 따라 나누어져 있다. 가장 기본적인 형태인 반말은 친구나 사회적으로 동등한 관계에서 사용된다. 반말 위에는 여러 단계의 경어체가 존재하는데, 이것들을 존댓말이라고 한다. 존댓말 중 가장 쉽게 들을 수 있는 것은 '해요체'로, 모든 문장의 동사가 '해요'라는 형태로 마무리된다. '합쇼체'는 좀더 예의 바른 말투인데 이 경우 문장이 '합니다'로 끝난다. 합쇼체는 가게 직원이 응대하는 말이나 텔레비전 뉴스 프로그램에서 주로 사용된다. 형과 대화할 때는 해요체를 쓸 수도 있고 요즘에는 반말을 하기도 한다. 한편, 더 나이 차이가 많이 나고 존중을 표해야 할 사람에게는 '합니다'가 필수적일 수도 있다. 자신이 다니는 회사 사장에게 말할 때는 '합니다'를 써야 한다. 어린이가 부모에게 말할 경우에는 '해요'가 일반적이지만, 요즘은 어머니나 아버지와 대화할 때 반말을 쓰는 경우도 많이 보인다.

어버이의 은혜와 조상님의 은덕

유교는 가족의 단결을 그 무엇보다 중요하게 생각한다. 가족은 살아 있을 때뿐 아니라 죽어서도 남은 가족들에게 공경받아 마땅하다. 기일에 가족이 모여 돌아가신 분을 기리는 제사와, 추석과 설날이라는 명절에 치르는 특수한 형태의 제사인 차례는 가족과 핏줄의 중요성을 구성원에게 일깨우기 위한 행사다. 제사는 음식을 차려서 집 안에 일종의 간이 사당을 만들어놓고 가족들이 그 앞에서 줄지어 절을 하는 것이다. 전통적인 제사 음식에는 밥, 국, 전, 나물, 과일 등이 포함된다. 물론 여기에는 다소 응용의 여지가 있으며, 제사를 받는 고인이 평소에 즐기던 음식이 올라가기도 한다. 2011년에 찍힌 한 보도사진을 보면 제사상에 피자가 올라가 있는데, 왜 전통적인 차례 음식이 아닌 피자를 올렸느냐고 기자가 묻자, 가족들은 당연하다는 듯이 대답했다. "아버지가 피자 좋아하셨거든요."

제사는 한국인이 조상을 숭배한다는, 혹은 유교가 특별한 의식을 지니는 종교인 것 같은 인상을 준다. 실로 몇몇 초기 기독교인들은 제사 지내기를 거부하며 저항하다가 순교하기도 했다. 오늘날에는 제사를 지내지 않는 기독교인도 있으며, 개신교도는 '제사 대신' 추도 예배를 드리기도 한다. 그러나 주희는 죽은 사람의 영혼이 실제로 존재한다고 믿지 않았으며, 다만 그러한 의식을 통해 구성원끼리의 존중을 드러낼 수 있다고 생각했을 뿐이다. 그렇게 볼 때, 함께 모여 추모하는 행위는 누군가에 대한 공경심을 유지시켜주면서, '예'를 증진하는 효과를 불러올 것이다.

사람은 자신의 조상을 공경해야 한다. 자식은 부모에게 평생의 빚을 지고 있다. 사람은 부모가 없다면 존재할 수조차 없기 때문에, 평생을 다해도 자식은 그 빚을 다 갚을 수 없다. 그러므로 자녀가 그런 빚을 지고 있다는 것은 계속 상기되어야 하며, 사람이라면 그것을 갚기 위해 평생토록 노력해야 하는 것이다. 자녀는 자신이 원하는 사람이 아니라 부모가 바라는 상대와 결혼해야 한다. 같은 원리로, 학교나 직장을 택할 때도 자신의 꿈을 좇아 예술가나 음악가가 되는 대신, 높은 봉급을 주는 안정된 직업을 선택해 부모가 노년에 접어들었을 때 그들을 부양하고 또 제 자식들을 보다 더 나은 환경에서 키워야 한다. 자녀를 낳고 길러 가족의 연속성을 유지하는 것 또한 중요한 일이니 말이다.

그러나 오늘날에는 부모 자식 간의 관계에서 유교의 영향이 많이 사그라들었다. 자녀들은 보다 자유로운 선택권을 누리며, 자신이 좋아하는 사람과 결혼하는 사람도 예전보다 많아졌고, 때때로 부모와 갈등하는 자식들도 있다. 제사를 짐으로 보는 사람도 많다. 아직 평등을 달성했다고 말하기는 힘들지만 성의 역할과 위계를 나누던 유교의 영향에도 불구하고 여성들이 평등한 교육의 기회를 누리면서 사회생활에서 차지하는 비중도 극적으로 늘어났다. 노인에 대한 전통적인 공경심 역시 줄어들고 있다. 한국의 유교 문화가 어떤 건지 책에서 읽고 서울을 찾은 관광객들은, 행여 젊은이가 자리를 양보해줄까 기대하며 소득 없이 버티고 서 있는 힘없는 노인의 모습을 보면 놀라곤 한다.

과거제의 흔적과 진화

한국이 유교의 영향에서 완전히 벗어났다고 생각한다면 그건 아마 오산일 것이다. 유교의 힘은 위계질서에 따른 기업 문화는 물론 한국어의 존대법에도 남아 있을 뿐 아니라, 모든 한국인이 집착하는 영역, 즉 교육에서도 여실히 발휘되고 있다. 한국은 시험에서 높은 점수를 받아 명문대에 입학하는 데 몰두하는 것으로 널리 알려졌다. 이것은 교육을 통한 자기 수양이라는 유교 문화의 유산과, 천 년 넘도록 이어져온 시험을 통한 관료 선출의 전통이 합쳐진 결과물이다. 조선왕조 건립을 기점으로 임진왜란 때까지, 원칙적으로 과거를 통과하는 것은 사회 지도층이 될 수 있는 유일한 경로였다. 물론 실상은 이미 높은 지위에 있는 집안의 자제들이 더 높은 점수를 받곤 하는 일이 대부분이었으나, 가난한 집안에서 태어난 명석한 인재가 과거를 통해 출세할 수 있는 가능성이 미약하게나마 남아 있었다. 과거를 통과한 사람은 3대에 걸쳐서 양반의 지위와 토지를 하사받았다. 과거에 급제하는 것은 자기 자신뿐 아니라 (급제자가 나와서 양반이 된 후, 3대에 걸쳐서 연속으로 낙방하는, 어차피 그렇게 될 가능성도 희박한 일만 벌어지지 않는다면) 후손에게까지 이어지는 영광과 안정을 의미했던 것이다.

양반 제도는 왕권이 약화되고 1910년 일본에 국권이 침탈되면서 역사의 뒤안길로 사라졌지만, 한 사람의 인생을 바꿔놓을 수 있는 교육 및 시험에 대한 믿음은 유지되고 있었다. 남북이 분단되고 뒤이어 1950년부터 1953년까지 전쟁을 치르면서, 대한민국은 지극히 평등한 사회에서 시작했다. 이승만 대통령의 부패한 정권과 연루되어 있던 사람을 제외하고, 한국인 대부분은 가난으로 대동단결 뭉쳐 있었다. 한국에 남아 있던 것이라곤 폭격당한 기반시설과 지극히 부족한 천연자원이 다였고, 이 나라는 지구 상에서 가장 낮은 수준에 속하던 1인당 GDP로 허덕이고 있었다.

다시 한번, 교육이 답이었다. 한국인들은 비참한 현실을 극복하는 데 쓸 수 있는 자원이 사람뿐이라는 것을 깨달았다. 유교의 가르침이 그러하듯, 사람은 교육을 통해 개선될 수 있고 개선되어야 할 존재였다. 그에 따라 정부는 부모가 누구고 재산이 얼마나 되며 성별이 어떤지와 상관없이, 모두에게 교육의 문호를 개방하는 정책을 일관되게 펼쳤다. 1980년대까지, 작은 마을 출신의 가난한 젊은이가 그의 삶을 바꾸는 길은, 쉬지 않고 공부해 'SKY' 대학에 진학하여, 의학 등 돈이 되는 과목을 전공하는 것이었다. 그러면 서울에서 많은 돈을 받는 의사가 되어 부모뿐 아니라 자식도 부양할 수 있었다. 당시 한국처럼 가난한 나라에서, 이러한 인생 경로는 조선시대에 과거에 급제하는 것과 거의 다를 바가 없었다.

심지어 오늘날에도, SKY에서 받은 졸업장은 최고의 일자리를 얻고, 최고의 인적관계를 형성하며, 가장 괜찮은 결혼 상대를 만날 수 있는 보증수표 노릇을 한다. SKY 대학은 미국의 아이비리그나 영국의 옥스브리지Oxbridge와 유사한 지위를 차지하는 것 같지만, 심지어 그 영향력은 더 강력하다. 한국에서 가장 큰 기업의 CEO 열 명 중 일곱 명이 SKY 출신이며, 최고위직 법조인 열 명 중 여덟 명이 SKY 출신이다. SKY 대학에 들어가기 위해서는 수능이라는 자격시험을 봐야 하는데, 이것은 고등학교 3학년 학생들을 대상으로 하며 하루종일 시행된다.

수능을 보는 응시생에게 가해지는 부모와 교사의 압박에 대한 이야기는 셀 수 없을 만큼 많다. 수험생들이 아침 여섯시 전부터 일어나 밥 먹을 때를 제외하고 하루종일 공부하며 자정이 넘어서야 쓰러져 잠드는 이야기는 그런 일화 축에도 못 낀다. 어떤 부모들은 수능에 대비하기 위해 한창 어린 때부터 자녀들을 몰아붙인다. 서울의 강남 지역은 비싼 가격에 그러한 방과 후 수업을 제공하는 사설 교육기관이 밀집해 있는 것으로 유명하다. 자녀가 몇 살이건 개의치 않고 아이들을 학원에 밀어넣는 엄마의 모습은, 강남 엄마들의 전형으로 자리잡은 지 오래다.

바로 그 SKY 학생들을 가르치는 사람들은 한국의 사회적 사다리 중 가장 꼭대기에 올라앉아 있다. 한국 엘리트 대학에서 교수를 하는 사람들은 수월하게 정치계, 재계에 진출하기도 하고, 자신이 비판하는 분야에 대한 전문적 지식 보유 여부와 무관하게 언론 지면에 오르내리는 공공 지식인의 역할도 맡을 수 있다. 그 결과 교수라는 직함은 액면가보다 훨씬 값어치가 높아지며, 정교수 자리를 얻기 위해 수천만 원 이상의 뇌물이 오간다는 이야기도 심심찮게 들려온다.

고등고시는 오늘날 가장 높은 수준의 공직 선발 시험이다. 정부 고위직으로 일하면 훌륭한 사회적 지위와 완전한 직업 안정성이 보장되기 때문에, 더 많은 보수를 얻을 수 있는 민간기업의 일자리보다 고등고시를 더 선호하는 것이다. 고등고시는 1949년 시작된 이래 모든 국민에게 열려 있다. 고등고시는, 모든 것을 희생하며 평생 공부만 해온 41세 수험생도 점수만 잘 받으면 공직에 종사하게 해줄 만큼 균등한 기회를 제공한다. 고등고시나 로스쿨 입학 등 다양한 시험 대비를 목적으로 학생들이 다니는 학원, 저렴한 식당 등이 밀집해 있는 지역에는 고시원이라 불리는 개인 주거 시설이 존재한다. 학원 근처에 살면서 오가는 시간을 절약해 공부에 더욱 매진하는 것이다. 수많은 고시원이 몰려 있는 곳을 고시촌, 즉 '고시생들이 모여 있는 마을'이라고 부른다. 고시촌에서의 삶은 각박하지만, 고시에 성공하면 평생의 안정과 명예를 얻게 된다.

24 기독교와
믿음의 온도

한국 어디에서든 밤에 언덕에 올라 아래를 굽어본 적 있는 사람이라면, 발밑에 펼쳐진 '눈부신' 풍경에 아마 깜짝 놀랄 것이다. 아래는 온통 빨간 네온 십자가로 뒤덮여 있다. 이러한 풍경이 너무나 일상적이어서 그런 현상을 풍자하는 노래까지 등장했을 정도다. 기독교는 다른 종교에 비해 상대적으로 짧은 시간 동안 한국과 접촉했지만, 짧은 역사에도 불구하고 어떤 종교보다 강한 영향력으로 사람들을 사로잡았다. 서구 기독교 국가의 식민지였던 필리핀과 동티모르를 제외하면, 한국은 전체 인구 중 신자의 비율로 볼 때 아시아 제일의 기독교 국가다. 이러한 성취를 이룩하는 과정에서, 한국의 기독교는 법으로 금지된 변두리 종교에서 제도권 신앙으로 변모해나갔다.

천주교와 순교

오늘날 기독교는 불교를 제치고 한국에서 가장 대중적인 종교가 되었지만, 그 시작은 험난했다. 한반도에서 기독교를 포교하고자 최초로 시도한 사람 중 하나가 바로, 임진왜란 당시 조선을 침략하는 데 주요한 역할을 했던 일본의 장수 고니시 유키나가였다. 천주교 신자였던 그는, 일본에서 넘어올 때 예수회 선교사 한 명과 신부를 대동했다. 조선에 기독교를 전하고자 했던 그 이후의 시도들은 그다지 성공적이지 않았다. 조선을 침략했던 일본인들을 상대로 포교 활동을 했던 선교사 그레고리오 세스페데스Gregorious de Cespedes에게는 조선인에 대한 포교가 허락되지 않았던 것이다.*

1603년, 사신으로 북경에 다녀온 이광정은, 중국에 와 있던 천주교 선교사 마테오 리치가 쓴 책을 들고 돌아왔다. 마테오 리치의 글은 지식인들 사이에서 주목을 받았지만, 개종을 한 사람은 없었다. 유학자들은 지적 호기심으로 그의 글을 읽기는 했지만, 궁극적으로는 천주교의 세계관을 받아들이지 않았다.

18세기 후반까지 천주교는 제대로 된 거점을 확보하지 못했다. 엄격한 유교도였던 영조는 강원도와 황해도에 천주교 신자가 있다는 사실을 알고, 1758년 법으로 천주교를 금지해버렸다. 그럼에도 불구하고 1784년, 이승훈이라는 젊은이가 아버지를 따라 북경을 방문한 후 서울

---

* 예수회 일본관구에서 활동하던 그레고리오 세스페데스 신부는 임진왜란 당시 일본군과 함께 조선에 상륙해, 현재 창원시 진해구 웅천동 남산성에 해당하는 곰개성에서 1년 6개월간 군목으로 활동했다. 하지만 그가 선교사로서 조선 백성들에게 실질적인 영향을 주었다고 보기는 어렵다. 임진왜란이 끝난 후, 일본군의 군종 신부였던 그는 조선에서 포교 활동을 허락받을 수 없었다.

로 돌아와 천주교 금지령을 무시하고 포교 활동을 시작했다. 그는 한국 천주교에서 최초로 신자들의 조직, 즉 스스로를 '교우'라 부르는 사람들의 집단을 만들었다. (중국과 일본에 도달한 선교사들은 1600년대와 1700년대, 숱한 시도에도 불구하고 조선에 당도하지 못했던 탓에) 다른 아시아 나라의 경우와 달리, 조선의 천주교 전래는 선교사가 아니라 중국에서 천주교를 접하고 돌아와 고국에서 포교한 조선인들에 의해 시작되었다. 그것은 외국인들과는 거의 무관하게 진행된 일종의 풀뿌리운동이었다.

이승훈이 개척교회처럼 사용한 집을 제공했던 김범우는, 1786년 정부 관료에게 체포되어 고문 끝에 순절해 한국 최초의 천주교 순교자가 되었다. 이승훈이 조직한 교우 모임에는 당대의 학자이자 철학자였던 다산 정약용(1762~1836)도 포함되어 있었다. 1795년, 베이징 주교는 마침내 4천 명까지 늘어난 조선의 천주교 신자들을 위해 중국인 신부 주문모周文謨를 조선으로 파견했다. 주문모는 조선으로 밀항해 들어와 한국 천주교 신자들이 제공한 은신처에 숨어들었다. 그는 한반도에 온 최초의 외국인 선교사였다.

이승훈과 주문모는 훗날 1801년 신유박해 당시 처형되었으며, 천주교도 숙청 과정에서 다산 정약용은 자신의 믿음을 부정했다. 신유박해로 모두 3백 명도 넘는 천주교인이 처형되었다. 천주교가 정권의 위협으로 간주된 이유는 여러 가지였다. 모든 사람이 신 앞에 평등하게 창조되었다고 설파하는 이 외국 종교의 시각은, 성리학에 기반한 사회적 위계에서 높은 위치에 있는 이들, 특히 임금에 대한 절대 복종을 강조하는 유교적 질서와 원칙을 크게 위협하는 것이었다. 수많은 천주교인들은 또한 제사를 거부했는데, 이는 제사가 조상숭배이기 때문에 곧 우상숭배와 마찬가지라는 이유에서였다. 한편 이승훈이 세운 교회의 교인이던 황사영은 한국 천주교인들을 위해 서양에서 군대를 파병하게 해야 한다는 편지를 보냈는데, 그것이 중간에 새어나가 발각되었고, 1800년에서 1805년까지 섭정을 하던 정순왕후는 1801년 신유박해를 명했다.

당시 한국의 천주교 신자는 1만 명가량으로 늘어나 있었다. 1815년과 1827년, 그리고 1866년에서 1871년 사이 조선 정부는 다시 한번 대대적인 천주교도 소탕령을 내렸고, 당시 신자들이 느꼈던 공포는 오늘날의 한국 천주교에까지 어느 정도 영향을 미치고 있다. 1870년대에서 1880년대까지, 조선 정부가 서구 열강들과의 관계 개선을 위해 억압을 풀어주기 전까지 천주교는 지하 종교로 남아 있었다. 1882년 신자 수는 총 만 2,500여 명으로, 1800년보다 약간 많아졌지만, 조선이 일본에 국권을 상실하던 1910년에는 7만 3,000명에 이르렀다.

개신교와 독립운동

1884년, 미국 장로교회의 호러스 알렌이, 1885년 감리교회의 헨리 아펜젤러와 호러스 언더우드가 도착하면서 조선에도 최초로 개신교 선교사들이 발을 딛게 되었다. 그런데 그들이 도착했을 때, 조선에는 이미 개신교 신자들이 있었다. 만주에 살던 스코틀랜드 장로교도 존 로스는 1882년 한국어로 신약성서를 번역했고, 이것이 한반도 북서쪽으로 퍼지면서 개심이 일어났던 것이다.

번역된 신약성서는 세종대왕이 15세기 중반에 창제한 한글로 인쇄되었다. 이전까지 사회 엘리트에 의해 독점적으로 사용되던 한자에 비해, 스물네 개의 자음과 모음을 조합하기만 하면 되는 한글은 평범한 사람들도 훨씬 쉽게 배울 수 있었다. 유교와 불교 경전이 한자로 쓰여 있었던 것과 달리, 선교사들은 기독교 문헌을 번역함에 있어서 모두가 읽고 이해할 수 있는 한글로 번역하는 방식을 고수했다. 하층민에 기독교가 쉽게 전파될 수 있었던 주요 이유가 바로 여기에 있다.

알렌, 언더우드, 아펜젤러는 조선에 와서 곧 병원, 학교, 대학 등을 설립하며 조선의 발전에 물질적으로도 기여했다. 1890년, 세 사람은 배재학당과 이화학당을 설립했으며 이후 연세대학교도 설립했다. 일순간에 개신교가 한국에서 가장 큰 교육단체로 거듭난 것이다. 이 교육단체들은 기독교를 확산시키는 역할을 수행했을 뿐 아니라, 미국에서 온 새로운 형태의 기독교는 진취적이고 현대적이며 조국에 도움이 된다는 인식을 확산시키는 데 기여했다. 그리하여 개신교는 천주교에 비해 훨씬 뒤늦게 조선에 상륙했지만, 금세 대중성에서 앞서갔다. 1910년 개신교 신자는 약 10만 명에 이르렀다.

1910년은 한반도 역사상 가장 쓰라린 시절 중 한때가 시작된 해였다. 조정 내부의 권력 다툼이 끊이지 않았고, 일본과 러시아 같은 외세가 조선을 두고 패권을 장악하고자 압력을 가한 탓에, 조선왕조는 지난 세기 동안 극도로 허약해져 있었다. 이러한 가운데 일본은 수년간 영향력을 확대해왔고, 결국 (조약 체결을 거부한 순종황제가 불참한 가운데) 총리대신 이완용이 대한제국의 국새를 날인하여 1910년 8월 22일한일합방조약을 체결했다. 이렇게 하여 1945년 일본이 패전으로 물러 날 때까지 35년에 걸친 가혹한 식민 지배가 시작되었다.

일제강점기는 모든 한국인에게 힘겨운 시간이었지만, 그 고난 속에서 한국 기독교는 가장 치열하고 아름다운 시기를 보냈다. 기독교라는 새로운 종교는 처음부터 독립운동의 일부처럼 받아들여졌다. 1912년, 데라우치 총독 암살 미수 사건으로 124명이 체포되었는데, 그중 98명이 기독교인이었다. 그중에서 단 여섯 명만이 자백했다는 사실은 일본이 기독교라는 서양 종교를 꺾을 방도를 모색하게 된 이유로 충분할 것이다. 이 사건은 일본의 조선 통치와 기독교가 서로 대립한다는 인상을 심어주었는데, 일본이 설립한 학교들의 정책이 기독교 계열 교육 단체와 상충하는 모습을 통해 그러한 인식은 더욱 강화되었다. 일제가 새로 설립한 학교들은 침략자의 언어를 가르치며 종교 교육을 허락하지 않았던 것이다.

1919년 3월 1일, 만해 한용운과 육당 최남선이 초안을 쓴 독립선언서를 채택하기 위해 33인의 독립운동가가 서울의 태화관이라는 식당에 모였다. 그들은 윌슨의 민족자결주의 담화를 전해 듣고 영감을 받았다. 일본의 식민 지배에 맞서 조선에서 들고 일어나면 미국에서 도움을 줄 수 있을지 모른다는 희망을 품게 된 것이다. 독립운동가들은 독립선언서에 서명하고, 조선총독부에 독립선언서 사본을 보냈으며, 경찰에 연락해 자신들의 행동을 알렸다. 이렇듯 무지막지하게 용감했던 독립선언은 저항운동에 불을 붙여 2백만여 조선인들이 거리로 뛰쳐나와 만세를 부르게 만들었다. 이로 인해 7천5백 명 이상이 목숨을 잃었으며, 일본이 조선을 지배하는 본질이 세계에 알려지는 계기가 되었다.

기독교 신자가 전체 인구의 2퍼센트를 채 넘지 않았음에도 불구하고, 민족 대표 33인 중 열여섯 명이 개신교 신자였다. 독립선언과 그에 이은 시위로 잡혀들어간 사람 중 5분의 1이 개신교도들이었다. 일본은 신속하고도 잔인한 앙갚음에 들어갔다. 47개의 교회가 불타버렸고, 수천 명의 기독교인이 목숨을 잃거나 투옥되고 고문을 당했다. 그러나 독립운동가들의 활동이 전적으로 무의미했던 것은 아니다. 3·1운동의 여파는 일본 총독의 사퇴를 불러왔고, 후임자인 사이토 마코토 총독은 조선 치안 업무를 헌병이 아닌 경찰에 이양하고 약간의 언론 자유를 허용하는 문화통치를 펼쳤다.

기독교도 중 항일운동에 나선 사람 대부분은 천주교도가 아닌 개신교도였다. 논란의 여지가 있지만, 이는 한국 천주교가 겪었던 가혹한 역사가 권력에 대한 조심성을 낳았기 때문일 수도 있다. 다른 한편 어떤 기독교인들은 일제와 맞서 싸우는 일에 그리 강한 의지를 보이지 않았다. 1920년대에서 1930년대 사이, 한국의 개신교 종파는 두 부류로 나뉘었다. 한쪽은 일제에 저항하는 경향을 보이는 신학적으로 자유주의적인 집단이었고, 다른 한쪽은 순전히 교회와 관련된 일에만 관심을 보이고 정치적인 행동에는 소극적인 보수적인 모임이었다. 가혹한 일제강점기를 견뎌내는 것은 어려운 일이었던 만큼, 후자는 일제강점기에 보다 더 양적으로 성장할 수 있었다.

미국의 원조와 후광

기독교도들이 저항운동에 참여하고 있다는 것뿐 아니라, 기독교가 서구 문화에 깊이 연관되어 있다는 사실 때문에 일제는 노심초사했다. 뒤이은 해방, 분단, 대한민국 건국 과정에서 기독교, 특히 개신교 분파들은 서양에서 건너온 종교라는 점에 힘입어 그 혜택을 누릴 수 있었다. 개신교는 미국의 종교로 받아들여졌는데, 한국 엘리트들이 볼 때 미국은 성공을 위해 반드시 따라잡아야 할 나라였던 것이다. 초대 대통령이었던 이승만은 하버드 대학에서 교육받은 미국 애호가이자 영어 구사자로, 자신을 소개할 때도 영어식으로 이름을 먼저 대고 성을 나중에 말했다. 이승만은 감리교 신자였고, 그가 이끄는 자유당 의원 중 39퍼센트는 기독교 신자였다.

미국은 근대적이며 진취적이고 부유한 나라로 여겨졌다. 미국의 종교 또한 같은 후광을 입었다. 2004년 연구에 따르면, 한국인 중 42퍼센트는 개신교가 "한국의 근대화 과정에서 가장 큰 기여를 했다"고 응답했다. 제2차 세계대전과 한국전쟁이 끝난 후, 미국은 군사적으로 한국의 뒤를 봐주며 막대한 구호물자를 제공했으며, 한국 정부는 미국의 종교가 지속적으로 뻗어나가는 데 방해가 될 만한 그 어떠한 행동도 하지 않았다. 한국에 와 있는 미군은 그 자체로 기독교 확산의 주된 본거지 중 하나였다. 게다가 한국전쟁 이후의 재건 과정에서, 대한민국은 기독교 단체로부터 막대한 양의 구호 물자를 받았으며, 그 또한 이 서양 종교에 대한 긍정적인 이미지를 강화하는 데 일조했다.

1960년대에서 1980년대까지 신자들의 수는 폭발적으로 늘어났다.

오늘날에는 사람들이 "할아버지 할머니는 불교 신자인데 나는 교회 다녀"라고 말하는 것을 흔히 들을 수 있다. 1958년, 한국의 개신교도는 80만여 명이었다. 1968년에는 2백만 명에 가까웠다. 1978년에는 5백만 명을 넘었고, 2005년에는 861만 명이었다. 한국의 개신교 신자들은 열성적이다. 1995년 조사에 따르면 한국 개신교 신자 중 적어도 매주 한 번씩 교회에 나가는 신자의 비율은 약 80퍼센트, 주 2회 혹은 그 이상으로 교회에 출석하는 신자는 약 40퍼센트를 차지했다. 개신교 신자 수에 514만 명(2005년 조사)의 천주교 신자를 더하면, 전체 기독교 신자 수는 인구의 4분의 1을 넘어선다.

몇몇 진보적인 목회자들이 있긴 했지만 한국 개신교는 대체로 보수적이다. 1980년대에는 민주수호기독청년협의회가 폭력적인 극우 독재자인 전두환 정권에 맞서 열정적으로 투쟁을 벌였으며, 오늘날은 성공회 사제이기도 한 이재정 전 통일부장관 같은 사람이 있다. 하지만 중도 우파적 성향을 지닌 개신교 신자들이 훨씬 많다. 한국기독교총연합회는 보수적인 개신교 교회들이 모여 만든 단체로, 종종 강경한 대북정책과 자유시장정책을 요구하는 집회를 열곤 한다. 우파 대통령 이명박은 2007년 대통령 선거에서 당선되기까지 이른바 '교회 로비'의 힘을 톡톡히 입었다. 대선운동 기간 동안, 초대형 교회의 목사들은 신도들에게 이명박 후보의 당선을 위해 기도해달라고 공공연히 요청하곤 했다.

좌파들은 기독교 내 우파 세력이 지나치게 정치적이며 사회적으로 보수적인 집단을 형성하고 있다고 비판하곤 한다. 2004년, 일군의 보수적인 교회 지도자들은 미국 기독교연합Christian Coalition을 본뜬 기독교 정당을 만들고자 했다. TV 선교 목사*인 팻 로버트슨이 만든 미국 기독교연합은 동성 결혼과 낙태에 반대한다. 2011년 서울시장 선거 기간 당시, 금란교회의 김홍도 목사는 설교 도중 중도 좌파 후보인 박원순을 두고 "사탄, 마귀에 속한 사람이 시장이 되면 어떻게 하나"라고 발언했다. 사랑제일교회의 전광훈 목사는 정교분리원칙에 반대하는 정당을 만들겠다는 계획을 발표했다. 전광훈 목사는 이후, 한국의 낮은 출산율과 싸우기 위해 아이를 다섯 명까지 낳지 않는 자들은 감옥에 보내겠다는 발언을 해, 그저 실소의 대상이 되었을 뿐이다.

개신교는 자본주의와 친화적인 종교로 여겨진다. 그것은 어떤 면에서, 개신교가 미국과 관련된 종교이면서, 동시에 북한 공산주의와 맞서 싸우는 종교였던 역사적 맥락 때문일 것이다. 하지만 한국 대기업 최고경영자 중 상당수가 개신교 신자라는 것을 간과해서는 안 된다. 대형 교회는 비즈니스 네트워크를 만들고 거래를 하는 공간으로 활용되고 있다는 비판을 받곤 한다. 강남의 노른자위 땅에 위치한 소망교회는 보수적인 정치인과 경영자들 사이에서 인기가 높다. 이 교회의 장로가 되기 위한 경쟁은 대단히 치열한데, 장로가 되고 나면 인맥을 확장할 수 있는 기회가 열리기 때문이다. 이명박 자신이 소망교회의 신자 중 한 사람이었다. 하물며 당시 국회의원이었을 뿐 아니라 현대건설 대표까지 역임했던 이명박조차 1994년에는 장로 선거에서 떨어지고 말았다. 그의 아내는 교회 식당에서 요리 봉사를 하고 자신은 주

---

* televangelist. TV를 선교의 수단으로 삼는 목사들. 주로 미국의 초대형 교회 목사들을 칭할 때 쓰이는 표현이다. 다수의 신도를 거느리고, 교회의 조직과 자금력을 바탕으로 정치에 영향력을 행사하기도 한다.

차장 주차 요원으로 자원봉사를 한 끝에, 두 차례 선거를 통해 마침내 장로가 된 것이다.

이토록 개신교와 밀접하게 관련되어 있었음에도 불구하고, 이명박이 개신교 우파의 비판으로부터 언제나 자유로울 수 있는 것은 아니었다. 오순절교회 계통인 여의도순복음교회의 설립자로 막강한 영향력을 행사하는 조용기 목사는, 이명박이 이슬람 펀드인 수쿠크 채권의 거래 활성화를 위한 이슬람금융법을 제정하려 했던 2011년, "정부가 이슬람 지하자금을 받기 위해 이슬람을 지지하는 일이 생기면 철저히 이명박 대통령과 현 정부와도 목숨을 걸고 싸울 것"이라고 경고했다. 그로부터 몇 주일 뒤 일어난 일본 대지진과 쓰나미에 대해, 이는 "하나님을 멀리한 데 따른 하나님의 경고"라고 말하기 전까지, 조용기는 저런 말을 하고 다녔던 것이다.

누가 이단인가

한국의 개신교는 문화적으로 토착화되어갔다. 이것은 몇몇 교회의 규모로 증명할 수 있는 문제다. 기네스북에 따르면 서울 여의도순복음교회는 세계에서 가장 많은 신도를 거느린 교회로, 대략 15만여 명이 교회에 출석하는 것으로 알려져 있는데, 교회 측에서 주장하는 신도 숫자는 1백만 명에 육박한다. 그 이유는 그들이 내놓은 수치가 여의도순복음교회와 프랜차이즈 형식으로 연결되어 있는 다른 교회의 신도 숫자까지 더한 것이기 때문이다. 서울에 있는 한 교회의 마크 조(가명)

목사는, 집단을 형성하고 단합하기 좋아하는 한국인들의 특성에 힘입어, 상대적으로 소박하게 7만 5천여 신도를 거느린 프랜차이즈식 교회 연합을 운영하고 있다.

단합을 좋아하는 문화가 종교에서는 다른 양상을 낳기도 한다고 마크 목사는 설명했다. 한국 기독교에는 다른 유형의 기독교 신자들을 교조적으로 비난하고 견딜 수 없어하며 '삿대질'하는 경향이 있다는 것이다. "상대방에게 아주 사소한 관점 차이가 있다고 해도, 그걸 빌미로 이단이라고 칭한다"라고 그는 덧붙였다. 그의 교회는 아이러니하게도 지나치게 '성경 중심적'이라는 비판을 받고 있다.

무속이라면 질색하는 것이 한국 기독교도들의 일반적인 태도지만, 한국 문화 속 깊숙이 자리잡은 샤머니즘은 기독교 예배 방식에도 다양한 영향을 미쳤다. 마치 샤머니즘이 그러하듯 몇몇 교회들은 눈에 띌 정도로 물질주의에 경도돼 있다. 여의도순복음교회에서는 "물질적 부를 죄와 같이 여기는 잘못된 생각으로 이끌려간" 신자들에게 그런 생각을 버리라고 질타한다. 일부 기독교인, 특히 개신교도들이 기독교를 믿으면 자신들이 부유해지는 데 도움이 된다고 믿는 것은 전혀 놀라운 일이 아니다. 기독교가 '근대화의 종교'였다는 역사적 사실, 그리고 재계와 정계의 엘리트들이 기독교를 선호한다는 현실 등이 그 믿음을 공고히 하는 데 기여하고 있을지도 모르겠다.

마크 목사에 따르면, 샤머니즘이야말로 한국에서 기독교가 큰 성공을 거두는 데 디딤돌 역할을 했을지도 모른다고 한다. 인왕산, 지리산, 백두산 같은 고지에서 행해지는 샤머니즘 의식들은, 모세가 시나이 산에서 십계명을 받아온 것과 같은 영적 증거와 상응관계를 이룬다. 한국에는 수많은 기도원, 즉 산속에서 기도에 전념하게끔 마련된 시설들이 있으며, 교회 신자들은 여기서 특정 기간 동안 집중해 기도에 몰두할 수 있다. 마크의 교회를 설립한 목사는 3년 반을 지리산의 한 동굴에 틀어박혀 성경을 수천 번 읽었다고 한다. 그가 읽은 텍스트는 외래 종교의 것이지만, 그가 선택한 장소는 한국인이 생각할 수 있는 가장 전통적인 종교의 현장이었던 것이다.

예수 천국, 불신 지옥

한국 개신교에서 가장 인상적인 것은 그 열성일 것이다. 마크 목사는 "한국인들은 힘든 역사를 거쳐왔기 때문에, 기도를 열심히 하는 것이 도움이 된다고 믿는 이들이 많다"고 본다. 불교나 유교와 달리 기독교에는 구원이라는 것이 존재한다. 개신교가 한반도에 도래한 이래, 이 나라는 가난, 전쟁, 식민통치, 분단을 겪어야만 했다. 일제 통치 기간 동안 개신교 신자들은 가장 흔들림 없는 독립군이었다. 이후 대한민국 건국 과정에서 개신교는 미국식 자본주의 질서와 연결되었고, 그리하여 개신교는 사람들에게 가난에서 탈출할 수 있는 길로 간주되었다. 이 모든 점을 놓고 보면, 개신교 신자들의 열렬한 믿음은 전혀 놀랄 일이 아니다.

1995년 통계에 따르면 80퍼센트의 신자가 매주 교회에 출석하는 개신교의 열성은, 천주교와 불교 신자들의 출석률을 가볍게 압도한다. 실제로 한국 개신교 신자 중 10퍼센트가량이 매일 아침 일찍 기도를 한다. 예배 시간 외에도, 대체로 금요일마다 개신교 신자들로 조직된 수천 개의 기도회가 열린다. 대부분의 신자들은 수입 중 10분의 1을 교회에 십일조로 낸다. 한 개신교 신자는 "만약 한국에서 개신교 신자와 결혼할 거라면, 화촉을 밝히기 전에 반드시 십일조 문제부터 이야기해 봐야 한다"고 말해주었다.

여론조사기관 갤럽은 1997년 한국 개신교도의 열성에 대한 조사를 수행한 바 있다. 이에 따르면 신자 중 52퍼센트는 "성령을 경험"했고, 68퍼센트가 "구원을 확신"하며, 69퍼센트가 "임박한 세계의 종말"을 믿었다. 『거듭나다: 한국의 복음주의*Born Again: Evangelicalism in Korea*』를 쓴 티머시 리Timothy S. Lee에 따르면, 한국의 수많은 개신교 중 영국 성공회, 루터교, 장로교 중 자유주의적 신학을 지향하는 한 분파를 제외하면 모든 종파가 복음주의*적이다. 1990년대 말, 한국의 개신교도 중 적어도 75퍼센트가 '확고한 복음주의자'였다.

오늘날 한국은 미국 다음으로 세계에서 가장 많은 선교사를 보내는 나라가 되었다. 2006년 통계에 따르면, 1만 5천여 명의 개신교도가 한국을 떠나 선교 사업에 종사하는 것으로 알려졌다. 개신교 선교사들은 아프가니스탄이나 이라크 같은 곳에서 선교 사업을 하다 납치당하기도 한다. 이는 명백히 선교사들이 스스로를 위험에 빠뜨리는 일이며 한국의 이미지와 대외정책에도 영향을 줄 수밖에 없지만, 정부는 그러

---

* evangelicalism. 20세기 초중반 무렵부터 영국과 미국에서 시작된 보수적, 성경 중심적 기독교운동 및 그 경향성. 복음주의라는 말 자체는 개신교 전반에 걸쳐 사용되지만, 사회 현상으로서의 복음주의는 특히 미국을 중심으로 한 신 복음주의(neo-evangelicalism)를 가리킨다. 자유주의적 신학에 반대하고, 대중문화의 요소들을 거부하거나 불편한 긴장관계를 유지하며, 특히 진화론에 강경한 반대 입장을 보이는 경우가 많다.

한 위험 지역으로 향하는 사람들을 성공적으로 저지하지 못하고 있다. 2007년 7월 19일, 아프가니스탄 카불에서 칸다하르로 이동하던 스물세 명의 선교사가 납치당했다. 그 고난을 뚫고 살아남은 스물한 명은, 한국 정부가 탈레반에 몸값으로 미화 2천만 달러를 지불한 후에야 풀려난 것으로 보도된 바 있다.

천주교도들은 이러한 열성을 비교적 덜 드러내는 편이다. 한국천주교주교회의에 따르면, 1만 5천 명가량의 개신교 신자들이 선교 사업을 위해 출국했던 2006년, 같은 목적으로 비행기에 오른 천주교 신자는 634명뿐이었다. 심지어 한국 내에서도 천주교 신자들은 적극적으로 선교에 나선다기보다는 다른 사람이 천주교에 관심을 보일 때까지 기다리는 편에 가깝다. 그와 반대로 한국 개신교 신자가 교회에 다니지 않는 친구에게 같이 교회에 나가자고 설득하는 것은 매우 흔한 일이다. 몇몇 전도단체는 심지어 거리에서 사람을 붙들어 세우기도 한다. 확성기를 짊어진 채 '예수 천국, 불신 지옥'이라고 쓰여 있는 플래카드를 몸에 걸치고 행인들을 향해 괴성을 지르는, 나이 지긋한 거리의 설교자들이 서울 시내에 넘쳐난다.

다른 종교에 대한 태도에서도 개신교와 천주교는 차이가 있다. 불교도들은 종종 개신교 신자들이 자신들의 종교를 공격한다고 불만을 표하곤 한다. 1980년대와 1990년대, 지나치게 열성적인 개신교 신자들은 절에 숨어들어 불상 등을 부수거나 심지어 방화를 저지르기도 했다. 일례로 1984년 서울 삼각산에 있는 무량사에서는, 누군가 탱화에 페인트로 십자가를 그려놓고 불상을 도끼로 찍은 사건이 있었다.

교회 네트워크

한국 사회는 전통적으로 개인보다 집단을 강조해왔다. 교회는 신도들의 영적 필요를 충족시켜주는 기관이지만, 또한 그들의 필요에 부응하여 신도들 간의 네트워크를 제공하기도 한다. 특별히 종교적인 심성을 갖지 않은 사람이라 하더라도 '친구 따라' 교회에 갈 수도 있으며, 중년 여성들의 경우 교회는 사교의 장이자 믿을 만한 구석이 된다. 한국 사회에서 여성들은, 바로 지금 성인이 되어 활동하고 있는 젊은층이 등장하기 전까지 사회적인 삶에서 배제되어 왔는데, 교회는 바로 그렇게 배제되어 있던 여성들에게 가족이 주는 것보다 더 넓은 소속감을 제공하고 있는 것이다.

고국에서는 단 한 번도 교회에 다녀본 적이 없는 재외 한국인이라 하더라도, 한국 교회에 다니면서 한국인 친구를 만드는 경우가 드물지 않다. 민평갑과 김정하가 쓴 『아시아계 미국인의 종교*Religions in Asian America*』에 따르면, 한국계 미국인 중 주기적으로 교회에 나가는 사람의 비율은 70퍼센트가 넘는다. 한국에서 교회에 다니는 신자들의 비율보다 몇 배 높다. 이러한 결과는 교회가 사회적 기능, 즉 한국적이지 않은 문화 속에서 살아가는 이들을 위한 공동체의 구심점 역할을 하기 때문일 것이다.

그러나 교회가 제공해온 결집력의 장점을 십분 누리지 못하는 사람들도 있다. 한국은 세계에서 가장 높은 인터넷 사용률과 초고속 통신망으로 익히 유명하다. 앞뒤가 맞지 않는 것처럼 들리겠지만, 컴퓨터 앞에 앉아서 생중계되는 예배 화면을 보며 찬송가를 부르는 식으로 수많은 교회의 예배에 가상으로 '참석'하는 일이 가능해지면서, 인터넷 문화는 교회에도 적지 않은 영향을 미쳤다. OECD 국가 중 가장 긴 노동시간을 자랑하는 한국에서 젊은 기독교 신자의 비율은 점점 낮아지고 있으니 기독교가 아무리 한국에서 가장 강력한 종교라 하더라도 사회적 변화를 받아들이고 새로운 방법론을 수용하지 않을 수 없을 것이다.

PART 6

우리가 남이어도
'우리'일 수 있다면

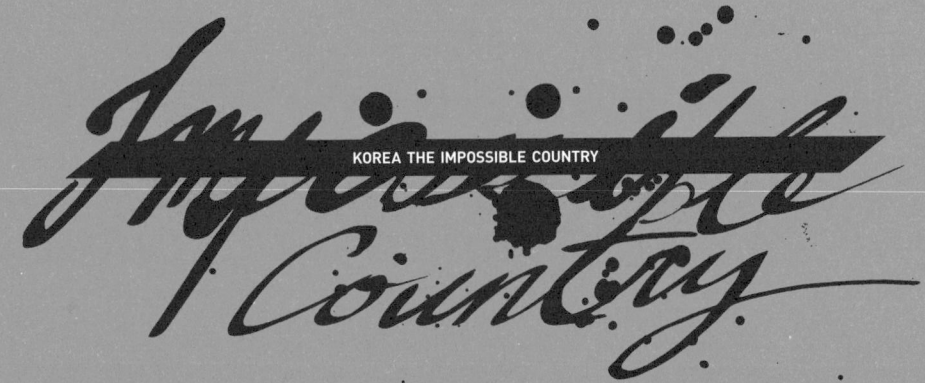

KOREA THE IMPOSSIBLE COUNTRY

25

방어적
국가주의

오랜 세월 강대국들의 교두보나 전략적 자산으로 취급되어온 탓에, 한국에는 '우리 편 아니면 저쪽 편'이라는 시각에 기반한 민족주의가 발달해 있다. 나이 많은 사람들은 한국인은 '단일민족'이며 반만년 동안 단절 없이 이어져온 한민족이라고 배운 것을 아직도 기억한다. 이러한 관념은 일본이 식민 지배를 시작하면서 한국인들을 일본 민족의 하위로 편입시키고자 한 것에 반발하여 생긴 결과라고도 볼 수 있다.* 민족주의는 훗날, 군부 정권에 의해 더욱 확산되었

---

* 일본은 특히 1940년 이후, 태평양전쟁의 전시 동원에 조선인들을 끼워넣기 위한 정당화 명분을 찾기 위해, 일본인과 한국인이 같은 기원을 지니고 있으며, 따라서 같은 민족이라는 논리를 펴기 시작했다. 이러한 논리는 일선동조론(日鮮同祖論)이라 하며, 동조동근설(同祖同根說), 내선일체론(內鮮一體論) 등으로 나타났다.

다. 군부 정권은 경제개발을 이루기 위해 국민들의 단결심과 자긍심을 고취시키고자 했다. 경제개발은 한국의 비극적 역사를 극복하기 위해서도 반드시 필요했던 것이다.

그 유명한 한국의 민족주의는 외부 세력의 개입, 혹은 그들에 대한 공포의 산물인 셈이다. 바로 그런 이유 때문에 한국의 민족주의는 공격적이기보다는 방어적이다. 하지만 이제 한국은 문화적, 정치적 영향력을 늘려가고 있는 부유한 나라라는 자부심이 생겨나면서 그러한 공포심은 서서히 옅어지고 있다. 동시에 한국은 점점 더 많은 외국인에게 다양한 방식으로 문호를 개방하고 있다. 한국에 거주하는 외국인의 수는 극적으로 증가하는 추세며, 전체 결혼 중 서로 국적이 다른 사람들끼리의 결혼은 10퍼센트를 넘어섰다. 한국은 제노포비아*로 유명한 나라였지만, 그 날은 점차 무뎌져가고 있다.

일본이 남긴 것

조선시대를 거치는 동안 중국은 한반도에 정치적으로, 또 문화적으로 지배적인 영향력을 행사해왔다. 유교적 엘리트였던 지식인들에게 중국은 철학, 윤리, 문학 등을 전해준 나라이자 그들이 편지를 쓰고 문학을 향유하며 문서를 작성하는 글자인 아름다운 한자를 가르쳐준 정신적 지주였던 것이다. 한반도에 존재했던 왕조들은 중국에 매년 서너

---

* xenophobia. 이방인, 이민족에 대한 공포 및 혐오 현상.

차례 선물을 보냈는데, 그것은 강자에게 복종한다는 뜻이 담긴 사대의 일환이었다. 조선의 왕은 중국의 것보다 더 크고 웅장한 궁궐을 지을 수 없었는데 그것은 중국에 대한 모독으로 받아들여질 수 있었기 때문이다.

중국과의 관계는 대등하지 않았지만 대체로 평화로웠다고 볼 수 있다. 같은 시기 일본과의 적대적 관계와 비교해보면 더욱 그렇다. 일본의 지배자가 한반도의 문을 두드렸을 때, 방문 목적은 선물을 받는 것 정도가 아니었다. 도요토미 히데요시 장군의 지휘하에 임진왜란이 벌어지자, 수십만 조선인이 목숨을 잃었다. 침략자들은 집단으로 강간을 저지르고 조선인들의 귀와 코를 잘라 전리품으로 가져가는 등 잔혹한 만행을 저질렀다. 오늘날 교토에는 아직까지 귀무덤이 남아 있는데 여기에는 3만 8천 점이 넘는 절단된 신체가 묻혀 있다. 놀랍게도 길 바로 건너편에는 도요토미 히데요시를 모시는 신사가 자리잡고 있다.

1910년부터 1945년까지 이어진 일제강점기에도 일본은 그 잔인함을 드러냈다. 식민 통치에 저항하는 자들은 투옥되고 고문당했으며 처형되기도 했다. 조선인들은 일본식 이름을 쓰고 일본어로 말할 것을 강요당했다. 수많은 여성이 성노예가 되어 강제로 끌려갔다. 일본에 대한 부정적인 감정이 남아 있는 것은 전혀 놀랄 일이 아니다. 일본인 중에는 이러한 사실을 완전히 이해하는 사람도 있지만 일본의 공교육은 이런 역사적 비극을 가르치지 않아, 왜 '감정적'인 한국인들이 일본에 악감정을 품고 있는지 이해하지 못하는 사람들도 적지 않다.

일제강점기가 시작되기 전까지만 해도 민족주의는 그리 강하지 않았다. 혈통과 문화에 기반해 국가를 구성하는 집단을 뜻하는 민족이란 개념은 1920년대 독립운동가이자 무정부주의자였으며 역사가였던 신채호 등이 널리 사용하기 전까지는 그리 광범위하게 퍼져 있지 않았다. 신채호는 '단일 혈통의 민족'의 기원을 신화 속 건국시조인 단군으로까지 소급시켰다. 이는 의문의 여지가 있는 개념이었지만, 외세에 대항해 사람들의 의식을 하나로 묶어줄 수 있는 개념인 것은 분명했다. 일본 제국주의자들은 한국인이 일본 민족보다 열등하다고 주장했고, 그것을 조선강제병합의 정당화 근거 중 하나로 제시했다. 신채호의 목적은 이러한 주장을 거부하고 한국인의 정체성을 단단히 굳히는 것이었다. 한국의 민족주의는 처음 뿌리내릴 때부터, 독립과 외세의 지배에 대한 저항 요소를 품고 있었던 것이다.

분단 이후

일제가 패망하고 제2차 세계대전이 끝나면서, 대부분 해외에서 활동하고 있던 독립운동가 및 투사들이 한국으로 돌아오기 시작했다. 소련과 미국의 영향을 받은 그들은, 조국이 나아가야 할 길에 대한 생각이 서로 달랐다. 독립운동가들 가운데 가장 두각을 드러낸 이는 게릴라식 독립운동을 주도했던 김일성이었는데, 그는 공산주의 국가를 세우고 싶어했다. 중국 충칭에서 한국광복군을 결성했던 김구는 모든 이념에 앞서 조국의 독립과 통일을 우선시했다. 하버드와 프린스턴 대학에서 공부한 바 있는 이승만은 민주주의를 공개적으로 옹호한 친미파였지만 훗날 한국에서는 독재자가 되어버리고 만다.

미국과 소련의 힘겨루기와 한국 내부의 수많은 분파가 대립한 결과, 그 어떤 한국인도 결코 원치 않았을 일이 벌어지고 말았다. 한반도가 둘로 나누어지고 만 것이다. 한쪽은 소련을 등에 업고 있는 김일성이 다스리게 되었다. 소련 외무부는 김일성이 그들의 말을 고분고분 들을 거라 생각했던 것이다. 사실상 왕조 국가가 되어버린 북한에서, 김정일의 통치 체제는 소련보다도 오래 살아남아 오늘날에는 그의 손자인 김정은이 권좌에 올라 있다. 한반도의 나머지는 이승만이 다스리게 됐다. 이승만은 상하이 대한민국임시정부 대통령을 역임했으나, 김구가 이승만의 횡령 혐의를 고발하면서 1925년 그 자리를 내려놓게 되었다. 하지만 이승만은 미국에서 교육받았고, 기독교 신자이며, 민주주의적 가치를 따른다고 선언했기 때문에 미 군정은 이승만을 신뢰했고, 그것이 1945년 이승만이 갖고 있던 힘의 근원이었다.

　분단과 뒤이은 전쟁은, 일제강점기는 끝났어도 한국의 운명이 한국인들 손에 달려 있는 것은 아니라는 진실을 가르쳐주었다. 남과 북, 두 개의 정부는 러시아와 미국의 개입 및 이들의 이해관계 때문에 탄생했으며, 1950년 남과 북이 전쟁에 돌입하자, 외국의 군대들 또한 참전하여 남한 혹은 북한의 편에서 싸웠다. 1950년 6월 25일 침공을 개시한 이후 북한은 소련의 후원을 등에 업고 한반도 대부분을 급속도로 점령해나갔고, 한국군은 남동쪽 항구 도시인 부산과 그 인접 지역까지 후퇴할 수밖에 없었다. 더글러스 맥아더 장군은 1950년 9월 그 유명한 인천 상륙작전을 감행해 유엔군을 부산에서 '탈출'시키는 데 성공했고, 북한군을 중국 국경 인접 지역까지 몰아내는 데 성공하면서 한반도의 거의 대부분을 장악했다. 그러나 중국의 마오쩌둥 주석은 인민해방군을 동원해 한국전쟁에 개입하기로 결정했다. 이후 한 달 만에 유엔군은 패주하는 처지가 되었고, 궁극적으로는 휴전이 선언되기 전까지 전쟁 이전에는 분계선이었던 38선 주변에 형성된 전선을 따라 지리멸렬한 소모전이 이어졌다.

조선왕조의 해가 저물기 시작하던 때부터 중국, 러시아, 일본 같은 강국들은 한반도에 대한 지배력을 두고 서로 각축전을 벌였다. 그런 상황에서 한국인들은 조국이 장기판의 졸과 같은 신세가 되었다는 생각을 떨쳐내기 어려웠다. 남한과 북한 모두 체제 존속을 위해 한쪽은 자본주의의 초강대국으로부터, 또 한쪽은 공산주의의 초강대국으로부터 군사적, 경제적 지원을 받아야만 하는 상황이었다. 한반도의 분단은 가족과 친구를 갈라놓았고 거대한 정신적 트라우마를 남겼다. 남북 분단으로 외국에 대한 불신과 혐오가 더욱 깊어졌다는 것은 전혀 놀라운 일이 아니다. 더욱이 두 나라는 태생적으로 서로 경쟁해야 할 처지였기에 각국 정부는 자신들이야말로 외세의 꼭두각시 노릇에서 벗어나 진정한 한국인의 국가를 만들고 지켜나가고 있다는 것을 과시할 필요가 있었다. 남북이 분단되었다고 민족주의가 끝난 것은 결코 아니었다는 뜻이다.

한국전쟁 이후, 미군이 '그들의' 여자들, 즉 한국 여자들과 함께 있는 모습은 한국 남성들의 민족주의적 분노를 자극하는 가장 큰 요인이 되어버렸다. 미군을 바라보는 영국인의 시각은 그들이 'oversexed, overpaid, and over here(과잉 발정, 과잉 월급, 과잉 주둔)'한다는 것인데, 그러한 감정이 한국인들에게는 훨씬 밀집된 형태로 나타나는 것이다. 미군 근처에서 얼쩡거리는 여성들은 한민족이라면 마땅히 타고난 것으로 여겨지는 '순수 혈통'을 배반하는 창녀 혹은 배신자로 몰리거나, 미군들에게 성적으로 지배당하기 때문에 구조되어야 할 대상으로 취급되었다. 한국은 이제 경제적으로 넉넉한 선진국 반열에 올랐지만, 슬프게도 아직 일부 고령층은 이러한 사고방식을 떨쳐내지 못하고 있다.

방공호 정서의 힘

김석수 경북대 철학과 교수는 코리아 타임스에 기고한 글에서 "순혈주의에 기반한 국가주의는 사람들을 복종시키고 쉽게 통치하기 위한 효율적 도구로 사용되어 왔다"고 평했다. 이승만 정권은 이른바 일민주의라는 것을 만들어 프로파간다의 한 방편으로 삼았는데, 일민주의는 이승만 정부의 고위직에 일제 협력자가 적잖이 포진해 있다는 사실로부터 사람들의 눈을 돌리게 하는 데 어느 정도 기여했다. 한국의 민족주의 이미지를 앞세움으로써, 이승만 정부의 정통성을 더욱 강화해 사람들 앞에 제시할 수 있을 것이라고 이승만은 생각했던 것이다. 박정희 정부는 사람들이 경제개발계획을 기꺼이 따르도록 유도하는 차원에서 민족주의적 국가관을 채택하고 홍보했다.

한국인을 박정희의 '산업역군'으로 만들기 위해서는 싸울 만한 가치가 있는 무언가를 제시해야만 했다. '위대한 한민족'의 생존과 번영이 바로 그런 목표였다고, 한국 민족주의 연구자인 신기욱 교수는 말했다. 그리하여 정부가 만드는 교과서에서는 어린이들에게 '순수한 한민족'의 중요성을 가르치기 시작했다. 선생은 학생들에게 한국이 반만년간 끊기지 않고 이어져내려온 단일 혈통임을 주입했다. 그렇게 배운 학생들이 졸업 후 직업 전선에 뛰어들면, 하루에 열두 시간씩 토요일에도 쉬지 않는 열악한 근무 조건에서 열심히 일해, 한때 한국을 욕보인 일본을 '극일'할 것을 촉구하는 포스터 선전을 보게 되었다. 이미 13장과 14장에서 살펴봤듯이 박정희 장군은 자신의 국가주의적, 성장주의적 메시지를 전파하기 위해 한국의 문화 산업마저 제 것으로 삼아버렸다. 박정희는 심지어 손수 〈새마을 노래〉를 작사, 작곡해 "우리 모두 굳세게 싸우면서 일하고 일하면서 싸워서 새조국을 만"들자고 강권했다. 물론 이 노래는 1971년 발표되자마자 라디오에서 끝없이 흘러나왔다.

많은 아시아 국가에서 그랬듯, 화교들의 힘에 대한 공포가 확산되기 시작했고, 박정희는 한국 기업을 화교로부터 보호하는 결정을 내리는 것으로 대응했다. 학교에서 한자 교육을 금지했을 뿐 아니라(박정희는 한글전용정책을 실시했다), 한국에 거주하는 중국인들이 소유할 수 있는 토지 규모에 상한선을 두는 동시에 그들이 경영할 수 있는 기업 업종에도 제한을 두었다. 그 결과 1만여 명의 중국인이 한국을 떠나 다른 나라로 향했다. 또 박정희 장군은 그 자신이 국산을 애용하는 사람이란 이미지를 구축하려고 노력했다. 그는 값비싼 수입 술 대신 막걸리를 마셨다. 외국 물건을 수입하는 상인들을 배신자 취급하고, 수입 상품에 높은 관세를 붙이는 것을 도덕적으로 정당화함으로써, 당시의 중상주의적 개발정책에 힘을 보태주었다.

한국의 국가주의가 지니는 방어적 성격과, 그것이 사람들의 집단적 행동을 촉발했을 때 생기는 잠재력을 보여주는 최근의 사례를 하나 더 꼽아보자. 1997년 아시아 경제위기가 닥쳤을 때, 한국처럼 한때 스스로를 자랑스럽게 여겼던 '아시아의 호랑이'들은 무너지는 벽돌담 위에서 간신히 버티는 형국이 되었다. 정치인과 재계 주요 인사들은 한국에서 단기 자금(가령 주식시장 투자 등)을 빼감으로써 원화 가격을 폭락시킨 외국인 투자자들과 채권자들에게 비난의 화살을 돌렸다. IMF가 구제금융의 대가로 고통스러운 구조조정을 요구하고 나서자, 대부분의 한국인들은 본능적으로 조국이 군대가 아닌 금융을 통해 공격당하고 있다고 느꼈다. 지난날의 역사를 통해 그런 결론에 수월하게 도달할 수 있었던 것이다.

빚 위에 빚을 쌓는 경영을 해온, 그러므로 그러한 위기에 대해 합당한 책임을 지고 비판받아야 할 재벌들이 국가주의적인 '침략'의 논리로 무장하고 반격에 나섰다. 아시아 금융위기를 다룬 책에서, 언론인 도널드 커크는 현대의 한 관리자가 "IMF와 미국이 재벌을 무너뜨리려 한다"고 주장하는 장면을 기록한 바 있다. 재벌들은 박정희 시대 이후 꾸준히 자신들을 '한국의 대표 선수'로 홍보해왔던 것이다. 도널드 커크는 다음과 같이 서술했다. "텔레비전과 언론을 통해, 한국인들은 IMF가 사악한 제국주의적 간섭을 하고 있다고 불만을 털어놓고 있다. 임창렬 당시 경제부총리의 말을 들어보면, 한국은 악전고투 끝에 패배한 것처럼 들린다." 대중 또한 IMF 구제금융을 침략으로 인식했기 때문에, 당시 BBC에서 보도한 바와 같이 "해외여행을 즐기거나 외국에서 만든 사치품을 구입하는" 한국인이라면 앞뒤 가릴 것 없이 비난을 받았다.

도널드 커크가 말한 '악전고투'의 사고방식은 현실을 제대로 반영한 것으로 보기는 어렵겠지만, 한국인이 단결하고 위기에서 탈출하기 위한 자극제 역할을 해주었으므로, 결과적으로 한국 경제에 긍정적인 영향을 끼쳤다. 1960년대에 박정희가 그랬듯이, 기업 지도자들과 정부는 국민의 국가주의와 집단주의적 감성에 호소한 것이다. 예컨대 정몽구 현대자동차 회장은 회사 관리자와 직원들을 불러모아놓고 본사 건물 앞에서 이렇게 선언했다. "현대는 이 나라의 경제 발전에 기여하기 위해 깃발을 높이 들고 앞장서야 한다." 현대의 사가를 합창하며 사람들은 허공을 향해 주먹을 휘둘렀다. 직원들은 단지 자동차를 만들고 회사의 성공에 기여하는 차원을 넘어, 조국을 구하기 위해 일한다는 기분을 느끼게끔 고취되었다. 재벌들은 또한 금을 모아 바닥난 국고를 채우자는 운동을 기획해 국민을 독려했다. 그 결과, 대부분의 사람들이 패물로 간직해온 귀금속들이 첫 주 만에 8톤이나 모인 것으로 보도되었다. '금 모으기 운동'은 한국 정부의 재정에 물질적 기여를 했을 뿐 아니라, 놀라운 단결을 보여줌으로써 국민들의 사기를 고양시키는 데에도 일조했다.

한국에 사는 외국인을 만나 대화해보면 흔히 듣게 되는 비판이 있다. 한국인들은 방공호 정서를 갖고 있으며, 외부로부터의 위협에 지나치게 민감하고, 언제나 '희생자 놀이'를 할 준비가 되어 있다는 것이다. 이 비판은 때로는 타당하지만, 한국의 가보家寶에 균열이 가기 시작할 때 방어적 국가주의는 항상 지극히 효율적인 사회적 접착제 기능을 해왔다. 한국은 정치적 입장과 지역, 그리고 최근 들어서는 연령대에 따라 심각하게 분열되어 있지만, 외부로부터 위협이 닥쳐온다는 인식이 퍼지기 시작하면 놀라울 정도로 하나의 목표를 향해 단결하는 모습을 보여준다. 외환위기가 닥치자 노동조합과 대기업, 정부는 '노사정위원회'를 구성해 불과 12일 만에 재벌 개혁 및 노동정책에 대한 대타협을 이뤄냈다. 재벌들은 숱한 비효율적 계열사를 청산하고 더 엄격한 회계 기준을 지킬 것을 약속해야 했다. 그리고 노동계는 오늘에 이르기까지 그들을 옥죄고 있는, 유연한 노동시장 도입에 적응하게 됐다. 재벌과 노동계 양측 모두 한국의 빠른 경제 회복을 위해 신속한 합의에 도달했다.

IMF 시기에 느꼈던 굴욕감을 염두에 둔다면, 한국인들이 자국 경제정책에 대한 외국의 비판에 왜 그토록 과민반응을 보이는지 어느 정도 이해할 수 있을 것이다. 앨리스테어 달링은 영국 재무장관을 지내던 당시, 영국의 한 정상회담 자리에서 각국 경제 부처 장관들과 회의를 가졌다. 2008년 금융위기가 닥친 상황에서, 다른 나라 사람들은 규제 방안 등을 놓고 토론했지만, 전해진 바에 따르면 한국에서 온 사람이 알고 싶어했던 것은 단지 "왜 영국 신문 파이낸셜 타임스가 계속 저를 비판하는 것입니까?"라는 질문에 대한 대답뿐이었다. 달링이 해줄 수 있는 답변은 오직 이것뿐이었다. "글쎄요, 그들이 저에 대해 뭐라고 하는지도 한번 살펴보세요!"

2002년 월드컵이 남긴 것

아시아 경제위기 이후 고작 4년이 지난 시점에, 한국은 역사적인 분기점을 맞이하게 된다. 한국이 일본과 공동으로 개최한 2002년 월드컵이 바로 그것이다. 전 세계 수십억 명이 주목하는 국제적 이벤트였던 2002년 월드컵은, 한국이 선진국의 면모를 보여준 진정한 첫번째 기회였다고도 볼 수 있다. 1988년 올림픽 역시 국제적인 사건이긴 했지만, 올림픽을 개최할 당시 한국은 1인당 GDP 4,500달러에, 민주주의가 제대로 정착돼 실현되고 있다고 말하기는 곤란한 상황이었다. 반면 2002년에는 1997년부터 1998년까지의 경제위기에서 회복돼 1인당 GDP 1만 2천 달러에, 안정적인 민주 정부가 운영하는 선진국이 되어 있었다. 월드컵 기간 한국을 방문한 외국인은 1백만 명 정도로 추산되는데, 그들은 말끔하게 지어진 경기장뿐 아니라, 한국전쟁을 소재로 가난한 한국의 모습을 담았던 TV 드라마 〈매시〉와는 전혀 다른 한국의 모습에 강한 인상을 받았다.

한국 대표 팀은 예상을 뛰어넘고 극적으로 4강에 진출했는데, 이것은 2002년 월드컵의 성공에 획을 긋는 사건이었다. 한국 팀이 거둔 성공은 "최종 목표를 넘어선" 것이었으며, "우리는 하고자 하는 일이면 뭐든지 해낼 수 있음을" 보여주었다고 당시 대표 팀 주장 홍명보는 말했다. 스페인, 포르투갈, 이탈리아를 상대로 거둔 승리는 국민적 자부심을 크게 드높여, 한국 대표 팀의 색깔인 빨간색 옷을 맞춰 입은 수많은 한국인이 거리로 쏟아져나오게 만들었다. '붉은 악마' 응원단은 '우리는 하나, 우리는 한국'과 같은 슬로건을 내걸었다. 요즘 젊은이들은 애국심이 없다는 비판이 오랫동안 있어왔지만, 뜻밖에 젊은이들은 얼굴에 태극기 문양을 그리고, 태극기를 몸에 두른 채 거리로 뛰쳐나왔다.

외국인들에게 발전된 조국의 모습을 보여준 것은 물론이고, 동시에 기대하지도 못했던 4강 진출을 이룩한 환희가 더해진 덕분에, 한국인들은 전혀 다른 종류의 국가주의를 최초로 경험할 수 있었다. 이는 이전까지의 방어적이고 위협에 쫓긴 종류의 것이 아닌, 순수하게 긍정적이고 자부심 넘치는 국가주의였다. 월드컵 덕분에 한국인의 머릿속에는 새로운 생각이 자리잡았다. 외국과의 만남을 통해 실질적인 이득을 볼 수 있을 뿐 아니라, 심지어 재미까지 만끽할 수 있다는 생각이 바로 그것이었다. 플로렌스 로 리 한국경제연구소KEI 이사에 따르면, 월드컵을 응원한 한국인들은 "국가적 자신감과 자부심을 통해 국가주의를 새롭게 정의내렸다". 이것은 "외국의 지배로부터 벗어나는" 것에 초점을 맞추고 있던 전통적인 한국의 국가주의와 대비된다는 것이 그의 생각이다. 최윤성은 「축구와 한국의 상상력Football and the South Korean Imagination」이라는 글에서 "월드컵을 통해 한국인들이 얻게 된 국가적 자부심은, 심리적으로 그들이 자국의 역사를 통해 겪고 있던 고통 중 일부를 씻어내거나 바로잡을 수 있게 해주었다"라고 서술했다.

월드컵 4강 신화를 가능케 한 또다른 주역이 외국인 감독 거스 히딩크였다는 점은 여기서 중요하게 언급될 필요가 있다. 그의 노고를 치하하기 위해 한국은 히딩크를 명예 한국인으로 선정했는데, 이것은 한국계 혈통을 지니지 않은 사람에게 한국 국적을 부여하고자 한 첫번째 사례다.

「한국의 '글로컬' 영웅South Korea's 'Glocal' Hero」(Nammi Lee·Steven J. Jackson Keunmo Lee, 2007)이란 논문에서는 한국의 시민권을 포상의 의미로 준 이러한 행동이 "인종, 민족성, 시민권이 정의되는 방식에 대한 문화적이고 법적인 이해를 근본적으로 뒤바꿔놓은 사건"이라고 평가했다. 또 논문에서는 민족의 단일성에 대한 한국인의 의식이 이제는 "변화를 맞이할 준비가 되어 있을지도 모른다"라고 덧붙였다. 2012년 총선에서는, 필리핀에서 태어난 귀화 한국인 이자스민이 비례대표로 국회의원이 되었는데, 이는 한국계 혈통을 지니지 않은 사람이 국회의원이 된 첫번째 사례로, 그러한 변화가 가시화되고 있음을 보여준다. 물론 이자스민 의원을 달갑게 여기지 않는 사람도 많았다. 비례대표 당선 확정 이후에, 그는 수많은 네티즌들로부터 위협을 당했다. 하지만 이러한 적개심은 돌이킬 수 없는 추세에 대한 부질없는 저항처럼 보일 뿐이다.

무심한 듯 쿨하게 받아들이다

최근 들어서는 민족주의를 비롯해, 비‖한국인을 향한 전반적인 거부와 불신 또한 사라져가고 있다. 예전에 서울에 살던 외국인들은 "왜 사람들이 나를 화난 표정으로 쳐다보지?"라고 불평했지만, 지금은 "왜 사람들이 더이상 나를 쳐다보지 않지?"라고 묻게 된 상황이다. 국제결혼 또한 점차 폭넓게 받아들여지고 있다. 2011년 여성가족부의 조사에 따르면, 오직 9퍼센트의 한국인만이 외국인과 절대 결혼하지 않겠다는 입장을 고수하고 있는 것으로 나타났다. 외국인 노동자들이 비자와 영주권을 받는 일도 점점 쉬워지고 있는데, 이것은 허가권을 가진 사람들의 사고방식이 점점 바뀌고 있는 데 기인한 듯하다. 과거 '단일민족'을 가르쳤던 한국은, 이제 국민들에게 다문화주의를 받아들일 것을 요구하는 캠페인을 벌이고 있다.

한국에 사는 외국인의 숫자도 급증해, 오늘날에는 140만 명에 이르는데, 이는 2000년대가 시작될 무렵만 해도 상상하기 어렵던 규모다. 이제는 어디에서건 수입된 물건들을 구할 수 있다. 이것은 단지 한국이 수출 중심주의적 태도를 버리면서 관세 장벽을 철폐하고 자유무역협정을 받아들였기 때문만은 아니다. 대중이 외국산 물건을 바라보는 시각에도 변화가 생겼고, 그리하여 애국심으로 물건을 사는 일이 줄어들었기 때문에 발생한 결과인 것이다. 한때 벤츠를 몰고 다니는 사람은 국산 차를 몰기에는 너무도 우아하신 걸만 번드르르한 매국노 취급을 당했지만, 요즘은 부유하고 쿨한 사람으로 여겨질 것이다.

한국인들의 방어적 태도는 여전히 남아 있지만, 그것이 수면 위로 떠오르는 일은 예전에 비해 훨씬 드물다. 2002년 이래, 그런 면모가 드러난 것으로 꼽을 만한 사건은 2008년 '저항의 여름'밖에 없었다. 이명박 정권은 2003년 이후 처음으로, 미국산 쇠고기의 수입을 허가하는 조약을 미국 정부와 체결했다. 워싱턴 주에서 광우병에 걸린 소가 발견된 이후 한국은 2003년부터 미국산 쇠고기 수입을 금지하고 있었던 것이다. 대체로 좌파 성향을 지녔던 반대자들은 이명박 대통령이 미국과의 관계 개선을 빌미로 한국인들의 건강권을 팔아먹었다며 분노했다. 당초 광우병의 위험을 다소 히스테리컬하게 과장한 언론 보도에 자극을 받아 거리로 나온 수십만 명의 사람들은, 곧 손에 촛불을 들고 서울 중심가에서 저항의 뜻을 표하며 뭉쳤다. 민주화 이후 가장 큰 규모의 반정부 시위였다.

전후 맥락을 검토해볼 때, 촛불시위는 또한 이명박 대통령을 향한 전반적인 분노의 표출이기도 했다. 광우병에 걸린 수입 소에 대한 불안감은 사태의 일면에 지나지 않는다. 2007년 12월 당선 이후, 이명박 대통령은 김대중과 노무현 대통령 재임 시절(이명박 지지자들이 '잃어버린 10년'이라고 명명하기도 했던 시기)에 수립된 주요 정책 방향을 급하게 뒤엎기 시작했다. 햇볕정책이 폐기되고 친 재벌적 경제정책이 귀환했다. 이는 좌파를 분노하게 했을 뿐 아니라, 평균적인 유권자들로부터도 인기와 신망을 잃는 결과를 낳았다. 선거에서 가뿐하게 승리했던 이명박 대통령의 지지율은, 2008년 6월이 되자 고작 17퍼센트대로 떨어졌다. 그는 대중과의 소통에 매우 약했다. 따라서 촛불시위는 당시 이러한 한국의 정치적 맥락에서 정부에 반발하는 광범위한 분위기가 깔려 있었기 때문에 가능한 일이었다.

그해 여름 거리로 나온 광우병 시위대는, 인기 없는 대통령에 대한 전반적인 불만의 목소리를 토대로 하여 이명박 대통령의 교육 개혁에 반대하는 사람들, 이전 정권부터 계획되어 있던 공기업 민영화에 반대하는 시위대, 막대한 돈을 들인 4대강 정비 사업 반대자들 등이 결합된 것이었다. 촛불시위는 단지 해외에서 수입된 먹거리에 대한 불안감이 촉발시킨, 방어적 국가주의에 근원을 둔 사건이 아니었던 것이다. 이런 사실은 통계로도 입증된다. 2008년 쇠고기 수입 재개 후, 미국산 쇠고기는 금세 한국시장의 20퍼센트를 차지했고, 2011년 그 점유율은 37퍼센트까지 높아졌다.

2010년 국가보훈처가 2,400명의 학생을 대상으로 한 설문조사에서 잘 드러나듯이, 한국의 젊은 세대들은 특별히 눈에 띨 만큼 강한 국가주의적 성향을 보이지는 않는다. 조사에서는 한국을 비롯해 중국, 일본, 미국의 젊은 세대들이 얼마나 조국을 자랑스러워하는지 질문했다.

국가보훈처의 조사에 따르면 중국은 84.2점, 미국은 70.6점, 한국은 62.9점, 일본은 55.3점을 기록했다. 조국을 위해 싸우러 나가겠느냐는 질문에, 한국인들은 56.3점으로 2위를 기록했는데, 이 점수는 74.8점으로 훨씬 앞서나간 중국을 제외하면, 3위인 미국보다 조금 앞서는 수준이다.

26

다문화
대한민국?

         나이 많으신 분들 중 대다수는 이 사실을 반기지 않을지도 모르겠지만, 한국 경제가 발전하고 세계화되어감에 따라 한국 사회의 문호 또한 점차 열리고 있다. 이민자가 늘어나면서 인종적 다양성도 증대되고 있다. 국내에 거주하는 외국인 수는 2001년 20만 명에서 2011년 현재 140만 명으로 늘어났다. 그들 중 절반은 중국인이지만, 30명 이상의 국민이 한국에 와 있는 나라의 숫자 역시 거의 세 배가량 증가했다. 수많은 외국인들이 한국에서 한국인과 결혼식을 올리는데, 최근 결혼한 사람 중 10퍼센트가량이 외국인과 결혼했다. 2000년 당시 전체 결혼에서 국제결혼이 차지하는 비중은 고작 3.5퍼센트였고, 1980년대에는 그 비율이 너무 미미해서 통계에 잡히지도 않았다. 이처럼 국제결혼한 부부 사이에서 태어난 자녀들은 한때 너무도 뚜렷했던 한국인과 비한국인의 경계를 흐려놓고 있다.

통계 결과를 보면, 이제 젊은 세대들은 열린 태도로 외국인을 받아들이기 시작한 것 같다. 이러한 변화는 음식, 예술, 수입 상품 및 기타 영역에서 한국인들이 외국의 문화를 받아들이고자 하는 의지가 커지고 있는 것을 반영한다. 오랜 세월, 한국 사회는 혈통을 잣대로 한국인을 규정해왔지만, 이제는 외국인을 순수한 '남'의 영역으로 배제하는 대신 그들도 '우리'의 둥지에 자리를 틀 수 있도록 허용하는 모습을 보여주고 있다. 한국인이 아닌 이들에게, 이것은 국외자로 남아 있는 대신 한국인들과 깊숙한 사회적 관계망을 형성할 수 있는 기회가 되고 있다. 외국인의 존재는 한국 사회가 마주하고 있는 심각한 문제에 대한 확실하고 실용적인 해법이 되기도 하기 때문에, 이 같은 변화는 한국에 긍정적으로 작용한다. 한국의 출산율은 지극히 낮기 때문이다.

순수한 혈통이라는 허구

2006년 남북 대표단 회의가 열렸을 때, 북한은 이른바 남한의 '인종적 혼합'에 대해 문제를 제기하고 나섰다. 이에 대해 남측 대표단이 한국에 섞여 들어오는 외국인 비중은 "한강에 잉크가 몇 방울 떨어지는 것"이라고 (잘못된 방식으로) 말하자, 북측에서는 퉁명스러운 답이 돌아왔다. "한강에는 단 한 방울의 잉크도 떨어져서는 안 되는 겁니다."

물론 북한은 당신이 아는 평범한 공산주의 국가가 아니다. 어쩌면 북한이야말로 한때 조선의 별명이었던 '은자隱者의 왕국'*의 진정한 후계자일지 모른다. 북한은 파시즘과 아주 유사해 보이는, 인종에 기반한 국가주의를 강하게 조장하고 있다. 그와는 무관하겠지만, 아무튼 북측 대표단은 순혈주의의 환상 속에 갇혀 있었던 것이다. 한반도 역사를 되돌아보면 중국인, 몽고인, 그 외 수많은 이민족과의 혼인이 있었고, 그에 따른 유전자 결합이 일어났다. 심지어 충렬왕 재위 시절 고려에 귀화한 중앙아시아 지역 출신의 위구르인이 한국 성씨 중 하나인 덕수 장씨의 시조가 된 일도 있다. 덕수 장씨의 시조가 귀화하기 전에 쓰던 이름은 '삼가三哥'로, 그는 충렬왕의 신붓감으로 고려에 온 몽고 공주의 수행관으로 한반도에 발을 디뎠다. 고려시대만 놓고 봐도 이것은 결코 일반에서 동떨어진 특별한 사례가 아니다.

순혈주의는 허구지만, 우리가 이미 살펴봤듯이 한국에서 순혈주의는 여러 방면에서 발견되며 아주 유용하게 활용되어왔다. 일제가 한국과 일본은 같은 혈통이라고 주장하며 식민 통치를 정당화하는 것에 맞서고자 한국인들은 고군분투했다. 한국전쟁의 폐허 위에서 민족주의는 국가 통합의 이데올로기로 작동하며 새 나라 건설에 봉사했는데 그 효과는 실로 엄청났다.

순혈주의 이데올로기가 낳은 결과 중 하나로, 외국인과 결혼한 이들을 향한 편견을 들 수 있다. 사람들은, 외국인과 결혼한 사람은 한민족의 '순수한 혈통'을 벗어나는 길을 택했다고 봤다. 특히 미군 병사들에게 시집간 여성들은 사회적으로 고립되었고, '양공주'라는 딱지를 단

---

* Hermit Kingdom. 조선은 1637년부터 1876년까지 중국 외의 나라에는 문호를 개방하지 않아, 당시 동양으로 눈을 돌리기 시작한 서양에서 '은자의 왕국'으로 불렸다.

채 괴롭힘당하고 멸시받아야 했다. 양공주는 풀어 말하면 '양키 공주'라는 뜻이지만, 실제로는 훨씬 심한 비하의 뉘앙스를 담고 있다. 딸이 외국인과 결혼하겠다고 하면 어김없이 가족들의 반대가 뒤따랐고, 이를 거스르고 결혼을 감행할 경우에는 의절을 당하기도 했다. 그렇게 올린 결혼에서 낳은 자식은 가족의 일원으로 받아들여지지 않았다. 외국인과 결혼한 여성, 그리고 그가 낳은 자식은 본질적으로 '한민족', '한나라'의 일부로 여겨지지 않았던 것이다.

1980년대에는 국제결혼이 극히 드물어 통계상 드러나는 국제결혼 건수 중 상당수는 '문선명교'라고 알려져 있는 통일교의 합동결혼식에 의한 것이었다. 통일교의 창시자 문선명은 한국 출신으로, 신도들이 처음 보는 이와 즉석에서 만나 결혼하게 하는 결혼식을 도입했다. 그러자 상당수의 외국인, 특히 일본인 여성들이 한국에 그러한 목적으로 건너오게 되었다. 문선명 목사는 자신이 완벽한 짝을 찾아줄 수 있는 능력을 신으로부터 부여받았다고 주장했고, 신도들은 그가 그런 능력을 가지고 있다고 믿었다. 문선명을 통해 수만여 건의 국제결혼이 이뤄졌다. 그렇게 탄생한 부부들은, 때로는 그 숫자가 너무 많아 대형 경기장을 빌려야 할 만큼 대규모 합동결혼식을 치르곤 했다. 그러나 대부분의 한국인들에게, 한국인이 아닌 누군가와 결혼한다는 것은 생각하기도 혐오스러운 일로 남아 있었다. 1990년대 한국에서 결혼한 부부 가운데 한 사람 이상이 외국인인 경우는 오직 1.2퍼센트에 지나지 않았다.

지난 20여 년간 사업상의 이유나 해외 유학, 또는 여행 등 여러 가지 이유로 세계와 접하는 한국인이 늘어났고, 그에 따라 한국인들이

다른 나라 사람들을 대하는 태도 역시 더욱 개방적으로 바뀌었다. 이제 한국인이 외국인과 친구가 되거나 외국에 혼자 배낭여행을 떠나 호스텔 같은 데서 숙박하며 다양한 나라 사람들과 어울리는 일은 전혀 어색하지 않다. 국제결혼에 대한 태도 또한 보다 개방적으로 변했다. 한때 천덕꾸러기 취급을 당했던 혼혈 자녀들의 이국적인 외모는 찬탄의 대상이 되었고, 광고업계는 이들을 모델로 적극 기용하는 추세다. 이런 변화는 급격하게 일어났고, 한국에 4, 5년 살고 있는 외국인들은 짧은 시간 동안 일어난 놀라운 변화가 피부로 느껴질 정도라고 말한다. 통계청에 따르면, 2008년 국제결혼은 2002년에 비해 2.5배가량 상승했다.

농촌 총각이 일군 국제결혼의 혁명

그러나 무역, 여행, 외국 문화 등 다방면에서 증대되고 있는 한국의 세계화는, 한국인과 외국인의 결혼을 증가시키는 요인 중 두번째 것에 지나지 않는다. 한국에 다양한 문화의 심장이 뛰게 만드는 진짜 원동력은 세계시민이 아니라, 시골에서 절박하게 신붓감을 구하는 농촌의 남성들, 그리고 그들과 결혼한 여성들로부터 나온다. 대부분의 한국 여성들이 가난한 농부와 결혼하고 싶어하지 않는다는 단순한 사실로 인해, 한국에서 가장 가난한 남자만큼의 풍요도 누리지 못하는 집안 출신의 베트남, 중국 농촌, 필리핀 여성들이 거대한 물결을 형성하며 한국으로 들어오고 있는 것이다. 이것은 마치 서구에 존재했던 '우편주문 신부[*]를 연상시키지만, 그 규모가 훨씬 크다. 2009년, 전라도의 남성 농부 중 43.5퍼센트가 외국인과 부부의 연을 맺었는데, 그들 중 대부분은 앞서 언급한 세 나라에서 온 신부들이었다.

그 결과, 결혼 중개업은 거대한 산업이 되어버리고 말았다. 농촌에 가면, 베트남 신부를 구해준다는 결혼 중개업자들의 광고를 흔히 볼 수 있다. 그런데 그 예비 신부들은 고국에서 한국의 화려한 이미지, 특히 서울의 번화한 모습에 혹해 결혼에 응하는 경우가 많다. 그 나라에서 유행하는 한국의 TV 프로그램과 영화가 그런 이미지를 뒷받침해주는 것이다. 경제적 궁핍에 시달리는 부모는 부모대로, 딸이 과감히 결혼할 것을 열망하게 된다.

상황이 이럴진대, 일이 뜻대로 잘 풀리지 않는 것은 당연한 일이다. 40대의 외로운 농부가 텔레비전에서 보던 가슴 뛰게 만드는 배우일 리도 없고, 비록 전라남도가 아름답긴 해도 어쨌거나 거기는 서울 중심가가 아닌 것이다. 언론 보도에 따르면, 53퍼센트의 국제결혼 부부들이 '한국 기준에서 봤을 때' 가난하게 살고 있다. 가정폭력, 향수병, 의사소통 불능, 신부가 도망가버린 이야기 같은 건 허다하다. 그러다 보니 자신들이 소개해주는 신부는 "도망가지 않는다"고 홍보하는 광고가 왕왕 보이는 것이다.

한국학 전문가인 안드레이 란코프가 2009년 작성한 기사에 따르면, 그럼에도 불구하고 외국인 신부 중 대다수는 그들의 선택을 후회하지 않는다. 간단히 말해, 한국에서의 가난은 태국이나 캄보디아에서 겪는

---

[*] 서양의 가난한 사람들이 아내가 될 사람(대부분의 경우 외국인)의 사진 및 간단한 인적 사항만을 확인한 후 우편을 통해 신붓감을 주문했던 과거의 사례들을 가리킨다.

가난과 매우 다르기 때문이다. 57퍼센트의 여성은 자신들의 새로운 삶에 "만족"하거나 "매우 만족"한다고 대답했다. 다소 냉소적으로 바라보면, 이 같은 수치는 전 세계적으로 자신의 결혼에 만족하는 사람들의 비율과 비교해볼 때 결코 나쁘다고 할 수 없는 수치다. 한 걸음 더 나아가, 한국 정부는 외국에서 온 신부들에게 한국어를 가르치고 국민에게 다문화주의를 포용할 것을 촉구하는 캠페인을 벌임으로써, 그들이 한국 사회에 자연스럽게 동화될 수 있게 하는 프로그램들을 추진하고 있다.

서울 지하철에는 행복한 다문화 가정을 보여주는 광고들이 한가득 붙어 있는데, 특히 그런 광고에서 즐겨 묘사되는 모습은 대개 이런 식이다. 동남아시아 출신의 충실한 가정주부들이 고마우신 남편을 위하여 즐겁게 한국 음식을 요리하거나 열심히 한국어를 공부하는 모습. 이러한 포스터 캠페인은 외국인 신부들을 따스하고, 어떤 면에서는 순종적이며(따라서 위협적이지 않고), 최대한 한국인과 비슷한 사람들로 그려냄으로써 그들에 대한 사회적 포용성을 높이는 데 목적이 있을 것이다. 장기적으로 볼 때 이런 시각은 바뀌어야 한다. 비록 그 목적은 바람직한 것일지라도, 정부는 구시대적인 여성의 이미지를 그려내고 있으며, 이민자들이 한국 문화에 적응하는 모습만 보여줄 뿐 한국 사회가 그들로부터 무언가를 배운다는 생각은 전혀 보여주지 않기 때문이다.

당신은 어디서 온 이민자인가

장하준 교수에 따르면, 한국이 인종적으로 더욱 다양해지는 것은 한국인들이 그런 변화를 "원하건 원치 않건, 그렇게 될 일"이다. 그런데 과연 사람들이 그런 변화를 달갑게 받아들일까? 국가보훈처가 한국, 중국, 일본, 미국의 젊은이들을 대상으로 실시한 설문조사에 따르면, 한국 젊은이들은 순혈주의 이데올로기가 남긴 흔적에도 불구하고, 설문 대상국 중 가장 적극적으로 이민자들과 다양한 문화의 수용을 받아들이겠다고 대답했다. 다소 거칠게 말하면 이러한 개방적 태도는 젊은 세대에 한정된 것이다. 젊은이들은 대개 나이 많은 사람들에 비해 훨씬 더 변화를 잘 받아들인다. 이것이 의미하는 바는, 세월이 흐름에 따라 외국인과의 결혼은 더욱 자연스럽고 폭넓게 받아들여질 수밖에 없다는 것이다.

한편, 이민자를 받아들이는 한국 사회의 태도는 종종 그 문제의 이민자가 어떤 인종이냐에 따라 결정되곤 한다. 2009년, 방희준 이화여대 교수는 121명의 한국 학생을 대상으로 조사한 결과, 그들이 백인에게는 긍정적인 편견을, 흑인에 대해서는 다소 부정적인 편견을 가지고 있다는 사실을 확인했다. 더군다나 2006년 국제사면위원회는 동남아시아에서 온 것처럼 생긴 사람들일수록, 한국인이나 다른 외국인, 예를 들면 서구 사람들보다 훨씬 자주 불심검문 대상이 된다는 보고서를 발표했다.

논란의 여지가 있지만, 동남아시아 사람들에 대한 편견이 강하게 형성된 이유는 특별히 인종적인 이유 때문이라기보다는 경제적인 이유 때문인 것으로 보인다. 한국에 온 서양 사람들은 비교적 부유한 나라 출신이며, 대체로 교육에 종사하거나, 사업을 하거나, 아니면 미군 부대 등에서 일한다. 반면 동남아시아에서 온 사람들은 조국의 경제 환경이 그리 좋지 않은 관계로, 자신의 능력 및 교육 수준과는 무관하게 한국에 저임금 비숙련 노동을 하러 오는 경우가 많다. 불행하게도 한국 사람들은 저임금 비숙련 노동자들을 깔보는 경향이 있다. 공장주들이 동남아시아 출신 노동자들을 구타하거나 월급을 제대로 지급하지 않는 등 외국인 노동자 학대 사례가 여럿 보고된 바 있다. 인도에서 온 보노짓 후세인 교수가 한 여성과 동행하여 버스를 타고 가던 중, 어떤 한국인 중년 남성이 그와 그의 동행자에게 인종차별적인 발언을 한 사건이 있었다. 그는 그 남자를 고소하고 경찰에 신고해 사법 처벌을 받도록 했는데, 이는 인종차별에 관련한 기념비적 사례가 되었다. 코리아 헤럴드는 후세인 교수의 말을 다음과 같이 인용했다. "이 사건이 있고 나서 수많은 이주 노동자들을 만나 대화해봤는데, 그들은 이렇게 말했다. '그건 아무것도 아니다. 언론은 당신이 교수이기 때문에 사건을 보도한 것이다. 우리는 더 심각한 인종차별적 상황과 맞닥뜨리고 있다.'"

한국이 외국인들에게 빠른 속도로 문호를 개방하고 있는 가운데, 유독 인도네시아나 필리핀 등에서 온 사람들에게만 그 문이 훨씬 더디게 열린다는 것은 안타까운 일이다. 이와 같이 몇몇 국가 출신 이민자들을 차별하는 이유는 대체로 빈부 격차 때문이다. 그렇기에 순혈주의적 국가주의가 쇠락한다 해도 이런 종류의 차별은 쉽게 사라지지 않을 것이다.

더 많은 외국인을 받아들여야 하는 이유

외국을 향해 개방적인 태도를 취하는 열린 경제를 지향하면서 한국은 이미 다양한 문화를 받아들일 수밖에 없는 결정을 내렸다고 볼 수도 있다. 국가가 경제적으로 어느 정도 발전을 이루고 나서, 자신만만하게 외국 투자자와 기업에 문을 개방할 때 외국인들이 들어오게 된다. 가난한 나라에서 온 공장 노동자부터, 그 나라의 언어를 배우고 싶어하는 학생, 투자할 곳을 찾는 부유한 외국인, 한국처럼 점점 더 위상이 높아져가는 나라에 대한 호기심을 채우고 싶어하는 언론인 등, 그들이 한국을 찾는 이유는 매우 다양할 수밖에 없다.

한국이 경제성장을 원한다면 그런 새로운 사람들이 필요하고, 그런 사람들이 여기 머물러야 한다. 장하준 교수에 따르면, "우리는 새로운 나라를 만들기 위해 더 많은 외국인을 필요로 하는"것이다. 인구학적인 면에서 그 이유를 찾을 수 있다. 오늘날 한국 여성들이 평생 동안 단 1.2명의 아이만을 낳는 사이, 1950년대 말부터 1960년대에 태어난 한국의 베이비붐 세대는 늙어가고 있다. 이 두 가지 현상이 결합되면서 한국은 오늘날 세계에서 가장 급속도로 고령화되어가는 국가가 되었다. 2026년이 되면 한국은 유엔에서 말하는 '초고령사회'에 돌입하게 되는데, 이는 전체 인구의 23퍼센트가 65세 이상인 사회가 된다는 뜻이다. 상대적으로 적은 수의 노동자가 세금을 내서 수많은 노인을 위한 연금을 제공하게 되는 이 불균형은 경제성장의 발목을 잡을 수밖에 없다. 한국개발연구원에 따르면, 한국의 잠재성장률은 2030년에 이르면 고작 1.7퍼센트에 머물 것으로 전망되는데, 그렇게 내다보는 주된 이유는 '회색 한국'이 예측되기 때문이다.

이 문제에 맞서기 위한 방법은 여러 가지가 있을 수 있는데, 문제의 심각성을 고려해 모든 방안이 도입될 필요가 있다. 은퇴 연령 상향 조정, 육아 지원 확충, 여성의 사회 진출 활성화 등이 모두 여기 해당된다. 그러나 고령화 문제에 가장 빨리 대응할 수 있는 방법은 노동할 수 있는 연령대의 외국인들을 더 불러들이는 것이다. 이민자들은 노동력을 제공할 뿐 아니라, 세금을 냄으로써 점점 늘어가는 노령층에게 경제적 혜택을 안겨주며, 아이를 낳아 기름으로써 자신들이 은퇴할 때 새로운 세대를 형성하기도 한다. 일자리를 만들어낼 기업가들을 환영하는 것 또한 필수적인 일이다. 옛 세대는 한국의 전통 문화를 지키고 이른바 '순수 혈통'을 고집하려 하겠지만, 외국인들을 받아들이지 않는 정책을 고집한다면 그들이 받게 될 연금은 줄어들고, 일본처럼 초고령사회에 직면할 위험은 더욱 커질 것이다. 일본은 아직도 외국인 노동자에게 항구적 영주권을 허가하는 데 적대적인 분위기가 크기 때문에, 젊은 노동자들을 충분히 확보하지 못하고 있다.

세계화의 증대가 가져다주는 또다른 혜택이 있다. 한국이 지닌 문제 중 하나는, 제대로 알려지지 않은 탓에 해외에서의 인식이 그렇게 좋지 못하다는 것이다. 25개국 사람들을 대상으로 BBC가 진행한 2011년 설문조사에 따르면, 설문 대상자 중 한국에 대해 긍정적인 이미지를 가지고 있는 사람은 36퍼센트에 불과했고, 32퍼센트는 부정적인 생각을 품고 있었다. 심지어 32퍼센트는 아무런 의견도 제시하지 않았다. 더 놀라운 것은 이것이 기존 설문조사에서 받은 점수보다 훨씬 나아진 결과라는 것이다. 같은 설문 호감도 항목에서 한국보다 낮은 점수를 받은 국가는 러시아, 파키스탄, 이스라엘, 북한, 이란 등 국제적인 논란을 일으키는 나라들이다. 이런 결과가 발생하는 이유는(북한과의 갈등으로 발생하는 오해보다 더 중요한 것을 꼽자면) 사람들이 한국에 대해 알 수 있는 기회가 부족하다는 데 있다. 한국인 가정에 가족을 시집, 장가 보낸 사람들, 한국인과 친구가 되었거나 같이 사업을 하는 사람들이 늘어날수록 이 문제는 쉽게 해결될 수 있을 것이다. 더 많은 외국인이 한국에 대해 알고 한국의 긍정적인 면모를 발견할수록, 한반도의 안보 또한 강화될 것이다. 한국의 소프트파워가 지닌 잠재적 가치는 세계화된 사업을 통해 얻는 이익만큼이나 크다는 점을 간과해서는 안 될 것이다.

성장과 성숙

한국 사회가 내부적으로 더욱 세계화되는 현상은 한국이라는 나라가 더욱 성숙한 국가로 성장해가고 있음을 보여주는 한 징표다. 한국이 다른 나라들과 맺는 관계를 통해, 한국의 성숙된 면모를 우리는 다시 한번 확인할 수 있다. 불과 수십 년 전만 해도 해외 원조를 받는 나라였던 한국이 이제는 원조를 주는 나라로 탈바꿈했다. 절대치로 본다면 기부액은 미미한 수준이지만, 2015년까지 액수는 세 배로 늘어날 예정이다. 이것은 한국인들이 더이상 자국을 가난한 희생양이 아니라, 세계적으로 중요한 위치를 차지하는, 부유하면서 책임감 있게 행동해야 하는 국제사회의 일원으로 평가하고 있다는 뜻이기도 하다. 베트남 같은 나라에 경제 발전에 대한 조언을 해줄 대표단을 파견하는 등, 한국은 기적적인 경제성장을 보인 나라로서 그 경험을 다른 나라와 나누고 리더십을 발휘해가고 있다. 이것이 외교적으로 긍정적인 영향을 끼친다는 것은 의심할 필요도 없다. 또한 일본이 2011년 지진해일로 고통받았을 때 구호물자를 보내는 관대함을 보여준 것은, 일본에 대한 역사적인 적개심을 고려했을 때 매우 인상적인 일이었다.

한국은 성장하고 있다. 2005년부터 2010년 사이, 외국인과 결혼하는 한국인의 숫자가 85퍼센트가량 증가했다는 사실은, 한강물이 더러워졌다는 것을 뜻하지 않는다. 그것은 한국이 개방된 성숙한 사회로 나아가고 있다는 증거인 것이다.

27

어둠 속의
게이 프라이드

동성애에 관한 한, 한국은 그리 관용적이지 않은 나라로 알려져 있다. 하지만 고려시대만 해도 왕부터 노비에 이르기까지 '용과 태양'(남성을 상징하는 두 가지 요소)의 결합이 존재했던 것으로 추정된다. 심지어 유교적 가치가 팽배했던 조선왕조 후기에도 보통 사람들의 동성애 관계가 드물지 않았던 것으로 판단된다. 한국 사회가 동성애를 받아들일 수 없는 일로 간주하는 경향은 오히려 20세기 들어와서 시작된 듯하다.

현대에 들어 생성된 동성애에 대한 불관용적인 태도는 적극적인 적대감의 표현으로 드러나지 않았기에 한국에서는 서구에서처럼 동성애가 법으로 금지되지도 않았고, 동성애자들에 대한 심각한 폭력이 발생한 적도 없다. 20세기 한국 사회는 동성애가 존재하지 않는 것처럼 행동하는 편을 택했고, 누군가가 동성을 선호한다는 것을 표출했을 때에만, 주로 추방의 방식으로 대응해왔다고 보는 편이 더 합당할 것이다. 심지어 오늘에 이르기까지, 한국의 동성애자 중 대다수는 부모로부터 의절당하고, 친구들에게 버림받고, 직장에서 차별당하는 것을 두려워하며 이중생활을 하고 있다. '게이 프라이드' 행진*에 참여하는 사람들조차 때로는 아는 사람에게 들키지 않기 위해 얼굴을 가리곤 한다.

이런 분위기 속에서, 당시 떠오르던 배우 홍석천은 2000년에 한국 최초로 '커밍아웃'한 연예인이 되었다. 그는 모두가 알고는 있었지만 생각하고 싶어하지 않았던 진실을 직면케 한 것이다. 대중의 일차적인 반응은 분노로 나타났다. "당시 사람들 중 95퍼센트가 나를 미워했다"라고 홍석천은 말했다. 텔레비전 출연과 광고 섭외는 모두 날아가고 친구들도 그를 따돌렸다.

3년 후, 이태원 인근의 작은 집에서 혼자 가난하게 살고 있던 홍석천은 레스토랑을 하나 개업한다. 처음부터 장사가 잘된 것은 아니었다. 하지만 오늘날 그는, 다들 하나같이 유명하고 장사도 잘되는 아홉 개의 레스토랑으로 건설한 작은 제국을 경영하고 있다. 텔레비전에 다시 출연하게 됐음은 물론이다. 이렇듯 그가 극적인 운명의 전환을 맞이한 것은 동성애에 대한 대중의 태도가 변한 결과다. 비록 한국 사회에서 홍석천의 라이프스타일이 아직 전반적으로 존중받지는 못하지만, 아주 많은 젊은이가 이제 동성애를 전적으로 수용하고 있는 것이다.

* gay pride parade. 성 소수자들의 권리를 주장하는 집회이자 축제. 동성애를 상징하는 무지개 깃발을 들고 거리를 행진한다.

전해지는 이야기

동성애 그 자체는 전혀 현대적인 개념이 아니다. 아주 약간의 지식만 있어도, 사무라이는 물론이고 그리스, 로마에 이르기까지 동성애는 역사적으로 전 세계 다양한 사회에서 받아들여져왔음을 어렵지 않게 알 수 있다. 한국 사회는 보수적인 도덕 원리인 유교로 인해, 사람이라면 결혼하고 자식을 낳아 가문의 혈통을 이어야 한다는 것에 큰 가치를 부여해왔다. 하지만 유교가 오랫동안 전면적인 영향을 미쳐온 한반도에서도, 수세기에 걸쳐 동성애가 존재해왔다는 증거들을 확인할 수 있다.

가장 많이 거론되는 역사적 사례는 공민왕으로, 그는 1351년부터 1374년까지 고려를 다스렸다. 평택대학교 김영관 교수와 한숙자 교수에 따르면, 공민왕은 아내가 죽은 후 젊고 잘생긴 남자들을 간택해 자제위라는 애첩 집단을 유지했다고 한다. 공민왕에 앞서 충선왕 역시 오랫동안 동성의 연인과 관계를 맺어왔다고 여겨진다.

몇몇 출전에 따르면, 고려시대에 동성애는 귀족 사이에서 상당히 일반적이었지만, 조선시대로 넘어오면서 동성애에 대한 관용도가 낮아졌다. 세종대왕의 신하들은 세종대왕에게, 궁녀와 잠자리를 같이한 세자빈 순빈 봉씨를 폐위하라고 간언했다. 이것은 왕족들의 문서에 기록되어 있다는 점에서 대단히 특징적인 사례라고 할 수 있다. 이는 실록에 등장하는 이례적인 관련 기록이다. 그런데 이 같은 사례가 공식 문서에 좀처럼 등장하지 않는다는 사실은, 그 당시 동성애가 부재했음을 뜻한다기보다는 동성애에 대한 금기와 혐오가 더욱 심해진 결과라고 해석할 수 있다. 사실 동성애는 여전히 광범위하게, 특히 한양 바깥의 민중 사이에 광범위하게 존재하고 있었다.

영국 국교회 신부로, 한국에 오래 살다 1968년 대전교구 주교가 된 리처드 루트는 한국의 문화와 역사에 관한 폭넓은 저작을 남겼다. 그는 조선왕조가 공식적으로 동성애에 반했음에도 불구하고, "동성애는 조선시대 지방에서 널리 알려져 있었다"고 서술하며, 한 경기도 노인의 말을 빌려 20세기 초까지만 해도 동성애는 마을에서 공공연하게 받아들여졌다는 기록을 남겼다. 그의 취재원은 그러한 관계가 "그다지 치욕스러운 것으로 여겨지지 않았으며", 나중에 "결혼하고자 할 때에도 그것 때문에 문제가 되는 일은 없었다"고 했다. 이것이 사실이라면, 한국 사회는 특정한 성적 행위에 관해 20세기 초보다 훨씬 더 보수화되었다고 볼 수 있다. 사람들이 동성애를 단순히 싫어할 뿐 아니라, 그 존재마저 부인하는 편을 택한다는 점에서 말이다.

묻지도 말하지도 마라*

조선시대, 마을과 마을을 떠돌아다니며 노래와 연기, 곡예를 하는 남자들로 이루어진 남사당패는 가장 낮은 천민 계층이었지만 사람들

---

* Don't Ask, Don't Tell. 1993년 12월 21일부터 2011년 9월 20일까지 시행된 미군의 복무 규칙이다. 미군은 군 복무중인 동성애자가 자신의 성적 지향성을 공개적으로 드러내면 전역하도록 하는 대신, 조직 내에서는 동성애에 대해 묻지도 말고(Don't Ask), 스스로 커밍아웃을 하거나 동성애 관련 주제를 꺼내지도 말라(Don't Tell)는 입장을 취해왔다. 1993년 처음 도입될 당시에는 동성애를 빌미로 한 군대 내 학대를 방지한다는 긍정적 기능을 하기도 했지만, 시대가 흐름에 따라 군 생활을 원하는 동성애자들에게 정체성을 감출 것을 강요하는 악법이 되었다. 한국계 미국인 댄 최(Dan Choi)의 백악관 시위 등을 통해 공개적으로 이슈가 되어, 2011년 9월 20일, 역사의 유물이 되었다.

에게 인기를 끌었다. 남사당패, 특히 그중에서도 미동美童을 두고 남성 대 남성의 성매매와 일반적인 동성애 행위가 활발하게 이루어진 것으로 여겨진다. 남사당패의 전통은 1910년대, 일본이 이를 한국 문화의 일부로 보고 말살하기 전까지 지속됐다.

한국 영화의 황금기에 등장해 큰 인기를 끈 작품 중 하나인 〈왕의 남자〉는 바로 이런 주제를 훌륭하게 영화화했다. 〈왕의 남자〉는 오늘날로 치면 '꽃미남'이라 불릴 만한 한 남사당패 광대의 이야기를 다룬다. 공길이라는 이름의 그 젊은 남자는 조선에서 가장 포악한 왕이었던 연산군의 관심을 끄는 데 성공한다. 인구 4천8백만인 나라에서 1,200만 관객을 돌파한 이 영화의 제목 '왕의 남자'는 작품이 내포한 바를 직접적으로 보여준다.

왕의 남자 역할을 맡은 이준기는, 아름다운 외모로 인기를 끈 남성 스타 중 한 명이다. 1990년대 초, 연예계의 주류를 형성하는 남자의 이미지는 마초였지만, 지금은 꽃미남이 다스리는 세상이 되었다. 남자 아이돌 그룹에서 활동하는 꽃미남들의 두꺼운 화장과 공 들인 헤어스타일은 의심할 여지 없이 양성적인 이미지를 뿜어내며, 일면 동성애적인 느낌을 준다. 하지만 동시에, 어떤 연예인이든 커밍아웃을 하는 순간 위기에 빠질 것은 확실해 보인다. 말은 안 해도 업계 사람들은 공공연한 비밀로 알고 있는 유명한 동성애자 스타들이 있지만, 만약 그 사실을 공개적으로 발표한다면, 그 순간 막대한 광고료와 협찬 등 연예인으로서 얻을 수 있는 수입은 아마도 날아가버릴 것이다.

홍석천이 잃어야 했던 것들

그 사실을 누구보다 잘 아는 사람이 홍석천이다. 커밍아웃 이후 아직까지도, 그를 보는 대중의 여론은 엇갈린다. 2000년 9월 한 버라이어티 쇼에서, 한 출연자가 홍석천에게 장난스럽게 남자가 더 좋은지 여자가 더 좋은지 물었다. 이에 홍석천이 정직하게 대답하자 사람들은 믿으려 하지 않았다. PD는 해당 대목을 편집해서 내보내지 않았지만, 소식을 전해들은 기자가 홍석천에게 다시 그에 관한 질문을 했고, 더 이상 "이중생활을 하고 싶지 않다"고 오래전부터 생각해왔던 홍석천은, 자신의 입장을 재차 밝혔다.

그 결과, 돌아온 것은 대중의 분노였다. 홍석천은 "우리는 한국에서 동성애 문제를 거론하지 않는다"라는 금기를 깬 것이었고, 그 대가를 치러야 했다. 그는 살해 위협도 당했고, 당시 전국적으로 가장 '핫'한 화젯거리가 된 사람임에도 불구하고 "3년간 일감을 구할 수 없었다". 오늘날 경력이 회복된 시점에도, 기업 광고 제의는 일절 들어오지 않는다. 바로 그런 이유 때문에, 그는 커밍아웃을 하지 않는 다른 연예인들을 옹호하는 편이다. 홍석천은 이렇게 말한다. "그들은 내가 모든 것을 잃었다는 걸 알기 때문이다."

연기자로서 다시 활동하기 어려웠던 홍석천은 이태원에 '아워 플레이스'라는 레스토랑을 개업했다. 그러나 개업하고 12개월 동안은 손님이 없어서 계속 손해만 봤다. 그런데 그보다 더 나쁜 것은 그나마 얼굴을 비추는 손님 중 상당수가 홍석천에게 야유를 하러 오는 사람들이었다는 것이다.

커밍아웃 이후

시간이 흐르자, 아워 플레이스는 흑자를 내기 시작했다. 이후 8년에 걸쳐 홍석천은 여덟 개의 레스토랑을 더 열었고 부자가 되었다. 그를 따라 식당과 술집을 연 사람들이 넘쳐나면서, 그가 처음 가게를 열었던 거리는 이제 전혀 다른 곳이 되었다. 한때 '쁘아종'으로 유명세를 떨쳤던 방송인로서의 홍석천 활동을 재개했다. 2000년 9월 이전처럼 열성적으로 달려들진 않았지만, 방송국 PD들 역시 홍석천에게 다시 전화를 하기 시작했다.

제작자들이 홍석천에게 새로이 관심을 보이는 것은, 그에 따르면 "너무 빨리 벌어지고 있는 큰 변화"때문이다. 한국 사회에서 동성애가 일반적으로 받아들여지고 있다고 말할 수는 없지만, 대중의 태도에 변화가 있었고, 홍석천이 바로 그 변화에 가장 큰 기여를 한 사람이었다. 그가 공개적으로 성적 지향을 발표함으로써, "사람들이 그 문제에 대해 깊이 생각해보고 대화를 하게 만들었던" 것이다. 이제는 동성애자가 커밍아웃을 해도 경력에 심각하게 금이 가거나 친구들로부터 버림받는 일은 생기지 않을 것이며, 이는 최근에 생기기 시작한 변화라고 홍석천은 말했다.

요즘 그는 종종 대학에 초청받아 5백 명 이상의 청중을 앞에 두고 강연을 한다. 젊은이들은 그의 성적 지향을 개의치 않으며, "우리는 다르지 않다. 우리는 다른 별에서 온 외계인이 아니다"라는 그의 메시지를 받아들인다고 한다. 다른 활동도 많지만, 무엇보다 이렇게 강연을 통해 대화하는 것이 가장 중요하다고 그는 생각한다. 왜냐하면 그 젊은 청중이 "앞으로 10년이나 20년쯤 지나면 사장이 될 것이기" 때문이다. 홍석천은 젊은이들이 자신의 메시지를 기억해주기를, 그래서 나중에 그들이 누군가의 사생활을 이유로 사람을 고용하지 않는다거나 하는 일은 하지 않기를 바라고 있다.

2010년에 방영된 〈인생은 아름다워〉(극본 김수현)라는 인기 드라마에서는 동성애 커플의 사랑을 비중 있게 다뤘다. 10년 전만 해도 조연급 등장인물을 동성애자로 묘사하는 것조차 상상하기 어려운 일이었다. 사실 김수현 작가는 그동안 극본에 동성애자 캐릭터를 등장시키려고 계속해서 시도해왔지만, 과거에는 제작자들의 반발로 무산되곤 했다.

언젠가는

하지만 이러한 변화가 사회 전반에 나타나고 있다고 착각해서는 안 된다. 예술이나 기타 창조적 분야에 종사하는 20대와 30대 도시 사람들은 홍석천을 영웅으로 생각하고(그냥 그의 레스토랑에 가는 것을 좋아할 뿐인지도 모르지만), 동성애자와 친구가 되며, 동성 결혼 합법화를 지지할 수도 있지만 퓨 리서치센터의 2007년 조사에 따르면, 한국인 중 77퍼센트는 "동성애를 수용할 수 없다"고 생각한다. 최근의 변화는 전체 인구 중 특정 집단에만 해당되는 것이다. 그리고 이 사람들이 나이가 들어서도 계속해서 동성애에 대해 관용적 입장을 유지하고, 아이들에게까지 그런 태도를 물려줄지 또한 앞으로 지켜봐야 할 문제다.

한국에서 살아가는 레즈비언의 삶은 모든 측면에서 게이보다 한층 더 힘들다. 유교적 사고방식에서는 결혼해서 아이를 낳는 것이 여성의 임무였고 이런 부담은 남성보다 여성에게 특히 강하게 지워졌는데, 그러한 믿음은 오늘날 한국 사회에도 여전히 이어져오고 있다. 일부 레즈비언에 따르면, 게이 공동체마저 때로는 그들을 반겨주지 않는다고 한다. 홍석천 등은 레즈비언을 "이중 소수자"라고 한다. 왜냐하면 레즈비언은 자신들의 성적 지향에 대한 오해와 편견뿐 아니라, 여성들이 극복하고자 하는 해묵은 성차별 문제로도 고통받고 있기 때문이다.

게이와 레즈비언 모두에게 한국의 법률적 환경은 척박하다. 동성애가 한국에서 불법인 적은 없었지만, 동성애 커플의 시민결합은 받아들여진 적이 없고 이는 아마 앞으로도 힘들 것이다. 분명 많은 변화가 일어나고 있는 건 사실이지만, 홍석천은 그와 그의 파트너가 이성애자 부부들과 똑같은 권리를 누릴 날이 과연 올지, 확신하지 못한다. 한국 사회에는 아직도 유교의 잔재가 남아 있을 뿐 아니라 비교적 최근에 유입된 근본주의적 기독교까지 영향을 미치고 있기 때문이다.

2007년, 성적 소수자를 포함한 다양한 소수자들을 보호하기 위해 차별금지법이 발의되었다. 미국에서와 마찬가지로, 사회 문제에 보수적이며 정치적인 힘을 지닌 기독교 활동가들은 법안 통과를 막기 위해 집중적인 로비를 벌였다. 그들의 압력으로, 발의된 법안 중 동성애와 관련된 부분이 삭제되었고, 결국 법안 전체가 철회되었다. 2007년 12월, 장로교 신자인 이명박이 대통령이 되면서 레즈비언과 게이를 위한 법적 보호 장치가 도입될 가능성은 희박해졌다.

한국 최초의 기독교 순교자들은 조상에 대한 공경을 표하는 유교의식인 제사를 거부했다는 이유로 처형당했다. 오늘날에는 유교와 기독교의 두 힘이 결합해, 동성애자들이 감당해내기 힘든 성적 보수주의를 형성해가는 것 같다. 하지만 한국은 다양성을 존중하는 철학, 이웃과 더불어 사는 종교적 전통을 가진 나라다. 보수적인 기독교 신자도 아니며 유교적 사고방식에도 물들지 않은 사람들이 전체 인구에서 차지하는 비중이 높아질수록, 동성애에 대한 관용적 태도도 확산될 것이다. 사회 전체가 동성애자를 평등하게 대하는 날은 요원하겠지만, 시간이 흐르면 그들 역시 스스로에게 좀더 정직하게, 열린 삶을 사는 것이 가능해질 것이다.

28

활용하지 않은
마지막 자원,
여성

얼마 전까지만 해도 한국 여성들은 법적으로 가장이 될 수 없었다. 가족관계 기록 시스템의 일종인 호주제 때문에, 모든 한국인들은 어떤 가家에 속해 있어야 했고, 남성만이 오직 호주戶主가 될 수 있었다. 출가한 여자는 아버지의 호적에서 떨어져나와 남편의 호적으로 옮겨갔다. 부부 사이에서 생긴 자녀는 자동적으로 남편의 호적에 올랐으며, 이는 부부가 이혼해도 마찬가지였다.

1898년, 뻗쳐오기 시작한 일제의 영향권 아래 처음 도입된 호주제는, 성리학이 부흥하기 시작한 14세기 이래 한국에 만연해 있던 남성우월주의적 문화와 잘 맞아떨어졌다. 그보다 앞선 신라시대나 고려시대 때만 해도 어떤 면에서는 남녀평등이 이뤄지고 있었지만, 조선왕조가 들어선 이후부터 여성의 지위는 급격하게 위축됐다. 여성은 죽으나 사나 일부종사해야 했던 반면, 남편은 자신의 변덕만으로도 아내를 내칠 수 있었다. 여성은 남편의 명령을 엄격하게 따라야 했고, 재산을 상속받을 수 없었으며, 사회 참여는 일반적으로 금지됐다.

2005년 국회가 호주제를 없애기로 결정하자, 여성단체들은 그러한 변화가 양성평등을 향한 기념비적인 승리라며 환호했다. 하지만 같은 해, UN의 여성권한척도Gender Empowerment Measure에서 한국은 116개 조사 대상국 중 59위에 머물렀다. 한국은 경제적으로 발전한 다른 민주 국가에 비해 여성이 고위 관리직, 전문직, 정치적 역할을 맡는 경우가 현저히 낮다. 간단히 말해, 5백 년에 걸친 조선왕조의 영향력은 법률 조항 몇 개를 없앴다고 해서 사라지는 것이 아니다.

하지만 시대가 변하기 시작했다. 요즘의 젊은 여성 세대는 그들의 어머니나 할머니에게는 결코 허락되지 않던 기회를 탐색하기 시작했다. 이것은 어떤 대규모 여성인권운동의 결과가 아니라(2007년 조선일보 설문조사에 따르면, 한국 여성 중 오직 16.5퍼센트만이 스스로를 페미니스트라고 칭했다), 여성들에게 부엌에서 나와 일자리에서 활약할 기회를 주는 것이 "더 효율적이라는 것을 사람들이 깨달았기 때문"이라고 이소연은 말했다. 그는 한국 최초의 우주인이며, 2008년 '올해의 여성'으로 선정되기도 했다.

한국이 점점 더 국제화되고 있는 추세에서, 여성의 사회적 역할을 전환하는 것은 한국이 앞으로 얼마나 시대적 요구에 부응할 수 있는지를 가늠하는 한 가지 척도가 된다. 저출산 고령화 시대에 여성들을 일자리로 불러오는 것은 이에 대한 명백하고도 필연적인 해법이다.

"배운 여자는 남편 말을 안 듣는 법"

신라, 고려, 조선시대 초까지만 해도 모처혼母處婚의 전통을 따르는 것이 일반적이었다. 장가가는 남자는 신부 집에서 혼례를 치른 다음 처가에서 신혼 살림을 꾸리고, 아이를 낳을 때까지 장인 장모와 함께 살았다(아이를 낳고 나서는 대개 남편의 부모와 함께 살았다). 여성에게는 동등하게 유산을 상속받고 이혼 후 재혼할 수 있는 권리가 있었다. 교사를 위한 한국아카데미 대표인 메리 코너Mary E. Connor는 「여성과 결혼Women and Marriage」이란 글에서, 신라시대 여성들은 자유롭게 여행할 수 있는 권리 및 "20세기에 접어들 때까지 한국 여성들이 가지지 못했던 권리와 재산을 누릴 수 있었다"고 썼다. 여성의 여건은 성리학이 널리 퍼지면서 15세기 이후로 급격하게 악화되었다. 세종대왕 연간에 여성들이 절에 드나드는 것을 제한하는 법이 도입되었다. 역설적이게도 조선시대의 변화를 온몸으로 떠안아야 했던 것은 엘리트 양반가 여성들이었다.

성종 때는 "사족士族의 부녀로서 산이나 강가에서 놀이나 잔치를 하는 자, 제祭를 지내는 자 등을 곤장 백 대에 처한다"는 법을 만들기도 했다. 성종 연간에는 또한 한 번 이상 결혼한 여성의 자녀에게는 과거를 볼 기회를 주지 않음으로써, 그들이 양반이 될 수 있는 경로를 막아버리는 조치를 취하기도 했다.

17세기 들어 여성들이 제사에 참여하는 것이 금지되면서, 여성의 상속권 또한 제한되었다. 여성들의 낮은 사회적 지위는 순종적인 성리학적 여성관을 이상화하고 고취하는 글들이 배포됨에 따라 고착되어갔다. 18세기 조선에서 편찬한 여성 교육서인 『여사서女四書』*를 보면, 여성은 덕성을 갖추고 조선시대 예법을 따라 남편과 시부모에게 언제나 순종해야 한다고 독려하는 내용이 담겨 있다. 여성은 아들을 낳아야 했으며, 아들을 못 낳는 것은 여성의 책임으로, 이혼을 당할 수 있는 근거가 되기도 했다. 여성이 문밖으로 나갈 때는 얼굴을 가려야 한다는 수칙이 사회적으로 의무화된 것도 그 무렵이었다.

여성들이 문밖 외출을 자주 한 것은 아니었다. 여성의 영역은 집 안으로 축소됐는데, 오직 그곳만이 여성이 머물러야 할 유일한 자리로 여겨졌기 때문이다. 두 사람이 시소 맞은편에서 번갈아 뛰어오르는 널뛰기는 그렇게 해서라도 담장 너머 세상을 보고 싶었던 여성들에 의해 만들어졌다는 이야기가 전해온다. 여성들은 기초적인 교육도 받을 수 없었고 정치, 사업, 지적 활동 등 '바깥일'이자 '공적인' 일로 여겨지는 것은 모두 남성이 독차지했다. 남편이 아내를 때리는 것도 큰 문제로 여겨지지 않았다. 당시의 가혹한 분위기를 드러내주는 수많은 속담이 지금도 남아 있다. 예컨대 "계집은 사흘만 안 때리면 여우가 된다" 같은 속담이 그렇다. 다른 나라에서와 마찬가지로 여우는 영악함과 야생의 여성성을 상징한다. 한국 민담에 등장하는 아홉 개의 꼬리를 가진 구미호는, 아름다운 여성으로 둔갑해 남자를 유혹하고 간을 빼먹는다.

어떤 계층은 다른 여성에 비해 비교적 제약을 덜 받았다. 극빈층 여성은 밭일 등 노동을 해야 했기 때문이다. 대다수 무당이 여성이었고,

---

* 이 책은 1737년, 중국에서 나온 『여계女誡』, 『여논어女論語』 『내훈內訓』 『여범첩록女範捷錄』이라는 네 권의 책에 한글로 토를 달아 출간한 것이다. 제목을 문자 그대로 해석하면 '여자들을 위한 사서'라는 의미가 된다.

기생들은 바깥세상에서 자신의 역할을 수행했다. 이들은 권력을 지닌 남성들에게 영향력을 행사함으로써 막강한 존재가 될 수도 있었다. 하지만 그들의 능력이나 소득과 무관하게, 무속인과 기생은 여전히 사회적으로 가장 낮은 계층에 속했으며 사람들에게 공적으로 배척당하는 신세였다. 집안일에 몰두하며 남편과 시부모에게 헌신적으로 봉사하는 여성이 바로 이상적인 여성상이었다.

조선시대의 관습은 5백 년 가까이 존속됐으며, 그리하여 한국인의 정신세계에 깊숙이 뿌리내렸다. 일본의 식민 지배, 분단, 전쟁이라는 격변을 겪으면서도 성 역할의 불평등은 바로잡히지 않았다. 1950년대 이후 정부는 성별과 상관없이 모든 아이들에게 교육의 기회를 제공했지만, 수많은 여자아이들은 가족의 뜻에 부딪혀 그 혜택을 누리지 못했다. 이소연씨는 이렇게 말했다. "어머니는 보수주의의 희생자였다. 외할아버지는 어머니께 '배운 여자는 남편 말을 안 듣는 법'이라고 했다." 그래서 그의 어머니는 중학교조차 가지 못했다.

시대가 달라졌다

무언가를 박탈당해야 했던 사람들이 흔히 그렇듯, 이소연 박사의 어머니는 배움에 평생 한을 품은 채 살았고, 모든 희망을 자녀들에게 쏟아부었다. 그는 딸도 아들과 똑같이 대우하려고 노력했으며, 그것만큼은 아버지도 반대할 수 없었다. 어머니는 자부심과 애정을 담아 "너는 엄마한테 너무너무 소중한 존재란다"라고 딸에게 말해주었다. 또 이소연씨는 "어머니는 내가 박사 학위를 받던 날 눈물을 글썽이셨다"고 덧붙였다. 사회적 분위기가 변한 덕분에, 이제 여성은 실질적으로 남성과 동등한 수준의 교육을 받고 있다. 2010년, 한국에서 수여된 박사 학위 중 49.1퍼센트가 여성의 몫이었다.

반면, 졸업 이후 여성에게 주어지는 취업의 기회는 그와 비슷한 비율로 상승하고 있지 않다. 1995년 기준 UN 여성권한척도에서 한국은 116개국 중 90위에 머물렀는데, 이것은 아랍 국가들보다 조금 나은 수준이었다. 1990년대 초까지, 공무원에 지원하는 여성은 지원서 항목 중 자신의 '부인'에 대해 상세히 기술해서 제출해야 했다. 왜냐하면 문서에는 '남편'이나 '배우자'에 대해 기재하는 항목이 아예 없었기 때문이다. 당시 공무원 중 여성의 비율이 2퍼센트도 채 되지 않았으니, 어쩌면 별로 놀라울 것도 없는 일이다. 1980년대부터 1990년대 초까지, 대학을 졸업한 여성들은 곧장 결혼하거나, 어떤 분야에서 일한다 해도 결혼 후 아이를 가지면 직업을 그만둘 것이라고 여겨졌다.

갖은 교육의 혜택을 다 누렸지만 배운 바를 실제로 '써먹을' 기회만은 누리지 못하는 불행한 여성이 이다지도 많다는 사실은 참으로 이상한 일이다. 인사권을 가진 남자들은 고학력 여성들을 차별할 뿐 아니라, 그동안 업무 분야에서 본인의 실력을 얼마나 잘 입증해왔는지는 생각지도 않고 결혼 후에는 직장을 그만둘 수밖에 없도록 만든다. 그래서 현재 40대와 50대에 해당하는 리더 자리에는 간판 노릇을 하는 여성이 부족한 상태다. 실상을 살펴보면, 한국 대기업 경영자 중 단 4.7퍼센트만이 여성이다. 그 수치가 고작 1퍼센트에 지나지 않는 일본에 비하면 훨씬 높은 수준이지만, 세계적인 기준에서 보면 아직 가야 할 길이 한참 멀다. 하지만 1990년대 말에서 2000년대 초 대학을 졸업한 여성들이 진입한 후에는 상황이 완전히 달라졌다. 훈련받은 공학자인 이소연 박사는, 프로젝트를 성공적으로 해냈을 때 나이 많은 상급자들이 '여자인데도' 잘해냈다며 놀라워하던 모습을 떠올렸다. 그들은 이소연을 그냥 공학자가 아니라 반드시 '여자 공학자'라고 부르곤 했다. 하지만 남자 동료들은 그를 같은 능력을 지닌 공학자로 대접했는데, 이것은 그의 나이 또래에서부터 시작된 태도의 변화를 반영한다고 할 수 있다. 이제 많은 분야, 특히 공공 부문 채용에서 훨씬 공정한 방식으로 사람을 뽑고 있다. 2010년, 새로 임명된 판사 중 71퍼센트, 검사 중 56.8퍼센트가 여성이었다. 이 같은 수치를 놓고 볼 때, 머잖아 젊은 남자들이 차별을 호소하는 날이 올 수도 있겠다.

사기업의 경우, 변화를 받아들이는 속도는 국가기관에 비해 다소 뒤처지지만, 재벌 기업에서도 여성의 채용 규모를 대폭 늘려가는 추세다. 2002년에서 2006년 사이, 10대 기업의 여성 채용 인원은 47.9퍼센트 상승했다(비록 신규 채용되는 사람 열 명 중 일곱 명은 아직도 남자지만 말이다). 서울에 사무실을 둔 외국계 기업들이 탁월한 능력과 재능을 지닌 여성 대졸자들을 쉽게 골라 뽑으면서 이득을 취하고 있다는 사실을 어깨너머로 보고 배웠기 때문에, 재벌 기업들 또한 여성 채용을 늘리는 것 아닐까 생각해볼 수 있다. 이유의 전부는 아니겠지만 부분적으로는 그렇지 않을까. 이러한 관점에서 볼 때, 여성들에게 더 많은 기회가 제공되는 것은 여성 인권 캠페인이나 적극적 우대정책 등과는 그리 큰 상관 없이 진행된 것일 수도 있고, 반대로 그 모든 것이 효율성의 문제였을지도 모를 일이다. 재능을 썩혀서는 안 된다는 깨달음이 확산되고 있는 것이다.

엄마의 비자금 관리법

이소연 같은 개척자들은 여성에 대한 한국 사회의 태도를 바꾸는 데 크게 기여하고 있다. "제 친구들은 제가 안 될 거라고 생각했죠. 왜냐하면 전 여자니까요." 그는 3만 6천 명의 지원자를 제치고 남은 두 명의 후보 중 한 사람이었고, 그보다 먼저 선발된 남성 지원자 고산씨가 러시아 우주 프로그램의 정보 보안 규정을 어겨 탈락하면서 최종 선발됐다. 종종 여학생들은 여성으로서 최고의 자리에 오르는 것이 가능하다는 것을 보여준 이소연에게 감사 편지를 보내온다. '최선을 다하면 해낼 수 있다'는 것을 그가 보여주었기 때문이다.

최근 들어, 한국 남자들은 여자들이 '치고 올라온다'는 느낌을 받고 있다. 정부 각료나 삼성전자 임원진 구성을 보면 그런 말을 하기가 힘들지만, 아무튼 한국 남자들은 사실 여자들이 '자기들보다 똑똑하'고, 그래서 잘못하면 여자들이 남자들의 밥그릇을 다 빼앗아갈지도 모른다는 근심을 떨쳐버리지 못한다고, 삼성의 중견급 관리자인 조진원씨(가명)는 필자에게 반쯤 농담 삼아 이야기했다.

상식선의 일을 처리할 때 여성들이 더 뛰어나다는 증거는 여성이 직업 전선에 뛰어들기 전에도, 집안의 경제적 문제를 여성의 손에 맡겼다는 점에서도 찾을 수 있다. 그렇게 해야 좀더 가계를 규모 있게 꾸릴 수 있을 거라고 생각했기 때문이다. 남자들은 월급을 부인에게 넘기고, 부인은 대신 남편에게 '용돈'을 준다. 집을 사는 것을 결정하는 권한 역시 대체로 여성에게 주어져 있다. 2007년 조선일보의 설문조사에 따르면, 기혼 여성 중 65퍼센트가 남편이 모르는 '비밀 통장'을 가지고 있는 것으로 나타났다. 여성들이 그렇게 쌓아둔 돈은 좋은 방향이건 나쁜 방향이건 여러 가지 목적에 사용될 수 있겠지만, 가족이 경제적 위기에 처했을 때 바로 그런 궂은 날을 대비한 저축의 힘으로 위기에서 탈출했다는 일화들은 한국 사회에 차고 넘쳐난다. 필자의 친구 중 한 사람은 아버지가 파산하자, 어머니가 오랜 세월 동안 모아둔 쌈짓돈을 내놓았는데 그 액수가 큼지막한 식당 하나를 차릴 정도였다는 이야기를 해준 적이 있다. 부부는 함께 열심히 노력해서 식당 하나를 다섯 개로 늘렸고 가족은 다시 풍족한 삶을 누리게 되었는데, 이는 그의 어머니가 현명하게도 가족들을 속인 덕분이었다.

제주도 여자

한국이 역사적으로 성차별이 심한 나라라는 사실을 부정하긴 어렵지만, 지역별 차이를 고려해볼 때 꼭 그렇게민 보기도 힘들다. 이를테면 보수적인 경상도와 달리 전라도에서는 항상 여성들에게 더 많은 발언권이 주어져왔다. 황두진 건축가에 따르면, 전라도에 지어진 조선시대 가옥 중 상당수에는 집안의 남편이건 아내건 손님을 불러서 묵어가게 할 수 있는 공간이 따로 마련되어 있었다고 한다. 경상도에서는 오직 남자만이 사랑방을 가질 수 있었다. 반면, 한국에서 여성들이 가장 존중받은 지역을 거론하자면 본토에서 떨어져 있는 남해의 제주도가 언제나 첫손가락에 꼽힌다.

고려왕조에 정복당하기 전까지는 독립된 나라였다가 조선에 흡수된 제주도는, 오늘날까지도 다른 한국인들이 알아듣기 어려운 방언을 사용한다. 어떤 서울 사람은 제주도 사람의 사고방식과 행동방식이 "90퍼센트 정도만 한국인" 같다고 말하기도 했다. 제주도 문화가 본토와 가장 다른 지점은 아마도 전통적인 성 역할일 것이다. 제주도에서는 여자가 집안의 생계를 책임지는 경우가 아주 잦았다.

'해녀'는 한국인에게 잘 알려진 제주도 여자의 아이콘이다. 해녀들은 전복 등 귀한 해산물을 캐내서 시장에 팔기 위해 수심 18미터까지 잠수를 하고, 그동안 남편들은 전통적으로 집에서 머물며 아이들을 돌봤다. 이런 문화는 특히 제주도에서 남쪽으로 8킬로미터 정도 떨어져 있는 마라도에서 더욱 도드라지게 나타났다. 마라도의 경제는 해녀들이 전부 책임졌다 해도 과언이 아니다. 제주도에서도 정치적인 문제는 여전히 남자가 결정했으므로 여성이 남성보다 강한 힘을 가지고 있었다고 말할 수는 없지만, 생계를 책임지는 사람으로서 여성들은 사회에서 대체 불가능한 역할을 맡고 있었고, 그로 인해 자연스럽게 존중받을 수 있었다.

역설적이게도 근대화의 물결이 도래한 이후, 제주도 여자들의 경제적 위상은 나날이 위축되고 있다. 제주도는 더이상 동떨어진 섬이 아니다. 이제 제주도는 서울에 사는 사람들이 김포공항을 통해 한 시간 만에 도착하는 관광지인 것이다. 관광 산업의 발전은 호텔업처럼 전통적으로 남성이 지배권을 갖는 사업의 성장을 불러왔다. 본토의 거대한 한국 기업이 운영하고 있는 호텔에서, 여성들은 방을 청소하거나 안내 자리에 앉아 미소짓는 역할을 하기 위해 고용된다. 게다가 해녀들은 이제 다들 50대를 넘어서고 있는데, 다음 세대인 딸들은 더이상 물질을 하려 하지 않는다.

시간이 많지 않다

성차별주의가 한국 사회에 만연해 있는 것은 부인할 수 없는 사실이지만, 여성이 집안의 경제권을 쥐고 있는 측면이라든가 제주도 여성의 사례처럼, 그 형태는 단일하지도 단순하지도 않다. 특히 젊은 사람을 중심으로 시대가 변하고 있다. 이소연씨 같은 여성들은 이미 이러한 변화의 수혜를 받았다고 볼 수 있지만, 지금 젊은 사람의 딸들이 일할 나이가 됐을 때 사회는 얼마나 더 평등한 곳이 되어 있을까? 사회는 조금씩 평등해지고 있다. 문제는 평등이 이뤄지는 속도다. 왜냐하면 한국은 지금 인구학적 위기를 바로 눈앞에 두고 있기 때문이다.

2026년, 한국은 전체 인구의 23퍼센트가 65세 이상인 초고령사회에 접어들 것으로 예상된다. 이 같은 추이에는 서로 무관한 두 가지 이유가 작용하고 있다. 첫번째 이유는 긍정적인 것이다. 기대수명이 80세를 지나 더욱 높아지고 있기 때문이다. 1950년대에서 1960년대에 태어난 한국의 베이비붐 세대는 긴 수명을 누릴 것이다. 두번째는 출산율이다. 최근 통계에 따르면, 한국 여성 한 명이 평생 출산하는 아이 수는 평균 1.2명이다. 1950년대에는 1인당 출산율이 6명을 넘었다.

2020년대 말부터 2030년대에 이르면 연령별 인구분포표는 역피라미드 형태를 띨 것이다. 위쪽에는 노년층이 다수 몰려 있고, 소수의 젊은이들이 바닥에 깔린 모습이 되는 것이다. 경제학자들은 다수의 젊은이들이 일하면서 세금을 내고 상대적으로 적은 수의 노인들이 사회로부터 부양을 받을 때, '인구 배당 효과'*가 발생한다고 말한다. 그 반대 상황이 됐을 때, 닥쳐올 결과는 가히 경제적 악몽이라고 해도 무방할 것이다. 네 명 중 한 명이 노동 가능 연령대를 넘어서 연금 수령액이 증가하고 건강 보험 보장에 더 많은 자원이 투여되어야 한다고 가정해보자. 노동 가능 연령대의 납세자들은 이전에 비해 수적으로 훨씬 줄어들지만, 그들이 짊어져야 할 짐은 엄청나게 증가해버린다. 한국의 최대 GDP 성장률은 2030년이 되면 고작 1.7퍼센트 선에 머물 것으로 보인다. 또한 현재 미화 3조 달러에 달하는 돈을 보유하고 있으며 세계에서 네번째로 규모가 크다는 국민연금도 2040년에는 고갈될 것이라고 일부에서는 전망하고 있다.

늘어나는 노령 인구를 부양할 세수를 높이기 위해서는, 미고용 상태의 대졸 여성 39퍼센트가 직장으로 돌아오게 유인해야 한다. 이 경우, 아내가 일하러 가는 것을 마땅찮게 여기는 보수적인 남편이 걸림돌이 될 수도 있겠지만 더 큰 문제는 따로 있다. 워킹맘을 위한 지원이 부족하고, OECD 회원국 중 최고 수준을 기록할 만큼 남성과 여성의 임금 격차(35퍼센트)가 심각하다는 것이 가장 큰 문제다. 이런 현실은 여성들의 근로 동기를 심각하게 저하시키는 요인이 되며, 이른바 M 커브를

---

* demographic dividend. 전체 인구에서 노동 가능 인구가 증가해 경제성장이 촉진되는 효과.

만들어낸다. 젊은 여성이 학교를 졸업하고 일하다 아이를 가지면 직업을 포기했다가 나중에 아이들이 다 큰 뒤 다시 일터로 돌아오지만 이전에 비해 훨씬 급료가 낮고 부가가치도 적은 직종에 종사하게 되는 현상이 바로 그것이다.

여성들의 노동 참여를 늘릴 수 있는 올바른 정책이 세워질 때 출산율은 비로소 높아질 것이다. 또 한국의 출산율이 낮은 가장 주된 이유는 양육비가 과도하게 많이 들기 때문이다. 한국보건사회연구원에 따르면, 아이 한 명을 키우는 데 드는 비용은 평균 2억 6천만 원에 달한다. 심지어 이것도 낮게 잡은 수치다. 한국노동연구원에 따르면, 실제 양육비는 4억 원에 달할 것으로 예측된다. 워낙에 부유하지 않고서야, 혼자 벌어서는 이 비용을 감당할 수 없다. 부부가 아이 둘을 낳아 기르고 싶다면 두 사람 모두 일해야 한다.

영국과 스웨덴의 경우를 보면, 남성 및 여성 모두에게 충분한 출산휴가가 주어지고 그 휴가가 제대로 사용될 때, 여성 노동자들의 경제 활동 비중이 높아질 뿐 아니라 출산율 또한 높아진다는 것을 알 수 있다. 영국의 경우 여성 한 명당 출산율은 2명, 스웨덴은 1.9명이다. 한국의 출산휴가는 너무 짧으며, 그나마 직장에서 주는 압력 때문에 그 짧은 휴가를 다 쓰기도 어렵다. 한국에서 남성은 5일간의 출산휴가를 법적으로 보장받지만, 직장 상사에게 그렇게 요구할 수 있는 남자는 아마 극소수일 것이다. 2005년 OECD 보고서에 따르면, 육아정책(및 정책 실천)이 개선될 때, 한국의 1인당 출산 비율은 0.4명 높아져, 여성 한 명당 1.6명을 출산하는 수준까지 도달할 수 있다고 한다.

2001년, 모성 보호를 위해 출산휴가 기간을 늘리고 적용 대상을 남성까지 확대하는 등, 정부는 이러한 논리를 잘 알고 있었고, 몇몇 지점에서는 개선이 이루어지기도 했다. 현재 저소득층을 대상으로 한 육아 바우처가 지급되고 있으며, 양성 평등을 이루기 위해 2005년부터 개정된 법령의 수는 3백 개가 넘는다.

M 커브를 극복하라

젊은 여성 세대가 오늘날 한국 경제의 미래를 결정짓는 열쇠를 쥐고 있다. 그들은 잘 교육받았으며, 수많은 분야에서 남성과 (거의) 동등하게 일할 기회를 얻고 있다. 그들보다 고작 열 살 많은 여성들은 집 안에 들어앉아 있어야 했거나, 낮은 임금의 시간제 일자리를 구하는 식으로 M 커브에 갇힌 신세였다. 하지만 이제는 일하는 여성을 바라보는 사회적 태도도 개선되고, 그들을 위한 정책도 많이 늘어났다. 그렇다면 이런 현상이, 과연 지금 대학을 졸업하는 스물세 살 여성이 10년 후 아이를 갖고자 할 때 도움이 될 수 있을까? M 커브를 탈출해, 노인층을 부양하고 출산율도 높일 수 있을까?

이 같은 질문에 대해, 우리는 두 가지 이유에서 희망을 찾을 수 있다. 정책 입안자 중 다수가 일반 시민들과 마찬가지로 고령화 문제를 긴급히 해결해야 한다는 사실을 충분히 인식하고 있다는 것이 그 첫번째다. 2012년 보건복지부의 조사에 따르면, 한국인 중 91퍼센트는 낮은 출산율 문제를 아주 심각하게 받아들이고 있다. 성차별 또한 그런 변화를 가로막을 수 없는데, 이유는 남자들도 이제는 여성들에게 더 많은 기회를 주는 일에 더는 반대하지 않기 때문이다. 퓨 리서치 센터는 요즘 한국 남자들 중 오직 8퍼센트만이 양성 평등에 반대한다는 조사 결과를 내놓은 바 있다.

두번째 이유는 이소연 박사가 지적한 것처럼 시장의 효율성 때문이다. 인류의 재능 중 50퍼센트는 여성이 보유하고 있으며 이제 사람들은 그 사실을 깨닫고 있다. 2007년, 한때 성차별주의의 요새라고 여겨졌던 금융업계에서 가장 큰 네 개의 기업은 관리직을 새로 임명하면서 그중 52퍼센트를 여성 인력으로 충당했다. 해당 업계에 입문해 대략 7년에서 10년 사이에 주어지는 자리로, 이전까지는 여성을 거기 앉힌 적이 없었다. 왜냐하면 회사에서는 여성이 가정을 꾸리고 나면 사퇴할 것이라고 간주했기 때문이다. 지금 당장은 그런 기업의 여성 관리자가 많지 않은 편이지만, 10년 안에 여성들이 다수를 차지할 것이다.

아직까지도 한국을 성차별적인 국가로 묘사하는 문화비평가들이 틀렸다고 말할 수는 없다. 사실 한국 언론들이야말로 여성을 무기력하거나 과도하게 성적인 대상으로 그려내면서 그런 편견을 강화하는 데 일조하고 있다. 하지만 한국인들은 언제나 뭔가가 필요하다고 느끼면 유연하게 태도를 바꾸는 능력과 의지를 보여주었다. 그것이 지금껏 수많은 문제를 극복해온 한국 사회의 특질이다. 이미 한국 사회는 위기에 대응하기 위해 여성들을 위한 새로운 기회를 창출해내기 시작했다. 뿌리 깊던 외국인 혐오가 서서히 사라지는 이유도 어떤 면에서는 유연한 위기 대응 능력과 맥락을 같이한다. 초고령화 사회가 되는 한국의 인구학적 부담을 떨쳐내기 위해서는, 더 많은 외국인 노동자와 여성 노동자가 필요하다.

: 에필로그_샴페인은 어디에 있는가?

       대한민국이라는 나라가 태어난 환경은 비참하기 짝이 없었다. 가난했고, 수십 년간 지속된 식민 지배로 약해져 있었으며, 전쟁으로 철저히 파괴되었고, 매장된 천연자원은 빈약하기 짝이 없었으며, 이전까지 이어져온 나라의 절반만으로 시작했다. 그럼에도 불구하고 한국은 살아남아 그 어디에서도 찾아볼 수 없는 성공 신화를 이뤄냈다. 50년이라는 믿을 수 없을 만큼 짧은 시간에 한국인들은 조국을 세계에서 가장 발전된 국가 중 하나로 만드는 일에 어떻게든 기여하고 있었던 것이다.

  이러한 성공은 단지 GDP 수치로 드러나는 경제적 차원의 성공뿐 아니라, 사회적인 면과 정치적인 면까지 모두 아우르는 것이다. 민주주의가 제대로 뿌리를 내렸고, 예술가들은 극장 같은 문화적 공간에서 제 목소리를 내고 있으며, 한국 사회는 개방성을 포용하는 새로운 시대를 열어가고 있다. 이러한 도정에서 가장 흥미진진한 부분은 그것이 현재진행형으로 계속되고 있다는 것이다. 한국은 아직도 여전히 '가능한' 위대한 영광의 순간을 향해 전진하고 있다.

그러나 그런 성취는 내부적으로 수많은 갈등과 분열을 낳기도 했다. 정치 영역에서의 극단적인 좌우 대립, 현대 정치 영역에서 더욱 심화된 전라도와 경상도의 지역 갈등, 불교와 기독교의 대립, 소위 사람은 맡은 바 직분에 충실해야 한다는 유교적 사고방식과 경제성장을 위해 오래된 전통은 뒤집어 엎어야 한다는 충동 사이의 모순 등이 그것이다. 최근 들어서는 새로운 갈등 요인도 생겨나고 있다. 소득 불평등이 커지면서 양극화가 심해졌다. 또한 고령층과 젊은 층 사이의 상호 이해 역시 점점 더 부족해지고 있다.

그러나 한국인과 한국 사회가 보여주는 유연성은 갈등과 차이까지 끌어안으며, 이런 요소들이 생산적으로 발전에 기여하는 것을 가능케 한다. 현실 앞에 기존의 관념을 양보하는 능력을 타고난 한국인들은, 변화가 필요하다는 것이 확실해지면 변화를 받아들인다. 한국인의 성격을 규정짓는 또다른 요소는 목표를 정해 집중하고 그것을 이루기 위해 끊임없이 노력하는 능력이다. 이러한 능력은 한국인들이 특정 분야에서 주목할 만한 속도로 변화를 이루는 데 기여했다.

하지만 한국의 성취는 몇 가지 유감스러운 대가를 치르고 얻어낸 것이다. 한국인들을 열심히 일하게 한 그 경쟁 정신이, 지금 삶의 모든 측면을 오염시키고 있다. 남들에게 1등의 면모를 과시해야 한다는 생각 때문에 항상 다른 사람들보다 앞서나가야 한다는 부담을 떨칠 수 없다. 그 결과, 한국인들은 스스로의 성취를 자랑스러워하는 한편, 아직도 불행한 상태에 머물러 있다. 순수한 기쁨의 표현인 '흥'이 한국 전통 문화 속에 깊숙이 새겨져 있지만, 그것을 현대 한국 사회에서 표현할 수 있는 기회는 제한될 수밖에 없는 것이다. 근무 시간은 너무 길고 피곤한데, 휴일은 짧고, 남들 눈에 성공한 사람처럼 보여야 한다는 생각 때문에 그 쉬는 시간을 값비싼 오락과 휴양에 쏟아붓는다.

한국 사람들은 이제 '아무 일도 안 하는 일', 다른 말로 '휴식'을 충분히 즐길 수 있는 수준까지 부유한 나라를 만드는 데 성공했음에도 불구하고, 여전히 OECD 국가 중 최장의 노동시간을 유지하고 있다. 한국인들은 교육에 과도한 돈을 투자하고 최고의 점수와 학위를 받기 위해 경쟁한다. 한국인들은 유명한 기업에 들어가기 위해 경쟁하고, 들어간 후에도 스스로의 경쟁력을 강화하고 회사의 기대에 부응하고자 쉴 틈 없이 일하고 스트레스를 차곡차곡 쌓아간다. 직원들이 느끼는 이러한 압력은 노동자들의 생산성을 저하시키는 결과를 낳기 때문에, 이러한 관행은 결국 기업에도 이익이 되지 않는다.

20대나 30대 젊은 남자들, 특히 사회적으로 높은 지위를 획득한 남자들은, 다른 선진국의 젊은 남자들과 비교할 때 상대적으로 이렇다 할 취미를 갖고 있지 않은 경우가 대부분이다. 그가 누릴 수 있는 휴가는 몇 주가 아니라 고작 며칠에 지나지 않는다. 경쟁에서 뒤처지면 안 되고 높은 성취를 이뤘다는 걸 과시해야 하기 때문에, 학문적 성과를 내거나 업무 자격증을 따기 위해 미친 듯이 시간을 투자해야 한다. 그랬는데도 결국 실망스러운 결과가 나오거나 평균에 그치면, 그는 스스로를 몹시 부족한 존재로 느끼며 자학한다.

그러니 한국인의 우울증 수준이 위험 수위에 도달한 것이다. 2011년 통계청 발표에 따르면 젊은 한국인들의 첫번째 사망 원인이 자살이며, 전 연령대에서도 자살은 네번째 주요 사망 원인이다. 매해 10만 명 중 31명가량이 자기 손으로 목숨을 끊는다. 한국보다 자살률이 높은 나라는 10만 명당 사망자가 31.5명인 리투아니아뿐이다. 보건복지부에 따르면, 2011년 한국의 성인 중 16퍼센트가 정신 질환으로 고통을 겪었다. 안타깝게도 사람들은 그런 문제에 직면했을 때 적절한 도움을 받지 못하고 있다. 한국 정신과 의사들은, 사람들이 체면과 위신 때문에 우울증에 빠져 있거나 거기서 헤어나올 수 없어도 그 점을 인정하려 들지 않는다고 전한다.

한국은 '삶의 만족도' 지수에서 102위를 기록했는데, 이것은 카자흐스탄이나 마다가스카르처럼 발전도가 훨씬 떨어지는 나라와 비슷한 수준이다. 독보적으로 불리한 위치에 있다고 할 수 있는 콩고민주공화국조차 한국보다 고작 세 단계 아래에 있을 뿐이다. 2012년 2월, 여론조사기관 입소스는 24개국 만 8천 명의 성인을 대상으로 시민들의 행복도에 대한 조사를 실시했는데, 한국은 끝에서 2등을 기록했다. 꼴찌를 차지한 나라는 헝가리로, 역시 높은 자살률에 시달리고 있다. 이 조사에서 오직 7퍼센트에 해당하는 한국인만이 자신의 삶이 "매우 행복하다"고 응답했다.

이 나라를 괴롭히는 대부분의 문제들은, 한국의 통제력 바깥에 있으므로 분명 예외적인 북한 문제를 빼면, 모두 해결 가능한 것들이다. 지금까지 살펴봤듯이, 한국 사회와 정부는 초고령 사회에 직면해 발생할 잠재적 재앙에 맞서기 위한 방안을 마련하기 위해 노력하고 있다. 다만 사람들의 경쟁심, 특히 교육과 직업 문제에서 유난히 심한 이 심리를 잠재우기는 매우 어려울 것으로 보인다. 한국 사회는 유연한 편이지만, 과연 한국인들 스스로를 가난에서 탈출시켜준 바로 그 성격마저 떨쳐낼 수 있을까?

1960년대부터 1980년대까지는 끝없는 경쟁이 대한민국이라는 나라에 도움을 주었다. 경쟁 심리가 굴절되어 개인적인 삶의 영역에서 비생산적인 결과를 불러일으키고 있는 상황에 대해 많은 이들이 문제의식을 갖고 있지만, 아직까지 제대로 된 저항의 움직임은 나오지 않고 있다. 그 수가 제한돼 있는 좋은 일자리를 찾아나서는 대학 졸업자의 숫자는 점점 늘어만 가고, 사교육에 들어가는 비용도 매년 증가하고 있다. 성형수술, 명품, 미용 등 소비자의 사회적 위신을 높여주는 것들에 투입되는 비용 역시 세계 최고 수준이다. 사람들은 본인이 보여줄 수 있는 최선의 모습을 세상에 전시하기 위해 엄청난 노력을 기울이지만, 그럼에도 불구하고 불행의 그림자는 가시지 않는다.

이소연씨는 자신이 한국을 얼마나 자랑스러워하는지, 이 작은 나라가 불행의 고난을 어떻게 극복하고 다른 나라들이 여러모로 본받을 만한 모범이 되었는지에 대해 이야기했다. "한국인들은 참 대단하죠. 하지만 슬프게도, 한국인들이 깨닫지 못하는 게 있어요. 한국인들은 만족할 줄을 몰라요. 때로는 쉬기도 해야 하고, 우리 스스로를 격려하기 위해 샴페인도 음미할 줄 알아야 하는데 말이죠."

확고한 목적의식과 치열한 노력을 통해, 식민지였던 한 나라에서 출발해, 전쟁과 굶주림을 극복하고, 이제 발전되고 안정된 민주국가를 만들어낸 한국인이라면, 누구를 막론하고 이제 소파에 편히 앉아 한 잔의 샴페인을 맛볼 자격이 있다. 그런데 여기에 한 가지 역설이 있다. 수많은 과제를 극복해온 '불가능한 나라' 대한민국은, 이미 손에 움켜쥔 것 너머에 있는 행복과 만족을 찾아야 하는 것이다. 이제 우리는 또 하나의 기적을 꿈꿔보기로 하자.

나는 늘 궁금했다. 매혹 이후에 오는 것들이 무엇인지. 미지의 것에 이끌리는 마음과 깊이 알아갈수록 사랑하는 일이 하나로 이어질 수 있는지. "사랑하면 알게 되고 알게 되면 보이나니, 그때 보이는 것은 전과 같지 않으리라"는 말도 있지만, "알면 사랑하게 되고 사랑하면 다시 보게 된다"는 말도 성립될 수 있을까?

한 가지 상황을 가정해보자. 누군가가 무엇을 어떠한 계기로 사랑하게 되었다. 그 사랑으로 인해 그 대상에 대해 더 많이 알게 되었고, 더 깊은 곳까지 바라볼 수 있는 눈을 얻었다. 그때도 그는 자신이 사랑하게 된 그것을 예전과 다른 눈으로 바라보고 있음에도 불구하고, 계속 사랑할 수 있을까?

오히려 잘 알지 못한 채 사랑에 빠졌다가 알면 알수록 서서히 마음이 식어버리는 상투적인 시나리오가 우리에게는 더욱 친숙하지 않나. 만약 사랑하고 알게 되어 새롭게 보이더라도 사랑이 유지된다면, 그 사랑은 기존의 '사랑'과 같은 사랑일까, 아니면 다른 사랑일까?

2002년 월드컵 이탈리아전 역전의 순간, 영국에서 온 19세 청년 다니엘 튜더는 사랑에 빠졌다. 한국이라는 나라, 좀더 정확히 말하자면 "대~한민국"에 푹 빠진 것이다. 한국어판 서문에도 잘 드러나는 것처럼, 당시 대한민국은 온 나라가 끝나지 않을 것만 같은 축제 분위기에 흠뻑 취해 있었다. 조국을 미워하던 한국인들이 새삼스럽게 붉은 셔츠를 입고, 이전까지는 머쓱해하며 부끄러워하던 '대한민국'이라는 네 글자를 입에 담기 시작했다. 다니엘 튜더가 마침 그때 한국에 도착한 것은 우연이겠지만, 그 순간 한국과 사랑에 빠진 것은 필연일 것이다.

여기서부터 이야기가 달라진다. 그는 한국을 진심으로 사랑했기에, 더 알고자 했다. 한국을 더 알아가면서 나름의 안목을 얻게 되었고, 그 눈을 통해 새롭게 '우리'를 바라보았다. "대~한민국"은 이길 수 없을 것만 같았던 축구 경기를 이겨내고 불가능한 4강 신화를 써내려간 나라였다. 대한민국은 도저히 극복할 수 없을 것 같았던 가난을 이겨내고 경제발전과 민주화를 동시에 이룩해낸 '불가능한 나라'였다. 다니엘 튜더는 그렇게 생각했고, 그 깨달음을 한 권의 책으로 묶었다. 그것이 바로 지금 독자들의 손에 들려 있는 이 책이다.

사랑하여 알게 되고, 알게 되어 다시 본 대한민국을 그린 이 책에서, 우리는 한국에 대한 저자의 사랑이 변치 않았음을 확인할 수 있다. 그는 진심으로 한국을 걱정하고, 해외 언론들이 간과하는 한국의 아름답고 즐겁고 짜릿한 모든 것들을 꼼꼼히 헤아렸다. 그렇기 때문에 이 책에 담긴 다니엘 튜더의 한국에 대한 사랑은 그가 2002년에 느꼈던 그것과는 또다른 것이다. 터질 듯한 열정과 쾌락으로 가득했던 한국뿐 아니라, 유교의 잔재를 극복하지 못해 괴로워하는 한국, 과도한 경쟁으로 서로를 몰아가는 피곤한 한국마저도, 그는 관찰자가 아닌 '우리'의 시선으로 바라보았기 때문이다. 그가 여기 머물며 우리와 함께 호흡한 10년간, 한국에 대한 그의 사랑은 켜켜이 쌓여 정情이 되었다.

『기적을 이룬 나라 기쁨을 잃은 나라』는 원래 영어권 독자들을 위해 '한국, 불가능한 나라(Korea: The Impossible Country)'라는 제목으로 출간되었다. 한국에 대한 전체적이고 개괄적인 소개를 제공하는 것이 목적이었다. 그래서 한국인인 우리가 뻔히 다 아는, 혹은 안다고 생각하는 내용들이 상당히 많이 등장한다. 특히 한국 음식, 영화, 술자리 문화, 한국인들의 업무 방식 등에 대한 소개를 보면, 책이 처음 쓰여질 당시 한국인이 아닌 사람들을 대상으로 하고 있었다는 것을 매우 확실하게 실감할 수 있다. 즉 이 책은 본래, '남'에게 '우리'를 소개하기 위한 것이었다.

바로 그렇기 때문에 『기적을 이룬 나라 기쁨을 잃은 나라』를 읽는 것은 일차적으로 한국인인 독자에게 신선한 자기객관화의 기회를 제공한다. 한국인인 우리가 이미 다 알고 있다고 생각하는 스스로에 대한 이야기를 전혀 새로운 각도에서 조명하는 그의 시야와 통찰은 실로 놀랍다. 너무도 익숙해서 이제는 아무렇지 않게 여기는 우리의 모습이, 사랑으로 한국을 바라보고 이해하려 했던 다니엘 튜더에게는 결코 당연하지만은 않았다.

옮긴이의 말

앞서 말했듯, 이 책의 원서는 영어권 독자를 대상으로 쓰여졌다. 하지만『기적을 이룬 나라 기쁨을 잃은 나라』는 원서의 단순한 번역본이라고 하기 어렵다. '남'에게 보여주기 위해 한국을 소개하는 차원을 넘어, '우리'가 스스로를 돌아볼 수 있는 계기를 제공하고 있는 것이다.

그리하여『기적을 이룬 나라 기쁨을 잃은 나라』는 '우리'가 바라본 '우리' 스스로에 대한 이야기가 되었다. 드디어 우리는, 10여 년 전 한국 땅을 처음 밟은 한 벽안의 청년을 통해, '우리'를 바라볼 수 있는 거울 하나를 마련하게 된 것이다.

지금까지 여러 권의 단행본을 번역했지만, 이 책을 옮기는 과정은 특별했다. 저자 다니엘 튜더는 이 일을 진행하는 과정에서 내게 좋은 친구이자 스승이 되어주었다. 이런 흔치 않은 기회를 허락해주신 문학동네에 감사드리며, 김시덕 교수님께도 특별히 감사의 말씀을 드린다. 아울러 작업 과정에서 여러 방면으로 도움을 준 친구 Y에게도 감사의 인사를 전하고 싶다. 이 책을 선택해주신, 그리하여 '불가능한 나라'에서 행복의 가능성을 조금씩 키워가고 있는 모든 독자 여러분께 마지막으로 깊이 고개 숙여 감사의 뜻을 표한다.

노정태

기적을 이룬 나라 기쁨을 잃은 나라

1판 1쇄 2013년 7월 31일
1판 16쇄 2022년 4월 27일

지은이 다니엘 튜더 | 옮긴이 노정태

기획·책임편집 구민정 | 편집 이현미 염현숙 | 독자모니터 민병기 이승호
디자인 고은이 최미영 | 저작권 박지영 형소진 이영은 김하림
마케팅 정민호 이숙재 한민아 김혜연 이가을 박지영 안남영 김수현 정경주
브랜딩 함유지 함근아 김희숙 정승민
제작 강신은 김동욱 임현식 | 제작처 영신사

펴낸곳 (주)문학동네 | 펴낸이 김소영
출판등록 1993년 10월 22일 제2003-000045호
주소 10881 경기도 파주시 회동길 210
전자우편 editor@munhak.com | 대표전화 031)955-8888 | 팩스 031)955-8855
문의전화 031)955-3579(마케팅) 031)955-2671(편집)
문학동네카페 http://cafe.naver.com/mhdn
문학동네트위터 http://twitter.com/munhakdongne
문학동네북클럽 http://bookclubmunhak.com

ISBN 978-89-546-2210-3 03840

www.munhak.com